Nora Welling
Alles, was ich für dich fühle

NORA WELLING

Alles, was ich für dich fühle

ROMAN

everything for you

lübbe

MIX
Papier aus verantwortungsvollen Quellen
FSC® C014496

Dieser Titel ist auch als E-Book erschienen.

Originalausgabe

Textredaktion: Susanne George, Köln
Umschlaggestaltung: Sandra Taufer, München
Einband-/Umschlagmotiv: © shutterstock: danm12 | Melinda Nagy | patpitchaya | Kawin K | Diana Hlevnjak | motion.vidos | jessicahyde
Satz: Dörlemann Satz, Lemförde
Gesetzt aus der Garamond Stempel LT
Druck und Einband: GGP Media GmbH, Pößneck
Printed in Germany
ISBN 978-3-404-18305-0

2 4 5 3 1

Sie finden uns im Internet unter luebbe.de
Bitte beachten Sie auch: lesejury.de

Kapitel 1

Linda

Ich grabe die Füße in den Sand und halte mein Gesicht in den leichten Wind. Hmm, das tut gut. Eine Welle schwappt heran und leckt an meinen Zehen. Unwillkürlich muss ich lachen. Es kitzelt, wie die winzigen Sandkörnchen über meine Haut tanzen. Das Wasser ist angenehm frisch, selbst jetzt im Hochsommer. Ganz anders als der Wind, der warm wie ein Atemhauch über meine Haut flüstert. Beinahe könnte ich mir einreden, ich sei hier, um Urlaub zu machen. Das Wetter passt auf jeden Fall. Und dieser Ort? Er ist einfach zauberhaft.

Um besser sehen zu können, kneife ich die Augen zusammen. Keine einzige Wolke fleckt den Himmel. Nur ganz weit draußen, wo das kräftige Kobalt des Horizonts ins dunkle Azur des Meeres übergeht, jagen ein paar bunte Kite-Schirme durch die Luft. Die Surfer selbst sind zu weit weg, um sie erkennen zu können. Ich bin den Schildern von der Hauptstraße Richtung Strand gefolgt, in der Hoffnung, hier einen Kiosk zu finden. Aber nichts. Von windschiefen weißen Holzpollern gesäumt, führt der staubige Schotterweg direkt zu diesem einsamen, breiten Sandstrand. Kaum zu glauben, dass es solche Orte in Europa noch gibt. Unberührt von den hässlichen Seiten des Massentourismus. Keine Hotelbunker oder Wasserparks zerstören die Idylle. Das einzige Gebäude weit und breit ist ein einstöckiges Haus auf der anderen Seite des Wegs. *Casa de huéspedes* steht in verblichener Farbe über dem Eingang und *Pensión*. Na, wenn ich dort nicht eine Flasche Wasser bekomme, dann nirgends. Ich verfluche mich dafür, nicht schon am Flughafen für Wegproviant gesorgt zu haben. Aber ich wollte so schnell wie möglich ans Ziel kommen. Wer konnte denn damit rechnen, dass ich für eine Strecke, für die der Routenplaner eine Fahrtzeit von knapp einer Stunde berechnet, nun schon gut und gerne die doppelte Zeit benötige? Auf der Karte sah es so einfach aus. Doch ich muss immer wieder die falsche Abzweigung genommen haben, denn dies ist nicht das erste Mal, dass mein Weg in einer Sackgasse endet. Dass die Adresse, die ich habe, nur aus einer Postleitzahl besteht, macht es nicht einfacher, mein Ziel zu finden.

Jetzt knurrt mein Magen, und ich bin ganz benommen von der Hitze im Mietwagen. Ich wollte Geld sparen und habe mich deshalb für die günstigste Kategorie beim günstigsten Anbieter entschieden, einen kleinen Seat. Auch das bereue ich mittlerweile. Nicht nur eine Klimaanlage, auch ein funktionierendes Navi wären echt hilfreich. Normalerweise ist auf Google Maps immer Verlass, doch ausgerechnet heute hat es mich schon mehrmals in die Irre geführt. Vielleicht liegt es an der schwachen Akkuleistung des Handys. Bis das Programm mich auf dem Bildschirm findet, bin ich an der richtigen Abzweigung schon vorbei.

Schweren Herzens kehre ich dem Strand den Rücken zu und mache mich auf den Weg zur Pension. Die Fenster im Erdgeschoss sind vergittert, die Rollläden dahinter heruntergelassen. Alles wirkt sehr abweisend und auch ein bisschen schmuddelig. So, als ob der Inhaber trotz Hauptsaison nicht wirklich damit rechnete, heute noch das Geschäft seines Lebens zu machen. Vor der geschlossenen Eingangstür steht ein Metallgestell mit jeder Menge aufblasbaren Strandspielzeugs darauf. Ein Krokodil, mehrere Luftmatratzen, ein Flamingo, dem die Puste ausgegangen ist und der deshalb traurig den Kopf hängen lässt.

»Hallo?« Ich bin verzweifelt genug, um an der Tür zu rütteln. »Ist da wer? Ich habe mich verfahren.« Natürlich bekomme ich keine Antwort.

Auf einem vergilbten Schild neben der Tür sind handschriftlich die Geschäftszeiten notiert. Der Laden öffnet erst wieder um siebzehn Uhr. Ich zücke mein Handy, um nachzusehen, wie spät es ist. Das sind noch viereinhalb Stunden! Und ich habe noch kein Zimmer für die Nacht. Es wird immer deutlicher, wie schlecht ich diesen Trip geplant habe. Wie es aussieht, muss ich mein Ziel ohne Wasser und ohne Hilfe bei der Wegbeschreibung finden. Wenn wenigstens mein Kopf nicht so wehtun würde. Ich will das Handy eben wieder wegstecken, als ein Anruf eingeht.

»Jenny« steht auf dem Display, und ich atme auf. Seit ich heute Morgen in aller Frühe aufgebrochen bin, hat meine Mutter schon sieben Mal versucht, mich zu erreichen. Ich habe alle Anrufe weggedrückt, aber natürlich kann ich das nicht ewig durchziehen. Mit Jenny hingegen komme ich klar. Hoffe ich zumindest. Immerhin ist sie so etwas wie meine beste Freundin.

»Hi«, melde ich mich. »Wie geht es dir?«

»Das wollte eigentlich ich dich fragen. Bist du gut gelandet?«

»Ja, danke.« Ich drücke das Gerät fester ans Ohr. Der Wind weht mir die Haare ins Gesicht und macht es schwer zu hören, was Jenny sagt. »Der Flieger war bis auf den letzten Sitz ausgebucht. Ich hatte echt Glück, so kurzfristig einen Platz bekommen zu haben.« Das Mobiltelefon gibt einen warnenden Signalton von sich. Sieht aus, als hätte ich nicht mehr lange, bis es sich ausschaltet. Blöder Akku.

»Du weißt schon, dass ich immer noch der Meinung bin, es wäre besser gewesen, du hättest keinen Flug bekommen. Dieser ganze Trip ist der absolute Wahnsinn.«

Ja, diese Meinung teilt Jenny mit ungefähr jedem anderen Menschen, den ich kenne. Deshalb antworte ich auch nicht.

Das hindert sie nicht daran weiterzusprechen. Während ihres Monologs gehe ich zurück zu meinem Mietwagen. Wenn ich alle Türen öffne, wird das Wageninnere zumindest richtig durchlüftet.

»Ich habe mich übrigens mal auf der Fanseite von deinem Damián umgeschaut.«

»Er ist nicht *mein* Damián.« Kaum mache ich die Autotüren auf, schlägt mir Hitze entgegen. Ich habe so gar keine Lust, mich zurück in diesen Backofen zu begeben. Also setze ich mich auf die niedrige Natursteinmauer, die den Strand von den Parkplätzen trennt. Die Steine sind heiß und uneben. Aber es ist nicht unangenehm, auch nicht, als ich mich auf den Rücken lege. Wohltuend dringt die Hitze in meine verspannten Muskeln. In der gleißenden Sonne schließe ich die Augen und höre zu, was Jenny noch alles zu sagen hat.

Auf meinen Einwurf geht sie gar nicht ein. Stattdessen spricht sie ohne Punkt und Komma weiter. »Im Netz, auf Facebook, Insta und Twitter, überall steht nur, dass er aus persönlichen Gründen die Tour vorzeitig beendet hat, um sich im Kreise seiner Familie zu erholen und Kraft zu schöpfen. Keine Details über den Grund der Krise. Kein offizielles Statement dazu, wie es weitergehen soll.«

»Solltest du während deiner Arbeitszeit nicht arbeiten, statt im Internet zu surfen?«

»Linda, ehrlich, ich mache mir Sorgen um dich. Hört sich das alles für dich danach an, als ob dieser Damián Álvarez García dich überhaupt sehen will?«

»Es war Jannis' Wunsch.«

»Ja, ja.« Ich höre förmlich, wie Jenny abwinkt. »Patientenwunsch schön und gut. Aber deinen Patienten interessiert es nicht mehr, ob du seinen Wunsch erfüllst oder nicht. Der ist tot.«

Ich schlucke beklommen. Ja, Jannis ist tot, und ich habe das nicht verhindert. Auch wenn alle mir versichern, dass ich keinen Fehler gemacht habe, und manche Tragödien einfach passieren, fühlt es sich für mich anders an. Ich erkenne das Gefühl von Reue und Verzweiflung, das das Versagen begleitet, denn schließlich ist es nicht das erste Mal, dass ich einen Menschen, der sich auf mich verlassen hat, nicht beschützen konnte. Weil ich so ausgedörrt bin, kratzt es mir beim Schlucken in der Kehle. »Wenn ich dich nicht echt gerne mögen würde, würde ich dich feuern lassen. Es ist wahnsinnig respektlos, was du da sagst.«

Jenny ist die Helferin in der psychiatrischen Praxisklinik, in der ich als Fachärztin arbeite. Dort haben wir uns kennengelernt. Im Laufe der Jahre ist sie zu meiner engsten Vertrauten geworden. Viel Zeit, um Freundschaften zu pflegen, bleibt nicht, wenn einen der Job achtzig Stunden die Woche beansprucht.

Meine Zurechtweisung beeindruckt sie nicht.

»Du kannst mich gar nicht feuern lassen, weil du nämlich nicht mehr bei uns arbeitest. Du hast gekündigt, schon vergessen?«

»Stimmt«, gebe ich zähneknirschend zu. Noch immer kann ich nicht glauben, dass ich das wirklich gemacht habe. Die Sache ist nur, wenn ich auch nur einen einzigen Tag so weitergemacht hätte wie bisher, wäre ich die Nächste gewesen, die auf einer Brücke steht, mit einem einzigen Ausweg vor Augen. Auszubrechen war eine Frage von Leben und Tod, auch wenn das sehr theatralisch klingt. Ich bin Psychiaterin, ich weiß, wovon ich rede. »Aber ehrlich, du musst dir keine Sorgen machen. Was soll mir schon passieren, wenn ich Señor Álvarez aufsuche?«

Jenny lacht, aber es klingt nicht freudig, sondern fassungslos. »Was passieren soll? Hast du dir mal Fotos von dem Kerl angeschaut?«

»Frau Römer hat Jannis und mir Fotos und Videos von ihm gezeigt, ja. Aber was hat das eine mit dem anderen zu tun?«

»Mann, Linda, dafür, dass du eine echt kluge Frau bist, stellst du dich gerade ziemlich dumm. Damián Álvarez García ist ein Star und sieht auch genauso aus. Der kann nicht nur reiten, der kann jede Frau, die er haben will, um den Finger wickeln. Ich wette, der hat Bodyguards oder weiß der Geier was, um sich allzu aufdringliche Groupies vom Hals zu halten.«

»Jenny!« Mein entsetzter Ausruf überrascht mich selbst. Mit leiserer Stimme spreche ich weiter. »Der Mann hat mehr oder weniger im gleichen Atemzug erfahren, dass er einen Sohn hat und dass dieser gestorben ist.«

»Das macht ihn aber nicht zu einem anderen Menschen. Echt, Linda, nicht einmal du kannst behaupten, sein Anblick würde dich kaltlassen. Und dann diese tollen Pferde! Der sieht original aus wie der Typ aus der Freixenet-Werbung.«

Ich krame in meinem Gedächtnis, ob ich mir ein Bild von Damián Álvarez García vor Augen rufen kann. Jenny hat nicht unrecht. Mit den kinnlangen schwarzen Locken und den unergründlichen dunklen Augen erinnert Damián in der Tat an den Kerl, der im Fernsehen im Auftrag des spanischen Schaumweins zu rassiger Gitarrenmusik eine pittoreske Altstadtgasse entlangrennt. Wobei, vielleicht sind es auch nur die Pferde, die diese Assoziation hervorrufen. Wie auch immer.

»Aber darum geht es nicht. Was ich sagen will, wenn du da aus dem Nichts auftauchst, muss der doch glauben, du seist ein Fan. Bevor du auch nur ein Wort sagen kannst, lässt der dich vom Hof jagen.«

Natürlich habe ich daran auch schon gedacht. Es hat mich überrascht, dass die Adresse der Hacienda, auf der er lebt und trainiert, überhaupt im Internet steht.

Jenny spricht unbeirrt weiter. »Angeblich ist er einer der talentiertesten Pferdeflüsterer unserer Tage. Der hat massenweise Groupies. Tussis, die überall, wo er auftaucht, Schilder hochhalten, auf denen steht, dass sie ein Kind von ihm wollen und so.«

Ich stoße einen langen Seufzer aus. »Ich weiß. Aber, ganz ehrlich, ich glaube nicht, dass er darum zu beneiden ist.« Immerhin war die Mutter meines Patienten – ehemaligen Patienten, korrigiere ich mich selbst mit einem Stich im Herzen – eine dieser Bewunderinnen. Auf einem der ersten Lehrgänge, die Damián Álvarez García gegeben hat, sind Martina Römer und er sich begegnet. Damals war Damián gerade Mal achtzehn Jahre alt, und wahrscheinlich ist ihm die Bewunderung von Martina, die fünfundzwanzig war, einfach zu Kopf gestiegen, sodass er keine vernünftigen Entscheidungen mehr treffen konnte. Sie stand als Reiseverkehrskauffrau mitten im Leben. Hatte einen sicheren Job, eine Wohnung, ein gefestigtes soziales Umfeld. Ein Baby, wenn auch ungeplant, bedeutete für sie keine Katastrophe. Sie hatte sich vom ersten Tag an auf Jannis gefreut. Das zumindest hat sie mir in den gemeinsamen Sitzungen versichert. Da Damián in ihren wenigen gemeinsamen Nächten keinen Zweifel daran gelassen hatte, dass er nicht vorhabe, sich so früh zu binden, hatte sie ihm nie von der Schwangerschaft erzählt. Aus ihrer damaligen Perspektive gab es schlicht keinen Grund dafür.

»Ich sage ja auch nicht, dass er darum zu beneiden ist«, gibt Jenny zu. »Aber in den vergangenen zwanzig Jahren wird er doch sicher dazugelernt haben. Hast du dir überlegt, was du machst, wenn er dir einfach nicht ...« Sie hält inne, und ich höre ein leises Klacken, so als wäre am anderen Ende der Leitung eine Tür geöffnet worden. Was sie als Nächstes sagt, gilt eindeutig nicht mir. »Ja, Herr Knebel. Natürlich. Ich kümmere mich sofort darum.« Manfred Knebel ist der Inhaber der Praxis, in der ich bis vor Kurzem gearbeitet habe. Und so begnadet er im Umgang mit den Patienten ist, als Chef kann er einem das Leben wirklich schwer machen. Cholerisch und fordernd und so launenhaft, dass man nie genau weiß, woran man bei ihm ist. Deshalb wundert es mich nicht, als Jenny kurz darauf im Flüsterton zu mir sagt: »Hör zu, ich muss aufhören. Melde dich, ja? Und versprich mir, keine Dummheiten zu machen.«

»Versprochen.«

Ich beende das Telefonat, schalte das Gerät aus, um den verbliebenen Akku zu sparen, und schiebe es in meine Hosentasche. Um den Weg zu finden, war es bisher ohnehin keine große Hilfe. Meine Augen halte ich geschlossen. Nur noch einen Moment, sage ich mir. Der Abflug um kurz nach sechs in der Frühe war echt grenzwertig. Ich musste zwei Stunden früher am Flughafen sein und hatte die Nacht so gut wie gar nicht geschlafen. Ebenso wenig wie die Nächte davor. Das Gefühl, Mitschuld am Suizid eines Neunzehnjährigen zu tragen, ist kein angenehmes Ruhekissen. Mein Job, und das, was ich bisher beruflich erreicht habe, war die eine Sache, auf die ich immer stolz sein konnte. Wie soll ich weitermachen, wie soll ich weiterhin leben, lachen, arbeiten und schlafen, wenn ich plötzlich daran zweifeln muss, ob ich mir nicht all die Jahre etwas vorgemacht habe? Wenn ich in Wahrheit eine ebenso schlechte Psychiaterin bin, wie ich eine schlechte Tochter und Schwester bin? Hierherzukommen und Jannis' letzten Wunsch zu erfüllen, ist die eine Aufgabe, die ich noch erledigen kann. Ein letzter Akt der Ärztin, die ich mal war. Was danach kommt? Ich habe keine Ahnung. Da ist nur ein riesiges schwarzes Loch.

Je länger sich die negativen Gedanken in meinem Kopf drehen, desto lauter werden sie. Ich zwinge den Kreisel zum Stoppen, konzentriere mich auf meine Atmung. Ich bin hier, um einen Brief zu übergeben. Das ist das Einzige, was im Moment zählt. Ein Schritt nach dem anderen.

Sobald mein Kopf aufhört, so schrecklich zu dröhnen, fällt es mir sicher auch leichter, die Wegbeschreibung von Google Maps richtig zu interpretieren. So schwer kann es doch nicht sein, diese verdammte Hacienda zu finden.

Hacienda de los Caballos Blancos. Ich bin froh über das Erasmus-Jahr, das ich in Madrid verbracht habe. Wenn ich auch schon länger nicht mehr Spanisch gesprochen habe, beherrsche ich es immer noch recht flüssig.

Als Kind habe ich Schafe gezählt, wenn ich nicht einschlafen konnte. Jetzt springen in meinen Gedanken weiße Pferde über ein Gatter, und ich drifte davon.

Damián

In die Mitte des Tischs stellt Montserrat eine große Platte mit *jamón, queso y chorizo*. Das Olivenöl-Brot, das zu der traditionellen Vorspeise gereicht wird, steht schon bereit. Normalerweise ist das ein Mittagessen nach meinem Geschmack. Das Olivenöl für das Brot stammt von unseren eigenen Bäumen, und Montserrat verfeinert den Teig mit frischem Rosmarin, grobem Meersalz aus der Gegend und gerösteten Pinienkernen für den Biss. Selbst ohne Beilagen ist das Olivenöl-Brot eine Delikatesse. *Jamón, queso* und *chorizo* machen es zu einem Festtagsgericht. Der luftgetrocknete Serranoschinken schmeckt mild-aromatisch und bildet einen wunderbaren Kontrast zu dem kräftigen Geschmack des Manchego-Käses und der feurig-scharfen Paprika-Chorizo.

Wann immer ich auf Tour bin, freue ich mich auf das Essen zu Hause. Die einfache Hausmannskost, die bei uns gereicht wird, zubereitet nach Rezepten, die Montserrat von ihrer Mutter übernommen hat, die sie wiederum von ihrer Mutter bekommen hat und so weiter und so fort. Mittlerweile ist es an unserer Haushälterin, ihr Wissen an ihre Tochter weiterzugeben. Nuria kann fast genauso gut kochen wie ihre Mutter, nur tut sie es selten. Sie hat genug mit dem Aufbau ihrer Praxis für Physio- und Reittherapie zu tun, über die sie gerade mit meiner Schwägerin Sofía spricht. Ich höre nicht zu, was die beiden zu bereden haben. Mir brummt der Kopf.

Es ist zu heiß. Mein letzter Tour-Stopp war Zürich. Das Wetter dort war ebenfalls sommerlich. Ein paar der Crewmitglieder ließen es sich in ihrer Freizeit bei schönstem Sonnenschein am Zürichsee gut gehen. Ich wollte mich ihnen gerade anschließen, als mich das Telefonat erreicht hat. Nicht irgendein Telefonat. *Das* Telefonat.

Ich blinzle, um mich zu orientieren. Ich bin nicht mehr auf Tour. Nicht unterwegs in Deutschland oder Belgien oder der Schweiz. Ich bin hier, in unserer Küche. Zürich ist weit weg. Wie immer um diese Tageszeit sind die Läden vor allen Fenstern im Haus geschlossen. Deshalb herrscht Zwielicht im Raum. Über der Arbeitsfläche hängt ein Klebestreifen, an dem einige Fliegen leidlich ihr Ende gefunden haben. Die rotweiß karierte Wachsdecke auf dem Esstisch hat schon bessere Zeiten gesehen. Es ist derselbe Tisch, an dem ich schon zu Mittag gegessen habe, als ich ein Kind war. Wenn mich jemand fragen würde, wie ich von Zürich hierhergekommen bin, könnte ich ihm nicht antworten, selbst wenn mein Leben davon abhängen würde. Die Zeit, die seit dem Anruf vergangen ist, kommt mir vor wie ein einziger Nebel.

»Hast du keinen Appetit?« Erst jetzt bemerke ich, dass alle verstummt sind. Vier Augenpaare mustern mich fragend, nur Papá isst unbeirrt weiter, doch der bekommt selbst an seinen besten Tagen ohnehin kaum noch etwas mit. Montserrat findet als Einzige den Mut, mich anzusprechen.

»*Todo bien.*« Ich greife nach einer Scheibe Schinken und stecke sie mir in den Mund, um nicht weiterlügen zu müssen. Alles in Ordnung? Dass ich nicht lache. Der Schinken schmeckt wie Pappe. Je länger ich kaue, desto kleiner wird mein Appetit. Sehnsuchtsvoll äuge ich zu der Flasche Oloroso auf dem Kabinett. Eigentlich ist dieser Sherry viel zu schade, um sich damit zu betrinken, aber hey, in der Not und so weiter.

»*Mi querido*«, nimmt Montserrat noch einmal Anlauf. »Willst du uns nicht sagen, was passiert ist? Wir machen uns solche Sorgen.« Sie legt ihre Hand auf meinen Unterarm. Wenn sie meint, mich ihren Lieben zu nennen würde mich dazu verleiten, einen Seelenstriptease hinzulegen, täuscht sie sich.

Ich ziehe meinen Arm weg und stehe hastig auf. Der Stuhl schwankt und kracht mit der Lehne gegen die Wand.

»Damián!« Selbst meinem sonst so geduldigen Engel von einem Bruder scheint die Ruhe auszugehen, denn er spricht meinen Namen mit so viel Missmut aus, wie ich es selten bei ihm erlebt habe. »Muss das sein?«

Ich antworte nicht. Stattdessen gehe ich zur Anrichte, schnappe mir die Flasche mit dem Oloroso und verschwinde.

»Du kannst uns nicht ewig im Dunkeln lassen!«, ruft Ramón mir nach.

Ich hebe eine Hand und zeige ihm über die Schulter hinweg den Mittelfinger. Als ob irgendwer hier etwas zu meiner Situation sagen könnte. Sie haben doch alle keine Ahnung.

Ich hatte einen Sohn, verdammt. Für nicht einmal eine Woche hatte ich einen Sohn. Und jetzt habe ich ihn nicht mehr.

Meine Finger umfassen den Flaschenhals fester. Das ist der einzige Trost, den ich brauche. Das und sonst nichts.

Meine Beine haben allerdings offenbar einen anderen Plan als mein Kopf, denn ohne dass es mir bewusst ist, bin ich plötzlich auf dem Weg ins Freie.

Ein paar Minuten später finde ich mich statt in meinem Zimmer im Stall der Tour-Pferde wieder.

Ébano muss das Geräusch meiner Schritte erkannt haben, denn er steckt den elegant geschwungenen Kopf neugierig aus der Box. Ein paar Sägespäne vom Einstreu haben sich in seiner Mähne verfangen, doch nicht einmal das kann seiner majestätischen Erscheinung Abbruch tun. Wo auch immer wir auftreten, ist Ébano der Star der Show. Er ist ein siebenjähriger Glanzrappe, wahnsinnig intelligent, aber auch stur, als wäre er ein Maulesel und nicht ein PRE. Ein Hengst der *Pura Raza Española*, der Reinen Spanischen Rasse, wie die Andalusierpferde laut Rassestandard heißen. Vielleicht ist es auch gerade seine Dickköpfigkeit, die mich von Anfang an zu ihm hingezogen hat. Ein Rückgrat aus Stahl, das sich aus freien Stücken für mich beugt, hat schon immer eine unbändige Faszination auf mich ausgeübt.

»Hola, amigo«, begrüße ich meinen Freund. Mit der flachen Hand reibe ich ihm die Stirn. Ébano gibt ein leises Schnauben von sich und drängt sich meiner Hand entgegen. Sein Atem riecht nach Hafer und Heu. In der anderen Hand halte ich noch immer die Sherryflasche, und auf einmal komme ich mir schäbig vor, dass ich überhaupt daran gedacht habe, mich mitten am Tag zu betrinken.

»Was soll ich nur tun?« Ich lege meine Stirn gegen die des Pferdes. Ich weiß, dass ich von Ébano keine Antwort bekommen werde, trotzdem rede ich weiter. Vielleicht auch gerade deshalb. Er wird mir nicht mit gut gemeinten Ratschlägen in den Ohren liegen und versuchen, mir einzureden, was ich zu tun oder zu fühlen habe. Ich liebe meine Familie, wirklich. Montserrat, Ramón und seine Frau Sofía. Sogar meinen jüngsten Bruder Luis liebe ich, diesen verdammten kleinen Scheißer, der meint, Kitesurfen sei ein Beruf. Aber so sehr ich sie alle liebe, ich bin nicht bereit für ihren Trost. Noch nicht. Vielleicht nie. Aus diesem Grund halte ich mich lieber an meinen Pferdefreund.

»Hm, sag mir, wie ich damit umgehen soll, zu wissen, dass ich einen Sohn hatte, ihn aber nie kennengelernt habe. Ich meine, du kennst dich doch mit diesen Dingen aus.« Unsere gemeinsamen Erfolge haben Ébano zu einem gefragten Deckhengst gemacht. Auch aus diesem Grund habe ich ihn nie kastrieren lassen. Außerdem wäre es solch ein Jammer, wenn er sein Feuer verliert. Nein, nein. Ébano und ich sind echte Kumpel, und ein Kumpel lässt dem anderen nicht die Eier abschneiden. »Wenn dir eine Stute gefällt, machst du ihr ein Baby in den Bauch und *adiós*, das war's. Hinterher verschwendest du keinen Gedanken daran, ob das süße Fohlen gesund ist. Oder ob es vielleicht von einer Brücke springt, weil du sagst, du kannst dich nicht mit ihm treffen.«

Okay, ich gebe zu, der Vergleich hinkt, aber schließlich ist Ébano ein Pferd, und als solches verlangt er keine verbalen Höchstleistungen von mir. Was er hingegen verlangt, ist meine Aufmerksamkeit.

Nachdrücklich schlägt er mit dem Huf gegen die Boxenwand. Alle anderen Pferde in der Gasse dösen vor sich hin. Auch sie müssen sich noch von den Strapazen der Reise erholen und leiden unter der mittäglichen Hitze. Vor siebzehn Uhr passiert hier gar nichts mehr. Die ganze Hacienda hält Siesta. Jedes atmende Wesen außer mir hat sich an ein kühles Plätzchen zurückgezogen.

Ich lache ein wenig. »Okay, verstanden. Du willst auch

nicht mein seelischer Mülleimer sein. Verständlich. Ich stehe sonst auch nicht so auf diese Emo-Nummer.«

Aus einem Kasten an der Stallwand nehme ich Striegel und Kardätsche. Dafür muss ich die Sherryflasche abstellen, aber das ist ganz gut so. Ich schlüpfe zu Ébano in die Box und beginne ihn in festen Zügen abzustriegeln. Der Staub, den ich ihm aus dem Fell bürste, tanzt in winzigen Partikeln im Sonnenlicht, das durch das schmale, hohe Fenster in die Stallgasse fällt. Ébano entspannt sich unter meiner Zuwendung. Seine Ohren klappen müde zur Seite, die Lider sinken auf Halbmast. Wie Balsam legt sich seine Zufriedenheit auf meine angespannten Nerven. Das ist es, was ich an der Arbeit mit den Pferden so liebe. Sie geben, ohne zu fordern. Man muss sich ihr Vertrauen erobern, doch wenn sie es einem erst einmal schenken, dann vorbehaltlos und ohne jeden Hintergedanken.

Nachdem ich mit dem Bürsten fertig bin, macht Ébano seinem Namen alle Ehre. Sein Fell glänzt wie poliertes Ebenholz.

Ich trete einen halben Schritt zurück und bewundere mein Werk. Die Chancen stehen gut, dass sich mein Maulesel von einem Hengst sofort im Einstreu wälzt, kaum dass ich ihm den Rücken zukehre, aber im Moment ist er eine Augenweide. An seinem ganzen Körper ist kein einziges weißes Haar. In leichten Locken fällt die Mähne über den kräftigen Hals. Sein Körper ist kompakt, aber der Kopf von einer solchen Eleganz, dass selbst ich jedes Mal wieder erstaunt bin, wie schön dieser Hengst ist. Ich trete aus der Box, um Striegel und Kardätsche wegzulegen, und Ébano folgt mir wie ein zweiter Schatten. Als ich mich bücke, um den Putzkasten zu schließen, stupst er mich mit der Nase am Hinterteil.

Ich lache und mache einen stolpernden Schritt vorwärts. Kaum stehe ich still, stupst Ébano mich noch einmal. Wieder und wieder, immer einen Schritt näher in Richtung Ausgang. Niemand kann behaupten, dass mein Pferdchen nicht wüsste, was es will.

»Hey, was ist mit Siesta? Solltest du dich nicht ausruhen?« Der nächste Stupser fällt kräftiger aus als alle zuvor.

»Okay, okay, verstanden.« Ich greife nach einer der langen Longiergerten, die immer am Ausgang bereitstehen. Auf Zaumzeug oder Halfter verzichte ich. Ich weiß, ich kann mich auf Ébano verlassen. Dass er ausgerechnet in der größten Mittagshitze rauswill, ist vielleicht nicht die beste Idee, aber gut, ich schätze, er hat recht. Besser, als mich mitten am Tag zu betrinken, ist eine kurze Trainingseinheit allemal.

Im Freien angekommen, greife ich mit der Rechten ein Mähnenbüschel direkt über seinem Widerrist und schwinge mich auf seinen Rücken. Nicht zum ersten Mal rettet mir Ébano hier den Arsch. Und da wundern sich die Leute, warum es mir so viel leichter fällt, meinen Pferden zu vertrauen als den meisten meiner Mitmenschen.

Linda

Wiebkes lachendes Gesicht strahlt heller als die Sonne.

»Fang mich auf! Fang mich auf!« Ein leichter Wind weht ihr ein paar Strähnen ihrer blonden Haare in den Mundwinkel. Sie sind so hell wie gesponnenes Mondlicht. Darum habe ich sie immer beneidet. Ich dagegen bin ihrer Meinung nach ein blonder Köter. Was sie meint, ist straßenköterblond. Ihr Grinsen entblößt zwei Zahnlücken. Beide Eckzähne oben fehlen, und wenn sie spricht, lispelt sie.

Ich strecke die Arme nach ihr aus. Ich bin so stolz auf sie. Meine kleine, wilde Schwester. Kein Klettergerüst ist zu hoch für sie, kein Baum zu gefährlich.

»Spring! Ich fang dich auf!«, rufe ich ihr zu, und mit der Gewissheit der Träumenden weiß ich noch im selben Augenblick, dass es ein Fehler ist. Wolken ziehen auf und verdunkeln den Himmel. Aus Sonnenschein und Frühlingsluft wird das unheilvolle leise Grollen eines bevorstehenden Sturms. Auf einmal ist es so düster, dass ich Wiebke nicht mehr richtig erkennen kann. Und auch das Klettergerüst verändert sich. Es wächst und wächst, schiebt sich in den Himmel, bis ich Wiebke kaum noch sehen kann, so weit oben steht sie. Hilflosigkeit macht mir das Atmen schwer. Es ist jetzt auch kein Klettergerüst mehr, sondern eine Brücke, auf der sie sich befindet. Ich stehe im eisigen Wasser eines Flusses. Die Kälte leckt an meinen Knöcheln, und ich will Wiebke zurufen, dass sie bleiben soll, wo sie ist. Sie darf sich keinesfalls bewegen, sonst geschieht ein Unglück, aber meine Stimme gehorcht mir nicht. Die Worte zerbröseln auf meiner Zunge zu Sand.

»Fang mich! Fang mich!« Wiebkes Stimme klingt jetzt verzerrt und gar nicht mehr nach meiner Schwester. Es ist die Stimme eines jungen Mannes, der mich anfleht, ihn aufzufangen. Seine Bitte rüttelt an mir, packt mich, ich weiß, dass ich ihm nicht helfen kann, doch ich will, ich will so gerne, und dann springt er und …

Ich reiße die Augen auf. Mein Herz pocht, mein Mund ist trocken von den Sandbröselworten.

»Señorita? Alles in Ordnung mit Ihnen?«

Blaue Augen mustern mich fragend. Nur ein Traum, sage ich mir. Nur ein Traum. Trotzdem dauert es, ehe ich zur Besinnung komme. Ich schwitze wie verrückt, und noch immer fällt es mir schwer zu atmen.

»Ja, ähm, danke, alles in Ordnung.« Noch während ich spreche, wird mir bewusst, dass ich auf Deutsch geantwortet habe. Ich setze mich auf, räuspere mich, dann versuche ich es noch einmal auf Spanisch.

Diesmal lächelt mein Gegenüber. Der Typ, der zu den blauen Augen gehört, muss einer der Kiter sein, die ich vorhin beobachtet habe. Er trägt einen Neoprenanzug, den er bis zur Hüfte runtergezogen hat, seine Haare sind nass, und auf seinem braun gebrannten Oberkörper glitzern Wassertropfen. »Sorry, dass mein Hund dich einfach besabbert hat. Normalerweise bleibt sie ganz brav an ihrem Platz.« Er deutet zu einem Haufen Handtücher und Decken, vielleicht hundert Meter den Strand hinunter. Zum Schutz vor Wind und Sonne ist dort ein großes Segeltuch aufgespannt.

Erst jetzt bemerke ich den Hund, der den Kiter begleitet. Eine Promenadenmischung, mittelgroß, mit mittellangem mittelgrauem Fell. Der Fluss, den ich im Schlaf an meinen Knöcheln gespürt habe, war also Hundesabber. Wie appetitlich. Na ja, besser als der Fluss Styx aus meinem Traum, der mythologische Strom, der die Welt der Lebenden vom Reich der Toten trennt. Außerdem behauptet Jenny, Hundesabber halte die Welt zusammen.

Ich winke ab. »Kein Problem. Ich muss jetzt aber los.« Ich seufze. »Vielleicht komme ich diesmal auch endlich an mein Ziel. Du weißt nicht zufällig den Weg von hier zur *Hacienda de los Caballos Blancos*?« Ein Blick zur Pension verrät mir, dass ich nicht so lange geschlafen habe wie befürchtet. Die Tür dort ist immer noch verrammelt.

»Klar weiß ich das. Da wohnen die Brüder von einem meiner besten Freunde. Das ist nicht weit von hier, keine zwanzig Minuten mit dem Auto.«

»Ah, o… okay.« Ich kann mein Glück kaum fassen. Sollte ich wirklich so kurz vor meinem Ziel sein? »Moment, ich hole mir schnell was zu schreiben aus dem Auto, ja? Nicht dass ich mich schon wieder verfahre.« So schnell es mein immer noch etwas labiler Kreislauf zulässt, eile ich zum Seat und krame Stift und Papier aus meiner Handtasche hervor.

Kurz darauf skizziert mein Retter mit wenigen Strichen den Weg von hier zur Hacienda auf das Blatt.

»Meinst du, ich kann da einfach so auftauchen?« Wenn ich schon jemanden an der Hand habe, der sich auszukennen scheint, kann ich ihn auch gleich noch ein wenig ausquetschen.

»Ach, bestimmt.« Kiter-Boy zuckt mit den Schultern. »Damián und Ramón sind echt okay. Als Kinder waren wir ständig oben auf der Hacienda. Ich meine, ich hab's ja nicht so mit Pferden, aber die Mädels waren ganz verrückt danach, mal ausreiten zu dürfen. Und Damián hat sich für jede Zeit genommen.« Er zwinkert mir zu. »Wenn du weißt, was ich meine.«

Der Promenadenmischung scheint es langweilig zu werden. Ohne auf sein Herrchen zu achten, trottet der Hund zurück in Richtung des Handtuchlagers.

Der Kiter lacht. »Sieht aus, als müsste ich los. Bestell Damián und Ramón Grüße von mir, ja? Sie sollen sich mal melden. Und sie sollen Luis ausrichten, dass ich die Regatta verfolge. Echt krass, was er dieses Jahr wieder reißt! Ich drücke die Daumen für den World Cup!«

Ich blinzle ein paarmal. »Okay, und, ähm, von wem soll ich das ausrichten?«

»Santiago. Sie kennen mich. Luis und ich haben es seinen großen Brüdern oft nicht leicht gemacht.« Er lacht leise. Es ist offensichtlich, dass er in Erinnerungen schwelgt.

»Okay, Santiago. Danke für alles. Wünsch mir Glück, dass ich diesmal den Weg auch wirklich finde.« Ich nicke ihm zum Abschied zu. Kaum zu glauben, wie er von Damián Álvarez García spricht. Als wäre er einfach nur ein Kerl von nebenan, nicht ein internationaler Star. Und wie es scheint, hat sich die Tragödie, die Damián veranlasst hat, seine Tour abzubrechen, noch nicht in der Gegend herumgesprochen. Oder ist Jannis' Tod für Damián gar keine große Sache? Möglich ist es. Schließlich hat der Pferdeflüsterer den jungen Mann nie kennengelernt.

»Bis dann.« Santiago tippt sich mit den Spitzen von Zeige- und Mittelfinger an die Stirn, dann wendet er sich ab und joggt seinem Hund hinterher.

Ich gebe mir einen Ruck. Nun gut. Anlauf *número dos*.

Tatsächlich ist es mit Santiagos Skizze viel einfacher, den Weg zu finden. Eine ganze Weile geht es parallel zum Strand die Straße entlang, vorbei an einstöckigen Häusern und niedrigen Gartenmauern. Ich passiere ein verblichenes Schild, das zu einem Campingplatz weist. An allen Häusern sind die Fensterläden geschlossen. Was mich erstaunt, ist das viele Grün. Palmen, Geranien und riesige Rhododendren säumen die Straße. Der Blütenstamm einer imposanten Kaktuspflanze ragt wie ein Baum in den Himmel.

Ich finde die Apotheke, die Santiago eingezeichnet hat, und biege dort ab, hinauf in die Hügel. Beschattet von dichtem Pinienwald, führt ein Schotterweg immer höher und höher. Nicht ein einziges Auto kommt mir entgegen, auch keine Wanderer oder Spaziergänger.

Je höher ich komme, desto lichter wird der Wald, bis er endet und weiten Grasflächen Platz macht. Und dann, kaum dass der Seat die Kuppe des Hügels erreicht, sehe ich sie vor mir. Die Hacienda.

Das Landgut erinnert an ein altes Kloster. Vier Flügel, die ein perfektes Viereck bilden. Zinnen, wie bei einer Burg, krönen die Mauern, denen auch die winzigen Fenster nichts von ihrer Trutzigkeit nehmen. Die weißen Wände strahlen in der Sonne so grell, dass ich die Sonnenblende hinunterklappen muss. Während ich mich dem großen hölzernen Portal nähere, erkenne ich immer mehr Details. Da ist die wundervolle tiefrote Bougainvillea, deren Blütenblätter vor dem

Weiß der getünchten Mauern geradezu leuchten. Ein paar Zitronenbäumchen in ausladenden Terrakottakübeln neben dem Portal tragen Früchte. Rechts und links des gemauerten Torwerks zieren verspielte Laternen die Mauern, und etwas abseits im Garten glitzert es Blau zwischen den Schatten spendenden Aleppokiefern. Ein Pool, nehme ich an. Einen Sprung ins kühle Nass könnte ich jetzt gut gebrauchen. Trotz des Fahrtwindes, der durchs offene Fenster ins Wageninnere strömt, klebt meine Haut von Schweiß. Um das Haupthaus herum verteilt befinden sich einige weitere Gebäude, unter anderem Pferdeställe, nehme ich an. Das kleine Häuschen mit den roten ausgeblichenen Dachschindeln scheint eine Kapelle zu sein.

Ich wische mir eine Haarsträhne aus dem Gesicht. Das mache ich immer, wenn ich nervös bin, und selten in meinem Leben war ich so nervös wie jetzt.

Nun, wenn ich hier geradewegs in die Hölle fahre, dann sieht die Hölle wenigstens schön aus. Andalusien wie aus dem Bilderbuch. Fehlt nur noch, dass im nächsten Moment ein *vaquero* in traditioneller Tracht erscheint. Ich habe Bilder gesehen von den andalusischen Cowboys mit ihren flachen Filzhüten, den Hosen mit hohem Bund, den farbenfrohen Westen und reich verzierten Lederschürzen. Doch was das angeht, enttäuscht mich meine Fantasie. Als ich den Wagen vor dem Portal parke, ist nicht nur kein Reiter zu sehen, der ganze Hof scheint im Tiefschlaf zu liegen. Nicht einmal Zikaden zirpen. Kein Rascheln in den Bäumen, kein Vogeltschilpen oder Pferdewiehern. Alles wirkt wie ausgestorben. Selbst die Luft steht. Angeblich ist das hier ein aktiver Reitstall. Wo sind bloß alle?

Kapitel 2

Linda

Das Holzportal ist so dick, dass es mein Klopfen fast komplett verschluckt. Meine Faust entlockt der Tür nur ein dumpfes *Pockpock, Pockpock.*

Ich lausche. Aus dem Inneren des Hauses erklingt kein Laut. Entweder habe ich mich wieder verfahren, oder irgendwas geht hier nicht mit rechten Dingen zu. Überall stoße ich auf verschlossene Türen, am Strand genauso wie hier. Fast könnte man glauben, eine unsichtbare Macht hätte etwas dagegen, dass ich Damián aufsuche.

Ich bin kurz davor aufzugeben, als die Tür sich doch langsam öffnet. Zuerst erkenne ich nur einen Schatten. Eine Frau, glaube ich. Sie ist kleiner als ich, ganz in Schwarz gekleidet und trägt eine Schürze. Ihre dichten, ebenfalls schwarzen Haare hat sie in einem Knoten am Hinterkopf festgesteckt. Die leuchtend silbernen Strähnen im Haar sind es, die als Erstes meinen Blick einfangen.

Sie mustert mich skeptisch, einmal von oben bis unten. Ich kann mir vorstellen, wie ich aussehe. Die Haare strähnig am Kopf klebend, tiefe Ringe unter den Augen von Nächten ohne Schlaf, die Kleidung zerknittert von der Reise. Für den Flug hatte ich mich für eine flattrige bunte Stoffhose und dazu ein einfaches Spaghetti-Top entschieden. Bequemlichkeit war mir wichtiger als gutes Aussehen. Jetzt wünschte ich, ich hätte etwas Gediegeneres an.

»Hola?«, sagt sie in einem fragenden Ton.

Ich nehme die Sonnenbrille ab und lächle die Unbekannte

an. »Hallo. Mein Name ist Linda Grünfelder. Ich bin auf der Suche nach Señor Álvarez García. Können Sie mir sagen, ob ich hier richtig bin?«

»Señor Álvarez García?« Sie reibt sich die Hände an ihrer Schürze ab. Ich höre Misstrauen in ihrer Stimme, aber auch Neugier. Das ist schon mal gar nicht so schlecht. »Davon haben wir zwei hier.«

»Ja, ähm, natürlich. Ich meine Damián Álvarez García. Ich habe …« Mein Blick wandert zu dem Mietwagen, wo im Koffer Jannis' Brief darauf wartet, von Damián gelesen zu werden. »Ich habe eine wichtige Nachricht für ihn.«

»Soso.«

Vielleicht doch nicht so gut. Denn bei dem ominösen »Soso« bleibt es, mehr sagt sie nicht.

»Ist er nicht da?« Nervös trete ich von einem Fuß auf den anderen. Ich lasse meinen Blick schweifen. »Ich habe mich schon gefragt, ob ich hier richtig bin. Alles wirkt so ruhig.«

»Sie kommen zu einer ungewöhnlichen Zeit. Es ist Siesta.«

»Ach ja.« Ein nervöses Kichern entschlüpft mir. »Wissen Sie, ich komme aus Deutschland. Siesta, natürlich. Daran habe ich nicht gedacht.« Das erklärt auch, warum die Orte, durch die ich gekommen bin, wirkten wir Geisterdörfer. »Soll ich vielleicht später noch einmal wiederkommen? Wann, meinen Sie, wäre eine gute Zeit?«

Ich bin mir ziemlich sicher, dass sie meinen Akzent auch zuvor schon einordnen konnte, aber als ich sage, woher ich komme, meine ich ein Aufblitzen in ihren Augen zu sehen.

»Ich weiß nicht, wo Damián ist«, erwidert sie. »Wenn ich Sie wäre, würde ich es in die Richtung probieren.« Mit dem Zeigefinger deutet sie auf einen Pfad, der vom Haus wegführt. »Gehen Sie an den Ställen vorbei und dann weiter zum Wald. Aber ich kann Ihnen nicht versprechen, dass Sie es nicht bereuen werden, wenn Sie ihn finden.«

Oooookay? Und was soll mir das schon wieder sagen? Ich beschließe, dieser Frage nicht weiter auf den Grund zu gehen, bedanke mich bei der Frau und mache mich auf den Weg.

Ich habe es bis hierher geschafft, jetzt kann ich auch die letzten Schritte hinter mich bringen. Zumindest Jennys Befürchtung, gar nicht bis zu Damián vorzudringen, weil mich vorher der Sicherheitsdienst vom Hof wirft, scheint unbegründet.

Mein Mut sinkt, als ich immer weiter einen Fuß vor den anderen setze und von Damián weit und breit nichts zu sehen ist. Langsam beginne ich zu zweifeln, ob meine Spanischkenntnisse ausgereicht haben, um ihre Wegbeschreibung zu verstehen. So ist das mit Unsicherheiten. Ein Leck im Damm meines Selbstvertrauens genügt, und die Flut aus Zweifeln hat freie Bahn. Dinge, die ich mir bisher fraglos zugetraut habe, werden zu Stolpersteinen.

Die Luft ist schwer vom Geruch nach Sand und trockenen Piniennadeln, durchsetzt mit einer Würze, die ich nicht einordnen kann. Wilder Wacholder vielleicht oder Rosmarin.

Ich schnaufe und halte mir die Seite. Wäre ich mal besser ins Fitnessstudio gegangen, statt meine Freizeit vor allem in der Praxis zu verbringen. Meine fehlende Kondition ist geradezu peinlich. Vielleicht haben alle recht, und mein ganzes Vorhaben ist die reinste Schnapsidee. Auf einer rationalen Ebene ist mir durchaus bewusst, was mit mir geschieht. Mein Traum eben war ein deutlicher Hinweis. Jannis' Tod hat alte Wunden aufgerissen, und ehe sich über denen nicht zumindest wieder eine Kruste gebildet hat, bin ich emotional angreifbar und verletzlich.

Auf einmal nehme ich aus den Augenwinkeln eine Bewegung wahr, und alle Zweifel lösen sich in Luft auf. Da ist ein weißes Blitzen im grün gefilterten Zwielicht des Pinienwaldes. Ich wende mich zur Seite, und tatsächlich. Wie durch einen natürlichen Tunnel führt der Weg unter zwei ausladenden Kiefern hindurch zu einem kreisrunden Sandplatz. Das weiße Blitzen, das ich gesehen habe, ist das Hemd eines Mannes.

Ich folge dem Weg weiter, fasziniert. Am Rand des Sandplatzes bleibe ich stehen. Atemlos vor Verwunderung.

Sie tanzen. Anders kann ich nicht beschreiben, was der Mann und das Pferd auf dem Platz machen. Kein Zügel, keine Longe, nichts verbindet Mensch und Tier. Zu dem weißen Baumwollhemd trägt der Trainer ausgewaschene Jeans und staubige Sneaker. Als einziges Hilfsmittel hält er eine lange Gerte in der Hand, die er jedoch kaum bewegt. Dennoch folgt der majestätische Hengst jedem Schritt seines Herrn. Das Fell des Pferdes glänzt wie fließende Seide, darunter spielen die Muskeln. Mal tänzelt es vorwärts, mal rückwärts. Mal springt es von einem Bein aufs andere und wiegt den Kopf dazu, als würde es tatsächlich tanzen. Die Ohren des Hengstes folgen jeder Regung des Mannes. Es ist, als würde der Pferdeführer zu seinem Tier sprechen, in einer Sprache, die nur sie beide verstehen. Immer wieder sucht der Hengst die Nähe seines Herrn, umkreist ihn, richtet sich nach ihm aus, senkt den Kopf vor seinem Meister. Da herrscht kein Zwang. Nur der Wunsch eines königlichen Tieres zu gefallen, weil sein Mensch ihn gelehrt hat, dass sein Vertrauen nicht missbraucht wird.

Noch nie habe ich etwas gesehen, was mich so tief berührt hat wie das stille Einverständnis zwischen diesen beiden. Ganz versunken bin ich in den Anblick dieses Schauspiels. Der Hengst muss etwas besonders gut gemacht haben, denn der Mann lacht leise und tätschelt ihm lobend den Hals.

Als er den Kopf dreht, bemerkt er mich. Das Lächeln verschwindet, seine Miene verfinstert sich. »Das ist Privatgrund«, herrscht er mich an. »Was wollen Sie hier?«

»Ich …« Ich schlucke. Vor mir, nur ein paar Meter entfernt, steht Damián Álvarez García, und er ist verdammt wütend. Solange er mit seinem Pferd gearbeitet hat, konnte ich nur vermuten, wer er ist, zu gefesselt war ich von dem Spiel zwischen Mensch und Tier. Jetzt sieht er mir direkt ins Gesicht, und ich erkenne Damián ohne jeden Zweifel. Er sieht anders aus als auf den wahrscheinlich retuschierten Fotos, die ich im Internet gesehen habe. Sein Kinn ist ein wenig zu breit und grob, um als klassisch-markant durchzugehen, in seinen Augenwinkeln verrät ein Netz aus Fältchen, dass er seine Zwanziger schon eine Weile hinter sich gelassen hat, und ich hätte ihn größer geschätzt. Ich selbst bin knapp eins siebzig, und er überragt mich nicht einmal um einen halben Kopf. Das alles macht ihn aber nicht weniger attraktiv. Ganz im Gegenteil. Es macht ihn menschlich. Mein Magen krampft sich vor Aufregung zusammen. *Zum Teufel noch mal, Linda, du wolltest ihn unbedingt persönlich sprechen, um ihm Jannis' Brief zu übergeben. Jetzt bist du hier, also fang endlich an, den Grund deines Kommens zu erklären.*

»Señor Álvarez. Ich bin so froh, Sie gefunden zu haben. Mein Name ist Dr. Linda Grünfelder. Ich war die behandelnde Ärztin von Jannis Röm–«

»Verschwinden Sie!«

»Aber ich habe –«

»Verschwinden Sie, habe ich gesagt! Oder muss ich erst die Polizei holen?« Er tastet mit der Hand zur Gesäßtasche seiner Jeans, wahrscheinlich um ein Mobiltelefon zu zücken.

Ich stolpere einen Schritt rückwärts. »Hören Sie«, versuche ich es noch einmal, »ich bin den ganzen Weg gekommen, um –«

»Es ist mir scheißegal, woher sie kommen oder warum Sie hier auftauchen.« Seine Stimme vibriert vor unterdrücktem Zorn. Auch der Hengst muss seine Anspannung spüren, denn er beginnt zu tänzeln.

Beruhigend legt Damián dem Pferd eine Hand auf den Hals und flüstert ihm ein paar Worte zu. Für die Dauer eines Wimpernschlags sehe ich den anderen Damián. Den Mann hinter der Wut und abweisenden Kälte. Dann wendet er sich wieder mir zu, und der Moment ist vorbei. Er sieht mich an, als wäre ich eine Kakerlake, die er allzu gerne zertrampeln würde. »Gehen Sie!«, verlangt er noch einmal, und diesmal klingt es noch mehr wie eine Drohung als eine Aufforderung.

»O... okay«, stottere ich. Ich taumle einen weiteren Schritt rückwärts. Noch einen. Dann drehe ich mich um und renne davon.

Ich komme mir dumm vor. So schrecklich dumm. In keinem der Szenarien, die ich mir ausgemalt habe, habe ich damit gerechnet, dass Damián einen solchen Effekt auf mich haben könnte. Ja, er ist wütend. Und ja, er ist unfreundlich, aber ich habe ihn auch im Umgang mit seinem Pferd gesehen, und ich weiß einfach, dass sich unter all der Wut und Unfreundlichkeit ein Meer ungeweinter Tränen befindet. Ein Meer aus Tränen, das sich aus meinem Versagen speist.

Weil ich renne, bin ich nur wenig später wieder an meinem Wagen. Mir schmerzen die Seiten, mein Herz hämmert. Ich habe noch immer nichts getrunken, verdammt, und ich bin so schrecklich erschöpft. Wenn ich nicht bald Flüssigkeit bekomme, ist es nur noch eine Frage der Zeit, bis mich eine Migräne erfasst. Ich lass mich auf den Fahrersitz fallen, lege beide Hände auf das Lenkrad und stütze die Stirn auf die Fingerknöchel.

Einatmen. Ausatmen. Immer wieder und wieder. Darauf achten, nicht zu hyperventilieren. Im Rhythmus meines Atems kreisen vier Worte durch meinen Kopf. *Es. Tut. Mir. Leid.*

Ich nehme mir vor, im Stillen bis hundert zu zählen, dann

muss ich mich zusammenreißen. Ich brauche etwas zu trinken und eine Unterkunft für die Nacht, gefolgt von einem Plan. Ich habe nicht meinen Job gekündigt und mich auf den Weg nach Spanien gemacht, um mich vom erstbesten Rückschlag aufhalten zu lassen. Damián verdient es zu erfahren, wer sein Sohn war. Und ich verdiene den Trost, den es mir geben wird, zu wissen, dass ich das Richtige getan habe. Ich muss diesen Brief übergeben und die Sache zu Ende bringen. Wenigstens das muss mir gelingen.

Langsam beginne ich zu zählen.

Ich bin bei zweiundneunzig angekommen und immer noch dabei, mich zu sammeln, als es an der Seitenscheibe klopft. Zuerst meine ich, dass es mein Herz ist, das ich pochen höre, aber dann klopft es noch einmal, und ich hebe langsam und ein wenig desorientiert den Kopf vom Lenkrad. Neben dem Auto steht ein Mann. Er muss sich bücken, um ins Fenster blicken zu können. Seine Haare sind heller als die von Damián und viel kürzer, seine Lippen ein wenig voller und die Nase schmaler, trotzdem meine ich eine gewisse Ähnlichkeit zu erkennen.

Ich seufze. »Schon gut, schon gut«, sage ich und hebe beide Hände in einer Geste, als wollte ich mich ergeben. »Ich fahre ja schon.« Offenbar hat Damián doch noch einen Aufpasser geschickt, um mich vom Hof zu jagen. Ich starte den Motor, aber der Typ macht keine Anstalten, sich vom Fleck zu bewegen.

»Nein, Señorita, bitte, warten Sie.« Er lässt sein Handgelenk kreisen, so als wolle er mir bedeuten, das Fenster herunterzukurbeln.

Ich folge seiner Aufforderung.

Er atmet sichtbar aus. »Danke.« Noch einmal atmet er durch. »Ich bin Ramón. Ramón Álvarez García, Damiáns Bruder. Montserrat hat gesagt, Sie sind extra aus Deutschland gekommen, weil Sie etwas mit meinem Bruder zu besprechen haben?«

Ich nicke.

»Hören Sie, ich weiß nicht, wie ich anfangen soll, aber … kann es sein, dass Sie uns sagen können, was mit Damián passiert ist? Warum er die Tour abgebrochen hat? Wir machen uns große Sorgen um ihn.«

»Ich würde wirklich lieber mit Ihrem Bruder selbst sprechen.«

»Lassen Sie mich raten. Damián war nicht begeistert von dieser Idee?«

»So könnte man es sagen.« Ich lache bitter.

»Sie dürfen das nicht persönlich nehmen. Er kann ein ziemlicher Sturkopf sein.«

»Ja, das dachte ich mir.« Ich seufze. »Ramón, bitte, nehmen Sie es mir nicht übel, aber ich kann Ihnen nicht mehr sagen. Ich bin Ärztin und muss mich an die Schweigepflicht halten. Aber können Sie Damián ausrichten, dass ich mich wirklich über ein paar Minuten seiner Zeit für ein Gespräch freuen würde? Ich glaube, es könnte gut für ihn sein.«

»Ich kann es versuchen.« In seinem Tonfall schwingt Zweifel mit. »Wo erreiche ich Sie, wenn sich die Lage hier verändert?«

Ein Laut blubbert aus meiner Kehle, halb unterdrücktes Lachen, halb verzweifeltes Stöhnen. Ich schlage mir eine Hand vor die Stirn und schüttle den Kopf. »Ich weiß es nicht.« Ich bin nahe dran, die Fassung zu verlieren. Auf Ramón muss ich wirken wie eine Irre. »Ich hab noch kein Zimmer. Ich hab noch nicht mal was zu trinken, und überall, wo ich war, war Siesta, und ich konnte mir nicht mal eine verdammte Flasche Wasser besorgen, geschweige denn eine Unterkunft, und alle haben gesagt, ich solle sowieso nicht hierherkommen, aber ich musste es einfach tun. Ich musste …«

Ich stocke. Ich habe nicht das Recht, mehr zu sagen, denn was ich zu sagen hätte, geht nur Damián und mich etwas an. Wenn er noch nicht einmal seinem Bruder von Jannis erzählt hat, hat das sicherlich einen Grund.

»Wissen Sie was?« Ramón scheint zu merken, wie es um mich steht. Er lächelt gutmütig. »Ich habe eine Idee. Als Erstes kommen Sie mal mit mir ins Haus. Ich kann ein paar Telefonate für Sie tätigen wegen einer Unterkunft, und bis wir eine gefunden haben, gibt Montserrat Ihnen was zu trinken und zu essen. Vielleicht wollen Sie sich auch ein bisschen frisch machen. Wir haben übrigens einen Pool. Sie sehen wirklich mitgenommen aus.«

Tatsächlich bin ich zu erschöpft, um mir auch nur im Entferntesten Gedanken darüber zu machen, dass mir mein Aussehen wahrscheinlich peinlich sein sollte.

»Danke«, sage ich und schalte den Motor aus. »Das ist wirklich sehr nett von Ihnen.« Ich kurble das Fenster wieder hoch, dann steige ich aus, und das erste Mal an diesem Tag habe ich das Gefühl, dass mein Abenteuer hier vielleicht, vielleicht doch noch ein gutes Ende findet.

Damián

Ébano und ich finden nicht mehr zurück in einen gemeinsamen Rhythmus. Pferde sind hochsensible Tiere. Sie reagieren auf die kleinsten Veränderungen in unserer Körpersprache, und all meinen Bemühungen zum Trotz kann ich nicht verbergen, wie sehr mich das Erscheinen dieser Ärztin aufgewühlt hat.

Ébano reagiert auf meine Unruhe mit Nervosität. Seine Konzentration lässt nach, die Anspannung, die nun durch seine Muskeln vibriert, kommt nicht von Aufmerksamkeit, sondern von Stress. Er folgt meinen Kommandos nicht, wird aufmüpfig, stur und lässt keine Gelegenheit aus, um mich zu testen und zu provozieren. Ehe ich Gefahr laufe, mit dieser Trainingseinheit unserer Beziehung mehr zu schaden, als ihr gutzutun, breche ich ab und bringe Ébano zurück in seine Box. Auf dem Weg zum Haus spüre ich, wie es unter der Oberfläche brodelt. Ein Vulkan, der nur darauf wartet, auszubrechen und alles in seiner Umgebung mit einem schwarzen Mantel aus erstarrtem Grauen zu bedecken.

Womöglich ist es diese Unruhe, die mich in Richtung Pool treibt. Oder die Hoffnung, dass ein Bad mir den Kopf abkühlt, damit ich mich wieder unter Menschen wagen kann. Doch dann sehe ich, dass jemand im Pool ist! Und zwar nicht irgendjemand. Keiner aus meiner Familie zieht da seine Bahnen und auch nicht Nuria mit einem ihrer Patienten. Es ist diese Frau! Die Ärztin!

Auf einer der Sonnenliegen hat sie, ordentlich gefaltet, ihre Kleidungsstücke abgelegt. Davor stehen ihre Schuhe.

Ich will schon auf sie zustürmen und sie fragen, was zum Teufel sie hier macht, als sie aus dem Wasser auftaucht und sich am flachen Ende des Pools aufrichtet. Das Wasser reicht ihr bis zur Hüfte, und ich kann sehen, wie es in glänzenden Bahnen aus ihren Haaren über den langen Hals hinabfließt, bis es im Tal zwischen ihren Brüsten versickert. Sie hält die Augen geschlossen, genießt, und ein Teil von mir will sie dafür anschreien, dass es in ihrer Welt etwas gibt, das sie genießen *kann*, obwohl sie weiß, was geschehen ist, während ich höchstens ein wenig Trost in der Arbeit mit meinen Pferden finde. Und trotzdem. Irgendwas hat die Fremde in meinem Pool an sich, das mich fesselt. Sie ist das Bindeglied. Sie ist das fehlende Puzzleteil, das aus den zahlreichen Bruchstücken der Tragödie, zu der mein Leben geworden ist, ein großes Ganzes macht. Ich habe mich so entrückt gefühlt seit der Nachricht vom Tod meines Sohnes. Eigentlich schon seit dem Moment, als ich von seiner Existenz erfahren habe. Nichts von dem, was Martina Römer erzählte – es hatte einiger Erklärungen bedurft, ehe ich mich überhaupt an sie erinnert habe –, hatte einen Bezug zu meinem Leben hier. Lindas Auftauchen macht das, was ich bisher nur gewusst habe, aber nicht gefühlt, real. Diese Frau, Linda, hat mich gefunden, und mit ihr der Schmerz.

In mir brüllt es auf. Ich will nicht, dass sie hier ist. Sie und all das, wofür sie steht, hat hier nichts zu suchen. Ehe ich etwas Dummes tue und sie eigenhändig aus meinem Pool – meinem Leben! – werfe, stürme ich ins Haus.

Die Siesta hat ein Ende!

»Ramón!« Ich poltere in die Küche, und siehe da, tatsächlich sitzt mein Idiot von einem Bruder in aller Ruhe am Tisch und fummelt an seinem Handy herum. Mein Blick erfasst die Reste eines Imbisses, eine große Karaffe Wasser, in der Zitronenscheiben schwimmen, ein benutztes Glas, ein Teller, auf dem ein paar Olivenkerne und Brotbrösel liegen. In der Ecke neben dem Tisch steht eine halb geöffnete Damenhandtasche auf dem Boden.

Mein Bruder blickt von seinem Handy auf.

Am Hals spüre ich das Pochen meines Pulses, so wütend bin ich. »Was tut sie hier?«

»Ich nehme an, du sprichst von Dr. Grünfelder?«

Am liebsten würde ich ihm sein selbstgefälliges Grinsen aus dem Gesicht schlagen. »Es ist mir scheißegal, wie sie heißt. Sie hat hier nichts zu suchen.«

»Sie hat keine Unterkunft für die Nacht, Damián. Sie war vollkommen fertig, nachdem du dein Bestes getan hast, sie zu verjagen. Hätte ich sie in diesem Zustand etwa fahren lassen sollen?«

»Oh, mein Bruderherz meint, den barmherzigen Samariter spielen zu müssen. Was hat sie dir erzählt, dass du sie gleich so königlich hofierst?«

»Sie hat mir gar nichts erzählt.« Ramóns Gelassenheit trifft mich härter als ein Schlag gegen den Solarplexus. Er legt das Handy weg und sieht mir direkt in die Augen. Dass es trotz meiner Wut vor allem Mitgefühl ist, was ich in seinem Blick erkenne, macht alles nur noch schlimmer.

»Eine Karaffe mit Wasser und ein paar Oliven kann man wohl kaum als Hofieren bezeichnen.«

Ich winke ab. »Weißt du was? Scheiß drauf.« Ich hole mein Handy aus der Hosentasche, aber meine Finger sind fahrig, und um ein Haar entgleitet mir das Gerät, ehe ich es im letzten Moment auffangen kann. »Du sagst, sie hat keine Unterkunft? Nun, das können wir ändern. Ein Anruf bei Belén in der Touristeninfo und dieses Problem ist gelöst.« Ich tippe auf dem Display herum, aber meine Finger zittern zu sehr, es will einfach nicht funktionieren.

»Was ist passiert? Wovor hast du Angst?« Ramóns Fragen lassen mich abrupt innehalten. Ich bin der älteste von uns Brüdern. Angst zu haben stand nie zur Debatte. Schon als wir noch Kinder waren, bin ich es gewesen, der nachts aufgestanden ist, wenn wir unheimliche Geräusche im Nachbarzimmer gehört haben.

Ich werfe das Handy auf den Tisch, gehe die wenigen Schritte zu meinem Bruder und beuge mich zu ihm runter. Die Fäuste stütze ich dabei auf die Tischplatte. »Ich habe nie Angst, und das weißt du. Wie wäre es, wenn du dich zur Abwechslung mal um deinen eigenen Scheiß kümmern würdest, statt dich in mein Leben einzumischen? Erzähl mal, wie steht es um deine Ehe, kleiner Bruder? Hat es vielleicht einen Grund, dass du nicht vor der eigenen Tür kehren willst?« Der Angriff geht unter die Gürtellinie. Dass zwischen Ramón und Sofía nicht alles zum Besten steht, ist ein offenes Geheimnis. Ihm seine eigenen Probleme unter die Nase zu reiben ist schäbig und gemein.

Mein Hieb sitzt. Ramón presst die Lippen zusammen, seine Schultern versteifen sich. Er greift nach seinem eigenen Handy, tippt ein paarmal aufs Display, dann reicht er mir das Telefon. »Bitte schön. Ich habe schon gewählt.«

Das Freizeichen klingt so laut durch die Leitung, dass ich es höre, ehe ich mir das Handy ans Ohr presse. Drei Klingeltöne, dann nimmt Belén ab. Sie meldet sich mit der offiziellen Begrüßungsformel der Touristeninformation.

»Hey, Belén. Damián hier. Von der *Hacienda de los Caballos Blancos*.«

»Heee, Damián! Ich wusste nicht, dass du zurück bist.« Ihre Stimme ist voller Freude. Belén und ich sind zusammen zur Schule gegangen. Es gibt fast nichts, was sie nicht für mich tun würde, und heute bin ich verzweifelt genug, um ihre harmlose Schwärmerei für mich ein wenig auszunutzen. »Was kann ich für dich tun?«

»Es ist so, ich bräuchte dringend ein Zimmer für die kommende Nacht.«

»Für dich? Ist euer Haus eingestürzt?« Sie lacht. »Die Hacienda ist doch eigentlich so groß, dass ihr selbst ein Hotel aufmachen könntet.«

»Für einen Gast.«

Mein brüsker Ton lässt ihr Lachen verstummen. »Okay, verstehe. Aber so einfach ist das nicht, Damián. Wir sind mitten in der Hauptsaison. Im Juli und August vermieten die meisten Unterkünfte nur wochenweise, und die sind schon lange im Voraus ausgebucht.« Sie seufzt, und ich kann hören, dass sie mit sich kämpft, ob sie weitersprechen soll oder nicht. Leiser und gedämpft, so als würde sie mit der Hand ihren Mund abschirmen, fügt sie hinzu: »Hast du es mal im Internet probiert? Es gibt so Seiten, wo Leute privat ihre

Zimmer anbieten. Meine Chefs sehen das natürlich gar nicht gerne, aber vielleicht hast du da Glück.«

»In Ordnung. Danke, Belén.« Das ist nicht das, was ich hören wollte. Ich trenne die Verbindung. Mit der freien Hand reibe ich mir die Nasenwurzel. Um nicht den triumphierenden Gesichtsausdruck meines Bruders sehen zu müssen, kneife ich die Augen zusammen.

»Doch nicht so einfach?« Gegen seinen Tonfall helfen die geschlossenen Augen leider auch nicht.

Sehr langsam hebe ich die Lider. In meiner Stimme klirrt Eis, als ich sage: »Sie muss weg von hier.«

»Dami–«

»Nein!«, unterbreche ich ihn. »Du willst wissen, was passiert ist?« Mit der Hand deute ich in Richtung der offenen Küchentür. »Sie! Wenn sie Ärztin ist, dann ist *sie* passiert, denn dann hat sie nicht getan, was ihr verdammter Job gewesen wäre, und es ist ihre Schuld, dass ich keine verdammte Gelegenheit hatte, jemals meinen Sohn kennenzulernen!«

»Deinen …«

Ramón kommt nicht mehr dazu, mich mit all den Fragen zu bombardieren, die ihm jetzt sicherlich durch den Kopf gehen. Ein Geräusch an der Tür lässt uns beide herumfahren.

Dort, tropfnass und mit ihren Kleidern unterm Arm, die Augen weit aufgerissen, steht die Frau, von der wir gesprochen haben. Da sie im Dunkel des Flurs steht, kann ich ihre Augenfarbe nicht erkennen, und ich weiß nicht, warum, aber aus irgendeinem Grund möchte ich plötzlich unbedingt wissen, welche Farbe ihre Augen haben. Vielleicht, weil meine Worte der Grund für den Schmerz sind, der sich jetzt auf ihrer Miene spiegelt und ihre Iriden mit einem Schleier aus Trauer verdunkelt. Vielleicht, wenn ich mir einreden kann, dass sie immer so aussieht, muss ich nicht auf das schlechte Gewissen hören, das mir den Magen verkrampft.

»Dr. Grünfelder.« Ramón fasst sich als Erster wieder. Er steht auf und macht einen Schritt auf sie zu.

»Sicherlich hat mein Bruder das nicht so gemeint. Sie müssen Damián entschuldigen.«

Sie schüttelt den Kopf, öffnet den Mund, als wollte sie etwas sagen, dann schließt sie ihn wieder. Es kostet sie noch drei weitere Anläufe, ehe sie sprechen kann. »Nein«, sagt sie und schüttelt noch einmal den Kopf. »Ist schon in Ordnung. Er hat recht. Ich ... ich gehe.« Damit stürmt sie um den Tisch herum, schnappt sich ihre Tasche und ergreift die Flucht. Alles, was von ihr bleibt, sind die Abdrücke der nassen Fußsohlen auf den Steinfliesen des Bodens.

Ich starre vor mich hin, und die Stille, die nun plötzlich in der Küche herrscht, ist lauter als ein verdammter Hurrikan. Nicht einmal mein sonst so kluger Bruder weiß noch etwas zu sagen. Wie Statuen stehen wir da. Meine Augen beginnen zu tränen. Da erst wird mir bewusst, dass ich seit Lindas Flucht nicht einmal geblinzelt habe.

Ohne ein Wort zu sagen, schiebt sich Ramón an mir vorbei und verlässt die Küche. Im Gegensatz zu Linda beeilt er sich nicht. Seine Schritte entfernen sich langsam im Flur. Eine Tür öffnet sich, er scheint stehen zu bleiben. Ich kann mich noch immer nicht bewegen.

Im Flur wechselt Ramón ein paar Worte mit jemandem. Nicht Linda, wahrscheinlich ist es Sofía oder Montserrat.

Kurz darauf betritt unsere Haushälterin die Küche. »Deine Mutter würde sich im Grabe umdrehen.« Also war sie es wohl, bei der mein Bruderherz gepetzt hat. So harsch ihre Worte sind, ihr Tonfall ist es nicht. Wenn überhaupt irgendetwas, dann dringt Mitgefühl zu mir durch, und das ist schlimmer als Tadel.

Wie eine gefährliche Klippe umschifft mich Montserrat

und bezieht Stellung an der Küchenzeile. Dort ist sie die alleinige Herrscherin. Niemand würde wagen, ihr in ihrem Reich zu widersprechen. Ihre Botschaft ist klar. Was auch immer der Grund für meinen Ausbruch war, jetzt habe ich Sendepause. Routiniert löffelt sie Robusta-Kaffeebohnen in eine kleine Handmühle und beginnt zu drehen. Natürlich besitzen wir eine elektrische Mühle, aber Montserrat schwört, dass Kaffee nur dann seine Magie entfaltet, wenn die Bohnen von Hand gemahlen werden.

Bei jeder Umdrehung quietscht die blank gescheuerte Kurbel, und das vertraute Geräusch legt sich mir wie Balsam auf die Nerven.

Mit dem Fuß ziehe ich einen Stuhl vom Tisch und lasse mich auf ihn fallen. Den Kopf vergrabe ich in den Händen. Ich bin todmüde. Eine Erschöpfung, die nicht nur vom fehlenden Schlaf herrührt. Mir graut jetzt schon vor der kommenden Nacht. So, wie ich mich aufgeführt habe, braucht es keinen Hellseher, um zu erahnen, dass die Zukunft eine lange Reihe weiterer schlafloser Nächte für mich bereithält.

Ich habe mich wie ein Arschloch verhalten. Daran führt kein Weg vorbei.

Irgendwann halte ich es nicht mehr aus. »Weil ich ein Kind in die Welt gesetzt und euch allen nichts davon erzählt habe?«

Das kurze Stocken der Handkurbel lässt mich erahnen, dass diese Information neu für Montserrat ist. Offenbar hat Ramón doch noch nicht alles ausgeplaudert. Dabei habe ich mit dem Geständnis gerade mal an der Oberfläche gekratzt. Die Wahrheit ist viel schlimmer als alles, was Ramón oder Montserrat sich vorstellen können.

»Deiner Mamá, Gott habe sie selig, waren Manieren immer sehr wichtig.« Sie schlägt ein Kreuzzeichen vor der Brust. »Dass ihr gute Männer werdet, war ihr größter Wunsch auf der Welt. Ich habe dein Gebrüll bis in mein Schlafzimmer gehört, *mi querido*. So geht man nicht mit einem Gast um.«

Montserrats Maßregelung fühlt sich an wie die Ohrfeigen, die sie verteilt hat, als Ramón, Luis und ich Kinder waren. Dass sie recht hat, hilft nicht gerade. Solange sie gelebt hat, haben Ramón und ich Mamá gleichsam gefürchtet und verehrt. Lucía Álvarez Alonso hatte die *Hacienda de los Caballos blancos* mit eiserner Hand geführt. Mein Vater war bis zu seinem Schlaganfall der *padrón*. Die wahre Königin in diesem Haus war Mamá.

»Was immer es ist, was dich so zornig macht, es ist nie zu spät, die Dinge wieder geradezurücken«, fährt Montserrat fort. »Das ist das Gute am Leben, weißt du? Jeden Tag, jede Stunde, jede Minute kannst du neu entscheiden, was für eine Art Mensch du sein möchtest. Es liegt einzig und allein bei dir.« Die gemahlenen Bohnen füllt sie in den Kocher, dann stellt sie die *cafetera* auf eine Herdflamme. Während das Getränk brüht, gibt sie zwei Fingerbreit gezuckerte Kondensmilch in ein kleines, bauchiges Glas.

Spätestens jetzt wird mir klar, was sie kredenzt. Obwohl er eine Spezialität meiner Heimat ist, gönne ich mir nicht oft einen *café bombón*. Damit ich für Shows und Messen gebucht werde, müssen nicht nur meine Pferde gut in Schuss sein. Niemand zahlt horrende Ticketpreise, um sich einen fassbäuchigen *vaquero* anzusehen. Doch Montserrat kennt mich gut und weiß, dass es kaum etwas gibt, das mich so sehr besänftigt wie ein frisch zubereiteter *café bombón*. Zuckerbrot und Peitsche, das war schon immer das Geheimrezept der Frauen auf der Hacienda.

»Mutter ist tot. Und wer einmal im Grab liegt, dreht sich nie wieder.« *So wie mein Sohn*. Bittere Galle steigt mir in die Kehle. Verdammt, im Moment kann ich mich nicht einmal an seinen Namen erinnern.

»Schäm dich!« Montserrat dreht sich um und verpasst mir eine Kopfnuss. »Über Tote macht man keine Scherze.« Das war's wohl mit meinem *café bombón*. Ich reibe mir die Stelle am Hinterkopf, wo ihr Schlag mich getroffen hat. Aber Montserrat hat ein Einsehen mit mir. Verdient habe ich es nicht, doch sie gießt das Getränk auf und stellt es vor mir auf den Tisch. In zwei voneinander getrennten Schichten schwimmen die Flüssigkeiten im Glas. Unten die gesüßte weiße Kondensmilch, oben der kurze Schwarze, so düster wie meine Seele.

Entschlossen rühre ich um und leere das Glas in zwei Schlucken. Wie immer explodiert der Geschmack an meinem Gaumen. Bitter und süß, heiß und kalt, belebend und beruhigend. Das Geheimnis eines guten *café bombón* verfehlt auch diesmal nicht seine Wirkung. Ich mag ein Idiot sein, aber ich bin kein Unmensch. Ich weiß, wann ich einen Fehler gemacht habe.

Innerlich seufzend wende ich mich Montserrat zu. »Was erwartest du von mir? Die Frau ist bestimmt schon über alle Berge.«

»Als sie angekommen ist, sah sie ziemlich mitgenommen aus.«

»Das ist keine Antwort.«

»Wenn du eine Antwort willst, solltest du mich ausreden lassen, *querido*. Sie sah mitgenommen aus, aber nicht wie eine Frau, die aufgibt, sobald es schwierig wird.« Mit dem Kinn nickt sie zum Fenster. »Wenn du dir einen Ruck gibst, kannst du zu ihr gehen. Sie steht bei den Ställen und schäkert mit den Pferden.« In Montserrats Stimme klingt Wärme, aber ich fröstle.

Nun denn. Kurz schließe ich die Augen und atme durch. Ich weiß, was ich zu tun habe, und wenngleich mir der Sinn immer noch nicht nach einem Gespräch mit Dr. Linda Grünfelder steht, wurde noch keine Aufgabe in der Geschichte unliebsamer Aufgaben angenehmer, indem man sie auf die lange Bank geschoben hat.

Ich erhebe mich. Beim Rausgehen erhasche ich einen Blick auf Montserrats zufriedenes Lächeln.

Kapitel 3

Damián

Vom Haus zu den Ställen ist es nur ein kurzer Gang über den Hof. Kaum trete ich ins Freie, sehe ich Linda Grünfelder, die mit dem Rücken zu mir am Fenster einer der Boxen steht und in ein munteres Zwiegespräch mit Trajano vertieft ist. Der schwarze Hengst gehört zu den neugierigsten meiner Schützlinge, und es wundert mich kein bisschen, dass er sich vorbehaltlos von ihr bezirzen lässt. Sie hält ihm die flache Hand hin, krault ihm die Unterlippe. Trajano schnaubt zufrieden und treibt seine Faxen mit ihr. Immer wieder nimmt er eine Schnauze voll Heu aus der Raufe und lässt es auf ihren Kopf rieseln. Ihr Top ist bereits staubig vom Heu, lachend zupft sie sich Halme aus den immer noch nassen Haaren. Der Klang ihres Lachens bewegt etwas in mir, sie scheint wirklich Freude an dem Tier zu haben. Das ist es, was Pferde mit Menschen machen. Sie bringen das wahre Wesen der Seele zum Vorschein. Für sie zählen keine Titel, kein Geld, keine Worte. Für sie zählt nur, was ein Mensch wirklich ist.

Die beiden sind so vertieft in ihr Spiel, dass Linda mich nicht kommen hört. Erst als ich bis auf einen Schritt an sie herangekommen bin, mache ich mich bemerkbar.

»Sein Name ist Trajano, nach dem römischen Kaiser Marcus Ulpius Traianus«, erkläre ich. »Seine Vorfahren kamen von der Iberischen Halbinsel. In der Geschichtsschreibung gilt er als der beste römische Princeps aller Zeiten.«

Beim Klang meiner Stimme zuckt sie zusammen, doch sie hat sich so schnell wieder im Griff, dass ich es mir vielleicht auch nur eingebildet habe. Immer noch lächelnd lässt sie von meinem Pferd ab, dreht sich halb zu mir um und schiebt sich eine Haarsträhne aus dem Gesicht. »Er ist wunderschön.«

Bereitwillig nimmt Trajano ihr Kompliment an. Er schnaubt leise und stupst Linda an die Schulter. He, nicht aufhören, heißt das, und sie lässt sich nicht lange bitten. Sacht streicht sie ihm über die sternförmige Blesse auf der Stirn. Das ist nicht mehr die Frau, die voller Entsetzen aus der Küche geflohen ist. Mit der weiten Flatterhose und dem Spaghetti-Top scheint sie auch ihr Selbstbewusstsein wieder angelegt zu haben. Als sie sich von meinem Pferd abwendet und mich anschaut, ist ihr Blick offen und klar. Ihre Augen sind von einem so intensiven Grün, dass ich mich zusammennehmen muss, um sie nicht fasziniert anzustarren.

»Das sind ziemlich große Fußstapfen, in die er da treten muss.«

Richtig, wir reden über Trajano.

Ich schnaube. »Er ist ein eitler Gockel. Wenn es nach ihm ginge, würde er wahrscheinlich Cäsar heißen oder Alexander der Große. Gib ihm eine Gelegenheit, bewundert zu werden, und er ist zufrieden. Dass er bei den Shows meist die zweite Geige spielt, nimmt er mir persönlich übel.«

Trajano straft meine Worte Lügen, indem er von Linda ablässt und mich mit einem leisen Wiehern begrüßt. Suchend näselt er an meinen Seiten herum, denn er weiß, dass ich immer Leckerbissen in meinen Hosentaschen habe. Wie üblich werde ich schwach und halte ihm eine Karotte unter die Nase.

Begeistert pflückt er mir die Leckerei aus der Hand, kaut genüsslich und wendet sich um. *Dann lass ich euch zwei Menschen mal allein*, scheint er zu sagen, und ich komm nicht umhin, mich ein klein wenig verraten zu fühlen.

Nun denn, Showtime. Ich schöpfe Atem für das Gespräch,

das ich nicht führen möchte. »Ich muss mich bei Ihnen entschuldigen«, fange ich mit dem Naheliegendsten an. »Was ich vorhin gesagt habe, war unbedacht und unhöflich. Ich wusste nicht, dass Sie mich hören würden.«

»Wären Ihre Worte weniger unhöflich gewesen, wenn Sie gewusst hätten, dass ich sie höre?« Kaum merklich hebt sie eine Augenbraue. Eine Spur Herausforderung liegt in ihrem Blick. Ertappt. Meine Entschuldigung ist die Spucke nicht wert, die es gebraucht hat, sie auszusprechen.

Das bisschen Fassung, das ich dank Montserrats *café bombón* und Trajano mit seiner verspielten Liebenswürdigkeit wiedergewonnen habe, zerstiebt in einer Wolke aus Unbehagen. Verdammt noch mal! Nein, die Worte wären nicht weniger unhöflich gewesen. Trotzdem wäre es mir lieber, sie hätte sie nicht gehört, denn dann müsste ich mich für nichts entschuldigen. Zu dem Inhalt meines Vorwurfs stehe ich nach wie vor.

Linda scheint das genau zu wissen. Nur deshalb hat sie mir diese Frage gestellt. Ihre verteufelt grünen Hexenaugen schauen mir direkt in die Seele.

Ich balle die Hände zu Fäusten und straffe die Schultern. Montserrat hat sich geirrt. Für eine Aussprache mit der Frau, die meinen Sohn auf dem Gewissen hat, bin ich noch lange nicht bereit. »Meine Familie ist der Meinung, es sei unsere Pflicht, einer gestrandeten Reisenden Obdach zu gewähren. Wer bin ich, mich dagegenzustellen?« Ich selbst höre das Eis in meiner Stimme und wie lächerlich gestelzt ich klinge. »Wenn Sie wollen, können Sie bleiben. Montserrat ist in der Küche, sie wird Ihnen ein Zimmer zeigen, wo Sie sich für die Dauer Ihres Aufenthalts einrichten können. Bei den Pferdepflegern und Bereitern gibt es immer ein freies Bett.«

Ohne eine Antwort von ihr abzuwarten, drehe ich mich um und stiefle zurück zum Haus. Soll sie doch machen, was sie will. Soll meine Familie doch mit ihr Händchen halten und sie hofieren, so viel es ihr beliebt. Dr. Linda Grünfelder geht mich nichts an. Nichts, was sie mir sagen könnte, wird mir wiedergeben, was sie mir genommen hat. Ihr Job wäre es gewesen, geradezurücken, was ich, Martina Römer und das ganze, verdammte Universum verbockt haben. Das hat sie nicht getan, und damit Ende. Ich lege keinen Wert auf ihre Gesellschaft.

»Damián!«, ruft Linda, als ich auf halbem Wege zum Haus bin. Die Muskeln in meinem Rücken spannen sich an, aber ich drehe mich nicht um.

»Ich kann mich nützlich machen. Auf einem Hof wie diesem gibt es sicherlich immer etwas zu tun. Ich kann auch bei den Pferdepflegern mit anpacken.« Sie stockt kurz, ihre Stimme ist leiser, als sie weiterspricht, trotzdem höre ich jedes Wort. »Ich bin nicht gekommen, um mich einzunisten, Damián. Ich bin Ihretwegen gekommen. Und wegen Jannis.«

Was für ein Schwachsinn. Sie ist gekommen, um mir vor Augen zu führen, was ich verpasst habe. Tausende Gelegenheiten, die es nie wieder geben wird. Sie soll mich bloß in Ruhe lassen.

Linda

Eine Wolke schiebt sich vor die gleißende Sonne, genau in dem Augenblick, als Damián im Haus verschwindet. Der Wind frischt auf, eine Bö fegt über den Hof. Staub wirbelt zwischen den Waschplätzen für die Pferde, die Blätter der Bäume singen ein raschelndes Lied. Als sich der Wind wieder legt, hat auch mein Herz aufgehört, wie wild gegen den Brustkorb zu hämmern.

Was gerade geschehen ist, ist ein kleiner Erfolg. Damián

ist von sich aus auf mich zugekommen. Er mag noch nicht bereit sein, all dem ins Auge zu blicken, was ich ihm sagen möchte, doch der erste Schritt ist getan. Auf mehr habe ich nicht gehofft, als ich mich entschlossen habe, einen Blick auf die Ställe zu werfen, statt zu kapitulieren und wie ein begossener Pudel die Hacienda zu verlassen. Nach den schneidenden Worten in der Küche war die Versuchung groß aufzugeben. Doch ich war heute schon einmal kurz davor, mich vertreiben zu lassen. Diesmal nicht.

Trotzdem fühle ich mich wie ein Eindringling, als ich erneut das Haus betrete. Nur ungern würde ich ein zweites Mal in eine Szene platzen, die nicht für meine Augen und Ohren bestimmt ist.

»*Hola!?*«, rufe ich in den düsteren Flur. Wie schon vorhin dringen auch jetzt die einzigen Stimmen aus der Küche. Ich folge ihnen. Beim zweiten Mal ist alles einfacher, richtig?

Diesmal treffe ich auf zwei Frauen. Die ältere Dame, der ich bei meiner Ankunft begegnet bin, ist mit einer jüngeren Version ihrer selbst ins Gespräch vertieft. Das Mädchen, oder eher die junge Frau, lehnt mit der Hüfte an der Arbeitsplatte. In einer Hand hält sie ein Glas Limo, mit der anderen schiebt sie sich einen Keks in den Mund. Sobald sie mich bemerken, drehen beide Frauen sich um und lächeln mich an.

»Ist eine von Ihnen vielleicht Montserrat?« Ich erwidere das Lächeln. »Damián meinte, ich soll mich bei Ihnen melden, damit Sie mir ein Zimmer zeigen, in dem ich unterkommen kann.«

»*Dios mío*, ja, ich bin Montserrat.« Die Ältere stößt einen Seufzer aus. »Dann hat er sich wohl endlich an seine Manieren erinnert.« Sie macht eine auffordernde Geste. »Nur nicht so schüchtern. Kommen Sie rein. Das ist meine Tochter, Nuria.«

Nuria hebt zum Gruß die Hand. Ich trete ein. Hier in der

Küche stehen die Läden offen, sodass Licht durch die Glasscheiben fällt. Die Einrichtung ist simpel, aber gemütlich. Eine Küche, in der gelebt wird, nicht vergleichbar mit der winzigen Küchenzeile in meinem Appartement in München oder der Designermonstrosität im Haus meiner Eltern.

Die junge Frau namens Nuria hat kinnlange schwarze Haare und einen kleinen, drahtigen Körper mit etwas zu eckigen Schultern und sehr schmalen Hüften. Zwei pinkfarbene Haarsträhnen blitzen rechts und links der Stirnpartie auf, und sie trägt einen winzigen rötlich schimmernden Schmuckstein in der Nase sowie einen Ring in der Lippe. Ihre Beine stecken in Jeans und darüber staubigen Chaps. Auf ihrem T-Shirt prangt das Bild einer Prinzessin, die ein Einhorn reitet, dazu der Aufdruck *Real Princesses even tame unicorns*. Sie ist mir auf Anhieb sympathisch.

Nuria ihrerseits mustert mich auch. »Du bist also der Mistral aus Deutschland, der durch unsere kleine Gemeinschaft gefegt ist und alles durcheinandergebracht hat.« Ihre Miene verrät eine Mischung aus Neugier und Belustigung. Schmunzelnd hebt sie eine perfekt gezupfte Augenbraue.

»Schuldig im Sinne der Anklage.« Ich zucke mit den Schultern. »Ich heiße übrigens Linda.« Als Mistral bezeichnet man den starken Fallwind, der schon viele Seeleute das Leben gekostet hat. Ich weiß nicht, ob mir der Vergleich gefällt. »Eigentlich wollte ich keine Unruhe stiften. Es gibt nur ein paar Dinge, die ich dringend mit Damián zu besprechen habe.«

»Pfft.« Nuria winkt ab.

Ihre Mutter wendet sich wieder dem Herd zu. Der verführerische Duft von Zwiebeln, Rosmarin und Knoblauch steigt aus dem Kochtopf, einem riesigen Kessel aus Gusseisen, wie ich ihn bisher nur aus Museen kannte. Wenn dieser Topf randvoll ist, wird davon locker eine ganze Kompanie satt. Montserrat muss sich auf die Zehenspitzen stellen, um mit dem Kochlöffel über den Rand des Topfs zu gelangen. Das Sprechen überlässt sie ihrer Tochter.

Nuria schnaubt. »Ach, über Damiáns Aufstand mach dir mal keine Gedanken. Wurde ja Zeit, dass jemand Wind in die Sache bringt. Wir alle tappen vollkommen im Dunkeln, seit er die Tour abgesagt hat. Die Totenstille seit seiner Rückkehr ist kaum auszuhalten. Wenn du gekommen bist, um Señor Griesgram aus der Reserve zu locken, bist du herzlich willkommen. Bleib, so lange du willst. Satt kriegen wir dich allemal.« Angesichts des riesigen Kochtopfs bin ich geneigt, ihr zu glauben.

»Das Angebot nehme ich gerne an, vielen Dank.« Verlegen hebe ich die Schultern. »Ich habe diesen ganzen Trip ziemlich schlecht geplant und nicht daran gedacht, wie schwer es sein würde, in der Hauptsaison eine Unterkunft zu finden.«

»Na, wenn das alles ist. Betten gibt es in diesem alten Gemäuer genug.«

»Hast du Zeit, Linda zu zeigen, wo sie schlafen kann?«, fragt Montserrat ihre Tochter. »Wenn es heute Abend etwas zu essen geben soll, kann ich hier gerade nicht weg.«

»Klar habe ich Zeit.«

»Dann hopp, zeig ihr das zweite Zimmer bei dir, ja? Bettwäsche und Handtücher sind in der Kommode.«

»Damián meinte, ich soll bei den Pferdepflegern schlafen.«

»Ach, papperlapapp.« Montserrat will von meinem Einwand nichts wissen. »Ihr zwei jungen Dinger werdet euch schon gut verstehen. Stimmt doch, oder, Nuria? Du wolltest schließlich immer eine Schwester.«

»Stimmt genau.« Nuria zwinkert mir zu. »Wenn du willst, können wir sogar Pyjamapartys machen.« Aus der Tasche ihrer Jeans angelt sie ein Handy und entsperrt es mit einem Daumenwischen übers Display. »Aber in einer halben Stunde kommt mein nächster Patient. Es heißt also jetzt oder gar nicht, *doctora.*«

»Dann los.«

»Ich helfe dir mit dem Gepäck. Hast du viel dabei?«

Erst jetzt bemerke ich, wie erleichtert ich bin. Diese beiden Frauen sind wahnsinnig nett zu mir, und das ist so viel mehr, als ich nach dem holprigen Start erwarten konnte. »Nur einen Koffer. Das schaffe ich allein.« Zum Abschied nicke ich Montserrat zu. »Danke, für alles.« Zweifelsfrei war sie diejenige, die Damián einen Schubs gegeben und so dafür gesorgt hat, dass ich die Nacht nicht im Auto verbringen muss.

»Sehr gerne, *doctora.*« Sieht aus, als würde ich diesen Spitznamen nicht so schnell loswerden. Sei's drum. Jetzt bin ich hier, und alles Weitere wird sich zeigen.

Anschließend begleitet mich Nuria zum Wagen, um meine Sachen zu holen. Dann führt sie mich um das Haupthaus herum und einen gewundenen Pfad zwischen Pool und einem duftenden Kräutergarten entlang zu einem Häuschen, das sich in der Nähe des Zauns in den Hügel duckt. Es ist deutlich kleiner als alle anderen Gebäude, die ich auf dem Anwesen bisher gesehen habe. Ebenso wie das Haupthaus ist es weiß getüncht und mit rostfarbenen Ziegeln gedeckt, die über Jahre hinweg verwittert sind und von der Sonne gebleicht wurden. Bauchige Terrakottakübel mit Zitronenbäumchen und niedrigen Palmen stehen aufgereiht vor den Mauern. Wir halten direkt auf die Haustür zu, passieren sie aber und folgen einem Weg, der seitlich am Haus vorbei zu einer Treppe mit einem gusseisernen Geländer führt. Statt massiver Holzläden dienen hier Bambusjalousien als Schutz vor der Sonne. Auf einem Ständer flattern ein paar Wäschestücke zum Trocknen im Wind. Vielleicht hat früher hier ein Gärtner gewohnt oder der Verwalter des Guts.

»Oben ist das Reich meiner Eltern«, erklärt Nuria. »Früher, als der alte *padrón* noch gesund war, hat sich Papá um die Kampfbullenzucht gekümmert. Seit Damián keine Rinder mehr hält, ist Papá der Vorarbeiter der Pferdepfleger.« Sie öffnet ein kleines Tor am Ende der Treppe, und wir gelangen auf eine halb überdachte Terrasse. Im Schatten des Überdachs führt eine weitere Tür ins Haus.

»Die kleine Wohnung ist mein Reich. Die Bereiter und Pferdepfleger wohnen im Westflügel des Haupthauses. Da ist auch meine Praxis. Ich bin Physiotherapeutin.«

Ah, deshalb hat Montserrat von Patienten gesprochen. Langsam fügen sich einige Puzzlesteine ineinander.

»Der Ostflügel gehört Damián, Ramón und seiner Frau Sofía. Die Brüder haben dort jeweils eine eigene Etage. Und der alte *padrón* wohnt im ersten Stock des Südflügels. Da wäre eigentlich auch genug Platz.« Sie spielt mit der Zunge an dem Ring in ihrer Lippe, dann grinst sie. »Aber ich schätze, Mamá war der Meinung, es wäre besser, wenn wir dich aus der Schusslinie halten. Zumindest bis Damián wieder einigermaßen zurechnungsfähig ist.« Mit großer Geste öffnet Nuria die Tür. »Die Wohnung hier ist kleiner als die meiner Eltern, aber für mich reicht es. Nur Luxus darfst du keinen erwarten.«

Die Tür öffnet sich in einen gemütlichen Wohnraum mit einer Sitzecke im vorderen und einer Küchenzeile im hinteren Bereich.

Bunte Wolldecken liegen über die Polstermöbel gebreitet, an den Wänden hängen in breiten Holzrahmen Ölbilder, die rustikale Szenen zeigen: eine Rinderherde im Morgengrauen, eine Gruppe Reiter in traditioneller Tracht, Blumensträuße in Keramikvasen. Nicht die Art von Kunst, die ich in der Wohnung einer jungen Frau erwartet hätte.

Nuria scheint meine Gedanken zu erraten. Sie kichert.

»Die Wohnung war schon eingerichtet, als ich eingezogen bin. Ich bin erst vor ein paar Monaten aus dem Ausland zurückgekommen, und bisher habe ich mich noch nicht dazu aufgerafft, alles zu verändern.« Eine leichte Röte steigt ihr in die Wangen. »Wenn ich ehrlich bin, mag ich es eigentlich ganz gerne so, auch wenn es altmodisch ist.«

»Es sieht toll aus.« Ich schwindle nicht. Die Bilder passen perfekt zu dem Ambiente. Die massiven Möbel aus dunklem Holz, die Natursteinfliesen auf dem Boden, das Marmorspülbecken mit dem geschwungenen Wasserhahn – alles ergibt ein harmonisches Ganzes.

»Zu den Schlafzimmern geht es hier lang.« Sie führt mich in einen kleinen, quadratischen Flur mit drei Türen. »Das größere Schlafzimmer ist meins. Links ist das Bad. Und das hier ist dein Reich.« Sie stößt die rechte Tür auf, und ich folge ihr ins Zimmer. »Es ist ziemlich klein, aber im Grunde halten sich sowieso alle fast immer im Haupthaus auf. Du wirst hier wahrscheinlich nur zum Schlafen sein.«

Zwischen dem Doppelbett, einem Schrank und einer Truhe haben wir beide kaum Platz in dem winzigen Raum. Trotzdem mag ich das Zimmerchen. Wie die ganze Hacienda verströmt es einen nostalgischen Charme. Bei meiner Ankunft hat mich das Gut an ein Kloster erinnert, und dieser Eindruck verstärkt sich jetzt. Es ist nicht schwer, sich vorzustellen, wie ein Mönch aus früheren Zeiten nach einem langen Tag voller Arbeit und Gebetsstunden in dieser Kammer Ruhe gefunden hat.

Ich lehne den Koffer an das Fußende des Bettes und sehe mich um. »Gemütlich«, stelle ich fest.

»So kann man es auch sagen.« Mit einem Jauchzer hüpft Nuria auf das Bett. Die Sprungfedern geben nach. Ihr ganzer Körper wippt ein paarmal, bis sie gerade sitzt. »Ich hoffe nicht, du kannst nur auf harten Matratzen schlafen. Das Bett hier haben Luis und ich schon als Kinder als Trampolin benutzt.«

»Um ehrlich zu sein, kann ich fast überall schlafen, wenn ich müde genug bin.« Oder nirgends, weil mir Albträume den Schlaf rauben. »Es ist super, wirklich. Viel besser, als ich hoffen durfte.«

Ein Weilchen schweigen wir. Die naheliegenden Gesprächsthemen sind erschöpft. Zumindest ich weiß im Moment nicht, wie es weitergehen soll.

Im Gegensatz zu mir scheut Nuria nicht davor zurück, den unsichtbaren Elefanten im Raum anzusprechen. »Ich nehme an, du willst uns nicht alle einfach von unserer brennenden Neugier erlösen und mir erzählen, warum genau du hier aufgetaucht bist?« Grinsend lässt sie die Augenbrauen spielen.

»Ich fürchte nein.«

»Dachte ich mir.« Sie gibt ein theatralisches Seufzen von sich. »Dann muss ich wohl den Anfang machen.« Mit der flachen Hand klopft sie neben sich auf die Matratze. »Komm her. Ich gebe dir die Kurzzusammenfassung von allem, was du wissen musst. Fünfhundert Jahre Familiengeschichte in fünf Minuten. Du siehst, mir ist keine Herausforderung zu groß. Gibt es schon etwas, was du über die *Hacienda de los Caballos Blancos* weißt?«

Ihrer Aufforderung folgend, setze ich mich zu ihr aufs Bett. »Nicht viel, wenn ich ehrlich bin.« Auch unter meinem Hintern geben die Federn nach. Aber weil ich vorsichtiger bin, kann ich die Balance halten und falle nicht hintenüber. »Alles, was ich weiß, ist, dass die Hacienda Damiáns Zuhause ist. Hier lebt und trainiert er, wenn er nicht auf Tour ist.«

Nuria nickt. »Ich sehe, wir haben viel zu tun.« Sie macht es sich bequem, indem sie so weit nach hinten rutscht, bis sie mit dem Rücken an der Wand lehnt. Ihre Füße lässt sie seitlich über den Rand der Matratze baumeln, damit sie mit den Schuhen nicht das Bett schmutzig macht, nehme ich an.

»Also, die *Hacienda de los Caballos Blancos* ist seit dem fünfzehnten Jahrhundert im Besitz der Familie Álvarez«, beginnt Nuria, voll in ihrem Element, zu erzählen. »Früher wurden hier Rinder gezüchtet, wie es sich für jeden anständigen Großgrundbesitzer in Andalusien gehört. Sicher ist Pedro – Damiáns Vater – davon ausgegangen, alles würde die nächsten sechshundert Jahre genauso weitergehen wie bisher, aber das Schicksal nahm einen anderen Lauf.«

»Was ist passiert?«

»Das Leben ist passiert. Lucía, seine Frau, ist gestorben, als Luis gerade mal vier Jahre alt war.«

»Luis?« Den Namen hatte schon der Kitesurfer am Strand erwähnt.

»Damiáns jüngster Bruder«, erklärt sie. »Pedro und Lucía hatten drei Söhne. Damián ist der älteste, Ramón der mittlere und Luis das Nesthäkchen. Wie auch immer«, sie wischt mit der Hand durch die Luft, »nachdem Lucía an einer Lungenentzündung gestorben war, hat Pedro alles darangesetzt, sich selber um die Jungs zu kümmern, aber es war nicht einfach. Vor allem Damián hat er hart rangenommen – auch schon vor Lucías Tod. Pedro hat wohl gehofft, wenn Damián möglichst früh die Führung der Hacienda übernimmt, hat er ein Kind weniger, um das er sich kümmern muss. Als würde sein Ältester allein dadurch schneller erwachsen werden, dass er es nachdrücklich genug von ihm verlangt.« Ihr Lächeln wirkt gequält. Ich will mir gar nicht vorstellen, was für Erinnerungen hinter diesem Lächeln schlummern.

»Wie alt war Damián, als Lucía gestorben ist?«

»Siebzehn. Alt genug in Pedros Augen. Aber gleichgültig, was Pedros Wunsch war, Damián hatte schon immer nur Pferde im Kopf. Zu der Zeit hatte er bereits jede Menge Schleifen bei Turnieren gesammelt, und Nachbarn und andere Pferdebesitzer haben angefangen, ihm ihre Tiere zu bringen, wenn sie Probleme hatten. Damián hat einfach …« Sie stockt, als suche sie nach den richtigen Worten. »Er spricht ihre Sprache, verstehst du? Es ist, als hätte er eine ganz andere Verbindung zu den Tieren. Angeblich war das schon so, als er noch ganz klein war.«

Das Bild von Damián und dem schwarzen Hengst taucht vor meinem inneren Auge auf. Wie sie gemeinsam getanzt haben. Ich nicke. »Ja, ich glaube ich weiß, was du meinst.«

»Auf jeden Fall musste Pedro einsehen, dass er mit Damiáns Pferdegespür mehr Geld machen konnte, als wenn er ihn in seine Fußstapfen zwingt. Er hat ihn von einer Messe zur nächsten, von einem Wettbewerb zum nächsten geschickt. Zuerst nur in Andalusien, dann in ganz Spanien. Zwar hat er Damiáns Talent zu seinem Vorteil benutzt, gleichzeitig hat er seinen Sohn dafür verachtet, einen eigenen Weg zu gehen. Als Lucía gestorben ist, war Damián schon kaum mehr zu Hause.«

»Und Ramón?«

»Der war fünfzehn zu der Zeit und ging noch zur Schule. Ein kluges Köpfchen, immer gute Noten und so. Auf keinen Fall ein zukünftiger Rinderzüchter.« Wieder taucht dieses wehmütige Lächeln auf ihrem Gesicht auf, doch diesmal liegt eine ganze Menge Schmerz in ihren schwarzen Augen. Eigener Schmerz, nicht Mitgefühl für einen Menschen, den sie ihr Leben lang kennt. »Ich erinnere mich, wie Ramón jedes Mal völlig fertig war, wenn die Transporter kamen, um Bullen für die Arena abzuholen. Manchmal hat er tagelang nichts gegessen, und Pedros Spott für seinen Mittleren war in solchen Zeiten schneidend wie ein Messer. Ein Kampfbullenzüchter, dem übel wird, wenn er Fleisch essen soll? Hat man so etwas schon gehört?« Sie schüttelt den Kopf, wie um die Erinnerungen loszuwerden, dann fährt sie fort. »Trotzdem hat Pedro zugelassen, dass Ramón sich hinter seinen Büchern verschanzt. Vielleicht hatte er schon bei Damián gelernt, dass es sinnlos ist, den Söhnen etwas aufzwingen zu wollen. Oder er hat immer noch gehofft, Damián würde irgendwann zur Besinnung kommen und sein Erbe antreten. Wenn er sich genug ausgetobt hat in der weiten Welt. Die Álvarez-Männer sind alle stur wie Mulis.«

»Das heißt, Lucías Tod hat nicht dazu geführt, dass sich das Verhältnis von Pedro zu seinen Söhnen verbessert hat?«

»Ganz und gar nicht. Pedro hat sich in die Arbeit gestürzt und die Erziehung der Kinder, also eigentlich nur noch Luis, meiner Mutter überlassen. Er hat sich in seiner Trauer vergraben und geschuftet wie ein Tier. Wenn er einen schlechten Tag hatte, hat er Damián vorgeworfen, nur er und sein Sturschädel seien schuld, wenn den Bach runtergeht, was über Jahrhunderte Bestand hatte. Damián sei ein Nichtsnutz und würde die Familie verraten, um den Star zu spielen.« Wieder fährt sie mit der Zunge über den Lippenring. »Wie auch immer, Pedro hat sich für die Hacienda aufgerieben. Und am Ende kam es, wie es kommen musste, und der Stress hat seinen Tribut gefordert.«

Als Psychiaterin habe ich Geschichten wie diese zigmal gehört. An das Märchen von der großen, glücklichen Familie glaube ich schon lange nicht mehr. Jeder Mensch kämpft mit irgendwelchen Dämonen. Trotzdem trifft mich, was Nuria erzählt.

»Ist er krank geworden?«, frage ich mit einem dicken Kloß in der Kehle.

»Schlaganfall. Mit nicht einmal sechzig. Ramón hat zu der Zeit Tiermedizin in Madrid studiert. Damián war irgendwo im Ausland, um Seminare zu geben. Und von einem Tag auf den anderen musste er zurückkommen und die Führung eines Guts übernehmen, das er so nie haben wollte.«

Mein Magen krampft sich zusammen. Die Nachricht von Jannis' Tod muss Damián umso härter getroffen haben, weil er sich schon einmal in einer ähnlichen Situation befunden hat. Beide Male war er weit weg von zu Hause und dem Rückhalt der Menschen, die ihn lieben, als ihn schwere persönliche Krisen heimgesucht haben.

»Wie lange ist das her?«

»Elf Jahre. Und du hast ja gesehen, wie es heute hier aussieht. Seitdem hat sich hier einiges verändert.« Sie schaut zum Fenster. Die Jalousien verhindern den Blick nach draußen, doch ich bin mir sicher, dass Nuria nicht die grünen Bambuslamellen sieht, sondern all das, was dahinterliegt. Den Hain voller Olivenbäume. Die weitläufigen Koppeln, an denen ich bei meiner Ankunft vorbeigekommen bin. Sanfte Hügel, gefleckt von Krüppelgewächsen und ockergelber Erde. Gepflegte Pferdeställe. Eine Reithalle, ein Pool, mehrere Sandplätze und Paddocks für die Arbeit mit den Pferden.

»Statt Rindern züchten wir jetzt Pferde«, erzählt sie. »Um die vierzig Mutterstuten haben wir auf der Hacienda. Die besten Fohlen behält Damián für seine Shows. Er gibt Seminare und Kurse überall auf der Welt, und die Pferdezucht floriert. Jeder, der etwas auf sich hält, will ein Pferd aus dem berühmten Stall von Damián Álvarez García, dem Mann, der mit den Pferden sprechen kann. Ramón ist Tierarzt geworden, und die meiste Zeit verstehen die beiden sich sogar.« Sie zwinkert mir zu. »Mörderische Streits kommen mittlerweile eher selten vor. Früher haben sie sich öfter gezofft, doch nur dann, wenn eine Frau im Spiel war. Aber da Ramón mittlerweile mit Sofía verheiratet ist …« Sie lässt den Satz im Nichts verklingen, schnaubt ein wenig und zuckt mit den Schultern.

»Was ist mit Luis?«

»Ach, der.« Der Themenwechsel zaubert ein Lächeln auf ihre Miene. Sehr gut. Genau das hatte ich gehofft. »Der macht sein Ding. Nach Damián und Ramón hatte es Pedro bei Luis, seinem Jüngsten, längst aufgegeben, ihn nach seinen Vorstellungen zu erziehen. Googel ihn. Luis Álvarez García. Dann wirst du sehen, was ich meine.« Zwinkernd stupst sie mich mit dem Ellbogen in die Seite. »Damián ist nämlich nicht die einzige Berühmtheit in der Familie. Wenn du rausfinden willst, was es mit Luis auf sich hat, hast du erst mal zu tun. Jetzt ist nämlich Schluss mit der Märchenstunde.« Sie erhebt sich vom Bett. »Die Arbeit ruft mich. Abendessen gibt es um halb zehn. Auf der Hacienda ist es üblich, dass einmal am Tag alle zusammen essen. Die Familie, die Pferdepfleger und Bereiter und wer sonst noch so hier ist. Manchmal bringt die Krankenpflegerin sogar Pedro zu uns. Also, mach es dir gemütlich und fühl dich wie zu Hause.« Sie nickt zur Tür. »Ach, und wenn du noch was brauchst, Mamá ist immer irgendwo im Haupthaus. Frag sie einfach.«

»Okay«, erwidere ich, etwas verdaddert wegen Nurias plötzlicher Geschäftigkeit. Ich habe tausend weitere Fragen im Kopf, aber dafür ist jetzt wohl keine Zeit mehr.

»Super. Dann bis später.« Sie winkt noch einmal, dann bin ich allein.

Kaum ist sie weg, beschäftige ich mich zunächst einmal damit, das Bett zu überziehen. Wie Montserrat gesagt hat, finde ich Bettwäsche in der Kommode im Zimmer. Nach getaner Arbeit lasse ich mich rückwärts zurück aufs Bett fallen. Im Gegensatz zu Nuria streife ich mir dabei die Schuhe von den Füßen. So muss ich mich nicht verrenken, um bequem zu liegen. Weil Straßendreck auf einem frisch gemachten Bett? Das geht ja mal gar nicht!

Unter der Decke hängt ein dreiflügeliger Ventilator, der gleichzeitig als Deckenlampe dient. Er ist ausgeschaltet, und abwesend frage ich mich, wo der passende Schalter ist. Aber im Grunde es ist egal. Ich habe in den vergangenen eineinhalb Stunden genug Staub aufgewirbelt.

Mein Hintern vibriert. Genauer gesagt, das Handy, das in meiner Hosentasche steckt. Realistisch betrachtet gibt es nur zwei Menschen, die versuchen könnten, mich zu erreichen. Zu den meisten Personen in meiner Liste halte ich über E-Mail Kontakt. Kollegen schätzen den Schriftverkehr mehr als ein persönliches Gespräch. Wie ich mein Glück kenne, versucht nicht noch einmal Jenny, mich zu erreichen.

Ein Blick aufs Display bestätigt meine Befürchtung. Mein Magen krampft sich zusammen. Ja, ich bin einunddreißig Jahre alt und bekomme Magenschmerzen, wenn ich weiß, dass mich eine Gardinenpredigt von meiner Mutter erwartet. Meine Supervisorin hat regelmäßig ihre Freude an meinem verkorksten Verhältnis zu meiner Mutter. Aber manche Dinge sind so tief in unserer Seele verankert, dass man auch trotz bester Ausbildung und Supervision ewig damit hadert.

Ich stoße einen Seufzer aus, dann nehme ich den Anruf an. »Hallo, Mama!«, begrüße ich sie mit gespielter Fröhlichkeit. »Alles klar bei euch?«

»Das wollte ich dich fragen – seit gut und gerne fünf Stunden, um genau zu sein.« Um des Effekts willen fügt sie ein leises Schniefen hinzu. »Hast du nicht gesehen, dass ich versucht habe, dich zu erreichen? Ich habe mir solche Sorgen gemacht!«

In Lehrbüchern nennt man das, was meine Mutter macht, passive Aggression. In ihren harmlos anmutenden Sätzen versteckt sich ein ganzes Bataillon an Vorwürfen. Warum hast du dich nicht früher gemeldet? Wie kannst du uns so lange im Ungewissen lassen? Kannst du dir nicht vorstellen, dass wir besorgt sind? Was bist du für eine Tochter, die nicht ans Telefon geht, wenn ihre Mutter anruft? Und überhaupt – was fällt dir ein, deinen sicheren Job zu kündigen und dich auf dieses Abenteuer einzulassen, wo du doch weißt, wie sehr wir dich hier brauchen?

Wie immer reagiert mein Körper auf ihre Angriffe. Der eiskalte Knoten in meinem Magen wächst, und mein Herzschlag beschleunigt sich.

»Mein Akku war leer.« Glatt gelogen. »Aber jetzt melde ich mich ja. Ich habe eine tolle Unterkunft gefunden. Gar nicht weit weg von da, wo der Vater meines Patienten arbeitet. Es ist herrlich hier. Wirklich. Über Mittag war es ganz schön heiß, sicher an die fünfunddreißig Grad. Aber jetzt ist ein leichter Wind aufgekommen, und es ist richtig gut auszuhalten.« Das Wetter in Andalusien interessiert meine Mutter keinen Deut. Aber meine Nervosität verlangt ein Ventil, also plappere ich so munter drauflos, wie es nur geht. Im Leben nicht kann ich ihr erzählen, wie mühsam meine Anreise in Wahrheit war, wie emotional anstrengend das erste Aufeinandertreffen mit Damián. So viel Ehrlichkeit verträgt unsere Beziehung nicht.

»Wiebke hat nach dir gefragt.«

Ich schließe die Augen. Verdammt. So viel zu meinem Versuch, Small Talk als Rüstung gegen ihre Angriffe zu verwenden. An meinem schönen Ablenkungsmanöver vorbei platziert sie ihren Hieb zielsicher in mein Herz. Darin ist sie gut, und die Tatsache, dass wir beide wissen, dass Wiebke nicht *wirklich* nach mir fragen kann, ändert daran auch nichts.

»Ach ja?«, krächze ich. »War das heute bei deinem Besuch? Wie geht es ihr?«

»Pfft. Wie soll es ihr schon gehen?« Wieder legt sie eine ihrer berühmten Sprechpausen ein, und wieder rebelliert mein Magen, während mein Kopf die Stille mit jeder Menge Vorwürfen füllt. Doch diesmal weigere ich mich, auf die Stimme aus meinem Unterbewusstsein zu hören. Mein inneres Kind hat Sendepause. Wenn ich jetzt damit anfangen würde, ihm Gehör zu schenken, wäre die Abwärtsspirale vorprogrammiert, und ich brauche all meine Kraft für das, was mir hier noch bevorsteht.

Als meine Mutter merkt, dass ich nicht auf ihre Spitze eingehe, spricht sie mit kühlem Ton weiter. »Wir haben uns zusammen das Bilderbuch angesehen, das du ihr letztens geschenkt hast.«

»Das mit den Pferden?« Ein winziges Lächeln zupft an meinen Lippen. Ich erinnere mich, wie begeistert Wiebke war, als ich ihr das Buch vor ein paar Wochen mitgebracht habe. Für sie wäre die Hacienda ein Paradies. Pferde sind ihre Lieblingstiere. Das war schon so, als sie noch ganz klein war. Vorher. Bevor sich unser Leben von einem Moment auf den anderen verändert hat und wir eine unglückliche Familie wurden, wie es sie zuhauf gibt. Manchmal bin ich froh, dass Wiebke das alles nie begreifen wird.

»Genau das. Sie hat die ganze Zeit auf das Bild mit der blonden Reiterin gezeigt und *Iaaah* gesagt.« Meine Mutter imitiert Wiebkes Tonfall, und wie immer, wenn sie das tut, schwingt eine Mischung aus Abscheu und Trauer in ihrer Stimme. Auch nach achtzehn Jahren kann Vera Grünfelder die Karten nicht akzeptieren, die das Schicksal, oder besser gesagt, ihre ältere Tochter, ihr zugespielt hat. »Professor Haas meint, eine Reittherapie wäre gut für sie, aber die Krankenkasse sieht das anders. Und jetzt bist du auch noch weg und kannst uns dabei nicht helfen.« Sie seufzt theatralisch. »Womöglich ist das aber auch besser so. Ich halte ohnehin nichts von der Idee. Reiten? Das ist doch viel zu gefährlich.«

»Ich bin ja nicht für immer weg, Mama. Sobald ich in Spanien alles erledigt habe, komme ich zurück.«

»Und wann soll das sein? Ich kann hier unmöglich alles alleine stemmen. Dein Vater ist jeden Tag vierzehn Stunden in der Kanzlei. Man kann kaum von ihm erwarten, dass er sich auch noch um die Dinge kümmert, die du ohnehin viel besser kannst.«

Mir liegt auf der Zunge zu fragen, warum meine Mutter sich in achtzehn Jahren nie die Mühe gemacht hat, sich in den Papierkram einzuarbeiten, den Wiebkes Pflege und Betreuung erfordert. Bevor die verräterischen Worte meine Lippen verlassen können, beiße ich mir auf die Zunge. Mit meiner Mutter zu streiten, bringt nichts. So oder so würde ich als Verliererin hervorgehen, und dafür fehlt mir momentan die Energie. Also atme ich tief durch und zwinge meine Stimme zu absoluter Neutralität. »Wenn während meiner Abwesenheit irgendwas von der Krankenkasse kommt, kannst du es mir per E-Mail schicken. Ich schau es mir dann hier an.«

»Per E-Mail?«

»Ja. Scann es ein. Ich weiß nicht, ob ich in meiner Unterkunft WLAN habe, falls nicht, gehe ich in ein Internetcafé.«

»Scannen?«

»Mit dem Drucker, Mama. Das habe ich dir doch schon so oft gezeigt. Euer Drucker hat eine Scan-Funktion. Das geht ganz einfach.«

»Ja. Das ist leicht gesagt«, erwidert sie spitz. »Stell deine Mutter ruhig als Trottel hin. Ich würde dich gerne mal sehen, wenn du all das schaffen müsstest, was ich jeden Tag zu erledigen habe. Der Haushalt, die Fahrten zu Wiebke. Von deinem Vater ist ja auch kaum Hilfe zu erwarten. Und dann all die Sorgen!«

»Mama.« Jetzt flehe ich beinahe. »Du musst nur einen Knopf drücken. Ich will doch helfen, aber …«

Sie lässt mich nicht aussprechen. »Aber du hast etwas Besseres zu tun. Ich habe schon verstanden, Linda. Ich bin schließlich nicht dumm. Lass dich nicht weiter von mir aufhalten. Falls es dir genehm ist, wäre ich dankbar, wenn du dich regelmäßig melden würdest. Dann müsste ich mir wenigstens um eine Tochter keine Sorgen machen.«

»Ist gut, Mama. Ich melde mich.« Einen Moment lang warte ich auf ein *Ich hab dich lieb*. Auf ein *Pass auf dich auf*. Auf irgendeinen Beweis, dass ich im Herzen ihre Tochter bin, auch wenn ich einmal nicht das mache, was sie von mir erwartet.

Natürlich werde ich enttäuscht. Ein Klicken in der Leitung bedeutet das Ende des Gesprächs. Gequält atme ich aus. Im Grunde bin ich nicht anders als Mutter. Achtzehn Jahre später, und ich kann noch immer nicht akzeptieren, dass manches nie wieder zurückkommen wird.

Ich lasse das Handy auf die Matratze fallen und schließe die Augen.

Der Gedanke, aufzustehen und meinen Koffer auszupacken, erfüllt mich mit Grauen, so sehr hat das Telefonat mit meiner Mutter mich erschöpft. Schlafen will ich aber auch nicht. Hinter der Erschöpfung warten Albträume. Erinnerungen und Selbstvorwürfe, Schuldgefühle und Sehnsucht. Das alles kann ich nicht gebrauchen, wenn ich tun will, wofür ich nach Andalusien gekommen bin. Ich muss Damián dazu bringen, Jannis' Brief zu lesen. Das ist alles, was zählt. Aber ein Körper braucht Schlaf, und so siegt irgendwann die Müdigkeit. Wenn ich das Abendessen verschlafe, werden alle glauben, ich wüsste ihre Gastfreundschaft nicht zu schätzen. Doch nicht einmal dieser Gedanke hält mich wach.

Kapitel 4

Linda

»Linda, da bist du ja! Komm, setz dich zu uns. Ich habe dir einen Platz freigehalten.« Kaum sieht sie mich, steht Nuria auf und winkt fröhlich in meine Richtung. Sie trägt dieselben Sachen wie am Nachmittag, nur dass sie sich mittlerweile eine Fleecejacke übergezogen hat.

Dankbar nicke ich ihr zu. Nach dem Gespräch mit meiner Mutter und ein paar Stunden Schlaf fühle ich mich wie benommen. Etwas orientierungslos lasse ich den Blick über die Tischgesellschaft schweifen.

An der Tafel sitzt mindestens ein Dutzend Menschen. Über ihnen hängen bunte Lampions an einer Schnur von Baum zu Baum und tauchen die Szene in angenehm weiches Licht. Kerzen auf dem Tisch sowie die gusseisernen Laternen, die in regelmäßigen Abständen an der Mauer des Haupthauses angebracht sind, sorgen für ausreichend Helligkeit, um zu sehen, was man isst. Alle reden durcheinander. Ich erkenne Montserrat und Ramón, doch außer diesen beiden und Nuria sind mir die Gesichter fremd. Damián suche ich vergeblich. Enttäuschung flammt in mir auf, dicht gefolgt von Entschlossenheit. Ich muss mit ihm reden. Ich muss, ich muss, ich muss. Es gibt einen Weg, und es liegt an mir, ihn zu finden. Scheitern ist keine Option.

»Also …« Falls Nuria meine Enttäuschung bemerkt hat, lässt sie sich nichts anmerken. »Ruhe, alle miteinander! Ich will euch Linda vorstellen.« Tatsächlich dauert es nur ein paar Sekunden, bis fast alle Nurias Aufforderung folgen.

Nur Ramón ist noch unter vollem Körpereinsatz damit beschäftigt, eine Geschichte zum Besten zu geben. Er hat die Arme rechts und links vom Körper abgespreizt, die Lider halb geschlossen und rollt mit den Augen. »Ungefähr so«, meint er und deutet auf sein Gesicht. »Die arme Ziege war vollkommen high.«

»Und was hast du dann gemacht?«, will eine junge Frau wissen, die ihm schräg gegenüber am Tisch sitzt.

»Was hätte ich denn machen sollen? Um ihr den Magen auszupumpen, war es viel zu spät.« Er zuckt mit den Schultern, und ich erinnere mich, dass Nuria erzählt hat, Ramón sei Tierarzt. »Miguel habe ich gesagt, dass er seine Haschkekse nicht mehr offen herumliegen lassen darf, wenn seine preisgekrönte Ziege auf dem Hof spazieren geht. Entweder Margarita bleibt im Stall, oder er muss besser aufpassen. Ganz Andalusien weiß, wie verfressen dieses Vieh ist. Aber seit sie den Zuchtpreis der SEAE gewonnen hat, wird diese Ziege schlimmer verhätschelt als Prinzessin Leonor.«

»Na, zumindest wird Leonor von Papá Felipe keine Haschkekse zugesteckt bekommen.« Die junge Frau grinst von einem Ohr zum anderen. »Hat Miguel wenigstens eingesehen, dass er künftig besser achtgeben muss?«

»Natürlich!« Jetzt grinst auch Ramón.

Wetten, dass die wahre Pointe dieser Anekdote nicht die bekiffte Ziege ist? Noch immer stehe ich ein Stück abseits wie ein Schüler, der zu spät zum Unterricht gekommen ist. Aber das ist nicht schlimm, zuerst muss ich wissen, wie die Geschichte weitergeht. Selbst die Frage, wie ich mich Damián am besten annähern soll, rückt für den Moment in den Hintergrund.

Auch alle anderen hängen gebannt an Ramóns Lippen.

Nach einer kurzen Pause fährt er fort. »So einsichtig, dass er mir zur Sicherheit seine ganzen Vorräte als Bezahlung mitgegeben hat! Also meine Lieben, wer heute Lust auf einen ganz besonderen Nachtisch verspürt, weiß, wo er mich findet.«

Ramóns Angebot wird mit Applaus und Jubel begrüßt. Zufrieden mit sich selbst, nimmt er einen Schluck aus seinem Weinglas und lässt sich auf dem Stuhl zurückfallen.

Als die allgemeine Begeisterung abebbt, versucht es Nuria noch einmal. »Wenn mir jetzt endlich mal alle kurz zuhören könnten?« Sie legt mir eine Hand auf die Schulter und schiebt mich einen Schritt nach vorne. »Wie gesagt, das hier ist Linda. Sie wird für eine Weile bei uns wohnen. Linda, aufgepasst, ich fang oben an der Tafel an und arbeite mich nach unten vor. Mach dir Notizen, wenn nötig, hinterher werde ich dich abfragen.«

»Glaub ihr kein Wort.«

»Blödsinn.«

»Lass dir keinen Bären aufbinden, Linda. Niemand kann sich am Anfang die Namen der ganzen Verrückten merken.« Von mehreren Seiten gleichzeitig kommt der Protest, und ich kann nicht anders, als das Lachen dieser Fremden zu erwidern. Diese Menschen brauchen keine Drogen, um entspannt zu sein. Sie sind berauscht vom Leben und genießen nach einem arbeitsreichen Tag die Gesellschaft Gleichgesinnter, die laue Abendluft, das Essen und den Wein.

»Eigentlich bin ich ganz gut darin, mir Namen zu merken«, meine ich. »Ich will es wenigstens versuchen.« Das andere, das ich will, mehr, als ich seit Langem irgendetwas wollte, mehr sogar, als jetzt sofort mit Damián zu reden, damit ich ihn davon überzeugen kann, Jannis' Vermächtnis anzunehmen, spreche ich nicht aus. Ich will dazugehören. Zu dieser Gruppe von Menschen, die an dieser Tafel versammelt sind und wirken, als hätten sie keine Sorgen in der Welt. An diesem Ort, der eine Magie ausstrahlt, die sich tröstend auf meine überreizten Nerven legt. Die Sehnsucht packt mich so überraschend und mit einer Wucht, dass ich Mühe habe, Tränen zu unterdrücken. Nach allem, was ich bisher gesehen habe, muss die Hacienda ein Ort sein, an dem Herzen heilen können. Kein Wunder, dass es Damián hierher zurückgezogen hat, als das Leben ihm zu viel wurde.

»Dann fange ich mal an«, ergreift wieder Nuria das Wort. »Ramón, Damiáns Bruder, kennst du ja schon. Er ist der Clown mit der Ziegengeschichte. Ihm gegenüber sitzt Sofía, seine Frau.« Das Lächeln, das mir die rassige Schönheit mit den langen kastanienbraunen Haaren und fliederblauen Augen zuwirft, wirkt künstlich und kühl, aber Nuria spricht schon weiter, ehe ich mir über Sofías mangelnde Herzlichkeit Gedanken machen kann.

»Gegenüber von Sofía sitzen meine Mutter, Montserrat, und mein Vater, José. Das neben José ist Manuel. Er ist Pferdepfleger. Genauso wie Pilar, Álvaro und Tessa. Tessa kommt wie du aus Deutschland. Sie macht bei uns ein Praktikum während der Semesterferien.« Einer nach dem anderen hebt während der Vorstellungsrunde die Hand.

»Alles klar?«, fragt Tessa mich grinsend auf Deutsch. Ich schätze sie auf achtzehn, neunzehn Jahre. Wenn das stimmt, kann sie noch nicht sonderlich weit in ihrem Studium sein.

»Alles klar«, bestätige ich und erwidere ihr Grinsen. Die Namen der anderen Pferdepfleger habe ich bereits wieder vergessen. Einfach zu viele Menschen sitzen hier zusammen. Und es kommen noch mehr. Ein Andrés ist dabei, ein Javier und ein Milo, der neben Tessa und mir der einzige Ausländer ist und laut Nuria aus Großbritannien stammt, wo er sich einen hervorragenden Ruf als Bereiter gemacht hat.

Die Namen rauschen immer noch in meinen Ohren, als ich mich neben Nuria setze. Eine große Keramikschüssel mit Eintopf prangt in der Mitte des Tischs. Ich schätze, es ist das Gericht, das Montserrat am Nachmittag gekocht hat. Drum herum sind zahlreiche Platten und kleinere Schüsseln arrangiert. Oliven und Datteln im Speckmantel, knusprig gebratene Kartoffelwürfel und ein weißlicher Dip, *alioli*, nehme ich an. In großen Karaffen steht Wasser mit Zitronenscheiben und ein paar Zweigen Rosmarin bereit, andere sind mit *sangría* gefüllt.

Beim Anblick der Köstlichkeiten knurrt mein Magen. Außer dem kleinen Imbiss, den Ramón mir mittags serviert hat, habe ich seit über vierundzwanzig Stunden nichts mehr gegessen.

Nuria muss das Grummeln gehört haben. Sie gibt noch einen weiteren Löffel Eintopf in die Schale, die sie gerade für mich füllt. »Hier, iss. Das klingt, als hättest du einen wütenden Löwen im Bauch versteckt.«

Der Duft, der aus der Schale aufsteigt, macht mich fast schwindelig. Würzig nach Zwiebeln und Zimt, Knoblauch und Wein. Irgendein dunkles Fleisch wurde verarbeitet, Rind oder Lamm, nehme ich an, und dazu jede Menge Gemüse. Grüne Bohnen und Paprika, Tomaten, Auberginen und Zucchini.

Schon beim ersten Bissen flutet der Geschmack meinen Gaumen. Er ist einfach herrlich! Auf einmal fühle ich mich sehr wohl. Vielleicht liegt es an dem Ambiente im Hof dieser malerischen Hacienda aus dem fünfzehnten Jahrhundert. Am zufriedenen Schnauben glücklicher Pferde, das die leichte Abendbrise dann und wann zu uns herüberträgt, oder dem Duft von sonnenmüder Erde. Vielleicht liegt es an dem unkomplizierten Zusammensein mit Menschen, die mich spontan in ihrer Mitte akzeptieren, die keine unangenehmen Fragen stellen, sondern mich in ihre Gespräche einbeziehen, als wäre es das Normalste auf der Welt. Ich bin mir nicht sicher, aber eines weiß ich genau: Der Eintopf aus Montserrats Küche ist das Beste, was ich jemals gegessen habe.

Damián

Das bunte Licht der Lampions dringt bis auf den Hügel unweit der Hacienda. *Feenhügel* nennen ihn die Alten der Gegend. Männer und Frauen, deren Vorfahren schon meinen Vorfahren dabei geholfen haben, dem staubigen Boden Andalusiens ein Auskommen abzutrotzen. Der Grund für den mystischen Namen ist der tausendjährige Ölbaum auf seiner Kuppe, in dessen Zweigen angeblich die Geister der Ahnen leben. Auch heute begrüßt er mich still und majestätisch, als ich durch den Hain auf ihn zugehe. Wenn ich ehrlich bin, bezweifle ich, dass der greise Geselle tatsächlich tausend Sommer auf dem Buckel hat. Aber die Legende besagt, der Tausendjährige sei der erste Olivenbaum, den ein Álvarez auf diesem Land gepflanzt habe. Mit diesem Baum habe alles begonnen, und solange er lebe und Früchte trage, so lange werde die Familie weiterbestehen und kein Nachfahre unseres Gründervaters ein Leid erfahren.

Natürlich lügt die Legende, und das nicht nur, weil der Baum keine tausend Jahre alt sein kann, wenn er von einem meiner Vorfahren gepflanzt worden sein soll. Seit Gründung des Hofs hat es genug Unglück auf der *Hacienda de los Caballos Blancos* gegeben, um damit ganze Romane zu füllen. Seuchen und Kriege sind über meine Familie gekommen, genau wie über den Rest des Landes. Auch wir waren weder vor Tod gefeit noch vor Verzweiflung, Trauer und Unglück. Doch den Tausendjährigen gibt es immer noch. Wacker blickt er von seinem Hügel hinunter auf die Hacienda und seine Bewohner. Schon als Kind habe ich mich gefragt, was er mir zu sagen hätte, wenn er sprechen könnte.

Ich kippe Stroh und Pferdeäpfel aus dem Eimer, den ich den ganzen Weg hier hochgeschleppt habe, am Fuß des Baumes aus und verteile den Mist mit den Stiefeln. Bis morgen wird der Wind das Stroh weggetragen haben, die Pferdeäpfel vermengen sich mit der roten Erde meiner Heimat. Montserrat und José lachen über mich, wenn sie mich wieder einmal erwischen, wie ich keuchend Biodünger auf den Hügel trage. Wenn der Baum leben soll, dann lebt er auch so, ruft Montserrat mir dann nach, und ich höre förmlich, wie sie mich heimlich einen Traumtänzer nennt. Einen Luftikus, der mit Bäumen spricht und Pferden tanzt, aber kalt und abweisend wird, wenn er sich mit Menschen beschäftigen soll. Wahrscheinlich hat sie recht, und ich bin ein Griesgram, den jeder lieber von hinten als von vorne sieht. Wenn es so ist, sehe ich keinen Grund, etwas daran zu ändern. Wenn Papá mir eins eingebläut hat, dann, wie wichtig es ist, auf die zu achten, für die ich verantwortlich bin. Dafür müssen die Menschen mich nicht mögen.

Ich lasse den Eimer fallen und begrüße meinen greisen Freund mit einem Streichen über die Rinde. Die Stränge des Baumstammes sind ineinander verzwirbelt. An manchen Stellen haben Wind und Wetter die Borke glatt gescheuert, an anderen ist sie rau und faltig wie die Haut eines alten Mannes. Mondschein reflektiert silbrig auf den Blättern der Krone. Sogar ein paar Oliven schenkt uns der Tausendjährige noch. Die diesjährigen Früchte sind noch nicht reif. Wie ein Schatz aus Jadeperlen verstecken sie sich im Geäst.

Ich schließe die Augen und hoffe wider besseres Wissen, dass dem Baum gelingt, was weder die Vertrautheit meines Zuhauses noch die Gesellschaft meiner geliebten Pferde die letzten Tage geschafft haben. Eine ganze Nacht ungestörten Schlafs. Ist das wirklich zu viel verlangt? Eine Nacht. Ohne Albträume, ohne Zweifel, ohne Selbstvorwürfe und die ewigen Fragen nach dem Warum. Warum hat Martina Römer sich nicht früher bei mir gemeldet? Warum habe ich nie geahnt, dass ich einen Sohn habe? Müsste ein Mann so etwas nicht spüren? Ich bin so verdammt stolz auf mein Feingefühl im Umgang mit den Pferden. Wie kann es sein, dass die Intuition mich ausgerechnet in so einer wichtigen Sache im Stich gelassen hat? Warum hat der Junge nicht früher nach mir gesucht? Jannis. Sogar sein Name ist mir fremd. Wenn ich versuche, ihn auszusprechen, weigert sich meine Zunge, die Laute richtig zu formen.

Warum hat er getan, was er getan hat? Und warum – warum – hat niemand sein Leid bemerkt und ihm rechtzeitig geholfen? Eine Ärztin zum Beispiel. Eine Ärztin, die dafür bezahlt wird, Menschen in Not beizustehen und zu verhindern, dass es zum Äußersten kommt.

Wie immer, wenn meine Gedanken sich in diese verräterische Abwärtsspirale begeben, regt sich Wut in meinem Bauch. Jetzt, in der Stille der Nacht, unter dem Ölbaum, wird mir bewusst, dass es zu großen Teilen das Gefühl von Hilflosigkeit und Ohnmacht ist, das mein Blut in Wallung bringt, nicht echter Zorn. Ich zähle meine Atemzüge. Einatmen auf drei, ausatmen auf sechs. Der Druck auf der Brust bleibt.

Sich nähernde Schritte bringen mich aus dem Rhythmus.

»Wusste ich doch, dass ich dich hier finden würde.« Es ist Ramón. Natürlich ist es der heilige Ramón, der auf mich zukommt.

»Ich hab dir was mitgebracht.« Auf der ausgestreckten Handfläche präsentiert er mir ein Gebäckstück. Ramón bringt mir Kuchen?

Ich ziehe die Augenbrauen zusammen. »Schickt Montserrat dich mit Bestechung?«

»Besser. Das, Bruderherz, ist einer von Miguels Spezialbrownies. Nachdem er heute aus Versehen Margarita zugedröhnt hat, hat er mir seine übrigen Vorräte geschenkt. Probier, ich hatte auch schon einen.«

Miguel ist ungefähr in Luis' Alter. Die beiden sind gemeinsam zur Schule gegangen und waren eine Zeit lang sogar befreundet. Schon damals war Miguel für sein Spezialgebäck bekannt. Die Cannabispflanzen hatte er im Kräutergarten seiner *abuela* angepflanzt. Mehr als einmal musste ich den bösen älteren Bruder spielen, wenn ich Luis und seine Kumpels high wie Drachen am Strand erwischt habe. Ich breche ein Stück von dem Gebäck ab und schiebe es mir in den Mund. Ein Stück. Für eine ganze Nacht traumlosen Schlafs würde ich momentan noch ganz andere Dinge tun, als ein Stück Spezialbrownie zu essen.

»Wirklich nicht schlecht.« Die Wirkung des Cannabis kann unmöglich so schnell einsetzen, aber bereits jetzt fühle ich mich zumindest ein wenig entspannter.

Ich lehne den Hinterkopf an den Baumstamm und starre in den Himmel. Aus den Augenwinkeln sehe ich, wie Ramón den restlichen Brownie zwischen zwei Äste klemmt, und muss kichern. »Ein Imbiss für die Nachtvögel?«

»Die verdienen auch etwas Süßes im Leben.« Womöglich werden morgen ein paar tiefenentspannte Spatzen auf unserem Grundstück herumflattern. Aber Ramón ist Tierarzt. Er würde das Gebäck nicht hierlassen, wenn es den Tieren schaden könnte.

Eine Weile schweigen wir zusammen. Ramón tritt neben mich, sein Atem geht ruhig und gleichmäßig. Ich schätze, das ist ein Fortschritt im Vergleich zu heute Nachmittag, als ich ihn angeschrien und provoziert habe.

»Ist sie die Mutter?«, fragt er nach einer Weile. »Linda, meine ich. Ist sie die Mutter des Sohnes, von dem du gesprochen hast?«

Ich schüttle den Kopf. »Ich schätze, das wäre zu einfach.«

»Aber du kennst Linda?«

»Ich kenne ihren Namen. Sie ist … sie ist Psychiaterin.

Martina hat sie erwähnt ... vorher ... bevor ... Martina ist die Frau, die Mutter ...« Ich gebe auf. Egal, wo ich versuche zu beginnen, es passt nicht. Ich verhasple mich, in meinem Kopf herrscht ein Chaos aus Schmerz und Fassungslosigkeit.

»Warum setzen wir uns nicht?« Ramón erlöst mich von dem armseligen Versuch einer Erklärung. »Und du fängst ganz am Anfang an. Eins nach dem anderen. Wir haben Zeit.«

Nachdem wir uns am Fuß des Baums niedergelassen haben, frage ich ihn: »Vermisst deine Frau dich nicht?«

Statt einer Antwort ernte ich ein Schnauben von meinem Bruder.

»So schlimm? Habt ihr euch wieder gestritten? Aber warum? Hast du Scheiße gebaut? Ich meine, bist du fremdgegangen, oder so? Ich kann mir nicht vorstellen, was sonst zwischen euch vorgefallen sein soll, dass Sofía dir nicht wieder verzeihen kann.

»Wollten wir nicht über dich sprechen? Deinen Sohn? Der Stammhalter, den du uns allen vorenthalten hast. Warum tut man so etwas, Damián? Du musst doch gewusst haben, dass wir uns alle mit dir gefreut hätten.« In seinem Ton schwingt aufrichtiges Bedauern mit.

Ich frage nicht weiter nach der Ehe meines Bruders. Was auch immer Ramón und Sofía zurzeit das Leben schwer macht, er ist mir nicht auf den Feenhügel gefolgt, um sein Herz auszuschütten. Nach allem, was heute passiert ist, wissen wir beide, dass es für mich an der Zeit ist. Ich kann nicht ewig schweigen. Nicht nur Ramón verdient es zu erfahren, warum ich die Tour von einem Tag auf den anderen abgebrochen habe. Die Menschen auf dieser Hacienda sind dazu verdammt, mit mir zusammenzuleben, und sie haben ein Recht darauf zu wissen, warum ich mich in einen unberechenbaren Zombie verwandelt habe.

Ich fasse mir ein Herz. Am Fuß des tausendjährigen Ölbaums offenbare ich Ramón meine Geschichte. Den alten Baum kann nichts erschüttern, meinen Bruder hingegen sehe ich mehr als einmal zusammenzucken.

Noch nicht zu Beginn meiner Geschichte. Meine Affären beeindrucken meinen Bruder schon lange nicht mehr. Ganz am Anfang, als wir beide noch mehr Jüngelchen waren als Männer, hat er mich dafür bewundert, dass Frauen in mein Bett fielen, ohne dass ich viel dafür tun musste. Später fand er, dass ich es zu toll treibe. Seit Jahren ist ihm mein Liebesleben egal. Er hat es aufgegeben, mir ins Gewissen reden zu wollen. Solange ich meine Liebhaberinnen von zu Hause fernhalte, kann ich auf Tour tun und lassen, was ich will. So ist es besser für uns alle. Niemand muss wissen, wie einsam ein Bett sein kann, in dem eine namenlose Frau die Schenkel für eine Fantasiegestalt spreizt. Der junge Damián wusste es auch noch nicht.

»Himmel, ich war achtzehn. Mamá war seit einem Jahr tot. Papá war ein Klotz aus Trauer. Wenn ich auf Messen Auftritte geben konnte, war ich frei. Hättest du das nicht genossen? Diese wenigen Tage der Freiheit? Machen zu können, was du willst?«

Ramón nickt nur, sagt aber nichts, und ich rechne es ihm hoch an, dass er mir nicht vorhält, er habe immer schon gesagt, dass mein Lebensstil mich irgendwann in Schwierigkeiten bringen werde.

»Zuerst ist sie mir gar nicht aufgefallen. Martina, meine ich. Die *Pferd International* in München dauert drei Tage. Jeden Tag hatte ich vier Auftritte. Und immer war sie da, in der allerersten Reihe, und hat applaudiert und mir zugewunken. Nach der zweiten oder dritten Vorstellung am ersten Tag hat sie mich bei den Boxen abgefangen und in ein Gespräch verwickelt. Sie hat mir Fragen gestellt, ganz interessiert getan. Du weißt ja, wie das läuft.«

»Die Frage ist doch eher, ob sie das wusste. War ihr klar, dass sie für dich nur eine in einer langen Reihe von Bewunderinnen war?«

Ich hebe die Schultern. »Ich habe es ihr gesagt.« Je mehr ich erzähle, desto mehr Details kommen zurück. Kleinigkeiten, von denen ich nicht gedacht hätte, dass ich mich an sie erinnern würde. »Ich muss weiter, Tini, habe ich zu ihr gesagt. Das weißt du, ja? Das mit dir und mir, das ist nur ein kurzer Traum. Wenn wir aufwachen, stellen wir fest, dass es gar nicht wirklich wahr war. Und weißt du, was sie geantwortet hat?«

Ramón schüttelt den Kopf.

»Sag es mir auf Spanisch, hat sie gesagt. Wenn du Spanisch sprichst, sag ich zu allem Ja. Und dann hat sie mir ganz genau gezeigt, was sie mit *allem* meint.« Ein paar Sekunden gebe ich der Erinnerung, um vor meinem inneren Auge Gestalt anzunehmen. Martina Römer war eine schöne Frau. Älter als ich, erfahren und so viel freizügiger, als ich es von spanischen Mädchen kannte. Sie war eine leidenschaftliche Liebhaberin, wild und ungestüm. Sie hat sich genommen, was sie wollte, ohne Gedanken an mögliche Konsequenzen. Den achtzehnjährigen Damián hat das schwer beeindruckt. Dass es Frauen gibt, die so sind. Fordernd und schamlos, vollkommen eins mit ihrem Körper und ihrer Lust. Ich bin mir sehr reif und wichtig vorgekommen damals. In Wahrheit wusste ich nichts vom Leben.

»Ich hatte keinen Grund zu glauben, dass wir uns nach diesen drei Tagen jemals wiedersehen würden. Am letzten Morgen habe ich sie zum Abschied auf die Schulter geküsst und ihr einen Zettel aufs Kopfkissen gelegt. *Gracias por todo* hatte ich darauf geschrieben. Ich dachte mir, wenn sie es nicht versteht, findet sie sicher jemanden, der es für sie übersetzt. Danach ging mein Leben weiter wie gehabt.«

»Und ihr habt nicht verhütet?«

»Hast du mir nicht zugehört, Mann?« Ich ziehe die Stirn in Falten und sehe meinen Bruder von der Seite her an. »Ich war achtzehn, und Martina Römer war eine Sexgöttin. Wenn sie mich bestiegen hat wie ein verdammtes Klettergerüst, habe ich an alles Mögliche gedacht, aber nicht an Verhütung.«

»Du hättest dir weiß Gott was holen können!«

»Nun, wie es aussieht, habe ich einen Sohn gezeugt! Ich finde, das ist schlimm genug. Lektion gelernt, vielen Dank auch. Nur leider zwanzig Jahre zu spät!« Ich weiß, dass Ramón noch einiges zu dem Thema zu sagen hätte. Er war immer der Vernünftigere von uns beiden. Doch er lässt mich vom Haken. Wahrscheinlich ahnt er, dass ich nur dichtmachen würde, wenn er weiter den Moralapostel spielt. Das alles liegt so lang zurück.

»Warum hast du nie jemandem davon erzählt?«

»Ich wusste es selbst nicht, okay?« Weil ich es nicht mehr aushalte, still zu sitzen, stehe ich auf und beginne hin und her zu tigern. Wenn Pferde Stress haben, kräuseln sie die Nase und knirschen mit den Zähnen. Mir tun die Kiefer weh, so fest presse ich sie aufeinander.

»Beruhig dich.« Ramóns Stimme dringt wie durch einen Nebel zu mir. »Tief durchatmen. Niemandem ist geholfen, wenn du jetzt wieder die Nerven verlierst.«

Ich tu, was er sagt, passe meine Atmung der seinen an. Seine Atemzüge kommen viel zu langsam. Unmöglich langsam, aber ich tue mein Bestes, und nach und nach beruhigt sich mein Puls ein wenig.

Auch Ramón atmet hörbar aus. »Das war um ein Haar eine Panikattacke«, stellt er nüchtern fest. »Ist dir das schon öfter passiert?«

»Nur in letzter Zeit. Seit ich erfahren habe, dass … seit …«

»Okay, langsam, ja? Eins nach dem anderen.« Ehe ich

mich erneut in Panik steigern kann, stoppt Ramón mich. »Nach eurer Affäre in München hast du also nie wieder was von Martina gehört. Wann hast du von deinem Kind erfahren?«

»Vor zwei Wochen. Ungefähr. Ich hatte gerade zwei Shows in Friedrichshafen. Als nächster Tour-Stopp war Zürich geplant.«

»Ich erinnere mich.«

Ein Ausdruck mit all meinen Tourdaten hängt stets in der Küche. Wenn ich überall auf der Welt Seminare gebe oder auf Messen und bei Pferdeshows auftrete, wissen so immer alle, wo ich gerade bin.

»Irgendwie hat sie meine Telefonnummer herausbekommen. Der Anruf hat mich in der Garderobe erreicht. Nicht mal eine Viertelstunde vor dem Auftritt.«

»Wusstest du sofort, wer sie war, als sie sich gemeldet hat?«

Ich schüttle den Kopf. »Zuerst nicht, aber dann kam die Erinnerung zurück. Und plötzlich sagt sie mir, dass unsere Affäre vor all den Jahren Folgen hatte und ich Vater eines neunzehnjährigen Sohnes bin. Ich könne natürlich jederzeit einen Vaterschaftstest machen lassen, aber wie auch immer, Jannis, das sei der Name des Jungen, würde sich wünschen, mich kennenzulernen. Im Internet habe sie gelesen, dass ich gerade in Deutschland bin, und von Friedrichshafen nach München sei es doch nur eine Autofahrt von ein paar Stunden.« Ich muss kurz Luft holen, so schnell habe ich gesprochen.

»Das muss ein ziemlicher Schock gewesen sein.«

»Es war …« Mir fehlen die Worte. »Ich saß da, in voller Tracht. Bestickte *zahones*, Bundhose, Leibbinde, das volle Programm. Die *garrocha* lehnt an der Wand, und ich frage mich, ob dies der richtige Zeitpunkt ist, um mich in die Spitze am Ende der Lanze zu werfen. Und dann kommt durch die Lautsprecher auch schon die Durchsage, dass Pferde und Reiter des zweiten Akts sich in fünf Minuten hinter dem Vorhang versammeln müssen. Ich merke, dass Martina auf eine Antwort wartet, und stammle irgendwas davon, dass ich jetzt arbeiten müsse. Ich würde mich melden, sage ich, wenn ich etwas mehr Zeit hätte. Und sie soll ihre Nummer bei meinem Management hinterlegen. Und dann lege ich auf und bringe irgendwie meinen Auftritt hinter mich, und alles fühlt sich durcheinander und falsch an.« Ramón sieht mich an, als ich einen Moment brauche, um meine Gedanken zu sortieren. Ich fahre mir mit der Hand über den Nacken. Kalter Schweiß bedeckt meine Haut, trotz der lauen Nachtbrise, die über die Hügelkuppe geistert.

»Ich hatte wirklich vor, mich bei ihr zu melden. Aber du weißt doch, wie das ist. Trajano hatte sich an der Fessel verletzt, Encantador ist das Reisen nicht bekommen, und er hat schlecht gefressen. Nach den Auftritten musste ich an Presseevents teilnehmen, die PR-Heinis wollten ein paar Videos mit mir für YouTube drehen. Irgendwas ist immer auf Tour. Das Leben ist an mir vorbeigezogen, und schon saß ich im Tourbus auf dem Weg nach Zürich und habe mich mit dem Gedanken getröstet, dass es doch nicht auf ein paar Tage oder auch Wochen ankommt, nachdem mein Sohn und ich neunzehn Jahre lang aufeinander verzichten mussten.«

»Aber dann hast du die Auftritte in Zürich abgesagt, wie wir alle wissen.« Ramón legt den Finger genau in die Wunde. Mein Herz zieht sich zusammen.

»Wir hatten uns gerade in dem neuen Stall eingerichtet, als Martina wieder angerufen hat. Stell dir vor, beinah hätte ich das Gespräch nicht angenommen.« Ich schüttle verzweifelt den Kopf. »Ich hatte ein schlechtes Gewissen, weil ich mich nicht bei ihr zurückgemeldet habe, und ich wollte …«

»Du wolltest einer Auseinandersetzung aus dem Weg gehen.«

Ich nicke.

»Aber du bist dran gegangen. War Martina wütend?«

»Sie war … außer sich. Nicht wütend, eher … leer. Ich meine, wirklich außer sich, im Sinne von … nicht da.« Ich stocke, fahre mir mit der Zunge über die Lippen. Sie sind aufgeplatzt und rau. Genauso fühle ich mich. Als hätte mir Martina Römer mit diesem letzten Anruf das Herz aus dem Leib gerissen und mich aufgeplatzt zurückgelassen. Zu stark verwundet, um jemals wieder zu heilen. Dabei habe ich nicht einmal das Recht zu trauern. Sie ist es, die ihren Sohn verloren hat. Alles, was ich verloren habe, ist die Chance auf eine Zukunft mit ihm.

Was ich an Mut besitze, raffe ich zusammen. Ich habe Ramón so viel erzählt, jetzt muss ich es zu Ende bringen. Ohne ihn anzusehen, spreche ich weiter, jeder Satz ein heißes Brennen in der Kehle. »Ich wollte irgendeine Entschuldigung vorbringen, aber sie hat mich nicht zu Wort kommen lassen. Sie … sie hat gesagt, ich bräuchte nicht mehr zu kommen. Für ein Kennenlernen sei es zu spät. Jannis sei von meiner Ablehnung enttäuscht gewesen. So bekümmert, dass er nicht mehr weiterleben wollte. Er hat sich das Leben genommen.« Das Brennen steigt mir von der Kehle in den Kopf, verdichtet sich hinter den Augen. Heiß sammeln sich Tränen in den Augenwinkeln. Die nächsten Worte bringe ich nur unter Schluchzen hervor. »Er hat sich umgebracht, Ramón. Mein Sohn hat sich umgebracht, weil ich ihm kein Vater sein wollte.«

Beruhigend legt Ramón mir die Hand auf die Schulter. Zum Glück beschränkt er sich darauf. Würde er mich umarmen, würde ich zusammenbrechen.

»Ich bin sicher, es gab auch andere Gründe für seinen Selbstmord.«

Falls das ein Trost sein soll, verfehlt er sein Ziel. »Oh ja. Diese … diese Grünfelder.« Linda. Auf Spanisch bedeutet Linda *süß*. Dass ich nicht lache. »Martina erwähnte sie. Bei ihr war Jannis in psychiatrischer Behandlung. Warum genau der Junge das überhaupt nötig hatte, hat sie nicht erwähnt. Aber Martina sagte, sie selbst sei von Anfang an dagegen gewesen, mich zu kontaktieren.« Ich schnaube. Schon erstaunlich, wie gut eine Frau mich kennt, mit der mich nicht mehr verbindet als ein paar wilde Nächte. Besser jedenfalls als die Menschen, mit denen ich Jahr für Jahr mein Leben teile und die einfach nicht aufgeben wollen, das Beste in mir zu sehen. Nun, womöglich erkennen sie jetzt endlich, was für ein Mensch ich in Wahrheit bin. Einer, der immer davonläuft, wenn es brenzlig wird. Der seine Familie im Stich lässt und nur an sich selbst denkt. Wenn Papá noch klar denken könnte, würde er Martina Römer sicher gerne einmal kennenlernen. Ich wette, die beiden hätten sich eine Menge zu sagen. »Aber diese Grünfelder, diese Seelenklempnerin, hätte ihm immer wieder zugeredet, nach mir zu suchen. Am Ende hat Martina nachgegeben. Und Jannis hat mit dem Leben dafür bezahlt.«

Erschöpft von meinem Geständnis, lasse ich den Kopf in den Nacken fallen. Meine Schultermuskeln sind verspannt, mein Rücken tut weh, mein ganzer Körper leidet unter Schlafmangel und der nagenden Wut auf das Leben. »Und das war's. Mehr habe ich nicht zu sagen. Wundert es dich jetzt immer noch, dass ich diese Grünfelder nicht hier haben will? Sie ist schuld. Sie …« Ich beiße mir auf die Zunge, um mich am Weitersprechen zu hindern.

»Und doch hast du ihr erlaubt, zu bleiben.«

Ich weigere mich, ihm zu antworten.

»Weil du zwar ein verdammter Sturkopf bist, aber kein schlechter Mann, Damián! Tief im Herzen weißt du, dass du ungerecht bist. Du bist hart und gnadenlos, wenn du ihr die

Schuld an allem gibst. Aber wir alle wissen, dass derjenige, mit dem du am härtesten ins Gericht gehst, du selber bist. Was geschehen ist, ist niemandes Schuld. Es ist eine schreckliche Tragödie und …«

»Und jetzt ist es endgültig Zeit zum Schlafengehen«, unterbreche ich Ramón. Ich habe genug. Ein Wort mehr, und der nächste Streit wird sich zwischen uns schieben. Das Brodeln in meinem Bauch ist ein Vorbote der kommenden Wut, und ein Mal, ein verfluchtes Mal will ich sein, was er sagt: ein guter Mann. Solange mir diese deutsche Ärztin vom Leib bleibt, kann ich es wenigstens versuchen.

»Kriech ins Bett zu deiner Ehefrau und bitte sie um Vergebung. Aber verschon mich um Himmels willen mit deinen Weisheiten. Ich brauche keinen Trost.«

»In Ordnung.« Wie um einen Punkt an das Ende des Satzes zu setzen, nickt Ramón knapp. »Lass uns gehen. Aber eins musst du mir versprechen.«

»Was?«

»Gib Linda eine Chance. Hör dir an, was sie dir zu sagen hat. Vielleicht … womöglich ist sie die Einzige, durch die du mehr über den Menschen erfahren kannst, der dein Sohn war. Willst du das wirklich wegwerfen?«

Das ist die Frage aller Fragen, richtig? Und ich habe keine Ahnung, wie ich darauf antworten soll.

Kapitel 5

Linda

Beim Aufwachen am nächsten Morgen starren mir zwei grüne Augen ins Gesicht. Ich stoße einen spitzen Schrei aus und fahre in die Höhe.

Auch der Besitzer der Monsteraugen fährt auf. In dem Sekundenbruchteil, den ich brauche, um zu begreifen, was hier vor sich geht, schießen mir lauter Horrorszenarien durch den Kopf. Angefangen von wütenden Giftschlangen über aggressive Axtmörder bis zu lebendig gewordenen Wesen der Unterwelt. Habe ich Halluzinationen, die beweisen, dass ich endgültig den Verstand verloren habe?

»Miaaaau.« Der jämmerliche, kleine Laut vertreibt das Horrorkabinett in meinem Kopf und bringt mich auf die richtige Spur.

Das Herz immer noch hämmernd, gucke ich mich um. Da ist er, der kleine Einbrecher. Eine Handvoll Katze, rot getigert, die spitzen Öhrchen halb versunken im flauschigen Fell, Nase und Maul von einem unglaublich zarten Rosé. Die langen Schnurrhaare des Kätzchens zittern. Schwer zu sagen, wer von uns beiden sich mehr erschrocken hat. Eines ist jedenfalls klar. Die Katze hat sich schneller wieder erholt als ich. Stolz richtet sie sich auf und tappt die wenigen Schritte übers Kopfkissen zu mir. Ihren Schwanz reckt sie wie ein Zepter in die Luft. Arrogantes, kleines Ding.

Ich muss lachen. Noch kein Kilo schwer, aber schon eine Königin. Oder ein König? Ich verrenke den Hals, um einen Blick zwischen ihre Hinterläufe zu erhaschen. Mini-Miez weigert sich jedoch, ihr Geheimnis preiszugeben. Sie windet sich und stupst mir mit ihrem Köpfchen gegen den Oberarm.

»Dir gefallen wohl die Katzen auf meinem Pyjama, was?«

Wie zur Bestätigung gibt Mini-Miez ein Maunzen von sich. Unternehmungslustig funkeln mich ihre grünen Augen an.

»Sag mal, darfst du eigentlich im Haus sein?« Erst jetzt kommt mir der Gedanke an Ungeziefer und Parasiten. Werden Katzen in Südspanien geimpft und entwurmt und all das Zeug? Sofort fängt es an, mich überall zu jucken. Unsichtbare Gefahren kann ich nicht so gut ab. Lieber schaue ich meinen Gegnern direkt ins Gesicht.

»Miaaaaau.« Die Antwort meiner neuen Bettgefährtin klingt entrüstet. *Was denkst du denn,* sagt ihr Tonfall. *Immerhin ist das hier mein Reich.* Wie um ihre Empörung zu unterstützen, schlägt sie mit der Pfote nach meinen Haaren.

»He, was soll das?« Ich versuche mich in Sicherheit zu bringen. Mini-Miez scheint es eher als Aufforderung zu verstehen. Voller Begeisterung wirft sie sich auf den Rücken und grapscht jetzt mit beiden Vorderpfoten nach meinen Haaren.

Ich habe meine liebe Mühe, mich gegen die Attacken des Minimonsters zu wehren. Mir bleibt nur, mich mit einem Sprung aus dem Bett zu retten.

»Zufrieden?« Mini-Miez und ich liefern uns einen Starr-Contest. Offenbar ist sie nicht begeistert davon, dass ich ihr Spielzeug außer Reichweite gebracht habe.

»Also, wenn du mit deinem Besuch hier beabsichtigt hast, mich aus dem Bett zu werfen, hast du es geschafft. Dank dir bin ich jetzt nämlich wach.« Ich reibe mir die Kopfhaut, wo das rote Minimonster mir ein paar Haare ausgerissen hat.

»Hast du auch eine Idee, was genau ich jetzt machen soll, wo ich wach bin? Weißt du vielleicht, wo Damián ist? Wenn er Katzen genauso gern hat wie Pferde, könntest du ein gutes

Wort für mich einlegen. Ich will nur mit ihm reden, weißt du? Und ihm Jannis' Brief geben.« Und mich selbst von Schuldgefühlen befreien, aber der Gedanke ist zu egoistisch und unprofessionell, um ihn auch nur zu denken.

Hochmütig dreht das Kätzchen sich um und zeigt mir seinen Allerwertesten.

»Okay. Verstehe. Ich schätze, dann beginne ich den Tag ganz gewöhnlich mit einer Dusche. Wie spät ist es eigentlich?«

Natürlich antwortet Mini-Miez nicht. Ich meine, sie ist eine *Katze*. Statt auf eine Antwort von ihr zu hoffen, sollte ich mich lieber fragen, wie weit es mit mir gekommen ist. Hier stehe ich und rede mit diesem kleinen Biest, als wäre sie meine beste Freundin. Jenny hätte ihre wahre Freude an mir! *Jetzt steht es fest. Du bist auf dem besten Weg, eine seltsame, alte Katzenlady zu werden. Hättest du mal besser auf mich gehört und dir einen Liebhaber angelacht, solange noch Zeit dazu war. Nun ist es zu spät, und du bist verdammt zu einem Leben als vertrocknete Jungfer. Arme Linda.* Zum Glück ist Jenny nicht da.

Um Nuria nicht zu wecken, gebe ich mir auf dem Weg ins Bad alle Mühe, leise zu sein. Unnötigerweise, wie sich herausstellt, denn die Tür zu Nurias Schlafzimmer steht offen. Der Raum ist leer. Im Bad hängt Feuchtigkeit und der frische Duft von Duschgel. Die Tage beginnen früh auf einem Pferdehof.

Ich lege mein Necessaire auf die Ablage über dem Waschbecken und wische mit dem Handballen über den beschlagenen Spiegel.

Schon erstaunlich, was ein Abendessen in netter Gesellschaft und eine Nacht erholsamer Schlaf ausrichten können. Die Frau, die mir entgegenblickt, hat nur noch vage Ähnlichkeit mit dem Zombie, der gestern von München angereist ist.

Die Augenringe sind zu blassen Schatten verkümmert, und meine Haut hat nicht mehr diesen fahlen Ton. Auch in meine Augen ist ein wenig Leben zurückgekehrt. Ich putze mir die Zähne, nehme eine schnelle Dusche und wasche mir die Haare.

Zurück im Schlafzimmer, krame ich Unterwäsche aus dem Koffer. Drei Sets mit Slip und jeweils dazu passendem BH habe ich in kleine Folientüten gesteckt und vakuumiert. Und ja, mir ist durchaus bewusst, was die meisten von meiner Angewohnheit halten, Reisegepäck durchzuorganisieren, als würde ich eine Marsmission unternehmen. Aber es *ist* praktisch, nicht erst nach den passenden Teilen suchen zu müssen. Wer nicht ordentlich plant, kann umso hinterhältiger vom Schicksal eingeholt werden.

Zum Schluss ziehe ich eine Jeans und ein Top an und schlüpfe in meine Lieblingssneaker. Sie sind uralt, und es ist nicht schlimm, wenn sie dreckig werden. Eigentlich wären sie längst ein Fall für die Mülltonne gewesen, aber bislang konnte ich mich nicht von ihnen trennen. So bin ich eben. Ich hasse Veränderungen. Und ich hasse Verschwendung. Als würden Dinge ihren Wert verlieren, nur weil sie nicht mehr glänzen und der Norm entsprechen. Dinge – oder Menschen.

Ich verdränge schnell den Gedanken. Mir ist klar, wohin es führen würde, wenn ich ihm zu lange nachginge, und dafür bin ich nicht hierhergekommen. Ich bin in Spanien, um Damiáns Vertrauen zu gewinnen und ihm Jannis' Brief zu überreichen.

Im Wohnraum fällt mein Blick als Erstes auf die Thermoskanne, die mitten auf der Küchenarbeitsplatte steht. Kaffee! Sehr gut.

An der Kanne klebt ein Zettel, auf den Nuria eine lachende Sonne gemalt hat. Außerdem steht dort das Wort *ayúdate!* – Bedien dich.

Das lasse ich mir nicht zweimal sagen.

Einen halben Becher gönnt mir Mini-Miez, ehe sie beschließt, dass es nun genug ist. Zielstrebig kommt sie auf mich zu, dreht zwei Achten um meine Unterschenkel und stolziert dann weiter, geradewegs auf die Eingangstür zu. Kurz vor ihrem Ziel bleibt sie stehen, dreht den Kopf und sieht mich an, als würde sie sagen: *Was ist jetzt? Wird's bald?*

»Meine Güte, bist du ein Sklaventreiber.« Ich spüle den Kaffeebecher aus und beeile mich, Ihrer Majestät die Tür zu öffnen. Womöglich hat sie dringende Geschäfte zu verrichten und ist deshalb so ungeduldig.

»Pass bloß auf, dass dein Ego nicht mitwächst, wenn du eine große Katze wirst. Sonst passt du demnächst durch keine Tür mehr.«

»Miau.« Mini-Miez teilt meine Sorge nicht. Mit dem Köpfchen stupst sie mir gegen die Wade, dann springt sie übermütig ins Freie. An dieser Katze ist ein Motivationstrainer verloren gegangen.

Gleißende Morgensonne strahlt vom azurblauen Himmel und blendet mich, sodass ich blinzeln muss. Als ich wieder klar sehen kann, rechne ich damit, dass Mini-Miez längst verschwunden ist. Doch so ist es nicht. Ein paar Schritte von mir entfernt hockt sie vor der niedrigen Natursteinmauer, die den Weg ums Haus herum säumt, und spielt mit einem vertrockneten Lorbeerblatt.

Unwillkürlich muss ich lächeln. Als Kind habe ich mir immer ein Haustier gewünscht. Bekommen habe ich nie eins. Zu viel Arbeit, hat Mama anfangs gesagt. Und später, nach dem Tag, der alles verändert hat, hat sowieso niemand mehr nach meinen Wünschen gefragt.

Ich hocke mich zu der kleinen Katze, nehme das Blatt und wische damit ein paarmal vor ihr hin und her. Statt sich auf ein Spiel mit mir einzulassen, mustert Mini-Miez mich voller

Hochmut und saust davon. Offenbar erwartet sie von mir, ihr zu folgen. Ab und an verschwindet sie zwischen den Ästen der Lorbeerhecke, um dann wieder aufzutauchen und sich zu vergewissern, dass ich ihr auf den Fersen bin. Sie führt mich in Richtung Haupthaus. Entlang der Natursteinmauer, wo Hibiskusblüten Farbtupfer ins Lorbeergesträuch zaubern. Ein paar Schritte vor uns picken Spatzen in den Fugen der Bodenplatten nach Nahrung, flattern aber auf, als sie mich und meine Begleiterin bemerken. Irgendwo fällt etwas Blechernes um. Das Scheppern hallt bis zu mir.

Statt an der Kapelle zum Haupthaus abzubiegen, hält Mini-Miez sich rechts, in die Richtung, aus der der Lärm kam. Überall blüht etwas, Kräuterduft schwängert die Luft. In den Beeten hinter der Hecke entdecke ich Rosmarinsträucher, groß wie Bäume. In den Mauerfugen blüht Lavendel, und statt Gras bedeckt an vielen Stellen wilder Thymian die Erde.

Links lassen wir das Haupthaus liegen und folgen einem Seitenpfad direkt ins Herz der Hacienda.

Vier große Stallgebäude umsäumen einen quadratischen Platz. Er ist geteert und entlang der Mauern in Sektionen eingeteilt, wo die Pferde gewaschen werden können. Staub und Wasserpfützen bedecken den Asphalt, im Schatten einer der Ställe parkt ein Transporter, und an einigen der Waschplätze stehen aufgeklappte Putzkästen. Das hier ist kein Postkartenhof, sondern ein aktiver Reitstall, in dem trainiert und gearbeitet wird.

Die Fenster der Ställe sind fast alle geöffnet, doch die Bewohner der Boxen scheinen ausgeflogen. Ins Innere der Gebäude gelangt man durch doppelflügelige Tore an den Schmalseiten.

Mini-Miez wirft einen Blick in eine der Boxengassen, entscheidet aber, dass im Stall nichts passiert, was ihrer Aufmerksamkeit würdig ist.

Ich folge ihr weiter, durch eine Lücke zwischen zwei der Gebäude in Richtung des Pinienwaldes, wo ich Damián gestern zum ersten Mal gesehen habe.

Heute komme ich aus einer anderen Richtung, und noch bevor der Weg in den Wald führt, stoße ich auf ein Dressurviereck, das ich gestern nicht bemerkt habe. Ein doppelter Längszaun begrenzt den Platz, auf dem gerade jemand mit einem Pferd arbeitet. Hoffnung keimt unerwartet in mir auf, bis ich erkenne, dass es Nuria ist, nicht Damián. An einem kurzen Strick führt sie ein weißes Pferd. Statt eines Sattels liegt nur eine rote, mit einem Voltigiergurt fixierte Decke auf dem Pferderücken. Keine fünf Schritte von mir entfernt vor dem Gatter im Zaun steht ein Rollator. Das Hilfsmittel muss der Frau gehören, die auf dem Pferderücken sitzt und in ein leises Gespräch mit Nuria vertieft ist.

»Jetzt noch einmal die Arme kreisen lassen«, fordert Nuria ihre Patientin auf. Dank Wiebkes Pferdebegeisterung erkenne ich sofort, was hier vor sich geht. Für Nurias Patientin wird gerade Wirklichkeit, wovon meine pferdebegeisterte Schwester schon so lange träumt. Die Frau bekommt als Teil ihrer Krankengymnastik Reittherapie.

Begeisterung und Konzentration spiegeln sich auf der Miene der Reiterin, als sie tut, wozu Nuria sie ermutigt. Es ist nicht zu übersehen, wie groß die Herausforderung für sie ist, sich gleichzeitig auf dem Pferd zu halten und die Arme zu bewegen. Doch das Tier macht seinen Job ganz wunderbar. Langsam und gleichmäßig setzt es einen Huf nach dem anderen. Niemals kommt es aus dem Takt. Eine ganze Runde passiert das Trio auf diese Weise, während Nuria ihrer Patientin immer wieder neue Aufgaben gibt. Mal fordert sie sie auf, sich weit nach vorne zu lehnen, dann nach hinten, dann sich zu recken, als würde sie Sterne vom Himmel pflücken. Jedes Mal, wenn ihr eine Aufgabe gelingt, leuchtet das Gesicht der

Reiterin auf. Sie tätschelt ihrem tierischen Partner den Hals und lacht.

Ein warmes Gefühl durchströmt mich. Was würde Wiebke für einen Ort wie diesen geben? Ich wünschte, ich könnte mit meiner Schwester hierherkommen. Aber so einfach ist das nicht. Nicht nur, weil die *Hacienda de los Caballos Blancos* kein Hotel ist. Reisen mit Wiebke ist kompliziert. In den Augen meiner Mutter kompliziert genug, um es rundheraus zu verbieten.

Ich habe keine Ahnung, wie lange ich dem Trio schon zugesehen habe, als Nuria die Therapiestunde beendet. Sie führt das Pferd zum Gatter und bleibt neben dem Rollator stehen.

»Soll ich helfen?«, frage ich.

Nuria hat mich schon vor einer ganzen Weile bemerkt und mit einem Lächeln begrüßt, sich dann aber wieder gänzlich ihrer Arbeit gewidmet. »Hey, Linda. Das ist lieb von dir, aber ich denke, Alba und ich schaffen das alleine. Oder, Alba?«

Die Reiterin juchzt und nickt.

»Aber über Gesellschaft freuen wir uns. Wenn du willst, kannst du uns zum Stall begleiten.«

»Klar, gerne.«

Aus unmittelbarer Nähe und ohne eine schützende Stallwand zwischen uns ist so ein Pferd verdammt groß. So faszinierend ich die Tiere finde, Nurias tierischer Mitarbeiter flößt mir auch ordentlich Respekt ein.

Ich gebe mir einen Ruck. Schließlich ist Nuria dabei, und was Alba kann, muss mir doch auch gelingen. Sogar Mini-Miez feuert mich an. Sie taucht aus einem nahen Gebüsch auf und maunzt mir zu. *Komm schon, sei kein Frosch!*

Bin ich nicht. Während ich die wenigen Schritte überwinde, hilft Nuria ihrer Patientin beim Absteigen. Alba gerät ins Wanken, als ihre Füße den unebenen Untergrund berühren. Sie stützt sich mit einem Arm am Rumpf des Pferdes ab.

Das Tier zuckt nicht einmal zusammen. Seine einzige Reaktion besteht in einem langsamen Blinzeln.

Mittlerweile hat Nuria den Rollator bereitgestellt. Alba stützt einen Großteil ihres Gewichts auf die Griffe, und sehr langsam machen das Pferd und wir uns auf den Weg.

Es ist wirklich inspirierend zu beobachten, wie großartig das Trio aufeinander eingespielt ist. Nuria geht mit Alba ganz natürlich um. Sie berücksichtigt die Einschränkungen ihrer Patientin, aber nicht mehr als nötig. Sicher, sie ist Therapeutin. Aus eigener Erfahrung weiß ich, dass diese Art von Geradlinigkeit leider auch unter Fachleuten nicht die Norm ist. Nurias Freude, wenn sie Alba für ihre Erfolge lobt, wirkt absolut authentisch.

»Das war wirklich eine gute Stunde. Ihr zwei seid ein tolles Team.«

»Chapola ist lieb«, sagt Alba und strahlt. Ihre Worte klingen ein wenig verwaschen. Sie verzieht beim Sprechen den Mund, doch der Stolz auf das, was sie geleistet hat, steht ihr klar ins Gesicht geschrieben. Sie wagt es sogar, eine Hand vom Rollator zu nehmen, um dem Pferd den Hals zu klopfen. Chapola hat sie es genannt – Schmetterling. Ich finde, der Name ist gut gewählt für dieses schöne Tier.

»Meine Schwester wäre so neidisch, wenn sie dich mit Chapola sehen würde.« Ich spreche nicht oft über Wiebke und schon gar nicht gegenüber Fremden. Hier und jetzt fühlt es sich richtig an.

»Mag sie Pferde?«, will Alba wissen. Wir sind mittlerweile im Pferdehof angekommen. Jetzt bemerke ich auch die Aufschrift auf dem Kleintransporter. Sie wirbt für sichere Krankenfahrten. Schiebe- und Fahrertür des Wagens stehen weit offen. Sicher nutzt der Fahrer die Wartezeit, um sich ein wenig die Füße zu vertreten. Weit kann er nicht sein.

Eigentlich kann es nur der junge Typ sein, der gemeinsam

mit Pilar vor dem Transporter im Schatten eines der Stallgebäude steht. Er muss einen Witz gemacht haben, denn Pilar wirft den Kopf in den Nacken und lacht. Wie um sie zu stützen, tritt er einen Schritt näher und legt ihr eine Hand in den Rücken. Pilar beißt sich auf die Unterlippe, ihre Augen sprechen Einladungen aus, die der junge Fahrer mit einem selbstsicheren Lächeln beantwortet.

Es ist eine harmlose, herzerwärmende kleine Szene, die ein abruptes Ende findet, als aus dem Schatten des Stalltors eine Gestalt tritt und auf die beiden zugeht.

Es ist Damián.

»Sieht so Arbeit aus?« Seine Stimme donnert über den Hof.

Pilar und ihr Verehrer stieben auseinander. Ich wette, gerade war das Gesicht der Pferdepflegerin noch nicht so blass.

Nuria neben mir schnaubt. »Wo kämen wir hin, wenn unsere Leute tatsächlich Freude an der Arbeit hätten?«

Pilar weicht Damiáns Blick aus.

Alba stolpert beim nächsten Schritt. Nur gerade so kann sie sich am Rollator festhalten. Damiáns dröhnende Stimme hat den Boden zum Beben gebracht.

»Die Trensen müssen gefettet werden«, stellt er fest. »Kann sich darum jemand kümmern? Oder ist es wann anders eher genehm?«

»Ich gehe schon.« Pilar wirft ihrem Verehrer einen entschuldigenden Blick zu und eilt davon.

Der Mann gesellt sich zu uns, begrüßt Nuria und fragt Alba, wie ihre Therapiestunde war. Sie verabschieden sich freundlich, dann hilft der Fahrer Alba mit geübten Handgriffen beim Einsteigen in den Transporter und verlädt den Rollator.

Nuria und ich blicken dem Wagen nach, bis sich der Staub gesenkt hat.

»Mannomann, wenn der so weitermacht, vertreibt er uns noch alle Helfer«, meint Nuria, während sie Chapola zu einem der Waschplätze führt. »Álvaro hat er gestern dermaßen angefahren, hätte mich nicht gewundert, wenn der einfach seine Sachen gepackt und gefahren wäre. Und jetzt Pilar. Ich wünschte, er würde irgendjemanden an sich ranlassen. So kann es doch nicht weitergehen.« Sie schüttelt den Kopf, sauer, aber auch irgendwie traurig. Als Therapeutin weiß sie sicher, dass man nur Menschen helfen kann, die sich helfen lassen wollen. »Kannst du mir einen von den Eimern mit Wasser füllen? Achte darauf, dass es lauwarm aus dem Schlauch kommt. Niemand duscht nach dem Sport gerne eiskalt. Das gilt auch für Pferde.«

Ich mustere den Schlauchaufsatz. Sieht selbsterklärend aus. Die Düse richte ich in den Eimer, dann drehe ich am Ventil. Nichts passiert. Ich drehe weiter. Ein Zischen ertönt, ein gurgelndes Rauschen, dann spritzt Wasser in alle Richtungen aus der Düse. Verdammt! Eine Dusche brauche ich nicht mehr! Ich kreische auf. Vor Schreck lasse ich den Schlauch fallen. Wasserspuckend windet sich das Teil auf dem Boden. Immer wenn ich das verdammte Ding fast zu packen gekriegt habe, entgleitet es mir wieder. Sekunden später bin ich vollkommen durchnässt. Zumindest ist das Wasser lauwarm. Das hätten wir also geklärt. Danke vielmals!

»Pass doch auf!« Nuria krümmt sich vor Lachen über meinen Kampf mit der Wasserschlange.

Endlich kommt mir die rettende Idee. Ich trete auf den Schlauch, stoppe die Wasserzufuhr und bringe das widerborstige Teil zur Räson.

»Ich hab ihn!« Triumphierend recke ich meine Beute in die Höhe. Dabei rutscht mein Fuß vom Schlauch, und feine Tropfen rieseln auf mich herab. Deshalb das ganze Theater, das blöde Ding war auf Sprühnebel eingestellt, nicht auf

Strahl. Ein Regenbogen spielt im glitzernden Schauer. Nuria lacht so sehr, dass ihr Tränen über die Wangen laufen. Aus einem kindischen Impuls heraus richte ich die Düse auf sie.

»Bist du wahnsinnig?« Sie jauchzt und springt zur Seite. »Na warte, das gibt Rache!« In wenigen Sätzen ist sie bei mir. Aus einem der anderen Eimer fischt sie einen großen gelben Schwamm und drückt ihn direkt über meinem Kopf aus.

Ich japse nach Luft. »Das hast du nicht wirklich gemacht!«

»Habe ich doch.« Sie streckt mir die Zunge raus. Einen Moment lang kämpfen wir um den Schlauch. Mittlerweile bin nicht nur ich komplett nass, auch Nuria trieft. Was soll's? Es ist warm, die Sonne scheint, und niemand hier kennt mich. Niemand hat Erwartungen an mich. Es gibt niemanden, den ich enttäuschen kann, niemanden, dem ich Rechenschaft schuldig bin oder der von mir abhängig ist. Warum soll ich nicht ein bisschen Spaß haben?

Von einer Sekunde auf die andere stoppt das Wasser. Der Druck im Schlauch lässt nach, die Schlange fällt in sich zusammen, als hätte ihr jemand den Kopf abgeschlagen. Wasser rinnt mir in die Augen. Plötzlich fröstle ich. Es gibt sehr wohl jemandem, dem ich Rechenschaft schulde. Dem Mann, dem dieses Gut gehört.

Um zu wissen, wer unsere Blödelei beendet hat, muss ich mich nicht umdrehen. Ich spüre das Prickeln in meinem Nacken, das Flattern im Bauch. Lass das meine Chance sein. Wenn es nötig ist, mich zum Volltrottel zu machen, um das Eis zwischen Damián und mir zu brechen, ist das ein Preis, den ich zu zahlen bereit bin.

Sehr langsam wende ich mich um.

Er steht an die Wand gelehnt, die rechte Hand am Wasserhahn. Die Luft um mich herum knistert wie vor einem Gewitter. So also hat Pilar sich gefühlt, als Damiáns Donnerwetter auf sie niedergegangen ist. Sie hat sich nur einen kleinen

Flirt gegönnt. Ich will mir gar nicht vorstellen, was für einen Sturm Nuria und ich mit unserer Albernheit entfesselt haben. Der Unterschied ist nur: Ich kann es aushalten. Mein Anliegen ist wichtig genug.

»Spar dir die Predigt!« Nuria ist wohl der Ansicht, Angriff sei die beste Verteidigung. »Wenn du jemanden brauchst, den du fertigmachen kannst, such dir einen deiner Angestellten. Die können wenigstens kündigen. Die Möglichkeit habe *ich* nicht. Also, halt mal die Luft an. Wir haben ein bisschen Spaß gehabt, okay? Davon kommt niemand um.«

Damián sagt nichts. Er stößt sich von der Wand ab und hebt beide Hände in einer beschwichtigenden Geste. Dabei sieht er nicht Nuria an, sondern mich. Irgendetwas macht er mit mir, der Blick dieses Mannes, der so viel Feuer in sich trägt, so viel Leidenschaft und gleichzeitig so viel Wehmut und Angst. Dieser Mann ist kein Monster. Kann es nicht sein. Das flaue Gefühl in meinem Magen sagt etwas anderes. So fühlt sich Vorsicht an, vielleicht sogar ein bisschen Angst.

Mein Herzschlag beschleunigt sich. Plötzlich bin ich mir überdeutlich meines Aussehens bewusst. Das nasse Tanktop klebt wie eine zweite Haut an meinem Körper. Darunter trage ich nur einen dünnen weißen Baumwoll-BH, unter dem sich die Spitzen meiner Brüste abzeichnen. Viel fehlt nicht, und ich könnte genauso gut nackt vor Jannis' Vater stehen.

Instinktiv straffe ich die Schultern. Wenn er meint, meine Quasi-Nacktheit würde mich zu einem leichten Opfer für seinen Zorn machen, täuscht er sich. Bei Pilar mag er mit seiner Einschüchterungsmasche erfolgreich gewesen sein. Ich habe viele Jahre Übung darin, die Wut anderer an mir abprallen zu lassen. Meine Schutzwälle sind alt und dick.

Das Donnerwetter, das ich erwarte, bleibt aus. Damián ist es, der schließlich den Blick senkt. Ein wenig wirkt es wie eine Kapitulation, und das passt mir auch nicht. Ich will nicht, dass er kapituliert. Ich will, dass er Frieden schließt. Mit Jannis. Mit sich selbst. Und wenn ich ehrlich bin, auch mit mir. Erst wenn er das getan hat, kann ich damit beginnen, aus den Trümmern meiner beruflichen Existenz eine neue Linda zu errichten.

»Es tut mir leid.« Versöhnlich lächle ich ihm zu. »Mir ist der Schlauch aus der Hand gerutscht und dann …« Statt den Satz zu Ende zu bringen, hebe ich die Schultern. Was danach passiert ist, hat er gesehen.

»Das Ventil an der Düse muss nach rechts gedreht werden.« Er nimmt mir den Schlauch aus der Hand. Seine Finger streifen meinen Handrücken, und ich kann nichts dagegen tun, das Gefühl von Haut auf Haut geht mir durch den ganzen Körper.

»So.« Er dreht an dem Ventil, dann reicht er mir den Schlauch zurück. Ich greife danach. Diesmal berühren sich unsere Hände nicht.

Er will sich abwenden, und leichte Panik steigt in mir auf. Lass ihn nicht gehen! Da war etwas zwischen uns, eine Verbindung, ein Moment des Vertrauens, den darf ich nicht ungenutzt lassen.

»Damián!« Meine Stimme hallt zu laut über den Hof. Ich zwinge meine Mundwinkel zu einem Lächeln, verberge meine Anspannung. »Danke für die Hilfe.«

Er sieht über die Schulter zu mir zurück, seine Lippen bewegen sich kaum, als er sagt: »Gern geschehen.«

»Ich muss mich erst umziehen, aber hätten Sie danach ein wenig Zeit für mich? Es gibt etwas, das ich Ihnen gerne geben würde. Sind Sie gar nicht neugierig? Hier auf dem Hof bin ich doch keine große Hilfe. Das hat sich wohl gerade gezeigt.«

Stille. Sekunden dauern eine Ewigkeit. Selbst auf die Entfernung erkenne ich das Zucken seiner Kiefer. Dann fährt er herum, stürmt auf Nuria zu und baut sich vor der viel kleineren Frau auf wie ein drohendes Unheil. »Wenn du auf meinem Land Gäste aufnimmst, sorg dafür, dass sie sich benehmen! Ihr seid ja peinlich.«

»Wir haben eine Wasserschlacht gemacht und keine Leiche versteckt, Damián.«

Bei dem Wort Leiche zuckt er zusammen. Kaum merklich. Würde ich nicht meine ganze Aufmerksamkeit auf ihn richten, wäre mir die Regung wohl entgangen.

»Ich rede nicht von der Wasserschlacht«, zischt er.

Ich weiß genau, wovon er spricht. Meine Bitte ging gegen die Regeln. Wieder habe ich versagt. Wahrscheinlich wäre es besser, ich würde aufgeben. Ich bin zu involviert in die Sache, zu emotional verstrickt. Das konnte nur schiefgehen.

Nuria stemmt die Hände in die Hüften, funkelt Damián von unten herauf an. »So, wovon dann? Sag es doch einfach. Vielleicht würde dieses ganze Trauerspiel endlich ein Ende nehmen, wenn du Klartext reden würdest. Spanisch, du weißt schon? Unsere Muttersprache? Wir sind keine verdammten Gedankenleser, Señor Álvarez.«

Ich lege meine Hand auf Nurias Oberarm. »Ist schon gut. Lass ihn. Er braucht Zeit.« Wenn sie wüsste, wie viel es mich kostet, ruhig und vernünftig zu bleiben.

Statt ihn zu beruhigen, bringt mein Beschwichtigungsversuch Damián nur noch mehr auf. Wie eine Waffe richtet er den Zeigefinger auf meine Brust. »Sagen Sie mir nicht, was ich brauche und was nicht. Sie wissen nichts. *Nada!*« Er fährt mit den Händen durch die Luft. »Gerade Sie haben kein Recht, die Heilige zu spielen! Wir beide wissen, dass Sie es nicht sind. Wenn Sie wirklich wüssten, was jemand braucht, wären Sie gar nicht erst hier!«

Der Vorwurf sitzt. Ich zittere. Innerlich zersplittere ich in tausend Scherben. Lass es mich richtig machen, flehe ich im Stillen. Gib uns beiden die Möglichkeit, einen Abschluss zu finden. Den Scherbenteppich in meinem Inneren zu verstecken, braucht beinah mehr Selbstkontrolle, als ich aufbringen kann.

Aber nur beinahe. Damián geht, bevor ich sichtbar die Fassung verliere.

Als wäre nichts geschehen, nimmt Nuria die Arbeit wieder auf. Ich brauche einen Augenblick länger, um mich wieder rühren zu können.

Damián

Beim Weggehen höre ich das Wasser in den Eimer plätschern. Nuria muss den Hahn wieder aufgedreht haben, und diesmal endet das Ganze nicht in einer Wasserschlacht. Trotz meiner Wut muss ich daran denken, wie es sich angefühlt hat, als unsere Finger sich berührt haben. Ich habe die Herausforderung in ihrem Blick gesehen. Als würde die Schwalbe den Falken provozieren. Sie hat Mut, das muss man ihr lassen, und es macht mich neugieriger als ihr unausgesprochenes Versprechen, mir meinen verstorbenen Sohn näherzubringen. Dafür ist es zu spät. Gut nur, dass sie nach diesem kurzen Augenblick der Verbindung zwischen uns ihre wahren Absichten enthüllt hat. Sie ist eine Hexe mit ihren grünen Augen. Sie will mein Inneres nach außen stülpen und mich noch weiter quälen. Ich sollte keinen weiteren Gedanken an sie verschwenden. Es wäre für uns alle das Beste.

Ablenkung gibt es auf der Hacienda genug. Mittags müssen die Pferde von der Koppel in die Ställe gebracht werden. Ich helfe den Pflegern und genieße es eine Weile, den Stuten mit ihren Fohlen zuzusehen.

Zwischen eineinhalb und vier Monate ist der Nachwuchs jetzt alt und schon verdammt flink auf den staksigen Beinen.

Die ersten Prüfungen haben die Fohlen hinter sich. Kaum auf der Welt, müssen diese kleinen Wesen sich einer Untersuchung durch Zuchtgutachter unterziehen. Nur so ist ihr künftiges Potenzial lückenlos dokumentiert.

Einige der Fohlen werden uns schon bald verlassen, wenn demnächst Kaufinteressenten die Hacienda heimsuchen, um die vielversprechendsten iberischen Pferde zu erstehen. Wie jedes Jahr blutet mir das Herz bei dem Gedanken. Ich kann nicht alle Fohlen behalten, der rationale Teil meines Gehirns versteht das durchaus. In Pferdezucht zu investieren war der einzige Kompromiss, der Papá die Aufgabe der Rinderzucht versüßen konnte – und Pferde züchten heißt Pferde verkaufen. Nicht nur Fohlen, auch bereits eingerittene Pferde. Tiere, deren vorhandene und zukünftige Fähigkeiten meine Bereiter bereits ausgelotet haben. Die bringen den besten Profit. Auf solche *Ware* hat es auch der Käufer abgesehen, der gestern mit mir einen Termin vereinbart hat. Magnus van Dijk. Ein holländischer Spekulant, der schon mehrfach einen Reibach mit Pferden von meinem Gestüt gemacht hat. Wie sehr ich den Zirkus um Stammbäume und Zuchtpapiere hasse, in dem wundervolle Wesen zu Arbeitsmaterial degradiert werden, spielt dabei keine Rolle.

Ein Hengstfohlen hat es mir dieses Jahr besonders angetan. Von ihm werde ich mich ganz sicher nicht trennen. Er stammt von Ébano und Famosa, und wir haben ihn Nostálgico getauft. Noch ist nicht auszumachen, welche Farbe sein Fell schließlich haben wird. Famosa ist ein Falbe, Ébano ein Glanzrappe. Ob der Kleine nach dem Papá oder aber der Mamá kommt, wird erst die Zeit zeigen. Schon jetzt besitzt sein Fell einen wunderschönen Schimmer. In der Sonne glänzt es, als hätte der Schöpfer Goldfäden in ein Vlies aus Bronze gewoben. Sein Kopf besitzt die typische geschwungene Form der andalusischen Pferde, mit runden Wangen und einem langen, eleganten Nasenrücken. Noch steht seine Mähne wie ein wilder Irokesenschnitt ab, aber ich kann mir ausmalen, wie der Behang später einmal fallen wird. Lockig und seidig, tiefschwarz und geheimnisvoll. Neugierig gucken die Augen des Fohlens in die Welt, die Wimpern so lang und gebogen wie bei Bambi. Nostálgico ist mutig, immer auf Ausschau nach Abenteuern. Schon jetzt sucht er die Herausforderung, zeigt im Spiel mit Altersgenossen Dominanz und Führungsqualität, aber auch Aufmerksamkeit und Konzentration.

Ein Teil von mir hofft, ich könnte ihn vor der Welt beschützen. Er könnte einfach für immer ein Fohlen bleiben, ausgelassen und verspielt. Wenn er erst ein bisschen älter ist, wird es eine Freude sein, mit ihm zu arbeiten. Für ihn wird das aber auch bedeuten, sich unterzuordnen und zu lernen, dass Taten Konsequenzen haben. Das Leben ist kein Ponyhof, nicht einmal auf meinem Gestüt.

Beim Füttern habe ich ein Auge darauf, dass jedes Tier das Futter bekommt, das ihm zugedacht ist. Hafer und Heu für die Sportpferde, die täglich unter mir und den Bereitern Leistung zeigen müssen. Die Mutterstuten bekommen Kraftfutter, für einige andere besteht der Mittagssnack nur aus Karotten und Heu.

Ich tausche mich mit Milo und Javier aus. Die Bereiter haben am Vormittag mehr Zeit auf dem Pferderücken verbracht als ich. Wir überlegen, welche Pferde wir van Dijk empfehlen sollen. Jedes meiner Tiere ist ein Goldstück. Jedes verdient einen Besitzer, der es wertschätzt und fordert, genau in dem Maß, wie es seinem Charakter entspricht.

Die Temperatur steigt und steigt. Am Nachmittag wird wie üblich Wind für ein wenig Abkühlung sorgen, aber in den Mittagsstunden schwitzt die ganze Hacienda unter einer Hitzeglocke. In den Ställen dösen die Pferde. Für uns Menschen wird jeder Handschlag zum Kraftakt. Trotzdem mag ich die Sommer in meiner Heimat. Sie sind ehrlich. Sie zehren und fordern. Wenn einem der Schweiß in den Nacken läuft und jeder Muskel von der Hitze geschmeidig ist und von der Arbeit brennt, weiß man am Abend, woher die Erschöpfung kommt.

Ich lege mich ins Zeug, überprüfe Hufe, schleppe Futtersäcke, fühle die Kraft, die trotz Trauer und Wut in meinem Körper wohnt. Und bei allem, was ich mache, spitze ich unwillkürlich die Ohren. Ich warte auf einen bestimmten Klang, dieses eine Geräusch, das mich tiefer getroffen hat, als ich zugeben will.

Ihr Lachen. Eine Ahnung sagt mir, dass Dr. Linda Grünfelder nicht oft so ausgelassen ist, wie sie es vorhin mit Nuria war. Vielleicht war es der Schreck in ihren Augen, als wäre sie mehr über sich selbst verwundert als über mein Auftauchen während der Wasserschlacht. Vielleicht sind es aber auch die feinen Linien um ihre Mundwinkel und in den Augenwinkeln. Linien, die beweisen, dass sie kein junges Mädchen mehr ist, sondern eine Frau mit Geschichte. Mit Erfahrungen und Geheimnissen.

Ich bin kein Mann für Blödeleien. Das Auskommen vieler Menschen hängt vom Erfolg meiner Arbeit ab. Ich bin schon als alter Mann auf die Welt gekommen, behauptet Montserrat. Bereits als Kind und Jugendlicher hatte ich für Unfug wenig übrig. Im besten Fall ist er unnötig, im schlimmsten führt er zu Unfällen und Katastrophen. Als achtzehnjähriger Bursche habe ich das mitunter vergessen, und mittlerweile wissen wir alle, wohin das geführt hat. Trotzdem muss ich zugeben, der Anblick einer attraktiven Frau in einem vollkommen durchnässten Oberteil ist nicht ohne Grund ein Klischee und hat auch bei mir nicht seine Wirkung verfehlt. Doch es waren nicht die Knospen von Lindas Brüsten, die sich rostrot und einladend unter dem Stoff ihres dünnen Oberteils abgezeichnet haben. Auch nicht das Glitzern der Wassertropfen auf ihren Schlüsselbeinen, ihren Wangen und der Haut ihrer Arme, das mich gebannt hat. Nein, es war ihr Lachen. Ein Lachen voller Übermut und Lebendigkeit, das ich zum Verstummen gebracht habe. Typisch für den Mann, der ich bin.

Während der Arbeit kann ich immer wieder einen Blick auf sie erhaschen, doch offenbar hat sie keinen Grund mehr zum Lachen. Zumindest nicht dann, wenn ich nahe genug bin, um es hören zu können. Die meiste Zeit sehe ich sie in Begleitung von Nuria. Sie hilft bei der Versorgung der Therapiepferde, spricht mit Nurias Patienten. Einmal beobachte ich sie beim Spiel mit einem der Katzenjungen. Auf dem Hof streunern immer Katzen herum und halten uns die Mäuse fern. Für uns sind sie einfach nützliche Tiere. Auf die Idee, mit einem vertrockneten Olivenzweig ein Kätzchen zu unterhalten, ist außer der *doctora* noch nie jemand gekommen.

Als die Hitze zu groß zum Arbeiten wird, ziehen sich alle zurück. Ramón sitzt mit einem Glas Weinschorle im Innenhof des Haupthauses und blättert in einer Zeitung. Sofía sitzt neben ihm und tippt auf dem Handy.

Ich lasse mich auf einen Stuhl an dem runden Tisch fallen und strecke die Beine aus. In den Reitstiefeln sind meine Füße kurz davor zu kochen. Zum Glück steht auf dem Tisch ein Tablett mit Erfrischungen.

Ramón sieht von der Zeitung auf. »Alles klar?«

Ich nicke. Mit einer Papierserviette wische ich mir den Schweiß von Nacken und Stirn. Gierig leere ich ein Glas Wasser. »Ich gehe eine Runde schwimmen. Habt ihr schon gegessen?«

»In der Küche sind Tapas.«

Ich habe keinen Hunger, noch nicht einmal Appetit. Aber wenn ich arbeite, muss ich auch essen. Ein paar Oliven werden schon gehen.

Später. Zuerst in den Pool. Ich stehe auf, um mich auf den Weg zu machen, komme aber nicht weit. Montserrat ruft mich aus dem Inneren des Hauses.

»Damián?« Ich höre sie nur gedämpft. Trotzdem, irgendetwas in ihrer Stimme bringt die feinen Haare in meinem Nacken dazu, sich aufzurichten.

»*Sí.*«

»Telefon. Da ist … kannst du kommen? Ich … ich verstehe nicht.«

»Ich bin im Atrium. Stell das Telefonat auf die zwei.« Weil das Haus so groß ist, haben wir mehrere Apparate. Einer mit altmodischem Knochenhörer befindet sich an der Wand in dem schattenspendenden Säulengang, und er klingelt bereits, ehe ich es bis dorthin geschafft habe.

»*Hola!*«, melde ich mich.

»Señor Álvarez García?« Die Frauenstimme am anderen Ende der Leitung habe ich noch nie gehört. Den Akzent erkenne ich allerdings sofort. Ich habe ihn in letzter Zeit mehr als einmal gehört. Linda spricht so und auch Martina Römer.

»*Sí. De qué se trata?*« Was gibt es?

Die Antwort dringt in einer wilden Mischung aus Englisch, Deutsch und Spanisch aus dem Telefonhörer. Vielleicht ist auch Kisuaheli dabei. Schwer zu sagen, bei der Geschwindigkeit, mit der die Anruferin spricht. Ich verstehe »Krankenhaus – Hospital« und »your brother. Accident.«

Brother. Wie von selbst wandert mein Blick zu Ramón. Gesund sitzt er nur wenige Schritte von mir entfernt am Tisch.

Meine Hand krampft sich fester um den Hörer. »Was ist mit Luis? Er hatte einen Unfall?«

»Luis? *Sí, sí*, Luis Álvarez García.«

In meinen Ohren höre ich das Pochen meines Pulses. Es

übertönt die Worte der Frau am anderen Ende der Leitung. Sie redet weiter auf Englisch. Wiederholt Dinge, die ich bereits beim ersten Mal nicht verstanden habe.

Luis. Mein kleiner Bruder. Irgendetwas Schlimmes muss passiert sein, und ich Idiot kann, verdammt noch mal, nicht verstehen, was! Ich sehe ihn vor mir, am Tag seiner Geburt. Mamá hat ihn mir in den Arm gelegt. »Das ist dein Bruder«, hat sie gesagt, »Luis. Ist er nicht wunderschön?«

Er war schrumpelig und rot und hatte einen Kopf wie die Zeichentrickfiguren einer amerikanischen Kinderserie, die ich mir eigentlich nicht anschauen durfte. Trotzdem habe ich ihm meine Hand hingestreckt. Seine winzigen Finger schlossen sich um meinen Zeigefinger. Einer nach dem anderen, und ich war verloren.

»Du musst jetzt immer auf ihn aufpassen«, hat Mamá gesagt. »Dafür sind große Brüder da.«

Im Hier und Jetzt fragt ein Mann nach einer Telefonnummer. Ich sehe ihn von oben. Als würde sein Körper nicht zu mir gehören. Er hat schwarze Haare und Augen, die die Presse »seelenvoll« nennt. Seine Stimme kann nicht die meine sein. Sein Englisch ist unbeholfen, die Worte kratzen ihm in der Kehle. Er ist der große Bruder. Er hätte aufpassen sollen. Wie ein Vater auf einen Sohn aufpassen sollte. Der Mann mit der kratzigen Stimme hat versagt. Weder seinem Sohn noch seinem Bruder konnte er helfen.

Die Frau am Telefon rattert eine Zahlenfolge herunter. Erst auf Englisch, dann noch einmal auf Spanisch. Ich weiß, ich sollte die Zahlen aufschreiben. Es ist wichtig. Aber ich habe keinen Zettel. Ich habe keinen Stift. Ich bin ein Versager. Ein Vater ohne Sohn, ein großer Bruder ohne Schützling.

Der Telefonhörer fällt mir aus der Hand.

Nicht Luis.

Nicht auch noch er.

Düsterkeit kriecht von den Rändern meines Bewusstseins auf mich zu.

Nicht Luis.

Wieder und wieder. Kein anderer Gedanke hat Platz in meinem Hirn.

Nicht Luis. Nicht auch noch er.

Nicht Luis.

Kapitel 6

Linda

Als Erstes sehe ich den Hörer, der an dem Spiralkabel baumelt. Eines ist sofort klar: Hier stimmt etwas nicht.

Nuria scheint es ebenfalls zu merken. Sie bleibt stehen, nimmt den Arm aus meiner Ellenbeuge. »Damián?«, fragt sie.

Er ist weiß wie die Wand. Aus dem Telefonhörer klingt geisterhaft eine Stimme.

»Señor Álvarez! Hello? Do you hear me?« Die letzte Frage wiederholt sie auf Deutsch: »Hören Sie mich?«

Als würde ein Schalter umgelegt werden, übernimmt der Profi in mir die Regie. Ich werfe Ramón einen fragenden Blick zu. Er nickt.

Also nehme ich den Telefonhörer und presse ihn an mein Ohr.

Nuria führt Damián zu dem Tisch, an dem Ramón gesessen hat. Er ist aufgesprungen, als wir das Atrium betreten haben. Der süße Duft von sommerblühenden Rosen kribbelt mir in der Nase. In großen Terrakottatöpfen stehen sie im Schatten des Säulengangs, wunderschön und üppig. In diesem Moment verhöhnen mich ihre Farbenpracht und ihr Duft. Irgendetwas Schreckliches muss geschehen sein, und keine Tragödie sollte in Rosenduft ersaufen.

»Hallo?«, frage ich. »Sie sprechen deutsch?« Kein Wackler in meiner Stimme verrät meine Nervosität. Schicksalsschläge gehören zu meinem Job. Heute fühlt sich allerdings alles anders an. Persönlicher, und das macht es schwerer.

Damiáns Augen sind noch dunkler als sonst, die Pupillen so geweitet, dass sie selbst das letzte bisschen Braun verschlingen, sein Atem kommt kurz und heftig.

»Oh meine Güte, Gott sei Dank«, sagt die Frauenstimme am anderen Ende der Leitung. »Endlich jemand, dem ich sagen kann, was geschehen ist.«

»Ich weiß nicht, ob ich die Richtige bin. Ich gehöre nicht zur Familie. Was ist passiert?«

»Es geht um Luis Álvarez García. Der Kitesurfer, wissen Sie? Er hatte einen Unfall.«

Luis ist Damiáns Bruder. Nun weiß ich, dass er Kitesurfer ist, ohne ihn, Nurias Rat folgend, gegoogelt zu haben. Und die wichtigste Info: Er ist verunglückt. »Was für eine Art von Unfall?«, frage ich die Frau. »und wer sind Sie?«

»Oh, Entschuldigung.« Die Fremde klingt ehrlich nervös. »Das habe ich ganz vergessen. Ich hatte es vorhin schon Señor Álvarez gesagt, aber das können Sie ja nicht wissen. Mein Name ist Christine Sturm. Ich gehöre zum Presse- und PR-Team des Kitesurf-Worldcups in Sankt Peter-Ording. Luis Álvarez García ist einer der Wettkämpfer.«

Mein Magen zieht sich schmerzhaft zusammen, während Christine Sturm eine kurze Pause macht und dann fortfährt.

»Er hatte beim heutigen Qualifying einen schweren Unfall«, sagt sie und schildert mir in wenigen Worten den Hergang. »Wir können noch nichts Genaues sagen. Als er geborgen wurde, war er bewusstlos. Der Hubschrauber hat ihn in eine Spezialklinik nach Hamburg gebracht.«

Ich spüre, wie mir das Blut aus dem Gesicht weicht. Oh nein. Oh nein, bitte nicht. Nicht noch eine schlimme Nachricht für Damián, der die letzte noch nicht annähernd verarbeitet hat.

Ich halte mir das andere Ohr zu, um besser hören zu können. Die Verbindung ist nicht die beste. »Wie heißt die Klinik in Hamburg?«

Ich zücke mein Handy und tippe die Infos, die Christine Sturm mir gibt, in eine Notiz-App. Name der Klinik, Telefonnummer und Webseite.

»Der Unfall ist knapp zwei Stunden her«, sagt Christine Sturm. »Nun wissen Sie Bescheid. Wir wünschen Ihnen alles Gute.«

»Danke«, erwidere ich mit einem komischen Gefühl, denn mir gilt der Wunsch ganz sicher nicht.

Langsamer als nötig lege ich den Hörer auf. Ich schinde Zeit, denn meine Kehle ist wie zugeschnürt. Auch wenn es reiner Zufall ist, wieder bin ich für Damián die Unglücksbotin. Tragödien pflastern meinen Weg durch sein Leben.

Damián sitzt am Tisch, gegenüber von Ramón und Nuria. Montserrat hat sich zu ihnen gesellt. Sie steht hinter ihrer Tochter und hat ihr eine Hand auf die Schulter gelegt. Nur Sofía, den Blick unverändert auf das Handy gerichtet, wirkt unbeteiligt.

Alle anderen schauen mich erwartungsvoll an.

»Luis hatte beim Kiten einen schweren Unfall. Die Dame, die angerufen hat, konnte mir nichts Genaues sagen. Er ist zu einer Spezialklinik in Hamburg geflogen worden. Wenn ihr möchtet, kann ich dort anrufen, um Genaueres herauszufinden.« Ein wenig hilflos hebe ich die Schultern. Ich wünschte, es gäbe so viel mehr, das ich tun könnte. »Eventuell müsst ihr die behandelnden Ärzte vorher von ihrer Schweigepflicht entbinden. Ich gehöre nicht zur Familie. Aber dafür gibt es Formulare. Ich kann euch zeigen, wo im Netz ihr die findet, und alles vorbereiten, damit ihr nur eine Unterschrift draufsetzen müsst.«

»Das ist …« Nurias Stimme bricht. Immer wieder schüttelt sie stumm den Kopf. Ich bin nicht sicher, ob sie mir überhaupt zugehört hat. »Aber er ist … er ist doch Profi. Er ist … Ihm kann nichts passiert sein.«

Montserrat bekreuzigt sich. *»Dios mío!«*

»Offenbar hat er bei einem Sprung die Kontrolle über den Schirm verloren, ist zu hoch aufgestiegen und beim Absturz mit dem Kopf gegen die Mole geprallt«, berichte ich, bemüht um einen sachlichen Tonfall.

»Ich glaube das nicht. Luis ist … er ist doch …« Nuria kämpft mit den Tränen und legt den Kopf an Ramóns Schulter. Der legt tröstend einen Arm um sie, flüstert ihr etwas ins Ohr. Seine Worte zaubern den Anflug eines Lächelns auf Nurias Gesicht. Allein dafür würde ich Ramón am liebsten umarmen.

Sofía steckt ihr Handy ein und steht auf. »Wenn ich was tun kann, lasst es mich wissen. Ich muss jetzt los.«

»Sofía …« Ramón streckt die Hand nach seiner Frau aus. Der Griff geht ins Leere. Sofía ist schon zu weit weg.

Montserrat streicht ihrer Tochter über die Haare. »Diese Frau. Sie hat so schnell gesprochen. Ich habe sie gar nicht verstanden.«

»Sie war Deutsche, oder?« Fragend blickt Nuria mich an. »Luis ist gerade in Deutschland.«

»Ja, in Sankt Peter-Ording.«

»*Dios mío!* Ich wusste nicht einmal, wo er im Moment ist. Ich weiß nie, wo er ist. Immer ist er irgendwo anders. Manchmal …« Ramón rauft sich die Haare. »Manchmal kommt es mir vor, als würde ich ihn nur noch im Fernsehen sehen.«

»Fernsehen!« Nuria hebt den Kopf von Ramóns Schulter. »Das ist es! Sicher wird doch über den Unfall berichtet. Wenn wir wissen wollen, was passiert ist, müssen wir nur den Fernseher anmachen. Oder besser noch, wir schauen im Internet nach!«

»Ich glaube nicht, dass das eine gute Idee ist.« Mein Blick wandert zu Damián. Er hat bisher noch gar nichts gesagt. Wie versteinert sitzt er auf dem Stuhl. Den Rücken gerade durchgedrückt, die Hände zu Fäusten geballt. Nur an seinem Kiefer zuckt ein Muskel. Allein sein Anblick tut mir weh, so verkrampft ist er.

»Damián.« Ich möchte ihm eine Hand auf die Schulter legen, aber etwas hält mich zurück. Damián Álvarez García steht eindeutig unter Schock. Kein Wunder. Innerhalb nur weniger Tage hat er gerade zum dritten Mal eine Nachricht erhalten, die seine Welt aus den Fugen geraten lässt. »Möchtest du etwas trinken? Ein kühles Wasser. Mit Eis, vielleicht?« Sich auf die Kälte von Eiswürfeln in der Hand oder im Mund zu konzentrieren, hilft manchen Menschen dabei, aus einem Schockzustand zurück in die Realität zu finden. Auch bei Panikattacken ist es ein probates Mittel.

Montserrat deutet meinen bittenden Blick richtig und verschwindet ins Haus.

»Ich gehe meinen Laptop holen.« Nuria steht auf. »Wenn ich nicht mit eigenen Augen sehe, was passiert ist, kann ich das nicht glauben.«

»Nuria, bitte …« Ich will mir gar nicht vorstellen, was Kamerabilder von Luis' Unfall bei Damián auslösen könnten. Aber sie ist bereits verschwunden. Ich will ihr nachgehen, doch Damián hält mich zurück.

»Ich will es sehen.« Noch immer starrt er ins Leere. »Ich muss es sehen. Diesmal muss ich hinsehen. Ich … ich darf nicht noch einmal davonlaufen.« Langsam wendet er sich zu mir. Er sieht mir direkt ins Gesicht. Zum ersten Mal seit meiner Ankunft erlaubt er mir einen Blick in seine Seele.

Wolkenberge. Strahlend blauer Himmel. Ein Meer aus Quecksilber. Gischt tanzt zum Lied des Windes. Der einzige Farbklecks ein blau-weiß-roter Kiteschirm. Ein Mensch auf einem Bord, und zwischen Bord und Schirm nichts als dünne Leinen, wie Fäden, die Himmel und Erde miteinander verbinden.

Am Ende ist es schlimmer als alles, was ich mir hätte ausmalen können. Auf den Sportseiten im Internet ist Luis bereits eine Schlagzeile. *Eilmeldung* steht da. *Breaking News. Schwerer Kitesurfunfall beim Worldcup.* Mit Bildern halten sich die seriösen Medien zurück. Vielleicht aus Rücksicht gegenüber den Angehörigen. Aber das gilt nicht für alle Webseiten.

Nurias Finger fliegen über die Tastatur, als sie auf YouTube die Suche eingibt. *Luis Álvarez García. Accident.*

Und da ist es, das Video. Es ist nicht lang. Keine zwei Minuten. Die Aufnahme ist verwackelt, eindeutig von einem Amateur mit dem Handy gemacht. Jedes andere Geräusch wird vom Rauschen des Windes im Mikrofon verschluckt.

Die Kamera hält auf den Surfer, der über die aufgewühlte See jagt. Eine Böe packt ihn. Der Surfer hebt ab. Es wirkt, als wäre er schwerelos, ein Fabelwesen aus nichts als Luft und Licht. Immer verrückter wird der Flug, immer höher zieht der Schirm den Sportler. Es sieht wunderschön aus, aber auch bedrohlich. Die Kamera wackelt noch mehr, schwenkt auf die Mole.

Plötzlich geht alles ganz schnell.

»Das wird ein Death-Loop!« Eine Männerstimme kämpft sich durch das Sturmrauschen ans Mikrofon.

Der Surfer fällt. Rast der Erde entgegen. Auf die Mauer zu. Wie ein Crash-Test-Dummy schlägt er gegen den Stein. Der Schirm fliegt weiter, schleift den leblosen Körper über den Asphalt.

»Scheiße!«

»Oh Gott!«

Schreckensrufe. Helfer stürzen auf den Verunglückten zu. Die Bilder rucken, dann wird der Bildschirm schwarz.

1:50 Minuten. Die Dauer des Videos. Der rote Balken ist bis zum Anschlag gelaufen.

1:50 Minuten können eine Ewigkeit sein.

Ein Kreispfeil erscheint auf dem Bildschirm. Wiederholung?, fragt das Programm.

Keiner von uns will noch einmal sehen, was wir gerade gesehen haben.

Sekunden vergehen. Mein Blick klebt am Bildschirm. Als könnte ich andere Bilder heraufbeschwören, wenn ich nur lange genug draufstarre.

Auch die anderen wirken wie paralysiert. Schließlich strecke ich die Hand aus und schließe den Laptop. Nuria nickt mir zu. Ihre Finger zucken. Als wollte sie sich an etwas, oder jemandem, festhalten.

»Ich rufe jetzt sofort in dem Krankenhaus an. Ehe wir anfangen, Spekulationen anzustellen, erkundigen wir uns besser, in welchem Zustand er ist. Vielleicht ist alles gar nicht so schlimm, wie es aussieht.« Höre ich mir eigentlich zu? Wir haben mit eigenen Augen gesehen, wie ein Mensch vom Himmel gefallen ist. Wie um alles in der Welt soll das nicht so schlimm sein, wie es aussieht?

Weil niemand reagiert, frage ich: »Gibt es irgendwo einen Raum, wo ich Ruhe habe?«

Ramón erhebt sich. Menschen brauchen in solch einer Situation Aufgaben. Mich ins Büro der Hacienda zu führen muss für Ramón in diesem Moment sein wie ein Rettungsring.

Das Arbeitszimmer liegt in einem Flügel des Haupthauses, den ich bisher nicht betreten habe. Hier riecht es nach alten Möbeln und Pferd. An die Düsterkeit im Inneren der Hacienda habe ich mich gewöhnt, hier jedoch wirkt sie abweisender. Die dicken, gekalkten Wände tragen Trauerschleier aus Zeit. Alles in diesem Teil des Gebäudes schreit Eindringling. Über fünfhundert Jahre Familiengeschichte verbirgt sich in den Gemäuern dieses Hauses. Ich gehöre nicht hierher.

Ramón öffnet eine Eichenholztür, und wir treten ins Zimmer. Gegenüber der Tür steht ein großer Schreibtisch, rechts davon erkenne ich ein niedriges, rundes Tischchen, zwei durchgesessene Cordsessel und ein dazu passendes Sofa. Die Möbel müssen aus der Zeit stammen, als Pedro die Hacienda geführt hat. Vor einem halben Jahrhundert mochten sie modern gewesen sein, jetzt sind sie abgenutzt und verschlissen. An den Wänden hängen verblichene Plakate von Landwirtschaftsmessen, die vor zwanzig und mehr Jahren stattgefunden haben, sowie die *Rojigualda*, die spanische Flagge. Die Pokale in den Wandregalen sind verstaubt. Kein einziger zeigt einen Pferdekopf, manche dafür den Kopf eines Bullen. Auf dem Boden stapeln sich landwirtschaftliche Fachzeitschriften mit dem Scherenschnitt des berühmten andalusischen Stiers auf dem Cover.

»Hier können Sie Platz nehmen.« Ramón rückt den Schreibtischstuhl nach hinten. »Papier finden Sie im Drucker, und Stifte liegen auf dem Tisch.« Etwas verloren hebt er die Schultern. »Sie müssen entschuldigen. Das Büro gehört Damián, und er ist ja nie hier. Es ist ein wenig …« Das Wort *chaotisch* braucht er gar nicht erst auszusprechen.

»Das geht schon. Machen Sie sich keine Umstände.« Ich setze mich auf den Stuhl und zücke mein Handy. Wenn ich mich auf das konzentriere, weshalb ich hier bin, werde ich die Unordnung gar nicht bemerken. Ein größerer Kontrast zu meinem ehemaligen Büro in der Praxis ist kaum denkbar. In meinem Reich hatte alles seinen Platz. Die Stifte nach Länge arrangiert, die Patientenakten mit Farbcode versehen und alphabetisch sortiert. Jeden Abend kommt die Putzfirma in die Klinik, und es ist mir wichtig, dass sie jeden Quadratzentimeter meines Schreibtisches säubern kann. Mit etwas Abstand kann ich nicht anders, als über mich selbst den Kopf zu schütteln. Als könnte ein wohlgeordnetes Büro das Chaos der Welt auf Abstand halten.

»Ach ja!« Ramón sieht mich an. »Natürlich können Sie auch den Computer benutzen, wenn Sie ins Internet müssen. Sie sagten irgendwas von Formularen, die wir womöglich unterschreiben müssen. Das Passwort lautet *Gahonero*. Soll ich es Ihnen buchstabieren?«

»Ja, bitte.« Bisher hat mein Spanisch mir gute Dienste geleistet, doch dieses Wort habe ich noch nie gehört.

G-a-h-o-n-e-r-o schreibt Ramón auf ein Stück Papier. »Das war der Name seines ersten Pferdes. Also, Damiáns, meine ich. Er war schon immer …«

Von unten herauf sehe ich den jüngeren Álvarez-Bruder an. Seine Augen glänzen feucht. Ramón hat sich gut im Griff, doch die Nachricht von Luis' Unfall trifft auch ihn bis ins Mark.

Ich lege meine Hand auf seine. »Ich komme schon zurecht. Wenn ich etwas von Ihnen brauche, oder etwas Genaueres weiß, komme ich zurück.« Ich ziehe meine Hand zurück und starte den Computer. Während das Laufwerk surrt und die Lüftung anspringt, wende ich mich noch einmal an Ramón. »Gehen Sie zurück zu Ihrer Familie. Geben Sie sich gegenseitig Halt. Das ist das Beste, was Sie jetzt machen können.«

»Er wird mich nicht an sich ranlassen …« Ich weiß sofort, wen er meint. »Es ist …« Seine Stimme bebt. Er muss sich räuspern, ehe er weitersprechen kann. »Es war schwer mit ihm, seit … seit er zurückgekommen ist. Und gerade als es ein wenig besser wurde …«

»Das Gute ist, keiner von Ihnen ist allein. Sie haben sich. Und sicher hat Damián auch Freunde hier. Vielleicht würde es ihm guttun, wenn jemand, der nicht unmittelbar betroffen ist, ihm beistehen kann. Und Sie haben Sofía.«

»Ja, ich habe Sofía.« Ramóns Augenlider öffnen und schließen sich. Ein Zwinkern in Zeitlupe, als müsste er über die Bedeutung meiner Worte nachdenken. »Aber was ist mit Damián? Sehen Sie sich in diesem Zimmer um! Mein Bruder hat keine Freunde. Das alles hier«, er macht eine ausholende Geste, »es ist ein Sarkophag. Nur dass hier kein Mensch begraben ist, sondern all die Erwartungen, die Damián nie erfüllen konnte. Sie sind hierhergekommen, um ihm zu helfen, nicht wahr? Dann stellen Sie sich die Frage, wovor er davonläuft, wenn er ständig um die Welt tourt.« Eine Träne sammelt sich in seinem Augenwinkel, aber er blinzelt sie weg. »Ich werde sie verlieren, nicht wahr? Alle beide. Ich werde Damián verlieren und Luis und dann …« Er verstummt, als wäre der Gedanke zu schrecklich, um ihn laut auszusprechen. »Entschuldigen Sie«, sagt er. »Das war unangemessen.«

»Ist schon in Ordnung.« Ich hoffe, mein Lächeln sieht sicherer aus, als ich mich fühle. »Sie alle stehen gerade unter enormem Druck.«

»Ich lasse Sie jetzt wohl besser allein. Hoffentlich können Sie etwas in Erfahrung bringen.«

»Das hoffe ich auch.«

Ramón verlässt das Büro, und ich wähle die Telefonnummer, die mir die Pressefrau genannt hat. Wie nicht anders zu erwarten, werde ich von Pontius zu Pilatus gestellt. Immer wieder muss ich erklären, in welchem Verhältnis ich zu Luis stehe. Leichter gesagt als getan, schließlich wusste ich bis vor Kurzem noch nicht einmal, dass er Kite-Surfer ist.

Was mich am Ende rettet, ist mein akademischer Titel. Formulare sind nicht notwendig, als ich irgendwann endlich an einen Kollegen gerate. Ich atme innerlich auf. Aus Erfahrung weiß ich, dass es kaum eine Krankenhaustür gibt, die sich nicht durch ein wenig Ärztesprech öffnen lässt. Ich nenne meinen Namen, den meines Doktorvaters, den meines ehemaligen Chefarztes und den Namen der Klinik, in der ich meine Facharztausbildung absolviert habe. Ich schrecke vor nichts zurück, was den ehrenwerten Doktor auf der anderen Seite der Leitung davon überzeugen könnte, dass ich eine Antwort verdiene, die mehr als leere Floskeln enthält.

Knapp eine halbe Stunde später bin ich klüger. Ich weiß jetzt, dass Luis ein Schädelhirntrauma erlitten hat sowie mehrere weitere schwere Brüche. Die Nerven in seinem Rückgrat sind verletzt. Er hat eine Pilonfraktur, das Wadenbein ist zertrümmert, ebenso der Oberschenkelknochen. Dagegen sind der Jochbeinbruch und das gebrochene Nasenbein fast schon Lappalien. Auf eine gerade Nase kann ein Profisportler verzichten. Auf sein Gehirn oder das Gefühl in seinem Unterkörper eher nicht. Ich schlucke schwer, bedanke mich und beende das Telefonat.

Die gute Nachricht lautet: Luis Álvarez García ist am Leben. Inzwischen liegt er auf der Intensivstation im künstlichen Koma. Ein Team aus Spezialisten kämpft nicht nur um sein Leben, sondern auch um seine Zukunft. Leicht wird es nicht, der Familie mitzuteilen, was ich erfahren habe. Und die ganze Zeit, während ich mir die Worte zurechtlege, klebt mein Blick an den Pokalen in den Regalen und den Plakaten an der Wand. Meine Gedanken sollten jetzt ganz bei Luis sein. Doch so ist es nicht. Mein Herz weint für den Mann, der in diesem Zimmer nicht zu Hause ist. Der so viel Erfolge hatte und doch am Grunde seines Herzens nichts besitzt als Erwartungen, die er nicht erfüllen kann. Ich weiß zu gut, wie sich das anfühlt. Plötzlich will ich nichts mehr, als Damián meine Hand zu reichen und ihm zu zeigen, dass er nicht allein ist. Alles, was er tun muss, ist den Mut zu haben, sein Herz zu öffnen. Doch um das zu erreichen, brauche ich Zeit mit ihm, Gelegenheit für Gespräche, und ich weiß nicht, ob er mir diese gewährt.

Ich habe keine Ahnung, wie sie mich gefunden hat.

Der Spaten dringt in die trockene Erde am Fuß des Tausendjährigen. Immer und immer wieder. Meine Muskeln brüllen von der Anstrengung, Schweiß läuft mir in Bächen den Nacken hinunter, sammelt sich unter den Achseln und zwischen den Schulterblättern. Meine Lungen brennen, der beißende Geruch von Pferdeurin wirkt wie Säure in meiner Nase und dem Rachen. Diesmal habe ich mich nicht mit einem einzigen Eimer Naturdünger begnügt, ich habe eine ganze Schubkarre voll Mist auf den Hügel geschoben. Es ist nicht genug. Die Scheiße von hundert Pferden würde nicht reichen, um zu tun, wonach mir der Sinn steht. Am liebsten würde ich den ganzen Baum in Fäkalien begraben. Ich habe keine Ahnung von Gartenbau. Die Chancen, dass ich den Baum überdünge und ihm mehr Schaden als Nutzen zufüge, sind durchaus realistisch. Wäre ja nicht das erste Mal, dass ich etwas Gutes tun will und Schaden anrichte. Irgendwo weit weg liegt mein kleiner Bruder im künstlichen Koma auf einer Intensivstation, und ich töte aus Versehen den Baum, der über das Wohlergehen unserer Familie wachen soll. Ja, das würde zu mir passen. *Grandioso!*

Zum ersten Mal höre ich ihre Schritte, als ich den Spaten kurz absetze und mir mit dem Oberarm Schweiß von der Stirn wische. Sie hat gute Arbeit geleistet, heute, im Angesicht der Katastrophe, das muss ich zugeben. Ohne ihre Hilfe wären wir aufgeschmissen gewesen. Sie hat mit Ärzten geredet und uns die Diagnosen erklärt. Wann immer es etwas Neues gab, hat sie uns informiert. Sachlich und emotionslos. Solange sie sich aus meinem Leben raushält, soll es mir recht sein. Sie hat Ramón geholfen, einen Flug nach Deutschland zu organisieren, und ihn und Sofía darauf vorbereitet, was sie in der Klinik in Hamburg zu erwarten haben, wenn sie morgen früh dort ankommen. Mit Nuria hat sie eine Liste von Dingen erstellt, die zu erledigen sind. Patientenbesuche von Ramón absagen, Fragen mit der Versicherung klären, ein paar persönliche Dinge für Luis zusammenpacken, mit der Pressestelle des Worldcups sprechen, damit keine Informationen an die Öffentlichkeit gelangen. Das Letzte, was wir brauchen können, sind Sensationsreporter auf der Hacienda. Sogar über einen Securitydienst haben sie gemeinsam mit Ramón nachgedacht.

Nur ich habe mich aus alldem herausgehalten. Die Abscheu vor mir selbst und dem Leben kocht zu dicht an der Oberfläche. Ich konnte mir selbst nicht trauen. Das kann ich noch immer nicht.

Ein Moskito setzt sich auf meinen Unterarm und rammt den Rüssel in meine Haut. Es brennt, aber ich spüre den Schmerz nicht. Doch, halt, das stimmt nicht. Ich spüre ihn sehr wohl und heiße ihn willkommen. Ein winziger, kleiner Schmerz, dessen Verursacher ich kenne und zerquetschen kann. Die flache Hand meiner Linken landet auf dem Blutsauger und macht seinem erbärmlichen, schmarotzenden Leben ein Ende. Bitteschön. Problem gelöst. Ich wünschte, mit dem Schmerz in meiner Brust wäre es genauso einfach.

Erneut greife ich zum Spaten und setze meine Arbeit fort. Wenn die *doctora* meint, ich würde mich ihr öffnen, weil sie mich mitten in der Nacht an meinem persönlichen Rückzugsort aufsucht, täuscht sie sich gewaltig. Sie und ihr Psychogequatsche können mich mal. Dass sie uns geholfen hat, macht sie nicht zu meiner Vertrauten. Mein Leben lang habe ich mich nur auf mich selbst verlassen, und ich habe nicht vor, daran etwas zu ändern. Menschen an sich heranzulassen gibt ihnen die Macht, einem wehzutun, und ich fühle schon genug Schmerz, um dieses Risiko einzugehen.

Meine Muskeln verhärten sich, als ich einen Blick auf die sich nähernde Silhouette der Frau werfe. Jeder Spatenstich wird zum Kraftakt. Mein ganzer Körper ist ein einziger Krampf, so sehr rechne ich mit einer Predigt von ihr, und bei Gott, wenn es dazu kommt, weiß ich nicht, ob ich mich zusammenreißen kann. Das, was in mir brodelt und kocht, ist zu gewaltig, um es unterdrücken zu können. Gegen das, was dann passieren würde, wäre unser kleiner Zusammenprall heute Morgen nichts.

Immer wieder gräbt sich das Blatt des Spatens in die sonnenverbrannte Erde und zerhackt Wurzelwerk. Vielleicht verschwindet die *doctora* ja wieder, wenn ich sie nicht beachte. Mein Blick ist starr auf mein Werk gerichtet. Ich sehe nicht viel, der Mond ist meine einzige Lichtquelle. Diese Arbeit muss ich nicht schön machen. Sie zu erledigen dient nur mir selbst.

Der nächste Spatenhieb ist der letzte. Fast um den ganzen riesigen Baumstamm herum habe ich mich gearbeitet. Es sieht aus wie ein Schlachtfeld. Doch dann stößt das Spatenblatt auf einen Stein. Ein stechender Schmerz schießt mir in den Rücken, ich schleudere den Spaten weg, schließe die Augen und brülle auf.

Der Schrei hallt den Hügel hinab in die Ebene. Unten im Tal flattert ein Vogel auf, erschreckt von der nächtlichen Störung.

Als ich mich umschaue, sehe ich, dass sie nicht weit entfernt auf dem Boden sitzt, die Knie angezogen, den Rücken an den Stamm eines Baumes gelehnt. Auch die anderen Bäume in diesem Hain sind alt, doch keiner ist so majestätisch wie der Tausendjährige. Ich bin froh darüber, dass sie dieses letzte bisschen Abstand hält. Es ist nicht schön, mich selbst in diesem Zustand zu erleben. Noch schlimmer ist es, für meinen Wahnsinn Zeugen zu haben.

Meine Brust hebt und senkt sich in schnellem Rhythmus. Ich spüre ihren Blick auf mir. Nur gut, dass ich ihr Gesicht nicht sehen kann, ganz sicher würde mir das, was ich darauf lesen könnte, nicht gefallen.

Sekunden vergehen. Sie muss längst spüren, dass auch ich sie beobachte. Und immer noch sagt sie nichts. Dann steht sie auf, löst den Pullover, den sie sich um die Taille gebunden hat, und hält ihn mir mit ausgestrecktem Arm hin.

»Ein Handtuch habe ich nicht«, sagt sie, und in der Stille nach meinem Ausbruch klingt ihre Stimme überlaut. »Nehmen Sie den hier, um sich die Hände abzuwischen«, fügt sie nach einer kurzen Pause hinzu. »Oder das Gesicht.«

Sie kommt mir nicht entgegen. Wenn ich ihr Angebot annehmen will, muss ich den ersten Schritt tun. *Mierda!* Ich will nichts von dieser Frau! Gar nichts! Keine Erklärungen, keine Entschuldigung, keine Gespräche und ganz sicher auch keinen beschissenen Frauenpullover. Aber der Schweiß verklebt mir die Wimpern und juckt unangenehm am Hals. Ich gebe mir einen Ruck und nähere mich ihr, während ich meine Hände an der Jeans abwische. Sauber werden sie davon nicht, aber zumindest trocken.

»Danke.« Ich greife nach dem Pullover und weiß nicht weiter. Ein sanfter Duft nach Sommerregen entströmt dem Stoff. Ich bringe es nicht fertig, das Kleidungsstück mit meinem Schmutz zu ruinieren. Bereits es in der Hand zu halten, scheint zu viel. Als könnte das Gift aus meinem Inneren durch die Berührung den Pullover verderben.

Während ich noch immer wie erstarrt bin, nickt Linda in Richtung der Schubkarre, die ein paar Schritte von uns entfernt steht. »Benutzen Sie den Pferdemist als Dünger?«

Geradezu dankbar für diese einfache Frage, nicke ich. »Hundertzehn Pferde produzieren eine Menge Mist. Wir ersaufen regelmäßig in dem Zeug, aber Pflanzen tut er angeblich gut. Den größten Teil verbrennen wir auf den Feldern. Manchmal kommen Hobbygärtner und kaufen es uns ab. Sie schwören, Pferdeäpfel seien das Beste für Pflanzen.«

»Wenn ich mir Ihren Baum hier so anschaue, glaube ich das gerne. Ziemlich eindrucksvoll, das Ding. Ich habe noch nie einen so großen Olivenbaum gesehen.«

»Wie viele Olivenbäume haben Sie denn überhaupt schon gesehen?«

»Touché.« Da ist es wieder, ihr Lachen. Wie schon am Vormittag macht es seltsame Dinge mit mir. Seit der Nachricht von Luis' Unfall gab es nichts, was ich gegen die Anspannung in meinen Gliedern tun konnte. Jetzt lockern sich meine Muskeln. Nur ganz kurz, trotzdem gerate ich ins Schwanken.

»Wollen Sie sich nicht setzen?« Linda scheint der kurze Schwächeanfall nicht entgangen zu sein. »Und anschließend helfe ich Ihnen bei der Arbeit, wenn Sie wollen. Sie müssen mir nur sagen, was ich tun soll.«

Ich wittere eine Falle und trete einen halben Schritt zurück. »Wenn ich das wüsste, könnte ich das machen. Aber um ehrlich zu sein, habe ich keine Ahnung, was ich tue. Ich dachte nur, besser ich arbeite den Dünger in den Boden ein, sonst weht der erste Wind ihn davon. Genauso gut ist es aber möglich, dass ich dem alten Gesellen mit dem ganzen Mist endgültig das Licht ausblase. Tausend Jahre leistet er gute Dienste für meine Familie und dann komme ich und überdünge ihn versehentlich, nur weil ich mich irgendwie abreagieren musste. Ziemlich passend, meinen Sie nicht?«

»Sie tun das, was Sie in diesem Moment für das Beste halten.« Ohne mich aus dem Blick zu lassen, setzt sie sich wieder. Mit der Hand klopft sie auf den Boden neben sich, aber ich ignoriere die Aufforderung. »Welche Folgen unser Handeln hat, erfahren wir manchmal erst im Nachhinein, und dann können wir es nicht mehr ändern. Wir können nur versuchen, mit den Konsequenzen umzugehen.«

Ich könnte mein linkes Ei verwetten, dass wir nicht mehr von einem knöchrigen Olivenbaum und Pferdemist sprechen, aber ausnahmsweise lasse ich es ihr durchgehen. Das Mondlicht malt silberne Sprenkel in ihre Augen, und ich fühle mich nicht mehr ganz so allein. Trotzdem kann ich mich nicht durchringen, neben ihr Platz zu nehmen. Sie wiederholt die auffordernde Geste. »Kommen Sie schon«, sagt sie. »Ich beiße nicht, versprochen.«

»Vor Bissen habe ich keine Angst, eher vor …« Ich stocke. Um ein Haar hätte ich etwas gesagt, was sie nichts angeht. Die Unruhe regt sich wieder, beginnt in meinem Inneren zu brodeln. Diese kleine Hexe! Einen kurzen Moment lang bin ich unachtsam, und schon schlägt sie ihre Krallen in mich. Wenn Hunde in die Ecke gedrängt sind, wehren sie sich. Ein Kribbeln in den Fingerspitzen und Taubheit in den Lippen kündigen meinen Ausbruch an. Ich kenne die Anzeichen, und ich hasse sie.

»Vor Wahrheiten? Ist es das, wovor Sie Angst haben?« Ihre Frage stellt sie leise und sanft.

Ich balle die Hände zu Fäusten, weiche vor ihr zurück, als hätte sie mit ihrer Frage eine Waffe auf mich gerichtet.

»Was wollen Sie von mir, *doctora*?«, schnaube ich. »Kommen hierher und bringen alles durcheinander. Wer hat Sie hier raufgeschickt? Ramón? Wie oft muss ich Ihnen noch sagen, dass Sie mich verdammt noch mal in Ruhe lassen sollen? Worauf sind Sie aus?« Meine Stimme wird immer lauter. »Wollen Sie das Monster wecken? Sind Sie so scharf darauf, zu sehen, welches Untier den eigenen Sohn verleugnet?«

»Niemand hat mich geschickt.« Auf meine letzten Fragen geht sie gar nicht ein. Ich weiß nicht, ob mich das ärgert oder ob ich eher erleichtert bin.

»Ich brauchte einfach ein bisschen frische Luft.«

»Aber natürlich.« Ich wünschte, ich hätte irgendwas in der Hand, das ich werfen könnte, um diesen schrecklichen Druck in mir abzubauen. »Und da landen Sie ausgerechnet an dem Ort, an den ich komme, um allein zu sein? Das soll ich Ihnen glauben? Es ist mitten in der Nacht. Warum schlafen Sie nicht?«

»Warum schlafen Sie nicht?« Sie lässt sich einfach nicht reizen. Und je ruhiger sie wird, desto übermächtiger wird meine Wut. Es wäre wirklich besser, sie würde einfach verschwinden.

»Haben Sie das in einem Lehrbuch gelernt? Fragen grundsätzlich nur mit Gegenfragen zu beantworten? Genauso wie die vielen schönen Fachausdrücke, die Sie heute für uns übersetzt haben? Ich verrate Ihnen was, *doctora*. Das Leben ist kein Lehrbuch!« Ich will aufhören. Wirklich. Ich will kein Wort mehr sagen. Doch so ist das mit der Wut, sie zerstört meinen Willen ebenso wie die Menschen, auf die ich sie loslasse. »Spielen Sie ruhig die professionelle Therapeutin. Ich habe keine Therapie verlangt! Und auf Predigten von Leuten, die keine Ahnung haben, wie das Leben wirklich ist, kann ich wunderbar verzichten.«

Am Tag ihrer Ankunft ist sie vor meinem Zorn weggelaufen. Jetzt sieht sie mich einfach nur an und blickt bis auf den Grund all der Hässlichkeit in meiner Seele.

»Es tut mir leid«, sagt sie. Langsam, als hätte sie die Worte gar nicht gehört, die ich ihr an den Kopf geworfen habe, steht sie auf. »Ich wollte Sie nicht stören. Aber in einem irren Sie sich.« Nicht nur ihre Bewegungen sind sicher, auch ihre Stimme ist es. In dem Körper einer Schönheitskönigin wohnt eine mutige Frau, die es wagt, mich herauszufordern. »Ich bin Psychiaterin, aber vor allem bin ich ein Mensch. Ich weiß, wie es ist, wenn die Schuld einen zerfrisst.«

»Wie sollten Sie das wissen?« Ich spreche wieder leiser. Der schlimmste Ausbruch ist vorbei. Wie immer ist es vor allem Scham, die bleibt.

Sie zuckt mit den Achseln. »Das werden Sie nie erfahren, oder? Denn Sie wollen ja nicht mit mir reden.« Ohne auf eine Antwort zu warten, tritt sie auf mich zu und nimmt mir ihren Pullover aus der Hand. »Den brauchen Sie anscheinend nicht. Viel Glück bei Ihrer Arbeit.« Und damit geht sie.

Ich blicke ihr noch lange nach. Ich will sie hassen, sie hat es verdient. Aber irgendwas hat sie an sich, das mich neugierig macht. Ich will wissen, wer Dr. Linda Grünfelder wirklich ist, und das kann ich nicht von vielen Frauen behaupten. Auf ihrem Weg den Hügel hinab fängt sich Mondlicht in dem Stoff des Pullovers in ihrer Hand, und plötzlich wünsche ich mir, ich hätte ihn ihr nicht zurückgegeben.

Linda

Nicht rennen. Nicht rennen! Wenn er jetzt sieht, wie sehr er dich getroffen hat, hat er gewonnen, dann wird er dich nie wieder an sich heranlassen, dann wird er nur immer widerlicher werden und kälter und gemeiner, und du wirst Jannis' letzten Wunsch niemals erfüllen können!

Auch wenn es mir irgendwie gelingt, meine Schritte in einen langsamen, gleichmäßigen Rhythmus zu zwingen, meine Gedanken überschlagen sich, rasen, stolpern übereinander.

Ich sollte aufgeben. Jannis war mein Lieblingspatient. Seinen Brief zu überbringen ist das Letzte, was ich für ihn tun kann. Als Mensch und auch als seine Ärztin. Aber wann wird Ehrgeiz zu Verbissenheit? Was ist, wenn es mir einfach nicht gelingt, seinen Wunsch zu erfüllen?

Damián Álvarez García hasst mich! Er will mich nicht auf

seinem Hof. Nicht auf seinem Land und schon gar nicht in seinem Leben.

Tränen brennen in meinen Augen, mir ist kalt. Ich trage einen verdammten Pullover mit mir herum, aber auf die naheliegende Idee, ihn anzuziehen, komme ich nicht, weil mich Damián Álvarez García einmal mehr vollkommen aus der Fassung gebracht hat. Ich habe mich verschätzt, als ich glaubte, es sei ein Durchbruch, dass er meinen Pullover, diese winzige Hilfestellung, von mir angenommen hat. Ein Zeichen dafür, dass er endlich bereit sei, mit mir zu sprechen, mir eine Chance zu geben, alles zu erklären.

Ich habe mich getäuscht. Ich bin eine schlechte Ärztin und eine noch beschissenere Therapeutin. Damiáns Wut sollte mir nichts ausmachen. Sie sollte von mir abperlen wie Schmutzwasser von einem reinweißen Waschbecken mit Lotusbeschichtung. Ich sollte in der Lage sein, meine Gefühle und Probleme zu sortieren, sie in Schubladen zu verstauen, deutlich beschriftet. Persönliches Trauma, Versagensängste. Hang zum Perfektionismus, Erschöpfungssymptome, gestörtes Verhältnis zu meiner Mutter. Was Damián angeht, wären da sein Kooperationsunwille, seine Trauer, sein Aggressionspotenzial. Ich sollte fähig sein, die kleinen Fortschritte zu sehen – dass er überhaupt in der Lage ist, seine Gefühle zu artikulieren, ist ein Zeichen von Besserung. Stattdessen trüben Schuldgefühle meinen professionellen Blick. Meine Gedanken purzeln durcheinander, ich weiß überhaupt nicht mehr, was ich glauben soll und was nicht.

Dass er mir so unter die Haut geht, kann nichts Gutes bedeuten. Es ist an der Zeit, die einzige Trumpfkarte auszuspielen, die mir noch bleibt, und den geordneten Rückzug anzutreten. Keine Flucht, eine wohlüberlegte Kapitulation. Vielleicht fühlt mein Versagen sich dann irgendwann einmal nicht mehr ganz so hässlich an.

Ich habe keine Ahnung, wie lange ich brauche, um vom Feenhügel zurück zum Gut zu kommen. Wie lange ich überhaupt weg war.

Nur ein einziges Fenster im Haupthaus ist noch erleuchtet. Eine weitere schlaflose Seele in der Nacht.

»Linda? Sind Sie das?«

Ich fahre herum, für einen winzigen, irrwitzigen Augenblick glaube ich, Damián habe mich eingeholt und wolle sich entschuldigen. Natürlich ist das Quatsch. Als sich eine Figur aus dem Schatten des Durchgangs vom Atrium auf den Pfad, der zu Nurias Häuschen führt, löst, erkenne ich meinen Irrtum.

»Ramón.« Ich ringe mir ein Lächeln ab. »Sie sind noch wach? Keine Spezialbrownies mehr in Ihrem Vorrat?«

»Schon lange nicht mehr.« Er tritt von einem Bein aufs andere. Er ist nervös. »Wollen wir uns vielleicht kurz setzen?«

»Natürlich. Gern.« In Wahrheit will ich einfach nur zurück ins Zimmer und anfangen, die Trümmer meines Scheiterns einzusammeln. Ein erster Schritt wäre es, den Koffer zu packen. Wenn ich schon meine Gedanken nicht ordnen kann, dann zumindest die Dinge, die ich mitgebracht habe. Aber ich sehe Ramóns Anspannung, und auch wenn ich als Psychiaterin auf voller Linie versagt habe, bin ich immer noch Ärztin und habe den hippokratischen Eid geschworen.

Ramón führt mich den Weg entlang zu einer niedrigen Bank im Schutz der Lorbeerhecke. Jetzt, in der Nacht, ist der Duft der Blätter so intensiv, dass er mir sofort zu Kopf steigt. Herb und bitter, mit einer würzigen Note, die an Montserrats Eintopf erinnert.

»Kann ich etwas für Sie tun?«, eröffne ich das Gespräch, sobald wir uns gesetzt haben. »Gibt es Neuigkeiten von Luis?«

Ramón sieht mich an und schüttelt den Kopf. »Alles unverändert. Wirklich verstehen, was da passiert ist, kann ich wohl erst, wenn wir morgen dort sind.«

»Das ist verständlich.«

Er zögert kurz, wendet den Blick ab. »Haben Sie mit Damián gesprochen? Wie geht es ihm? Es ist nämlich so, ich habe eine Bitte an Sie, und es wäre einfacher, sie auszusprechen, wenn ich wüsste, dass mein großer Bruder sich nicht weiter wie ein Riesenarschloch aufführt.«

Gegen meinen Willen lässt mich Ramóns Wortwahl schmunzeln. Selbst wenn er Damián mit Schimpfworten bedenkt, schwingt unendlich viel Liebe in seinem Tonfall mit.

Ich hasse es, ihn zu enttäuschen. »Ehrlich gesagt denke ich, es wäre das Beste, ich würde wieder abreisen. Damián braucht Zeit und Raum, um zu trauern. Ich habe etwas, von dem ich dachte, es könnte ihm dabei helfen, aber wie es aussieht ...«

»Nein!«, ruft Ramón. Er presst die Lippen zusammen, schüttelt den Kopf, dann fährt er ruhiger fort. »Ich meine, bitte nicht. Bitte bleiben Sie. Zumindest bis Sofía und ich wieder zurück sind. Ich weiß, Sie sind auf eigene Initiative hier. Sie haben keinerlei Verpflichtungen unserer Familie gegenüber.« Er seufzt, atmet tief durch und sieht mir direkt ins Gesicht. In seinen Augen spiegeln sich Sternenlicht und flüssiger Schmerz. »Bitte«, sagt er noch einmal. »Ich könnte es nicht ertragen zu wissen, dass er hier allein ist. Nicht, wo es jetzt auch Luis so schlecht geht. Einsamkeit ist ...«, er schluckt, »Einsamkeit ist das Schlimmste, wenn man traurig ist.«

Ich könnte ihm sagen, dass Damián nicht allein ist. Dass er Montserrat und Nuria hat, Menschen, die, genauso wie Ramón, nur das Beste für ihn wollen. Das wäre das Vernünftigste. Stattdessen schweige ich und denke einen Moment nach.

Ramón bietet mir den perfekten Ausweg. Dank ihm

müssen besseres Wissen und Vernunft kein Hindernis mehr sein, und ich bekomme doch noch eine Gelegenheit zu tun, wofür ich nach Spanien gekommen bin. Was gibt es denn in Deutschland für mich? Kein Job, kaum Freunde, keinen Grund mehr, morgens aufzustehen.

»In Ordnung«, sage ich schließlich. »Wenn Sie das wirklich wollen.«

»Danke.« Er legt mir die Hand auf die Schulter und drückt sie kurz. »Für alles, was Sie für unsere Familie tun. Sie müssen ein sehr selbstloser Mensch sein.«

Beinahe entschlüpft mir ein bitteres Lachen. Wenn Ramón wüsste. Noch länger auf der Hacienda zu bleiben, ist eine der selbstsüchtigsten Entscheidungen, die ich je getroffen habe.

Kapitel 7

Linda

»Wenn ich nicht bald für ein paar Stunden hier rauskomme, werfe ich mich vor den nächsten Zug!« Theatralisch lässt Nuria sich neben mich aufs Bett plumpsen. Im letzten Moment kann ich den Laptop auf meinen Schenkeln davor bewahren, einen Abgang zu machen.

Mit etwas Verspätung bemerkt Nuria, dass sie um Haar ein Unglück verursacht hätte, und verzieht zerknirscht das Gesicht. »Sorry. Warst du beschäftigt?«

»Nichts Wichtiges.« Ich klappe den Rechner zu. Im Grunde bin ich nicht traurig über die Unterbrechung, und auch wenn ich es ganz sicher anders ausgedrückt hätte als Nuria, verstehe ich, was sie meint.

Drei Tage ist es her, dass die Nachricht von Luis' Unfall das Leben auf der Hacienda vollkommen verändert hat. Ramón und Sofía sind immer noch in Deutschland. Zu wissen, dass Luis alle Operationen gut überstanden hat und nicht allein sein wird, wenn die Ärzte ihn aus dem künstlichen Koma holen, hilft zwar, doch um die unheimliche Schwere abzuschütteln, die alle Bewohner der Hacienda bei jedem Schritt begleitet, genügt es nicht. Von Damián will ich gar nicht erst reden. Mittlerweile geht er mir nicht mehr nur aus dem Weg. Wann immer wir uns begegnen, bedenkt er mich mit Blicken, düsterer als eine Sonnenfinsternis. Daran, ihn noch einmal auf Jannis anzusprechen, ist nicht zu denken.

Nuria hakt nach. »Kämpfst du dich durch noch mehr Krankenhausakten?«

Ich schüttle den Kopf, denn diesmal geht es nicht um Luis, sondern um Wiebke. Nuria weiß nichts von ihr, und jetzt ist nicht der Zeitpunkt, ihr von meiner Schwester zu erzählen. »Ein paar Unterlagen, die ich für meine Mutter durchgehen muss. Ich kümmere mich immer um den ganzen Papierkram. Sie ist nicht so fit mit Computern.«

»Klingt spannend.« Aus Nurias Tonfall tropft Ironie. »Und ich dachte, du seist Ärztin, nicht Sekretärin.«

»Wenn du wüsstest, wie viel Papierkram zu meinem Job gehört, würdest du denken, eins sei wie das andere.«

Mein Job. Instinktiv wandert mein Blick zu dem Brief auf dem Nachttisch. *Damián Álvarez García* steht in der vertrauten Handschrift von Jannis Römer auf dem Umschlag. Ungewöhnlich sauber für einen Neunzehnjährigen reihen sich die Buchstaben aneinander. Mit Sicherheit hätten Grafologen einiges über die Seele eines jungen Mannes mit einer so filigranen Schrift zu sagen. Alles, was ich weiß, ist, dass Jannis ein Kämpfer war, der am Ende verloren hat. Er war nicht schwach oder fragil. Die Dämonen in seinem Inneren waren nur böswilliger als die der meisten Menschen. Sein Kampf beschwerlicher. Dass ich den einzigen Brief an seinen Vater noch immer nicht dem Empfänger überreichen konnte, macht mir mit jedem Tag mehr zu schaffen.

Nuria folgt meinem Blick. »Der Brief da ist an Damián adressiert.«

»Mhm.«

»Ist das der Grund, warum du hergekommen bist? Ist er … von seinem Sohn?« Das Stocken im letzten Teil des Satzes verrät mir, dass Nuria weiß, dass sie kein Recht hat, diese Frage zu stellen. Ich habe keine Ahnung, wer ihr von Jannis erzählt hat, aber ich schätze, Neuigkeiten machen in einem Familienbetrieb genauso schnell die Runde wie in einer Mädchen-WG.

»Ja, ist er. Aber, Nuria …«

»Ich weiß, ich weiß«, unterbricht sie mich. »Du darfst nichts weitersagen. Ärztliche Schweigepflicht und all der Jazz.« Sie stößt mir mit dem Ellbogen leicht in die Rippen. »Also, wie ist es? Ich wollte dich entführen.«

»Entführen?«

»An den Strand. Komm schon, du bist jetzt schon mehrere Tage an der Costa de la Luz und warst noch nicht ein einziges Mal am Strand. Das kann ja wohl kaum sein.«

»Ich weiß nicht. Ich sollte …«

»Was?« Ihr Gegenüber aussprechen zu lassen gehört nicht zu Nurias Stärken. Sie mag nur eine Handbreit größer sein als eine Parkuhr, aber wenn sie sich etwas in den Kopf gesetzt hat, kommt so schnell niemand an ihr vorbei. »Du hast zu viel zu tun? Der Papierkram läuft dir doch nicht weg. Und ich bin mir sicher, dass sich in deinen ordentlich verschweißten Vakuumpäckchen ein Bikini befindet.«

»Nicht in meinen Vakuumpäckchen.« Seit Nuria zum ersten Mal mitbekommen hat, dass ich mein Gepäck ordentlich gefaltet und in passende Sets arrangiert in Folienpäckchen verschweißt habe, kann sie nicht aufhören, mich damit aufzuziehen. Aber was soll ich sagen? Ich mag es eben ordentlich. Ordnung und Präzision geben mir das Gefühl, Kontrolle über mein Leben zu haben. Und seien wir mal ehrlich, es gibt Schlimmeres. »Du weißt genau, dass ich schon ein paarmal im Pool war.«

»Umso besser!« Nuria reibt sich die Hände und steht vom Bett auf. »Dann in fünfzehn Minuten bei deinem Auto. Du fährst. Wäre doch eine Schande, wenn du es für viel Geld gemietet hättest und es nie benutzt.«

Wenig später sitze ich hinter dem Steuer des winzigen Seats, und Nuria navigiert mich den Weg hinunter zur Küste.

Heute, ohne bleierne Erschöpfung wie am Tag meiner Ankunft und mit der Gewissheit, jemanden an der Seite zu haben, der sich auskennt, habe ich ein ganz anderes Auge für die Umgebung. Es dauert nicht lange, und zum ersten Mal öffnet sich der Blick aufs Meer. Ein glitzernder Aquamarin, der uns die Richtung weist. Noch ist das Blau nur eine Ahnung am Horizont, ein Versprechen auf Freiheit und Unendlichkeit.

In immer enger werdenden Kurven führt uns die Straße weiter bergab, durch Pinienwäldchen und Olivenhaine, an winzigen Dörfern vorbei, in denen sich Häuser übereinanderstapeln wie ausgeblichene Bauklötze.

»Verrätst du mir jetzt, wohin wir fahren?« Zwischen zwei Kurven wage ich Nuria einen kurzen Blick zuzuwerfen.

»Ans Wasser. Das habe ich doch schon gesagt.« Sie grinst. »Aber keine Sorge, wir sind bald da. Nach der nächsten Kurve wirst du einen alten Leuchtturm sehen. Von da aus ist es nur noch ein Katzensprung.«

»Ach, ich glaube, den Leuchtturm kenne ich. Auf der Fahrt hierher habe ich mich verfahren und bei einem Strand mit Leuchtturm haltgemacht.«

»Leuchttürme gibt es hier an der Küste alle naslang. Wir wollen nach El Palmar«, erklärt Nuria munter. »Vor fünfzehn Jahren gab es da nur zwei ziemlich heruntergekommene Campingplätze und ganz viel Sand. Mittlerweile haben die Kiter den Strand für sich entdeckt. Schön ist er aber immer noch.«

Ein bisschen seltsam ist es schon, erst am Nachmittag zu einem Strandbesuch aufzubrechen. Dort, wo ich herkomme, verlässt man um vier Uhr nachmittags den Strand, besser gesagt, das Freibad. In Andalusien haben die Uhren ihren eigenen Takt.

Der lange Sandstreifen ist alles andere als überbevölkert, aber allein sind wir nicht. Am Straßenrand parken etliche

Autos und ein paar Campingbusse. Vor einem haben die Besitzer einen Klapptisch und zwei Campingstühle aufgestellt. Neoprenanzüge hängen zum Trocknen über den aufgeklappten Türen, an der Heckklappe lehnen Surfbretter. Eine junge Frau steckt den Kopf aus der Beifahrertür, ihr Begleiter, der gerade damit beschäftigt ist, seine Ausrüstung zu sortieren, tritt auf sie zu, nimmt ihr Gesicht zwischen die Hände und küsst sie. Lachend wirft sie ihm die Arme um den Hals. Als er sie aus dem Bus hebt, lachen sie beide. Die Haare der Frau wehen im Wind. Fast kommt es mir vor, als würde ich durch ein Fenster in eine andere Zeit schauen und wäre mitten in Woodstock gelandet.

Ein paar Meter hinter dem Bus mit dem verliebten Pärchen finde ich einen Parkplatz für den Seat.

»Dann wollen wir mal.« Unternehmungslustig steigt Nuria aus.

Zu Fuß geht es weiter. Ich folge ihr die Straße entlang, vorbei an der kleinen Pension, die bei meiner Ankunft geschlossen gewesen war. Der Wind trägt das Plock-Plock des Balles von zwei Beach-Tennis-Spielern zu uns herüber. Die Luft riecht nach Salz, und der warme Glanz der Nachmittagssonne schleift alle Kanten des Lebens rund.

Fünf Minuten, vielleicht ein bisschen länger, gehen wir unter ausladenden Kiefern über einen Bretterweg. Er wird schmaler, die Abstände zwischen den Brettern immer weiter, bis sie ganz aufhören und nicht mehr als ein kleiner Pfad das Dünenschilf auf der einen Seite vom Strand auf der anderen trennt.

»Da sind wir.«

Erst als Nuria mit dem Zeigefinger auf das Häuschen im Schatten von ein paar Palmen lenkt, bemerke ich es. Wobei Häuschen es nicht ganz trifft. Es ist mehr eine Bretterbude, gezimmert aus rohen Balken, gedeckt mit getrockneten Palmwedeln. Davor stehen im Sand klapprige Liegestühle, ein paar Europaletten, die mittels einer draufgelegten Holzplatte als Tische dienen, und dazu passende Stühle. Musik dringt aus Lautsprechern, sonnige Gitarrenklänge, vermischt mit treibenden Rhythmen und Fetzen von Gesang.

»Erst ein *cerveza* oder erst ins Wasser? Wonach steht dir der Sinn?« Ein paar Meter abseits der Beachbar lässt Nuria ihre Strandtasche fallen. Ich kann gar nicht so schnell gucken, wie sie sich ihres T-Shirts entledigt und nur noch in kurzen Shorts und ultraknappem Bikinioberteil vor mir steht.

Ich ziehe erstaunt die Luft ein. Obwohl wir schon ein paar Tage eine Wohnung teilen, wusste ich bisher nicht, welch ein farbenfrohes Kunstwerk ihr Oberkörper ist. Ein riesiger, detailreicher Drache windet sich um ihre Seite. Der dornenbewehrte Schwanz schlängelt sich um ihren Bauchnabel, sein Körper folgt den Linien ihrer Rippen zum Brustbein, und es sieht aus, als würde das aufgerissene Maul ihre rechte Brust verschlingen wollen.

Offenbar bemerkt sie meine Überraschung. »Das ist Puffy. Gefällt er dir etwa nicht?«

Ich lache. »Doch. Er ist toll.« Und das meine ich wirklich. Das Tattoo ist außergewöhnlich. Kämpferisch, voller Energie und trotzdem auf eine schräge Weise humorvoll. Es passt zu der jungen Frau, die ich in den letzten Tagen kennengelernt habe. »Ich bin nur … überrascht.«

»Mach dir nichts draus, das sind die meisten. Also, traust du dich in die Fluten? Die Wellen sind ganz okay heute.«

Ich werfe einen Blick zur Wasserlinie. Das Schauspiel des Atlantiks ist eindrucksvoll. Wie lebendige Wesen bauen sich die Wogen auf, brechen, rauschen schäumend an Land. Ich bin eine gute Schwimmerin, aber diese Naturgewalt flößt mir jede Menge Respekt ein.

»Na komm«, fordert Nuria mich auf. »Ich pass schon auf

dich auf. Was wäre das Leben ohne ein bisschen Nervenkitzel?«

Oh, eine ganze Menge, will ich ihr sagen, aber sie ist schon weg. Im Laufen kickt sie sich die Jeansshorts von den Beinen. Sie wirft die Arme in die Luft und stürzt sich in die Fluten.

Sei kein Frosch, sage ich mir und folge ihr. Langsamer, aber schnell genug, um den Zweifeln keine Zeit zu lassen, mich einzuholen. Mein Kleid landet in der Nähe von Nurias Shorts im Sand. Den Badeanzug hatte ich bereits vorher angezogen.

Im Vergleich zum glühenden Sand unter meinen Füßen ist der Atlantik eiskalt. Die Gischt prickelt auf meiner erhitzten Haut wie tausend unsichtbare Nadelstiche. Die nächste Welle rollt heran, Wasser spritzt auf. Ich renne weiter, halte die Luft an … und springe. Kopfüber tauche ich ins Wasser, der Sog der Brandung rauscht in meinen Ohren, nimmt mich mit. Ich muss kämpfen, um wieder aufzutauchen. Salzwasser brennt mir in den Augen, verschleiert meinen Blick. Prustend tauche ich auf.

»Noch mal! Tauch unter der Welle durch, dann kann sie dich nicht umwerfen!« Irgendwo hinter dem Wellenkonzert ruft Nuria mir Anweisungen zu. Ihr grellrotes Bikinioberteil weist mir den Weg.

Wir lachen, ein lautes, kreischendes Lachen, jedes Mal wenn wir uns entweder von einer Welle mittragen lassen oder unter ihr wegducken. Die Welt verwirbelt, Wasser und Himmel fließen ineinander, werden zu einem großen Ganzen. Sandkörnchen kratzen an meiner Kopfhaut.

Als Dreizehnjährige habe ich gelernt, dass es besser ist, Risiken zu meiden. Ich mag meine Welt geordnet und klar. Kalkulierbar. Nichts am Schwimmen in den Wellen des Atlantiks ist berechenbar. Er ist ein leidenschaftlicher Liebhaber. Er kratzt und beißt, verlangt und umschmeichelt. Er teilt nicht gerne, markiert seine Herrschaft über die Kreaturen, die sich ihm anvertrauen. Ich genieße den Moment, vertraue mich seiner Führung an. Ja, ich hatte Angst vor den Wellen. Jetzt lebe ich. Mit pochendem Herzen, brennenden Augen, aufgeschürften Knien und salzigen Lippen lebe ich.

Danach, ausgelaugt vom Toben in den Wellen, spülen Nuria und ich den Salzgeschmack mit einem kühlen Bier aus den Kehlen. Wir haben einen Stehtisch im Halbschatten der aufgestellten Palmwedel ergattert. Ein paar Gäste tanzen. Nicht dass es eine Tanzfläche gäbe. Sie tanzen einfach so, mit nackten Füßen, nassen Badeklamotten, einer Flasche Bier oder einem Cocktail in der Hand. Sie tanzen, weil an diesem Ort zu viel Leben ist, um es in einen reglosen Körper zu zwängen.

Aus einem Bier werden drei. Wir knacken Pistazien und lassen die Schalen klickend in kleine Keramikschalen fallen. Auf dem Tresen der Bar stehen mit Schmucksteinen verzierte Shishas aus buntem Glas.

Eine Gruppe Männer beobachtet uns. Die Kerle mögen in Nurias Alter sein, vielleicht auch in meinem. Die Spitzen ihrer Haare sind vom Salzwasser gebleicht, auf der braun gebrannten Haut ihrer nackten Oberkörper ist Salz zu weißen Schlieren getrocknet. Sie tanzen uns an. Jede Bewegung eine Einladung. Nuria lässt sich nicht lange bitten. Getragen von der Musik, folgt sie ihnen. Einer der Männer streckt nach mir die Hand aus.

Ich schüttle erschrocken den Kopf, winke hastig ab. *»No, no, no.«*

Der namenlose Tänzer zwinkert mir zu und hebt die Schultern. Für Nuria scheint das alles so leicht. Wie sie die Hüften kreisen lässt, die Arme hebt, lockt, abweist und verführt. Wann habe ich verlernt, der Sinnlichkeit in meinem Körper Luft zum Atmen zu geben? Zum Takt der Beats wippe ich mit den Knien. Mehr traue ich mich nicht. Noch nicht. Vielleicht irgendwann.

»Hey, dich kenne ich.« Eine Stimme reißt mich aus den Gedanken. »Du bist das verlorene Mädchen, das ich auf den richtigen Weg geführt habe.«

»Santiago!« Mir fällt sein Name wieder ein. »Mit dir habe ich hier nicht gerechnet.«

»Aber warum denn nicht? War doch nur ein paar Meter von hier, wo wir uns getroffen haben.« Er zwinkert mir zu. »Du bist wahrscheinlich mit Nuria hier, oder? Tanzt du nicht?«

»Ne, das überlasse ich lieber den Profis.«

Sein Blick streicht über die Tanzenden und bleibt an Nuria hängen. Ein verträumter Ausdruck erscheint in seinen Augen. Das darauffolgende Seufzen ist so herzzerreißend wie die Stimme des Sängers aus den Lautsprechern. »Sie ist der Hammer, oder?«

»Das ist sie.«

Wie aufs Stichwort endet das Lied, und es entsteht eine kurze Pause. »Tja, Pech für mich, dass sie nur Augen für einen hat«, sagt Santiago. Den schnellen Tanzbeats folgt ein melancholisches Gitarrensolo. Ein Mann singt dazu. Er erzählt von der Frau seiner Träume, davon, dass sie genau so ist, wie er es sich immer vorgestellt hat. Unter den Tanzenden finden sich Paare, die Körper aneinandergepresst, wiegen sie sich in einem uralten Versprechen. Nuria lässt ihre Verehrer stehen und gesellt sich zu mir und Santiago.

»Hee! Wer hat nur Augen für einen?« Ihre Wangen glühen vom Tanzen. »Linda? Du? Hast du einen Freund in Deutschland?«

Santiago blickt zu Boden.

»Ganz sicher nicht«, wehre ich lachend ab.

»Sehr gut.« Sie grinst von einem Ohr zum anderen. Ein

bierseliges, lebenslustiges Grinsen. »Dann kannst du Damián umso besser um den Verstand bringen.«

»Ich soll was?« Ich verschlucke mich an meiner eigenen Spucke.

»Ach komm, gib zu, macht es dir nicht auch Spaß, Señor Griesgram aus der Reserve zu locken? Niemandem gelingt das so gut wie dir. Der muss dich nur sehen, und schon steigt ihm Dampf aus der Nase wie einem gepiesackten Drachen. Ihr zwei seid echt wie Öl und Wasser.«

Die Hitze, die mir den Hals hinauf ins Gesicht strömt, kommt nicht von der Sonne. Auch nicht von den drei Bier, die ich intus habe.

»Bis später, Leute. Da ist jemand, dem ich noch Hallo sagen wollte.« Santiago verabschiedet sich. Schön für ihn, dass er sich aus der Affäre ziehen kann.

Ist es wirklich möglich, dass Damián auf mich anders reagiert als auf alle anderen? Dass es ich im Speziellen bin, die ihn reizt?

»Nuria, echt.« Um meine Verlegenheit zu überspielen, will ich einen Schluck Bier nehmen, aber die Flasche ist leer. »Ich weiß nicht, was ich sagen soll. Damián ist …« Ich stocke. In einer schwierigen Situation, wollte ich sagen. Und das stimmt ja auch. Aber wenn ich ehrlich zu mir selbst bin, fühle ich dieses intensive Kribbeln, wann immer ich auf Damián treffe. Aber darum geht es nicht. Ich habe Ramón versprochen, ein Auge auf seinen älteren Bruder zu haben. Außerdem hatte ich ein Ziel, als ich nach Spanien gereist bin. Ein wichtiges, ehrbares Ziel. Ablenkungen kann ich mir nicht leisten. Es steht zu viel auf dem Spiel.

Unbeeindruckt von meinem inneren Ringen, nutzt Nuria mein Schweigen schamlos aus. »Was ist Damián?«, fragt sie. »Heiß? Traumhaft sexy? Alt wie Methusalem? Ein stinkstiefeliger Greis?«

»He!« Lachend stoße ich ihr den Ellbogen in die Rippen. »So alt ist er auch wieder nicht. Er ist achtunddreißig. Gerade mal sieben Jahre älter als ich.«

»Sag ich's doch! Was sich liebt, das neckt sich!« Triumphierend hebt sie ihre Flasche, die ebenfalls leer ist, winkt mit ihr dem Typen hinter der Theke zu und brüllt über die Menge der Tanzenden: »Noch zwei, Martin!«

»Kommt gleich!«, ruft er zurück.

»Nuria!« Ich kann nicht glauben, was hier passiert. Das Schwimmen und Trinken und Tanzen. Aber auch das andere. Was sich liebt, das neckt sich? Dass ich nicht lache! Ich *mag* ihn ja nicht einmal wirklich. Damián ist ein trauernder, wütender, verstockter Mann. Und ich habe Besseres zu tun, als auch nur einen Gedanken daran zu verschwenden, was er von mir persönlich hält. Alles, was zählt, ist, dass er Jannis' Brief liest. Wenn er das getan hat, müssen wir uns nie wiedersehen.

Ich bin keine Frau, in deren Bauch es kribbelt wie in einem Ameisenhaufen, wenn eine andere den Namen eines Mannes sagt. Was für ein Zauber ist das, den dieser Ort über mich wirkt?

Besser, ich konzentriere mich auf das Naheliegende. »Ich muss noch fahren. Ich kann unmöglich noch ein Bier trinken. Ich fühl mich schon ganz schwummerig im Kopf.«

»Ah, also wenn das so ist, das haben wir ganz schnell, Señora.« Sie taucht mit dem Kopf unter den Tisch, kramt in ihrer Tasche und richtet sich kurz darauf mit ihrem Mobiltelefon in der Hand wieder auf. »Tadaaa. Da haben wir es.«

Skeptisch mustere ich sie. Nuria ist schon dabei, mit dem Daumen über das Display zu wischen.

»Was tust du da?«

»Uns einen Chauffeur besorgen.«

Eine böse Ahnung befällt mich. »Du hast doch nicht etwa vor …«

Weiter komme ich nicht, sie spricht bereits. Und das deutlich lallender als noch vor wenigen Sekunden.

»Damián!« Sie kichert. »Weißt du waaaaas?« Eine kleine Pause, dann: »Nein, es ist nichts passiert, alter Griesgram.« Pause. »Einen Fahrer?« Sie sagt es mit einem Fragezeichen am Ende. »Na jaaaa, das kommt darauf an, was du unter betrunken verstehst. Man könnte es auch …« Selbst mit der lauten Musik und all den Menschen um uns herum höre ich, dass Damián am anderen Ende der Leitung die Stimme erhebt. Er ist alles andere als begeistert von Nurias Anruf. Nervös sucht mein Blick eine Uhr und wird an der Wand hinter der Theke fündig. Fast halb eins.

Nurias Miene hellt sich auf. Sie grinst wie eine Katze vor einer Schale frischer Sahne. »Jahaaa, Linda ist auch da.« Pause. »Viel. Sie hat sehr, sehr, sehr viel getrunken. Und sie braucht uuuuunbedingt einen Retter.«

Mir wird es zu bunt. Ich mache einen Satz auf Nuria zu, versuche ihr das Mobiltelefon aus der Hand zu winden. Aber ich habe keine Chance.

»Biiis gleich«, säuselt sie und beendet das Telefonat.

»Das ist nicht dein Ernst.« Ich schenke ihr mein bestes Therapeutengesicht. Die Miene, die ich für Patienten reserviere, die im Begriff sind, sehenden Auges in eine Katastrophe zu rennen. »Sag nicht, dass du gerade Damián gebeten hast, uns abzuholen.«

Nuria presst die Lippen zusammen und zieht die Augenbrauen in die Höhe.

»Was ist?«, frage ich. »Sind dir jetzt auf einmal die Worte ausgegangen?« Nicht im Traum würde ich zugeben, dass ein Teil, ein wirklich klitzekleiner Teil von mir entzückt darüber ist, dass ich Damián gleich sehen werde. Nicht von Weitem bei der Arbeit mit den Pferden oder im Vorbeigehen, während er mit sicheren, ausgreifenden Schritten dem Leben auf der Hacienda aus dem Weg geht. Sondern hier. In dieser Bar. Mit Musik und tanzenden, fröhlichen Feiernden um uns herum.

»Du hast gerade gesagt, ich darf nicht sagen, dass …«

»Oh Mann.« Ich schlage die Hände vors Gesicht und stöhne. Zum Glück kommt in genau diesem Moment unser Bier. Nun denn. Nachdem es so aussieht, als würde ich heute nicht mehr fahren müssen, kann ich auch noch das vierte Bierchen ohne Sorge zischen. Prost.

Damián

Mein Fuß nagelt das Gaspedal an den Boden. Neunzig Stundenkilometer außerhalb geschlossener Ortschaften lautet das Tempolimit in Spanien. Die Tachonadel des Cupra zeigt hundertzehn. An den geöffneten Seitenfenstern jagt die Nacht vorbei. Der Fahrtwind soll meinen Kopf freipusten. Er versagt kläglich.

Wie konnten Nuria und Linda nur so verantwortungslos sein? Feiern und trinken, ohne zu wissen, wie sie nach Hause kommen sollen. Von Nuria bin ich solche Aktionen gewohnt. Es gibt einen Grund, warum sie und Luis sich so gut verstehen. Aber Linda? Sie ist Ärztin, zum Teufel noch mal! Eine deutsche Ärztin. Sagt man Deutschen nicht nach, sie nähmen es mit Regeln und Verantwortung besonders ernst? Dass ich nicht lache.

In meinem Kopf brodeln die Vorwürfe, die ich dieser Frau machen werde. Kein Wunder, dass sie Jannis nicht helfen konnte. Kein Wunder, dass sie einfach hier auftaucht, ohne Vorwarnung, ohne mir die Möglichkeit zu geben, ihr und allem, wofür sie steht, aus dem Weg zu gehen. Kein Wunder, dass sie sich in meinem Leben festgebissen hat wie eine Zecke, obwohl ich ihr nun wirklich deutlich genug zu verstehen gegeben habe, dass ihre Anwesenheit eine Last für mich bedeutet.

Zahllose Autos säumen die staubige Straße am Strand von El Palmar. Notgedrungen drossle ich das Tempo. Kein Mensch weiß, wer oder was einem hier alles vor die Motorhaube laufen kann, und ich bin nicht scharf darauf, noch einen Menschen ins Unglück zu stürzen, weil ich nicht rechtzeitig bremsen kann. Ich mag wütend sein, aber im Gegensatz zu gewissen anderen Bewohnern der Hacienda – seien sie nur vorübergehend oder dauerhaft dort – weiß ich, was das Wort Verantwortung bedeutet.

Je näher ich dem *El Ocaso* komme, desto öfter gleitet das Scheinwerferlicht über Nachtschwärmer. Die etwas heruntergekommene Strandbar ist eine Institution in der Gegend. Ein paar Aussteiger haben vor Jahren eine Bretterbude zusammengezimmert, wo Surfer sich mit einem kühlen Bier die Kehle vom Salz freispülen konnten. Damit hat alles angefangen. Heute ist das *El Ocaso* viel mehr als nur eine Bar. Es ist Treffpunkt für Einheimische und Urlauber gleichermaßen, gerade weil es seinen Anfängen immer treu geblieben ist. Das *El Ocaso* versucht nicht mehr zu sein, als es ist. Es gibt keine ausgefeilte Speisekarte, keine Sunset-Events oder ausgefallene Drinks. Nur Musik und Geselligkeit. Jeder ist willkommen. Ob Surfer oder Sonnenanbeter, Tourist oder Leute von hier.

Ich scheiß auf die Regeln und nehme mir die Freiheit, den Wagen bis ganz zum Ende der Straße zu fahren. Dort, wo der Pflasterweg in einen Bretterpfad übergeht, lasse ich das Auto stehen. So blockiere ich zwar mindestens vier andere Fahrzeuge, aber sei's drum. Schließlich habe ich nicht vor, lange zu bleiben.

Die Hände tief in die Hosentaschen gesteckt, stapfe ich die

letzten Meter zu Fuß. Die Lichter der Bar und das Dröhnen der Bässe weisen mir den Weg. Je näher ich komme, desto schwieriger wird das Durchkommen. Die Party ist in vollem Gange. Niemand achtet auf einen übellaunigen Eindringling. Durch lachende, tanzende, feiernde Menschen schultere ich mir den Weg frei. Selten habe ich mich so fehl am Platz gefühlt.

Dann sehe ich sie und alles stoppt. Meine Schritte, mein Herz, das Karussell aus Vorwürfen und Wut in meinem Kopf, und ich sehe nur noch sie.

Nuria und Linda. Etwas abseits der Bar stehen sie an einem der Stehtische. Nuria trägt Jeansshorts und eines ihrer knappen, bunten Tops. Lindas Körper umschmeichelt ein fließendes Kleid mit Blumenmuster und Volants am Ausschnitt. Die flackernden Kerzenflammen in den Windlichtern zaubern goldene Punkte auf ihr Haar. Die Strähnen sind wellig und unordentlich. Mit Sicherheit hat der Wind ihr den Föhn ersetzt. Nuria muss etwas Lustiges gesagt haben, denn Linda legt den Kopf in den Nacken und lacht. Immer noch lachend, schüttelt sie heftig den Kopf. Nuria baut sich vor ihr auf, hebt die Arme in die Luft, wiegt den ganzen Körper zu den Flamencoklängen aus den Lautsprechern. Nicht der traditionelle Flamenco, sondern die moderne Version, die man im Radio oder auf YouTube hört. Der Sänger belcantiert die große Liebe, und Nuria verspricht mit ihrem Körper, dass sie wahr werden könnte. Zumindest für eine Nacht.

Trotzdem ist es nicht Montserrats Tochter, die mich gefangen hält. Es ist Linda. Die Nurias Locken widersteht, die lachend den Kopf schüttelt, mit den Händen abwinkt und dann doch beginnt, die Hüften zu wiegen. Es sieht ein wenig ungelenk aus. Ihr fehlt die Erfahrung im Flirt mit Rhythmus und Musik. Aber sie lächelt. Verlegen, doch auch mit Stolz. Und je mutiger sie wird, je ausholender ihre Bewegungen, desto mehr verschwindet der scheue Ausdruck auf ihrem Gesicht.

Meine Brust ist auf einmal zu eng für den Atem in den Lungen. Linda … raubt mir den Atem. Ich kann nicht mal sagen, warum. Sie wird niemals die talentierteste Tänzerin der Welt sein. Doch je länger ich ihr zusehe, desto leiser wird der Sturm in meinem Inneren. Früher – es fühlt sich an, als wäre es in einem anderen Leben gewesen – war ich öfter hier. Nicht so oft wie Luis natürlich, der im Gegensatz zu mir immer schon einfach das getan hat, worauf er Lust hat. Aber zumindest ab und zu, und die Erinnerung an eine Zeit, in der ich mich nicht gefühlt habe wie ein Schatten unter echten Menschen, weckt Sehnsucht in mir.

Natürlich bin ich nicht der Einzige, der bemerkt, dass eine weitere Tänzerin da ist. Es dauert nicht lange, und zwei Typen in Surfshorts und bedruckten T-Shirts pirschen sich an Nuria und Linda heran. Touristen, ganz eindeutig. Urlauber auf der Jagd nach Abenteuer. Wie ich haben sie sich bisher im Dunkeln am Rand des Geschehens herumgedrückt, jetzt nicken sie sich zu und machen sich auf den Weg zu den beiden Frauen. Tanzend, lachend, es könnte fast zufällig sein, dass sie Nuria und Linda immer näher kommen. Ich weiß es besser. Ich kenne dieses Spiel seit Langem, bin damit aufgewachsen.

Meine Beine bewegen sich, noch bevor ich den Entschluss gefasst habe. Sichere Schritte bringen mich ans Ziel, ehe die beiden Surfer-Buddys auch nur die leiseste Chance haben.

Das Ziel.

Ich würde mir gerne einreden, dass es Nuria *und* Linda sind, die ich im Blick habe. Sie haben getrunken, und ein alkoholvernebelter Geist ist kein guter Ratgeber, wenn es darum geht, zwei notgeile Touristen abzuwehren. Doch ich war noch nie gut darin, mich selbst zu belügen. Weder Nuria noch Linda brauchen meinen Schutz.

Linda sieht mich nicht kommen. Ich merke es an ihrem kurzen Zusammenzucken, als meine Hände sich von hinten auf ihre Hüften legen.

»Pssst«, mache ich. Meine Nase streift ihre Ohrmuschel. Linda ist beinah so groß wie ich, die perfekte Größe, um ihr ins Ohr zu flüstern. »Nicht erschrecken, ich bin's nur.«

»Damián?« Ihr Körper versteift sich. »Da bist du ja. Ich … Sorry wegen des Anrufs. Ich wollte Nuria abhalten, aber …«

»Kein Problem.« Es ist das erste Mal, dass sie mich duzt.

Hinter ihr beginne ich mich zu bewegen. Vor über fünfhundert Jahren kamen meine Vorfahren in dieses Land zwischen den Kontinenten. Durch meine Adern fließt Rhythmus und Musik, Wehmut und Leidenschaft ebenso sehr wie Blut. »Tanz weiter.«

»Ich …« Sie kichert ein wenig. »Ich kann nicht.«

»Mach die Augen zu. Lass dich führen.«

»Bist du nicht hier, um uns abzuholen? Es ist mir wahnsinnig unangenehm, dass Nuria dich mitten in der Nacht rausgeklingelt hat. Bist du nicht schrecklich sauer?«

»Oh, ich bin sauer.« Mein Atem fächert über ihre Haut. Meine Bewegungen werden drängender. Nur ein Mensch ohne Seele kann dem Zauber des Flamencos widerstehen, und ich mag vieles in meinen achtunddreißig Jahren auf der Welt verloren haben, meine Seele gehört nicht dazu. »Aber das kann warten.«

»Worauf?« Ich sehe das Zucken ihrer Kehle, als sie schluckt.

»Darauf, dass das hier vorbei ist.« Flamenco ist kein Paartanz. Er ist Schauspiel und Angeberei, Ausdruck und Kunst. Genau das Richtige, um der *doctora* eine Lektion zu erteilen. Sie will wissen, wer ich bin? Sie soll es erfahren. Tanz ist mein Metier, auch wenn meine Partner normalerweise Tiere sind, nicht wunderschöne Frauen.

Ich wirble sie herum, fange sie mit einem Arm um der

Taille auf und zwinge sie mit dem Gewicht nach hinten, bis ihr Rücken sich beugt und sie sich meinem Griff anvertrauen muss.

Ihre Augen sind riesengroß. Angst und Schock. Doch dann entspannt sie sich, ihr Körper in meinem Arm wird schwerer und fügsam. Mein Körper reagiert auf ihr Vertrauen. Hinter der Knopfleiste der Jeans wird es eng.

Ich ziehe sie wieder nach oben, halte sie mit einem Arm, während die Hand des anderen sich ihr zum Tanz anbietet. Ich schiebe ein Bein zwischen ihre Schenkel, lasse sie den Rhythmus fühlen, die Energie unserer Nähe. Wärme fließt vom Dreieck zwischen ihren Schenkeln durch den Stoff ihres Kleides und meiner Jeans bis auf meine Haut, strömt von dort durch meinen ganzen Körper.

Unser Tanz ist langsam und sanft. Nicht viel mehr als ein Wiegen. Als ich sie zu einer Drehung aus meiner Umarmung schwinge, dann wieder zu mir ziehe, vermischt sich ihr Lachen mit dem Klang der Musik und dem Rauschen der Wellen im Hintergrund. Bis sie mir auf den Fuß tritt.

»Ups«, sagt sie. Sie kneift die Augen zusammen und schüttelt den Kopf. »Schon wieder.«

»Gegen fünfhundert Kilo Pferd ist das gar nichts.«

»Dir ist schon mal ein Pferd auf den Fuß getreten?«

»Schon tausendmal.«

»Ich glaube, du übertreibst.«

»Ich glaube, du könntest recht haben.« Ich hebe die Augenbrauen und sehe sie an. Ihr Blick ist weich und sanft. Ich weiß nicht, was sie in diesem Moment in mir sieht, aber es verleitet sie dazu, den Kopf an meine Schulter zu legen. Ihre Hände liegen auf meiner Brust. Zwei kleine weiße Fäuste, als würden ihre Finger versuchen, mein Herz in der Hand zu halten. Ihre Haare kitzeln mein Kinn. Sie riecht nach Wind und Sonne und Meer.

Dann bricht die Musik ab, und der Zauber verfliegt.

Linda schreckt aus meiner Umarmung hoch, weicht ein Stück zurück und lässt die Arme sinken. Ich glaube zu wissen, was sie auf einmal verunsichert. Sie fragt sich, was gerade passiert ist.

Dieselbe Frage stelle ich mir auch.

»Hey! Gehört hier jemandem ein schwarzer Cupra Ateca mit dem Kennzeichen 11232 DGA?« Martins Stimme erhebt sich laut über den Feiernden.

Zähneknirschend hebe ich die Hand. »Das ist meiner.« Zahllose Augenpaare richten sich auf mich. Mein eigener Blick irrt durch die Menge. Nuria hat sich ins Herz der Feiernden vorgetanzt. Sie steht mit einem Typen zusammen, der mir vage bekannt vorkommt. In der Hand hält sie einen farbenfrohen Cocktail. Ich frage mich, der wievielte das wohl ist. Alles, um nicht Linda ansehen zu müssen.

»Die Karre parkt jede Menge andere Autos zu. Kannst du sie wegfahren?« Die Stimme des Barkeepers schallt erneut über die Köpfe der Feiernden.

»Wir wollten ohnehin gehen.« Ich straffe die Schultern und rücke meine Jeans zurecht. Über die Schulter blicke ich haarscharf an Linda vorbei. »Kommst du?«

Sie nickt. »Ich hole Nuria und unsere Sachen.«

Kapitel 8

Damián

Seit der Nachricht von Jannis' Tod verhält sich der Schlaf mir gegenüber wie ein verzärteltes Gör. Bereits bei der leisesten Störung verzieht es sich schmollend und lässt mich mit Unruhe und nagender Erschöpfung zurück. Heute versuche ich nicht einmal, den Schlaf zu umwerben. Ich verabschiede mich von Nuria und Linda auf dem Hof vor dem Haus und gehe meiner eigenen Wege. Nicht mehr lange, und die Hacienda wird zum Leben erwachen. Der Tag hier beginnt früh.

Der Tanz mit Linda hat mich aufgewühlt. Oder ist es das abrupte Ende, das mir ein Gefühl beschert, als würden mir Ameisen über die Haut krabbeln.

Ich tue, was ich immer tue, wenn ich nicht schlafen kann. Ich sehe nach meinen Pferden, beschäftige mich mit Dingen, die ich tagsüber meinen Leuten überlasse. Das Kehren der Boxengassen, das Schippen von Mist. Arbeiten, die meine Muskeln zum Brennen bringen und mir zeigen, dass ich lebendig bin.

Als die Sonne das erste Licht über die Hügel schickt und der Himmel im Osten sich von dem tiefen Blau der letzten Nachtstunden erst in Violett und dann in helles Grau verwandelt, lasse ich meine Pferde allein und ziehe mich ins Haus zurück. Durchs Fenster im Arbeitszimmer beobachte ich den erwachenden Tag, sehe zu, wie ein heller werdender Streifen Orange über den Hügeln die Welt mit Licht erfüllt.

Ich überfliege die Termine in dem Tischkalender neben

dem Telefon. Einer steht darin, der mir gar nicht behagt. Der Besuch von Magnus van Dijk und seinen Spießgesellen. Pferdenarren nennen sie sich, in Wahrheit geht es einzig um Profit. Papá habe ich oft genug dafür verurteilt, dass er Bullen züchtet, damit sie in den Arenen ein gleichermaßen glanzvolles wie blutiges Ende finden. Im Grunde meines Herzens weiß ich, dass ich nicht besser bin. Der einzige Unterschied ist: Meine Pferde werden nicht mit *banderillas*, *espada* und *pile* zugrunde gerichtet, sondern mit Sporen, Kandaren und Rollkur. Barmherziger ist das auch nicht, nur subtiler und langwieriger.

Kälte macht sich in meinem Magen breit und droht das Glimmen aus Hoffnung zu ersticken, das mich seit dem Tanz mit Linda warm hält. Es ist immer dasselbe. Alle, die ich zu schützen versuche, kommen irgendwann zu Schaden. Am Ende sterben wir sowieso.

Ich klappe den Kalender zu. Besser, ich komme auf andere Gedanken.

Auf dem Hof ist Geschäftigkeit eingekehrt. Die Pfleger beginnen mit der ersten Fütterung des Tages, dann müssen die Pferde auf die Weide, solange die Hitze einen Ausflug ins Freie nicht zur Qual werden lässt. Ein Anflug von Stolz erfüllt mich, wenn ich sehe, was mein Team zustande bringt. In unserem Stall gibt es keine Sporen und Schlagstöcke. Wer auf der Hacienda einen Job haben will, teilt meine Ansicht vom Umgang mit den Pferden. Zumindest solange sie in meiner Obhut sind, kann ich dafür sorgen, dass es meinen Schützlingen gut geht.

Ein Stockwerk über dem Büro sitzt ein alter Mann in einem Hightech-Bett, und ich weiß, dass er nicht Stolz empfindet, wenn er aus dem Fenster sieht, sondern Enttäuschung. Enttäuschung über mich, vor allem. Über all das, was sich verändert hat. Papá erinnert sich nicht mehr an viel. Doch dass es meine Schuld ist, dass Mistral und Levante vieles von dem, was ihm wichtig war, hinfortgeweht haben, wird er noch wissen, wenn er im Grab liegt.

Als kleiner Junge habe ich mir geschworen, niemals zu werden wie mein Vater. Wenn ich einmal einen Sohn haben sollte, wollte ich ihm Freund sein, Vertrauter und Unterstützer. Inzwischen wissen wir, dass ich als Vater ebenso versagt habe wie als Sohn und Bruder. Mein Herz zieht sich zusammen. Ich werde auch heute nicht nach oben gehen. Ihm ein *Hola, Papá!* zurufen und darauf hoffen, ein Lächeln zu ernten. Eine Nacht mit Tanz und Musik ist dafür nicht genug. Aber ein besserer Mensch sein, das kann ich. Mit kleinen Schritten anfangen. Einen nach dem anderen.

Linda

»Mierda!« Ein Fluch, gefolgt von leisem Klirren und stolpernden Schritten, weckt mich am nächsten Tag. Ich öffne blinzelnd die Augen und richte mich auf.

»Nuria?« Ich hab keine Ahnung, wie spät es ist. Der Geschmack in meinem Mund ist abscheulich, und meine Zunge fühlt sich pelzig an. Tageslicht sticht mir in den Augen. Ich lege den Unterarm übers Gesicht und lass mich ins Kissen zurückfallen. »Zu früh!«, stöhne ich. »Ich weiß, dass ich versprochen habe, heute Morgen zu helfen, aber …«

»Nicht Nuria.« Die Stimme klingt gedämpft, doch auch durch das dicke Holz der Zimmertür höre ich, dass das eindeutig keine Frau ist, die da spricht.

Ich nehme den Arm vom Gesicht und reiße die Augen auf. Mein Magen bleibt liegen, als ich zu schnell für einen Morgen wie diesen auffahre. Noch ehe ich meine Fassung finden kann, schiebt sich die Tür auf.

Im Rahmen steht Damián. Und als wäre das nicht genug, hält er ein Tablett in den Händen, auf dem neben einem Glas Orangensaft ein Briefchen Alka Seltzer liegt. Hübsch arrangiert mit einer kleinen Vase, in der ein Hibiskuszweig steckt, und mehreren Schälchen, deren Inhalt ich noch nicht erkennen kann.

Träume ich? Egal wie oft ich blinzle, das Bild vor meinen Augen bleibt.

»Ich hab nachgelesen, was man in Deutschland an einem solchen Morgen isst. Rollmops habe ich leider nicht auftreiben können«, sagt er leicht zerknirscht und zuckt mit den Achseln. Das fällt mir aber kaum auf, denn ich bin zu beschäftigt damit, wie er das Wort *Rollmops* ausgesprochen hat. Echt jetzt? Wer hätte gedacht, dass ein spanischer Akzent selbst so ein idiotisches Wort sexy klingen lassen kann.

»Es ...« Ich räuspere mich. Himmel, mein Mund ist so trocken, dass ich kaum ein Wort formen kann. Ich hab keine Ahnung, wie es jetzt weitergehen soll.

Mini – so habe ich die kleine Katze getauft, die zum Dauergast in meinem Bett geworden ist – hat dieses Problem nicht. Sie tappt ans Bettende und reckt den Hals, um besser aufs Tablett sehen zu können. »Miaaaau«, macht sie. Ich glaube, das heißt: *Ist das für mich?*

»Ich ... ähm ...« Damián tritt von einem Bein aufs andere. »Du bist noch gar nicht richtig wach. Ich hätte dich schlafen lassen sollen. Ich lass das einfach hier, ja? Dann kannst du frühstücken, wann immer du willst.« Eine Pause. Ein Achselzucken. »Oder auch nicht.«

»Nein, nein!«, beeile ich mich zu sagen. Ich habe mir zu viel Zeit gelassen, um meine Gedanken zu sortieren. »Komm rein. Bitte.« Ich greife Mini um den Bauch und verfrachte sie auf den Boden. Katze oder Katerfrühstück im Bett? Die Wahl fällt nicht auf das Kätzchen. Doch was eine echte Katze ist, lässt sich so schnell natürlich nicht aus dem Konzept bringen. Sofort springt Mini zurück aufs Bett. Katze 1, Linda 0.

Ich packe sie mir und drücke sie auf meinen Schoß. Erfahrungsgemäß genügt ausgiebiges Kraulen hinter den Ohren, um sie zu überzeugen, dass jetzt Kuscheln angesagt ist. Auch diesmal rollt sie sich augenblicklich in der Kuhle zwischen meinen Schenkeln zusammen und wirft die Nähmaschine an. Das leise Schnurren ist für die Dauer einiger Sekunden das einzige Geräusch im Raum.

Dann gibt sich Damián einen Ruck und springt geradezu auf mein Bett zu. Seit meiner Ankunft habe ich diesen Mann nie anders als intensiv erlebt. Wobei, das ist nicht das richtige Wort, unzureichend für die Energie, die Damián Álvarez García ausstrahlt. Egal, was er tut, er macht es mit einer Dominanz, die keinen Zweifel daran lässt, wer an diesem Ort das Sagen hat. Selbst seine Wut ist dominant, und als er gestern mit mir getanzt hat … Ich schlage die mentale Tür vor diesem Gedanken zu, ehe ich Gefahr laufe, bei der Erinnerung rot anzulaufen.

»Aufs Bett?« Er nickt zu dem Tablett. Die Frage ist eigentlich überflüssig, denn einen Tisch habe ich nicht im Zimmer.

»Ja, ähm, ich glaube, das ist der einzige Platz.« Ich streiche die Bettdecke glatt, und er stellt das Tablett ab.

Als er sich wieder aufrichtet, streift sein Blick meinen Körper. Auf einmal wird mir bewusst, wie ich mich ihm gerade präsentiere. Mein Schlafanzug, ein Top und Shorts, ist ein dunkelblauer Hauch von Nichts mit rosaroten Comickätzchen drauf. Und meine Haare müssen aussehen, als hätten ein paar Vögel darin genistet.

Befangen verschränke ich die Arme vor der Brust. »Und was hast du mir da alles Schönes gebracht?« Meine Stimme klingt zu schrill. Ich schlucke. »Willst du dich nicht setzen?«

Ich gucke auf das Stückchen Matratze am Bettende, das noch frei ist.

»Ähm, bist du dir sicher? Ich war im Stall und …«

»Ist schon okay«, versichere ich ihm. »Ich teile mein Bett mit einer Katze. Ein bisschen Pferd fällt da nicht mehr ins Gewicht.« Ich kann kaum glauben, dass ich das wirklich gesagt habe. Vor einer Woche noch hätte mir die Vorstellung von Pferdeschweiß im Bett Lippenherpes beschert.

»Hast du mich gerade ein Pferd genannt?« Er hebt eine Augenbraue. Sein Bartschatten ist noch ein wenig dichter als vergangene Nacht in der Bar, und plötzlich kann ich mich ganz genau erinnern, wie sich die Stoppeln an meinen Schläfen angefühlt haben.

»Ich, nein, ich … Oh Gott«, stammle ich, dann reiße ich mich zusammen. »Also, was gibt es zu essen?«

Während mir Damián die Speisen in den Schälchen nennt, wache ich endlich richtig auf. Den fiesen Geschmack im Mund vertreibt der Orangensaft. *Boquerones* heißen die Sardellen, die in einer Essiglake mit Knoblauch und Petersilie den Rollmops ersetzen. Vor die Wahl gestellt, würde ich mich jederzeit für die spanische Variante entscheiden. Die *boquerones* schmecken köstlich. Nur eine bestimmte Fischsorte, weiße Sardellen, werden dafür verwendet. Ihr Fleisch ist so schmackhaft und zart, dass es nicht gebraten oder gekocht werden muss, sondern allein durch die Marinade gart.

Damit mein Magen von der Säure des Orangensafts und der Sardellen nicht überfordert wird, gibt es zum Ausgleich fleischige Datteln und *turrón*, eine knusprige Süßigkeit aus Mandeln, Zucker, Honig und Eiklar, die wie so viele traditionelle Speisen Andalusiens ursprünglich aus dem arabischen Raum stammt.

Ich weiß nicht, was, aber irgendetwas ist gestern zwischen Damián und mir passiert. Mit jedem Wort, das er spricht, verfliegt meine Verlegenheit mehr. Alles an dieser Situation ist seltsam, und doch gehört er genau hierher. In dieses Zimmer. Auf dieses Bett.

Hitze steigt mir in die Wangen, als ich mich bei diesem Gedanken ertappe. Aber wie sollte ich es denn nicht denken? Damián Álvarez García ist ein attraktiver Mann. Seine langen Beine stecken in eng anliegenden beigefarbenen Reithosen. Die nussbraunen Reitstiefel sind ihm wie an die Waden gegossen, und sein Gesicht gleicht einer Studie aus der Hand eines klassischen Bildhauers. Das Schönste an ihm aber sind die Augen. Tiefdunkel wie Moorseen in englischen Mystery-Thrillern, die ich eine Weile gerne gelesen habe. Der Wimpernkranz so dicht und schwarz wie ein verwunschener Wald, der die Geheimnisse schützt, die in den Tiefen dieser Augen verborgen liegen.

»Sorry, was hast du gesagt?« Erwischt. Die Hitze auf meinen Wangen nimmt tropische Temperaturen an. »Ich habe gerade nicht zugehört.«

Doch er hat gar nichts gesagt. Um genau zu sein, beachtet er mich nicht einmal. Sein Blick ist starr auf den Nachttisch gerichtet.

Die Hitze auf meinen Wangen macht eisiger Kälte Platz. Ich weiß, was er dort entdeckt hat, und genauso weiß ich, dass die kommenden Minuten darüber entscheiden werden, wie es weitergeht. Mit uns. Mit mir hier auf der Hacienda, aber auch mit ihm und seinem Trauerprozess.

»Ist der … von ihm? Von … Jannis?«

Jetzt nur keinen Fehler machen, Dr. Grünfelder. Ich nehme den Umschlag vom Nachttisch und lasse ihn zwischen uns über dem Tablett schweben.

»Ja.« Ich lege alles Mitgefühl, das ich für ihn empfinde, in dieses eine Wort. »Jannis hat dir diesen Brief hinterlassen. Es war sein Wunsch, dass du ihn liest.«

Pause. Ein Flattern von Wimpern, ein Schlucken. Dann: »Was. Steht. Darin.« Damián ist sichtlich aufgewühlt. Die Worte kommen ihm über die Lippen wie einzelne Felsbrocken bei einer Steinigung. Jede Silbe ein schmerzhafter Treffer.

»Ich weiß es nicht. Der Brief ist für dich. Niemand hat ihn geöffnet. Willst du ihn haben?«

Seine Hand zittert, als er nach dem Umschlag greift. Vor seinem Gesicht dreht und wendet er den Brief, betrachtet ihn von allen Seiten. Dann lässt er die Hand in den Schoß fallen.

Die Erwartung, dass Damián aufspringen und fliehen wird, lässt meine Muskeln vor Anspannung beben. Als er es nicht tut, wage ich mich ein Stück weiter vor. »Möchtest du, dass ich dir von ihm erzähle? Das war sein Wunsch, weißt du.«

Damián schüttelt den Kopf. Gleichzeitig sagt er: »Ja.« Die Arterie an seinem Hals pulsiert in einem besorgniserregenden Rhythmus, sein Blick ist ins Leere gerichtet.

Aus dem Orangensaftglas fische ich einen Eiswürfel und halte ihn Damián hin. »Hier, lutsch den. Oder halte ihn an die Schläfe oder die Innenseite der Handgelenke. Konzentrier dich auf die Kälte. Nichts anderes, hörst du? Nur die Kälte, bis es wieder besser wird.«

Mit abgehackten Bewegungen folgt er meinen Anweisungen. Er greift nach dem Eiswürfel, steckt ihn sich in den Mund. Seine Nasenflügel blähen sich beim Atmen, so schwer fällt es ihm, die Panik zurückzudrängen. Doch dann, langsam, beruhigt sich sein Atem, und sein Blick gewinnt an Schärfe.

»Es ist ganz schön viel, was das Leben in letzter Zeit auf deine Schultern legt.« Nur mit Mühe ringe ich den Impuls nieder, ihm tröstend eine Hand auf den Arm zu legen.

Er stößt ein Schnauben aus. Wenn er nicht gerade mit sich

selbst ringen würde, hätte er mir zu dem Thema sicher eine Menge zu sagen. Damián Álvarez García und Schwäche zeigen? Auf gar keinen Fall.

Nach einem kurzen Räuspern fragt er: »Wie ... war er? Sah er mir ähnlich?«

Ein Lächeln zupft an meinen Lippen. Natürlich ist das das Erste, was Damián wissen will. »Ein bisschen«, antworte ich. »Er hatte deine Augen. Und deine innere Kraft. Damián, Jannis war ein sehr außergewöhnlicher, junger ...« Ich kann nicht weitersprechen, weil ein Knoten mir die Kehle versperrt. Dahin ist das letzte bisschen Professionalität. Mir treten Tränen in die Augen, laufen über. »Sorry«, schniefe ich und wische mir die Wangen trocken. »Das ist unangebracht. Ich ...«

»Du mochtest ihn.« Damián klingt, als hätte er gerade eine absolut unglaubliche Feststellung gemacht. »Du mochtest ihn wirklich. Jannis war nicht nur ein Fall für dich.«

»Was denkst du denn?« Ich kann die scheiß Tränen nicht aufhalten. Als wären meine scheiß Augen ein scheiß Springbrunnen. Ich werde nie wieder trinken. Sicher liegt es nur am Kater, dass ich meine Gefühle nicht unter Kontrolle habe. Aber egal, welche Begründung ich mir zurechtlege, der verdammte Schmerz ist real, und zum ersten Mal fühle ich neben Versagen noch etwas anderes, wenn ich an Jannis denke. Wut. Glühende, tobende Wut über die verdammte Ungerechtigkeit des Lebens.

Soll Damián doch eine Portion seiner eigenen Medizin zu spüren bekommen! Meine professionelle Fassade ist ohnehin längst eingestürzt. Wäre ich ein Profi, wäre ich längst abgereist und hätte mich nicht von Ramón überreden lassen, länger zu bleiben. Stattdessen sitze ich heulend im Schlafanzug vor Jannis' Vater im Bett. Noch unprofessioneller geht es kaum.

Ich entfessle das Biest und lass es auf Damián los. Maunzend springt Mini vom Bett und sucht unter der Kommode Zuflucht vor dem Wirbelsturm.

»Warum, meinst du, bin ich hier, Damián, wenn ich Jannis nicht gemocht hätte? Meinst du, ich hätte verdammt noch mal meinen Job gekündigt und mein ganzes Leben auf den Kopf gestellt, wenn sein Tod mich nicht vollkommen aus der Bahn geworfen hätte? Ich bin hier nicht als Psychiaterin, Damián! Ich bin hier, weil ich nicht weitermachen konnte wie bisher. Ich bin erstickt unter der Last, verdammt noch mal! Jeden Tag ein wenig mehr! Ich …« Ich kann nicht mehr weiterreden. Die Schluchzer kommen jetzt so heftig, sie nehmen mir die Sprache, schütteln meinen Körper.

»*Dios mío*, Linda.« Irgendwie landet das Frühstückstablett auf dem Boden. »*Perdóname.*« Seine Arme schließen sich um meinen Körper, ziehen mich an seine Brust. Aus seinem Polohemd steigt der Duft von Heu und Malz und Wärme auf, und ich kann nicht anders, als mich dem Trost seiner Nähe anzuvertrauen.

»Ich hatte ja keine Ahnung.« Seine Wange liegt an meiner Schläfe, er sieht über mich hinweg. Selbst in meinem Kummer höre ich in seiner Stimme den Schmerz. »Es tut mir leid … es … tut … mir … leid.«

Und dann weinen wir gemeinsam. Um verpasste Gelegenheiten. Um ein Leben, das viel zu früh ein Ende fand. Um das, was unabwendbar war, aber auch um Dinge, die wir hätten ändern können und nicht verändert haben.

Damián

Sie im Arm zu halten, zu sehen, wie unsere Tränen sich vermischen, spendet auf eine Weise Trost, wie ich es noch nie erlebt habe. *La madre que te parió, Álvarez!* Was bist du für ein Idiot, Álvarez! Was habe ich mich in meinem Selbstmitleid gesuhlt! Was war ich für ein Mann, der nur an sich gedacht hat, kein bisschen an die Menschen um mich herum. So selbstgerecht war ich, die Wut über meine eigenen Fehler auf Linda abzuwälzen. So dumm! Oh, die Stimme in meinem Kopf, die verdächtig nach Papá klingt, hat eine ganze Menge zu sagen, wenn ich mir vorstelle, wie wir zusammen aussehen müssen, Linda und ich. Tränenüberströmt und gebeutelt von Trauer und Verzweiflung. Ein echter Mann heult nicht. Ein echter Mann tut, was getan werden muss. Er bettelt nicht um Vergebung. Er stellt sich seiner Verantwortung und macht der Familie keine Schande.

Seltsamerweise fühlt es sich nicht falsch an, mit Linda zu weinen. Papás Stimme in meinem Kopf ist zwar da, aber sie ist leise, wie ein fernes Echo. Lindas Schluchzer lassen nach, und ein Bild taucht hinter dem Tränenschleier meiner Augen auf. Wie sie gestern Abend getanzt hat. Ganz allein zuerst, dann mit mir zusammen. Sich ihrer Unsicherheit bewusst und doch voll Stolz und Hingabe, und ich begreife etwas, was mein Vater mich nie gelehrt hat. Sich seiner Schwächen bewusst zu sein und trotzdem weiterzumachen, birgt eine ganz eigene Art von Stolz. Unangreifbarkeit zu mimen ist leicht. Wahre Stärke erfordert es, sich seinen Schwächen und Fehlern zu stellen und trotzdem zu kämpfen.

Sanft schiebe ich sie ein wenig aus meinen Armen, streiche mit dem Daumen Tränen von ihren Wangen. Ihre Haut ist so zart, weich vom Salz ihrer Traurigkeit.

»Was?« Sie schnieft, bückt sich nach der Serviette auf dem Tablett und putzt sich geräuschvoll die Nase. Wir beide müssen lachen.

»Oh Gott! Das ist mir so peinlich. Du musst denken, ich sei die schlechteste Ärztin der Welt.«

»Das denke ich ganz sicher nicht. Ehrlich.« Feierlich lege

ich mir eine Hand aufs Herz. Was ich sage, meine ich verdammt ernst, trotzdem zwinkere ich ihr zu. Wir können beide ein bisschen Leichtherzigkeit gebrauchen. Das Zwinkern gerät schief, da bin ich mir sicher, dennoch lacht sie. Ich bin ein verdammter Held.

»Okay, dann …« Sie sieht an sich herab. »… sollte ich mir endlich mal was Vernünftiges anziehen, schätze ich. Außer mir sind sicher alle schon längst auf den Beinen.«

»Nicht meinetwegen. Ich hab nichts gegen Katzenpyjamas.« Der fließende Stoff betont mehr, als er verdeckt, was darunter ist. Meinetwegen könnte sie den ganzen Tag so herumlaufen.

Linda schaut mich mit hochgezogenen Augenbrauen an.

»Ich mein ja nur.« Als ich aufstehe, fällt mein Blick auf den Briefumschlag neben meinen Schenkeln. Ein scharfer Stich fährt mir durch die Brust. Reue und Scham. Wie kann ich flirten und lachen, nach all den Tragödien der letzten Wochen?

»Tust du mir einen Gefallen?« Ich nehme den Brief in die Hand und reiche ihn Linda. »Hebst du den für mich auf? Ich … ich glaube, ich bin noch nicht so weit.«

»Natürlich.« Sie legt ihn zurück auf den Nachttisch. »Er wartet hier auf dich. So lange, bis du so weit bist.«

Ein seltsamer Impuls will mich plötzlich verleiten, wieder nach dem Brief zu greifen, ihn mir in die Brusttasche zu stecken und immer bei mir zu tragen. Nah an meinem Herzen. Sentimentaler Weichling, schimpft Papá in meinem Hinterkopf. Die Stimme jetzt lauter und verächtlich. Auf die erste Beleidigung folgen weitere. *Egoísta! Sabelotodo!*

Ich will mir die Hände auf die Ohren pressen, um es nicht hören zu müssen. Doch die Stimme ist in meinem Kopf, ich kann sie nicht aussperren. Um Fassung ringend, schließe ich die Augen. Als ich die Lider wieder hebe, sehe ich Linda. Die Sorge in ihrem Blick, das Verständnis. Kein Mitleid. Keine

Abwertung, nur Mitgefühl und eine Spur ihres eigenen Schmerzes. Ich würde alles tun, um den Schmerz zu vertreiben. Ihren und meinen. Die Hilflosigkeit, die Schuldgefühle. Die Scham, die so heiß brennt, dass sie nichts als verwüstete Erde hinterlässt.

Ich weiß nicht, wer von uns beiden den ersten Schritt macht. Aber auf einmal schmiegen meine Hände sich um ihre Wangen. Ich ziehe ihren Kopf an mich heran, presse die Lippen auf ihre.

Ihr entschlüpft ein überraschter Laut, dann schmilzt sie in den Kuss. Ihre Lippen sind heiß und fordernd. Sie schmeckt nach Orangensaft und der scharfen Säure der *boquerones*. Die Mischung macht mich verrückt, steigt mir zu Kopf. Sie ist wie ein Versprechen auf mehr, ein Vorgeschmack auf die Geheimnisse, die Lindas Körper unter dem dünnen Stoff des Schlafanzugs für mich bereithält.

Verstand und Vernunft spielen keine Rolle mehr, als ich mit der Zunge zwischen ihre Lippen dränge. Das ist der Weg ins Vergessen. Ich kann nicht mehr zurück. Nicht jetzt.

Süße, feuchte Wärme empfängt mich in ihrem Mund, weckt in mir etwas Ursprüngliches, Instinktgetriebenes.

Langsam drücke ich Linda auf das Bett und schiebe mich über sie. Der fließende Stoff ihres Oberteils bauscht sich wie eine Wolke aus Seide um ihren Hals. Die Gier in mir will schnell und heftig an den Ort vordringen, wo alles andere keine Rolle spielt. Nur sie und ich und ein Tanz, der so alt ist wie die Menschheit selbst.

An dem Zwickel der Shorts vorbei finden meine Finger den Weg zu ihrem Eingang. Sie ist feucht und bereit. Kein Zweifel mehr, dass sie das hier genauso sehr will wie ich. Meine Hände sind überall. Auf ihren Brüsten, ihrem Bauch, zwischen ihren Schenkeln. Sie zerrt an meinem Poloshirt, reißt es mir vom Leib, nestelt an dem Knopf der Reithose.

Nicht lange, und Haut trifft auf Haut. Meine Hüften spreizen ihre Schenkel. Ich packe ihre Hände, halte sie über ihrem Kopf gefangen. Ich will sie nehmen, sie vögeln, ihr zeigen, zu was mein Körper fähig ist.

Doch Linda Grünfelder ist keine Frau, die sich so einfach nehmen lässt. Die Schüchternheit, die sie manchmal ausstrahlt, trügt. Sie weiß genau, was sie will, und sie ist nicht zu bescheiden, es sich zu nehmen. Ihr Unterleib zuckt und bockt wie ein übermütiges Fohlen, ihre Hände kämpfen in meiner Umklammerung. Sie keucht und stöhnt, ihre Zähne graben sich in den Muskel meines Unterarms. Ein kurzer Schmerz, der Funken vor meinen Augen sprühen lässt und das Biest in meinem Inneren weiter anstachelt. Was wir hier tun, ist wild. Es ist hemmungslos, hitzig und echt. In dem Reigen, der ebenso Kampf ist wie Tanz, ist sie eine ebenbürtige Gegnerin, und vielleicht ist gerade das der Grund, warum ich jede verdammte Sekunde aufsauge, als hinge mein Leben davon ab.

Der Moment hingebungsvollen Genusses hat seinen Preis. Sie befreit sich aus meinem Griff, rollt mich auf den Rücken. Nun ist sie es, die mich reitet. Es erfordert ein halb artistisches Manöver, sie von den Shorts zu befreien. Sie stemmt sich auf die Knie, ich zerre ihr den Stoff erst von einem Bein, dann vom anderen, während sie sich das Oberteil auszieht. Fast gleichzeitig landen Shorts und Top auf dem Boden, wo schon meine Hose und Boxershorts liegen. Zwischen unseren Körpern ragt mein Schwanz auf, hart und fordernd.

»Ich … brauche … dich«, keucht sie, so atemlos, dass ich sie kaum verstehen kann. »In … mir.«

»Du bekommst mich.« Mein Lächeln ist die erste echte Zärtlichkeit, die wir teilen, seit dieser Irrsinn begonnen hat.

Für die Dauer eines Wimpernschlags hält sie inne. Sie legt die Spitze ihres Zeigefingers auf meine Oberlippe, genau dort, wo die beiden Bögen sich treffen, und erwidert das Lächeln. Dann beugt sie sich aus dem Bett, langt nach ihrem Koffer und holt aus einer Seitentasche ein Kondom hervor. Geschickt streift sie es mir über, lässt meinen Schwanz auch nicht los, als sie uns geschützt hat. Sie schaut mich an, dann lässt sie sich auf mich sinken.

Ihr Körper empfängt mich mit pulsierender Hitze. Stück für Stück nimmt sie mich auf. Sie ist eng und feucht, und ich schließe die Augen, weil es fast zu viel ist.

»*Mi Diosa*«, hauche ich, meine Göttin, denn das ist sie. Sie ist eine Göttin mit der Macht, jeden schlimmen Gedanken zumindest für eine Weile zu vertreiben.

Auf und ab wiegt sich ihr Körper, vor und zurück. Das Schaukeln ihrer Brüste ist ein sensationelles Spektakel. Trotzdem muss ich die Augen schließen. Zu viel. Das alles ist zu viel. Schnell schiebe ich den Daumen zwischen unsere Körper, finde die Stelle zwischen ihren Schenkeln, die sie mit mir reißen wird, wenn es kein Zurück mehr gibt.

Laut stöhnt sie auf. »Ja. Da …« Sie wirft den Kopf in den Nacken, die Spitzen ihrer Haare kitzeln meine Haut, und es ist genau dieser letzte kleine Reiz, der mich über die Kante kippen lässt.

Wir fallen gemeinsam. Zuckend und stöhnend. Dann sackt sie auf mir zusammen, ihr Kopf landet auf meiner Brust, das Ohr genau über meinem Herzen.

Ob sie verstehen kann, was dieses Herz ihr sagen will? Wie dankbar ich ihr in diesem Augenblick dafür bin, dass sie mir ihren Körper geschenkt und mich so davor bewahrt hat, in ein tiefes, dunkles Loch zu stürzen. Dass ich sie bewundere für ihre Kraft und ihren Mut. Dass sie wunderschön ist, auch dann, wenn sie verkatert und übernächtigt ist, verweint und verzweifelt.

Ich kann nur hoffen, dass sie mich versteht, auch ohne

Worte. Denn sprechen kann ich im Moment nicht. Nicht nach diesem Ritt. Nicht nach diesem Rausch. Nicht, wenn ich nicht einmal die Kraft habe, die Arme zu heben und sie ganz nah bei mir zu halten.

Kapitel 9

Linda

Das Herz in Damiáns Brust pocht direkt unter der Haut, die Schläge ganz nah an meinem Ohr. Dann bauscht ein Lufthauch die dünnen Vorhänge vor den Fenstern, und mit ihm weht Verlegenheit ins Zimmer. Was habe ich getan? Ganz laut dröhnt mir die Frage auf einmal im Kopf. Was habe ich getan?

Mit Damián in mir hat sich alles richtig angefühlt, unsere Körper zwei Teile eines Ganzen. Jetzt kommt es mir vor wie ein Traum, der langsam in sich zusammenfällt. Was wir getan haben, war falsch. Er mag nicht mein Patient sein, aber unsere Beziehung ist alles andere als unkompliziert. Wir beide waren voller Kummer und aufgewühlt. Kein guter Zustand, um vernünftige Entscheidungen zu treffen.

»Das …«

»Ich …«

Gleichzeitig beginnen wir zu sprechen. Mit einem Laut, der als Lachen gedacht war, aber eher nach einem verunglückten Schluchzen klingt, versuche ich, die Beklommenheit zu überspielen. »Du zuerst«, sage ich.

Er greift mit der einen Hand zwischen unsere Körper, dorthin, wo wir verbunden sind, die andere legt er an meine Hüfte und schiebt mich von sich. »Ich muss das entsorgen«, sagt er und windet sich aus dem Bett.

Ich erhasche einen Blick auf seinen wohlgeformten, nackten Hintern, rund und fest von vielen Stunden im Sattel. Sein Rücken ist muskulös und gebräunt. Wie Seide liegen die Spitzen seiner Haare auf den breiten Schultern. Der ganze Mann ist der Inbegriff von Stärke und Virilität, und doch hat er auch etwas Weiches, Verletzliches. Ein zarter Kern wie aus formbarem Lehm, auf dem das Schicksal so lange herumgeprügelt hat, bis er hart und unnachgiebig wurde, statt daraus etwas Schönes zu formen.

Ich dachte, nach unserer gemeinsamen Heulsession hätte ich keine Tränen mehr. Ich habe mich geirrt. Wieder steigt mir Feuchtigkeit in die Augen. Ich sehe dich, würde ich ihm so gerne sagen. Ich sehe deinen Kummer. Lass mich an dich heran. Ich weiß, wie du dich fühlst, denn auch wenn du es nicht erkennen kannst, wir sind einander gleich.

Doch wenn ich eines gelernt habe in all den Jahren als Therapeutin, dann, dass es unmöglich ist, Menschen zu retten. Nur sie allein sind dazu in der Lage. Wie sehr ich mir wünsche, bei Damián könnte das anders sein, ist nur ein weiteres Zeichen dafür, wie sehr mir die Situation über den Kopf gewachsen ist. Noch immer weigert sich Damián, den verdammten Brief anzunehmen, und mein Versprechen gegenüber Ramón, zu bleiben, macht alles nur noch komplizierter.

»Damián …« Ich finde nicht die rechten Worte. Nur irgendwas sagen muss ich. Das Schweigen im Zimmer ist zu laut, und trotz all der Komplikationen schmeckt sein Name süß und tröstend auf meiner Zunge.

»Das hätte nicht passieren dürfen.« Er nimmt vorweg, was ich mir mühsam abringen wollte. Sein Blick weicht mir aus. Er greift nach seinen Boxershorts und verschwindet im Bad.

Die Spülung rauscht, dann läuft das Wasser.

Ich springe aus dem Bett und zerre hektisch ein paar Klamotten aus dem Koffer. Slip, Hose, Oberteil, irgendwas. Hauptsache, ich bin nicht mehr nackt, wenn Damián aus dem Bad kommt. Gegen die Kälte, die er plötzlich ausstrahlt, würden selbst Winterklamotten nicht helfen.

Als er ins Zimmer tritt, kämme ich mir die Haare. Genauso hastig wie ich zuvor, zieht jetzt er sich an. Polohemd, Hose, Stiefel. Ein Teil nach dem anderen legt er die Rüstung an, die ihn vor der Welt schützt. Nur Sekunden vergehen, dann ist der Mann in meinem Zimmer wieder ein Fremder.

Ich umklammere den Bürstengriff. Sag irgendwas, beschwör ich mich. Lass es so nicht enden. Lass nicht zu, dass ein einziger dummer Fehler alles Vertrauen zerstört, das ihr so mühsam aufgebaut habt. »Wir können darüber reden. Der Sex muss nichts bedeuten. Es muss sich nichts ändern zwischen uns. Wir sind zwei Erwachsene und hatten einen Moment ...« Lüge, Lüge, Lüge schreit es in meinem Kopf. Wenn der Sex nichts zu bedeuten hatte, warum tut mir dann jedes einzelne Wort in der Kehle weh?

Er hebt die Hand. »Nicht, Linda.« Da ist er wieder. Ganz leise nur, ganz schüchtern, der verletzliche Unterton in seiner Stimme. Der Beweis, dass Damián Álvarez García kein gefühlskalter Typ ist, sondern ein Mann mit Herz und Seele. »Es war mein Fehler. Ich hätte nicht ... Es tut mir leid.«

»Es ist besser, du gehst jetzt.« Dass er sich für etwas entschuldigt, das ich ebenso wollte wie er, ertrage ich nicht.

»Du hast recht.«

Immerhin darin sind wir uns einig. Ich schlinge mir die Arme um die Mitte, erwarte, dass er ohne ein weiteres Wort das Zimmer verlässt, doch er zögert, tritt auf mich zu und tupft mir einen Kuss auf die Schulter. Die flüchtige Berührung seiner Lippen jagt einen Stromschlag durch meinen ganzen Körper. Ich erschauere.

»Gracias de todos modos.« Seine Stimme nicht mehr als ein Hauch. Trotzdem danke. *»Tu eres una mujer hermosa, doctora.«* Du bist eine wunderschöne Frau. *»No olvides eso.«* Vergiss das nicht.

Und dann dreht er sich um und geht. Die Tür hinter

sich lässt er offen. Aus dem Wohnzimmer höre ich Nurias Stimme.

»Linda? Aufstehen, du Schlafmütze. Der Tag ist schon halb … Himmel, Damián, hast du mich erschreckt. Was machst du denn hier?«

Mit angehaltenem Atem warte ich auf eine Antwort, die nicht kommt. Seine Schritte entfernen sich, die Haustür fällt zu. Ich lasse die Luft aus meinen Lungen entweichen. Nuria wird auch so erraten, was Damián in ihrer Wohnung getan hat. Zu dem schlechten Gewissen kommt nun auch noch Scham. Mir bleiben nur Sekunden, dann steht Nuria im Türrahmen. Ich drehe mich nicht zu ihr um.

»Damián war hier.«

»Ja.«

»Es riecht nach Sex im Zimmer.«

Ich sage nichts.

»Heißt das, ihr habt …«

Nun wende ich mich doch zu ihr um. So sehr ich Nurias Lockerheit mag, momentan ist alles zu viel für mich. »Nuria, echt jetzt? Was, meinst du, wird das wohl heißen?«

»Aber du …«

»Was?« Nuria ist das falsche Opfer für meine Verwirrung. Trotzdem klingt meine Stimme harscher als beabsichtigt. »War es nicht das, was du wolltest? Immerhin warst du es, die Damián letzte Nacht unbedingt anrufen musste, damit er zu uns kommt.«

»Jahaaa. Aber nur, um zusammen ein bisschen Spaß zu haben.« Sie macht eine kurze Pause. »Ich konnte ja nicht ahnen, dass ihr vom Flamenco gleich zum Lakenlimbo übergeht.«

»Ich bin eine erwachsene Frau, Nuria. Ich muss mich nicht dafür rechtfertigen, mit wem ich meine Zeit verbringe und warum.« Wie ich es hasse, in die Defensive zu geraten, aber mit Menschen ist es so: Jeder hat einen Schwachpunkt, und mich kriegt nichts mehr als das Gefühl, verantwortungslos gehandelt zu haben. Und egal, wie man es dreht und wendet, mit Damián zu schlafen war verantwortungslos. Ich hab keine Ahnung, wer von uns beiden wen benutzt hat, vielleicht haben wir uns gegenseitig benutzt, aber eines ist klar. Was zwischen uns passiert ist, kam nicht von einem guten Ort. Ich bin einunddreißig Jahre alt, ich weiß, dass Sex nicht Ausdruck von Liebe und inniger Verbundenheit sein muss. Ich lebe in der Singlehauptstadt Bayerns und verbringe meine Tage und Nächte nicht als Nonne.

Aber Sex sollte auch keine Waffe sein, und als genau das haben Damián und ich ihn benutzt. Wir haben unsere Körper in den Ring geworfen, um die Traurigkeit zu bekämpfen, und ich hätte wissen müssen, dass das nicht gut endet.

Nuria schüttelt den Kopf. »Für dieses Gespräch brauche ich einen Kaffee. Und du auch, Señorita. Glaub nicht, dass du mir so leicht davonkommst.« Sie stemmt die Fäuste in die Hüften und dreht sich um. Über die Schulter sieht sie mich noch einmal an. »Aber bevor wir dieses Gespräch führen, lüfte hier drinnen, okay? Es riecht wirklich wie in einem Puff.«

Ich kann nicht anders und muss nun doch lachen. Das alles ist so absurd, außer Lachen würde nur Weinen bleiben, und das habe ich heute schon genug getan. »Okay. Danke, Nuria. Ein Kaffee …« Ich schlucke. »Ein Kaffee wäre jetzt wirklich gut.«

»Geht klar.« Hinter ihrem Lächeln versteckt sich eine ordentliche Portion Anteilnahme.

Eine Viertelstunde später sitzen Nuria und ich mit unseren Kaffeebechern im Schatten der Pergola am Rande des Pools. Hinter uns plätschert das Wasser eines kleinen Springbrunnens über grob gebrochene Steinquader. Moos und Algen dämpfen den Klang des Rinnsals. Über seitlich aufgestellte Kästen mit Kakteengewächsen und Erika wacht die Bronzestatue eines steigenden Pferdes.

Es ist ein guter Ort, um mit sich selbst ins Reine zu kommen. Idyllisch und friedlich, ganz im Gegensatz zu meinem Inneren, wo die Scham über das Geschehene immer noch mit der Erregung kämpft, die der Morgen mit Damián ausgelöst hat. Ab und zu dringt das Wiehern eines Pferdes bis zu unserem Rückzugsort. Ein Hengst, dem der Duft einer Stute in die Nüstern steigt, oder ein Fohlen auf der Suche nach seiner Mutter.

Wir trinken schweigend, Nuria und ich. Dreimal setze ich an, etwas zu sagen, schließe den Mund aber wieder. Was gibt es schon zu sagen, wenn man weiß, dass man einen Fehler gemacht hat, sich dieser Fehler aber für eine kurze Weile angefühlt hat, als wäre er absolut richtig?

Schließlich ist es Nuria, die uns von dem Schweigen erlöst. Ihr Kaffeebecher ist fast leer, als sie anfängt zu sprechen. »Er hatte nie eine feste Freundin, weißt du.« Sie muss nicht erklären, wer *er* ist. An diesem Tag, im Grunde seit meiner Ankunft, gibt es nur einen, um den sich alles dreht. Ob er will oder nicht, auf der *Hacienda de los Caballos Blancos* ist Damián der Fixstern. Ein ganzes Universum aus Pflichten und Menschen kreist nur um ihn. Kein Wunder, dass ihn das Leben manchmal erdrückt.

»Solange ich zurückdenken kann, wollte jedes Mädchen im Umkreis von hundert Kilometern nur ihn. Ich meine, er sieht gut aus und ist nicht unvermögend, und er ist der Typ, der mit Pferden sprechen kann. Man kann es den Mädels wirklich nicht verdenken.« Nuria spricht noch schneller als sonst. Sie muss etwas loswerden, das ist deutlich, aber es scheint ihr nicht leichtzufallen. »Weißt du, ich war noch klein, da habe ich mich schon gefragt, was die *wirklich* von ihm wollen. Unten an der Küste gibt es an jeder Ecke einen Reiterhof. Wenn sie reiten wollen, warum gehen sie nicht dorthin? Warum machen sie alle ihm schöne Augen? Warum kommen sie hier an, total geschminkt und super gestylt, und jede versucht, die andere mit irgendwas zu übertrumpfen?« Ihr geht die Luft aus. In der kurzen Pause, die sie braucht, um neuen Atem zu schöpfen, schüttelt sie den Kopf. »Ich kann es nicht wirklich beschreiben, aber es hat sich schon damals falsch angefühlt. Wie ein Spiel. Oder ein Wettkampf oder … Ich weiß nicht. Auf jeden Fall nicht wie …«

Liebe. Im Stillen beende ich den Satz mit dem Wort, das sie nicht über die Lippen bringt.

»Ich bin kein Groupie«, versuche ich sie zu beruhigen. »Ich bin ihm nicht nach Andalusien nachgereist, um ihn zu verführen.« Gott, wie das schon klingt.

»Das meine ich auch nicht.« Sie befeuchtet sich die Lippen. »Trotzdem denke ich, dass du vorsichtig sein solltest. Um deinetwillen. Weil ich nicht will, dass er dir das Herz bricht.« Wieder eine dieser Pausen, in denen sie nach den richtigen Worten zu suchen scheint. Nuria mag es nicht, unangenehme Wahrheiten auszusprechen. Wenn sie es doch tun muss, dann macht sie es mit Bedacht. »Aber auch um seinetwillen, verstehst du? Ich denke … ich meine, ihr könnt beide ein bisschen Abwechslung gebrauchen, das ist es nicht. Aber das …« Sie wedelt mit der Hand in der Luft herum und schaut mich an. »Das mit euch beiden ging jetzt ganz schön schnell, und keiner von euch sah vorhin besonders glücklich aus, wenn ich das mal sagen darf. Niemand kann Damián festhalten. Er ist …« Sie wendet den Blick von mir ab, lässt ihn schweifen, über das Wasser des Pools, über Palmen und Büsche, hinüber zum Haus und dann in Richtung der Weiden, wo die letzten Pferde darauf warten, zur Siesta in den Stall gebracht zu werden. »Er ist wie eine Insel«, fährt sie schließlich fort. Es wirkt nicht, als wäre sie mit der Wahl ihrer Worte zufrieden. »Niemand kann ihn wirklich erreichen. Und weißt du was? Ich glaube, er braucht das so, um nicht aus dem Gleichgewicht zu geraten. Um der sein zu können, der er ist. Er hat viel durchgemacht in letzter Zeit. Eine weitere Komplikation …« Sie lässt den Satz im Nichts versickern.

Ich male mit dem großen Zeh Kreise und Wellen auf den Boden. Nuria weiterhin anzusehen, schaffe ich nicht. Ihre Predigt hat gesessen. Schon als mein Körper noch mit dem von Damián verbunden war, habe ich begriffen, dass es ein Fehler war.

Nuria scheint zu merken, wie es mir geht. Sie legt mir eine Hand auf die Schulter. »Ich mag dich, Linda, ehrlich. Ich will nicht, dass dir wehgetan wird. Aber ich will auch nicht, dass Damián wehgetan wird. Er ist wie ein Bruder für mich. Er und Luis, sie beide. Ich schätze, was ich eigentlich sagen will, ist, seid vorsichtig, ja? Alle beide.«

»Verstanden.« Um meine Aussage zu bekräftigen, nicke ich. Zwischen den Schenkeln spüre ich noch immer den Nachhall unseres Zusammenseins. Was unter anderen Umständen eine willkommene Erinnerung gewesen wäre, kündet jetzt von Verlust. Absurd, wie soll man etwas verlieren, was man nie besessen hat? Aber es ist, wie es ist.

»Es war nur ein Ausrutscher. Wir haben nicht wirklich nachgedacht.«

»Okay.« Nuria reibt sich die Hände, offensichtlich froh, das Thema beendet zu haben. »Hiermit ist meiner quasischwesterlichen Pflicht Genüge getan, und im Grunde geht es mich auch nichts an. Wie du gesagt hast, ihr seid erwachsene Menschen. Was ihr miteinander macht, ist eure Sache.« Sie zwinkert mir zu, nicht ganz so fröhlich wie sonst, aber die Gute-Laune-Nuria drängt bereits wieder an die Oberfläche. »In Zukunft wäre es nur nett, wenn du mich irgendwie vorwarnen könntest. Nicht dass mir demnächst ein nackter Damián über den Weg läuft.« Übertrieben theatralisch verzieht sie das Gesicht.

Amüsiert stupse ich ihr in die Seite. »Also so schlimm ist der Anblick nun wirklich nicht.«

»Lalala, ich will gar nichts hören.«

»Um ehrlich zu sein …«

»Socken!!« Mit in die Ohren gesteckten Fingern übertönt sie mich. »Häng künftig Socken an die Türklinke oder ein Handtuch. Wir können ein Ampelsystem ausmachen. Genau, das wär's doch! Grünes Handtuch heißt keine Gefahr, gelbes Handtuch Vorsicht, Herrenbesuch, aber alles geht sittlich zu, und rotes heißt Rodeo in Action.«

»Ich dachte, Rodeo gibt es nur in Amerika.«

Sie grinst. »Bis vorhin dachte ich das auch.«

Wir sehen einander an, Übermut funkelt in Nurias Augen, dann prusten wir los. Trotz allem, trotz der Ernsthaftigkeit des Gesprächs, trotz des Wissens, einen Fehler gemacht zu haben, ist es ganz einfach, mit ihr zu lachen. Nuria blickt nicht zurück. Sie hegt keinen Groll gegen mich. Wir halten uns die Bäuche vor Lachen, und alles ist wieder in Ordnung. Zumindest so weit, wie es das sein kann für eine Frau, die ihr Leben hinter sich gelassen hat, um das Unmögliche zu erreichen. Einem Mann den verstorbenen Sohn näherzubringen, der nichts davon wissen will. Das ist der Unterschied zwischen dem Leben hier und zu Hause. Menschen wie Nuria erlauben dir, Fehler zu machen, und lieben dich trotzdem. Ich wünschte, Damián könnte sehen, welch ein Glück er hat, an diesem Ort, bei diesen Menschen, seine Heimat zu haben. Nicht jeder hat so viel Glück. Dieses Mal schwöre ich mir, Damián alle Zeit zu geben, die er braucht, ehe ich einen erneuten Versuch starte. Dass das Gras nicht schneller wächst, nur weil ich daran ziehe, habe ich endgültig gelernt.

Die kommenden Tage ist es nicht schwer, mein Vorhaben, Damián aus dem Weg zu gehen und uns beiden Luft zum Atem zu verschaffen, in die Tat umzusetzen. In Vorbereitung auf den Besuch eines Käufers aus Holland herrscht auf der Hacienda Betriebsamkeit wie in einem Bienenstock. Bis in den letzten Winkel werden die Ställe gefegt und geputzt, jedes Stückchen Leder wird überprüft und gefettet und das Zaumzeug auf Vordermann gebracht. Alle packen mit an. Nuria, wenn sie nicht gerade mit einem ihrer Patienten arbeitet, die Pfleger, Bereiter, Montserrat und auch Damián selbst. Ich biete meine Hilfe an, wann immer ich kann. Bei der Arbeit mit den Pferden kann ich kaum helfen, aber um schubkarrenweise Mist zu schaufeln, Fenster zu putzen und auch die hintersten Ecken der Ställe von Spinnweben zu befreien, sind meine Arme stark genug.

Nun habe ich mich in der *cochera* verkrochen, bewaffnet mit fünf Rollen Küchenpapier, einer großen Flasche Fensterreiniger und feuchten Mikrofasertüchern. Was die Bewohner der Hacienda als Garage bezeichnen, könnte auch gut als Museum durchgehen. An den Wänden stehen Vitrinen mit farbenfroh gearbeiteten *mosqueros*. Fransenschmuck, teils aus Echthaar, teils aus Seide oder anderen kostbaren Stoffen hergestellt, der über der Stirn des Pferdes angebracht wird und Fliegen abwehren soll. Außerdem sind Pferdegeschirre aus verschiedenen Jahrhunderten ausgestellt, sowie zahlreiche Pokale. In der Mitte des Raums sind die Kutschen platziert. Seit meiner Ankunft habe ich noch kein Gespann gesehen, aber Nuria hat mir erzählt, dass der Pferdenachwuchs auf der Hacienda je nach Charakter und Eignung in verschiedenen Disziplinen ausgebildet wird. Traditionell sind andalusische Pferde in der Dressur zu Hause. Aber aufgrund ihres charmanten, liebenswürdigen Wesens kann ihnen fast alles beigebracht werden, was der Sportler oder Hobbyreiter sich wünscht. Je besser ein Pferd ausgebildet ist, desto größer ist der zu erzielende Verkaufspreis.

Eine nach der anderen nehme ich die Kutschen in Augenschein. Bisher sah für mich eine Kutsche wie die andere aus. Wie falsch ich damit gelegen habe! Die vier Modelle in der *cochera* haben abgesehen davon, dass alle Räder und eine Deichsel besitzen, recht wenig miteinander gemein. Da ist ein stattliches Gefährt aus glänzendem Schwarzholz mit hellbeiger Polsterung im Inneren der Kabine und einem hohen Bock, auf dem der Kutscher thronen wie ein König kann. Dann gibt es ein kleines rotes Vehikel, kaum mehr als ein Brett mit vier Rädern und einer hölzernen Sitzbank hinter der Deichsel. Die übrigen beiden sind eher mittelgroß, mit Platz für einen Fahrer und einem Trittbrett zwischen den Hinterreifen. Diese Wagen weisen deutliche Gebrauchsspuren auf. Kratzer im Metall und auf den Felgen, kleine Risse im Sitzpolster, Schlammspritzer an der Unterseite. Unter jeder der vier Kutschen steht eine Tonschale mit Wasser, wahrscheinlich, um die Luftfeuchtigkeit im Raum zu erhöhen und das Holz der Exponate zu schützen. Ich hab keine Ahnung, ob ich etwas kaputt machen würde, wenn ich versuche, die Gefährte zu reinigen, also konzentriere ich mich auf die Vitrinen.

Eine Glasscheibe nach der anderen nehme ich mir vor. Systematisch, ordentlich. Darin bin ich gut. Als ich mehr als die Hälfte der Scheiben geschafft habe, höre ich draußen vor der *cochera* das Geklapper von Hufen. Dazu das Schnauben eines Pferdes und immer wieder ganz leise Damiáns Stimme. Mal ist es ein sachtes *Hooo*, mal ein Zungenschnalzen, ein leiser Pfiff oder ein Wort, das ich nicht verstehen kann.

Wieder eine Vitrine fertig. Ich schließe die Glastür und will mich der nächsten zuwenden, doch dann fällt mein Blick durch das Fenster auf den Sandplatz. Was ich dort sehe, lässt mich innehalten.

Das Pferd, mit dem Damián arbeitet, ist keines von denen, die ich beim Namen kenne. Es muss noch recht jung sein, im Weiß seines Fells befinden sich jede Menge grauer Punkte. In perfekten Kreisen umrundet es Damián. Mal langsamer, mal schneller. Die Sonne bricht sich auf seinem Fell, bringt es förmlich zum Leuchten. Wann immer es näher kommt, schickt Damián es mit einer Bewegung seiner Hand wieder von sich. Wenn er ihm die Schulter zeigt, wechselt es die Richtung, umzirkelt seinen Herrn dann links- statt rechtsherum und wieder umgekehrt. Je schneller die Gangart, in die Damián das Pferd schickt, desto größer wird der Abstand zwischen Mensch und Tier. Manchmal bleibt Damián stehen. Dann hält auch das Pferd inne. Es senkt den Kopf, die Ohren fallen zur Seite, es beginnt zu kauen, auch wenn Damián ihm nichts zu fressen gegeben hat.

Das Spiel zwischen Herr und Pferd ändert sich. Ohne zuzulassen, dass das Pferd einen gewissen Mindestabstand unterschreitet, holt Damián das Pferd mal zu sich heran, dann schickt er es weg. Sie gehen Schlangenlinien, vollführen Bogen und Kreise, immer gemeinsam und doch jeder für sich. Nie, auch dann nicht, wenn er auf dem Pferderücken sitzt, habe ich Damián so konzentriert erlebt, so eins mit sich und der Welt, wie in der Freiarbeit mit seinen Tieren. Sein Körper wirkt vollkommen entspannt, seine Gesten sind einfach und wohlüberlegt. Ein Heben des Arms, ein Schritt nach vorne, einer nach hinten. Die lange Gerte in der Rechten wirkt nicht wie ein Zuchtinstrument, eher wie die natürliche Verlängerung des Arms. Nie erhebt er die Stimme. Von seiner aufbrausenden Art ist nichts zu spüren. Was bleibt, ist ein Mann wie eine Insel, der Leuchtturm, an dem das Pferd sich orientieren kann. Erst jetzt begreife ich, wie recht Nuria mit ihrer Beschreibung von Damián hatte. Nicht jeder, der allein ist, muss unglücklich sein. Für andere da zu sein, so wie Damián für das Pferd, mit dem er trainiert, und dennoch Raum für sich zu beanspruchen, ist kein Fehler. Es ist eine Fähigkeit, um die andere ihn beneiden sollten.

Damián beendet das Training, als Milo auf einem Pferd am Gatter auftaucht. Der Bereiter trägt eine dunkle Reiterhose, glänzende Lederstiefel, eine Schutzweste über dem Polohemd und auf dem Kopf eine Reitkappe. Größer könnte der Gegensatz zwischen dem Engländer und Damián in Sneakers und Jeans kaum sein. Milo sitzt lässig im Sattel. Beide Zügel hält er in einer Hand, eine sichtbare Verbindung zwischen ihm und dem Tier. Trotzdem wirken diese beiden im Gegensatz zu Damián und seinem Trainingspartner bei Weitem nicht so wie eine Einheit.

»Brauchst du den Platz?« Mit seinem Pferd an der Seite geht Damián auf Milo zu.

Der Bereiter lüpft die Reitkappe, dann nickt er. »Ja, und vielleicht kannst du dir seine Versammlung mal anschauen. Ich hab das Gefühl, die Hinterhand könnte noch stärker untertreten. Von hier oben sieht es zwar aus, als hätte er ein schönes Vorwärts-Abwärts, aber vom Boden aus kannst du das sicher besser erkennen.«

»In Ordnung.« Damián streift seinem Pferd ein Halfter über, an dem ein Strick befestigt ist, dessen Ende er sich in lockeren Schlaufen in die Hand legt. Ohne die geringste Spannung auf dem Strick führt er das Pferd ein paar Schritte zur Seite, damit Milo auf den Platz reiten kann. Damiáns Apfelschimmel hebt grüßend den Kopf, doch schon eine Sekunde später ruht seine Aufmerksamkeit wieder auf seinem Herrn. Sie verlassen den Platz, nehmen neben dem Gatter Aufstellung. »Dann lass mal sehen, Milo.«

Wenn ich die Hand aus dem Fenster strecken würde, könnte ich ihn berühren, so nah steht er jetzt. Ein Hauch schlechten Gewissens streift mich, weil ich ihn ohne sein

Wissen beobachte, aber ich bringe es einfach nicht fertig, mich abzuwenden.

»Sieht ganz gut aus«, ruft er Milo zu, nachdem er den Bereiter und das Pferd ein paar Runden lang beobachtet hat. »Ihr könntet noch mehr an den Übergängen arbeiten. Mehr Kraft auf die Hinterhand, dann kommt er vielleicht noch etwas weiter runter, ohne sich auf den Zügel zu lehnen.«

»Verstanden.« Milo lässt das Pferd vom Trab in den Galopp wechseln und wieder zurück in den Trab. Seine Schenkel bewegen sich kaum, aber die Hilfen sind sichtbar. Während das Spiel zwischen Damián und seinem Pferd wie ein Tanz zweier ebenbürtiger Partner aussah, ist das, was Milo vollzieht, Dressur. Schön anzusehen, auf dieselbe Weise, wie Militärparaden schön anzusehen sind.

Einige Gangwechsel später pariert Milo in den Schritt durch.

»Lass ihn über ein paar Stangen gehen, und wenn er schön warm ist, schau dir seine Seitengänge an. Bin sicher, das wird gut funktionieren. Van Dijk wird nichts zu meckern haben, wenn du ihn übermorgen vorführst. Mehr kann man von einem Vierjährigen nicht erwarten.«

Van Dijk ist der Name des Kunden, für den wir die letzten Tage das ganze Theater veranstalten. Angeblich ist er eine ganz große Nummer in der niederländischen Reitszene. Sein Stall hat schon mehrere Olympioniken hervorgebracht. Auch bei anderen Turnieren mit Weltrenommee ist er immer mit dabei. Wer solche Erfolge vorweisen kann, dem ist ein prall gefüllter Geldbeutel sicher. Käufer aus aller Herren Länder suchen gut ausgebildete Pferde. Die Preise können dann schnell in Millionenhöhe schießen. Von den fünf Siegerpferden auf dem diesjährigen CHIO in Aachen, hat Milo letztens erzählt, war eine Woche später keines mehr im Besitz des ursprünglichen Halters.

In Andalusien hat sich van Dijk mit einem ganzen Stab von Beratern angekündigt. Veterinäre, eigene Bereiter, Sponsorenvertreter. Was er bei Damián sucht, sind Rohdiamanten, denen er selbst genug Schliff geben kann, damit sie auf den internationalen Turnieren für ihn zu Goldeseln werden.

»Apropos van Dijk.« Milo kommt mit seinem Pferd vor Damián zum Stehen. »Ich hab heute mit einem Kumpel gesprochen, aus England, und der hat irgendwas Seltsames angedeutet.«

Damiáns Kopf ruckt nach oben. Im selben Moment wird sein Pferd unruhig. Es zerrt am Strick, weicht zur Seite aus, und nur Damiáns Griff am Seil hält es davon ab, das Weite zu suchen. »Was soll das heißen, etwas Seltsames angedeutet?«

Milo rollt mit den Schultern. »Ich hab James erzählt, dass wir van Dijk hier erwarten. Er muss mit den Pferden von dir sehr zufrieden gewesen sein, habe ich gesagt, immerhin ist das schon das dritte Mal in fünf Jahren, dass wir hier für ihn alles auf Vordermann bringen.«

Diese Info ist neu für mich. Der Holländer hat also schon vorher Pferde von Damián erworben.

»Daraufhin hat James gefragt, ob Revoltoso nicht aus deinem Stall kam.«

»Ja, stimmt. Wir haben ihn vor zwei Jahren an van Dijk verkauft.«

»Das habe ich James auch gesagt, worauf er meinte, dass es ihn dann wundern würde, dass van Dijk noch mal bei dir kaufen möchte.« Milo macht eine kurze Pause. »Mehr war aus ihm leider nicht rauszubekommen.«

Das, was Milo berichtet, ergibt für mich keinen Sinn. Innerlich seufzend wende ich mich wieder den Vitrinen zu. Noch fünf große Glasscheiben und ein paar kleinere muss ich putzen, ehe ich hier fertig bin.

Vor dem Fenster geht die Unterhaltung nur noch kurz

weiter. Damiáns Stimme hat einen ungeduldigen Unterton, als er sich von Milo verabschiedet und seinem Pferd das Kommando gibt, ihm zu folgen. Seine Zeit als Insel ist mal wieder vorbei. Ein neuer Tsunami ist über ihn hereingebrochen, und obwohl ich weiß, dass es nicht gut für uns ist, wünschte ich, ich könnte mehr für ihn tun, als einfach nur stiller Zeuge zu sein.

Damián

Revoltoso. Ich erinnere mich gut an ihn. Ein wunderschöner Blauschimmel mit üppigem Behang und ausgreifenden Gängen. Ein bisschen Selbstbewusstsein hat ihm gefehlt, aber nichts, was man mit geduldiger Ausbildung und einem beständigen Führungsstil nicht hätte richten können. Mit knapp unter 1,65 Stockmaß fehlten ihm ein paar Zentimeter bis zur optimalen Größe für ein Dressurpferd, aber ich war zuversichtlich, dass das noch kommen würde. Mit knapp vier Jahren war er zum Zeitpunkt des Verkaufs noch ein Jungspund. Zahnveterinär, Schmied, Tierarzt, alles hat er lammfromm über sich ergehen lassen, solange seine Bezugsperson in der Nähe war. In Hänger jeder Größe hat er sich problemlos verladen lassen, wir hatten ihn an Verkehr, Menschenmengen und laute Musik gewöhnt. Er war so ein liebes, nervenstarkes Kerlchen, und dass irgendwo auf einer verregneten Insel auch nur im Geringsten schlecht über ihn gesprochen werden könnte, geht mir gehörig gegen den Strich.

Pilar kommt gerade aus dem Stutenstall, als ich auf den Hof trete. Während die Hengste nur in Kleingruppen und unter Aufsicht auf die Weiden dürfen, führt der Stall der Mädels direkt nach draußen. Sie können raus und rein, wann immer sie wollen. Ein Konzept, das nicht wenige meiner spanischen Kollegen anfangs belächelt haben, dann aber von einigen übernommen wurde. Irgendwann musste die Idee von artgerechter Haltung sogar den Weg in meine Heimat finden, und die Tiere danken es uns. Dass die Fohlen im engen Verbund mit ihrer Herde aufwachsen können, schenkt ihnen Urvertrauen und gibt ihnen den bestmöglichen Start ins Leben.

Ich rufe Pilar zu mir herüber und drücke ihr Toledanos Führstrick in die Hand. »Kannst du ihn abschwämmen und zurück in die Box bringen? Er hat gut gearbeitet. Gib ihm eine halbe Schaufel mehr Kraftfutter in seine Ration. Das hat er sich verdient.«

»Klar, Boss.« Die Pferdepflegerin führt den Youngster zu einem der Waschplätze. Sie zieht den Kopf ein und starrt auf den Boden. Seit unserem Zusammenstoß vor einiger Zeit meidet sie mich, wo immer es geht. Schon zuvor war sie fleißig, mittlerweile reicht ein Blick von mir, und sie überschlägt sich förmlich in ihrer Emsigkeit. Würde jemand meine Pferde trainieren, wie ich meine Angestellten führe, würde er mit einem gepfefferten Arschtritt vom Hof fliegen. Leider bin ich der Boss und habe als solcher hier das Sagen. Der einzige Mensch, der nie müde wurde, mir all meine Vergehen unter die Nase zu reiben, war mein Vater und der würde sich einen feuchten Kehricht darum scheren, ob eine kleine Pferdepflegerin Angst vor mir hat. Aber wenigstens entschuldigen sollte ich mich bei Pilar. Sie macht einen super Job, und ihr Flirt mit dem Krankenfahrer war im Grunde wirklich keine große Sache.

Doch die Entschuldigung muss warten. Zuerst habe ich etwas anderes zu tun.

Ich stiefle ins Arbeitszimmer im Westflügel und setze mich an den Schreibtisch. *Dios mío!*, allein in diesem Raum zu sein, deprimiert mich. Die verstaubte Dunkelheit des Zimmers, all die Andenken, die keinen anderen Zweck erfüllen, als mich an das Familienerbe zu erinnern, das ich zerstört habe. Ein Ruckeln an der Maus erweckt den Computer zum Leben. Solange ich damit beschäftigt bin, herauszufinden, was mit Revoltoso passiert ist, kann ich wenigstens nicht in Grübelei versinken.

Unserer eigenen Datenbank kann ich das genaue Datum entnehmen, wann Revoltoso in den Besitz von van Dijk übergegangen ist. Danach klicke ich mich durch Zuchtregister und Turnierberichte. Schon im Jahr nach seinem Verkauf wurde Revoltoso zur Körung angemeldet, um festzustellen, ob er für die Zucht geeignet ist. Diese hat er mit Bravour bestanden. Eigentlich sollte kurz danach die Hengstleistungsprüfung folgen. Doch dann verliert sich Revoltosos Spur. Während er anfangs noch in höchsten Tönen gepriesen wurde, finde ich plötzlich keine Einträge über Turnierteilnahmen mehr.

In einem Amateurvideo von einem Turnier glaube ich meinen Schützling im Hintergrund zu erkennen, wie er sich panisch weigert, verladen zu werden. Mein Herz krampft sich zusammen. Das ist nicht das Pferd, das ich van Dijk verkauft habe. Das ist nicht das sanftmütige Wesen, das mit großen Augen unter schweren Wimpern neugierig in die Welt geblickt hat.

Voller Sorge suche ich weiter. Was ist mit dir passiert, kleiner Mann? Und dann, als ich es fast schon aufgegeben habe, eine Spur zu finden, entdecke ich einen jüngeren Beitrag in einem Reiterforum, der mir das Blut in den Adern gefrieren lässt. Ich kann nicht glauben, was ich lese, lasse zur Sicherheit den Text ins Spanische übersetzen, aber auch die maschinelle und deshalb holprige Online-Übersetzung kann den Worten nicht die Bitterkeit nehmen.

Ein User mit dem Forennamen Joost345 schreibt: *Aus die*

Maus für Revoltoso. Auch die beste Veranlagung nutzt nichts, wenn der Gaul nicht reitbar ist. Nehmen ihn aus dem Training, jetzt brauch ich ein neues Pferd zum Trainieren. Kennt wer einen Stall, der noch Reiter sucht?

Revoltoso nicht reitbar? In meinen Ohren rauscht es. Laut seinem Profil ist Joost345 ein recht begabter Dressurreiter, der schon für verschiedene Besitzer erfolgreich auf dem Platz war. Dass den Reitern die Pferde nicht gehören, die sie vor die Preisrichter führen, ist nicht ungewöhnlich. Talent und Geld gehen nur selten Hand in Hand. Aktuell reitet Joost345 für niemand anderen als Magnus van Dijk.

Getrieben von einer dunklen Vorahnung, greife ich zum Handy. Ich brauche mehr Informationen. In meiner Adresskartei finden sich zahlreiche Pferdekontakte überall auf der Welt. Das verdanke ich meinen vielen Engagements und Tourneen. Wenn man zusammen tourt, kommt man sich automatisch näher.

Kurz überlege ich, wer am ehesten etwas über mein Pferd und van Dijk wissen könnte, und entscheide mich schließlich für eine portugiesische Kollegin. Filippa Oliviera. Vor ein paar Jahren hat die Dressurreiterin dem Turniersport den Rücken zugekehrt und tourt seitdem mit ihrem Friesenhengst Vivaldi durch aller Herren Länder. So haben wir uns kennengelernt. Wenn irgendwer, dann sollte sie noch gute Kontakte zu Reitsportlern haben und wissen, was da in Holland mit meinem Pferdchen vor sich geht.

Filippa nimmt nach dem fünften Klingeln ab. »Damián, das ist ja eine Überraschung. Wie geht es dir?« Offenbar hat ihr Telefon meinen Namen angezeigt.

»Es geht so. Und selber? Immer noch auf Tour, oder hast du gerade Sommerpause?«

Sie schnaubt. »Pause, was ist das? Aber ich will nicht klagen. Besser zu viele Engagements als zu wenige, richtig?

Nicht jeder von uns kann es sich leisten, von einem Tag auf den anderen alles hinzuschmeißen.«

»Ja. Na ja.« Ich lache ein wenig. Natürlich fischt sie nach Informationen über mein Verschwinden. »Manchmal kommt es anders als geplant.«

»Wenn du das sagst.« Eine Pause entsteht, dann fangen wir gleichzeitig zu sprechen an.

»Warum rufst du an?«

»Du musst mir einen Gefallen tun.«

Wir lachen beide, und diesmal ist mein Lachen nicht künstlich.

»Dachte ich mir schon, dass das kein Höflichkeitsanruf ist. Also, was kann ich für dich tun? Als ich dir gesagt habe, dein Abgang würde dich bei mir nicht auf die Black List der unerwünschten Personen setzen, habe ich das ernst gemeint.«

»Sagt dir der Name Magnus van Djik etwas?«

»Klar sagt der mir was. Großer Geldgeber im Turnierzirkus. Hat immer mindestens zehn Reiter unter Vertrag. Warum fragst du?«

»Na ja, sagen wir mal so, die Reiter interessieren mich eher weniger.«

»Dann geht es um die Pferde?« Sie macht einen langen Atemzug. »Was willst du von mir hören, Damián? Du weißt, wie es in der Welt zugeht. Für Leute wie deinen van Dijk sind die Tiere Sportgeräte. Oder Investitionsgüter. Such es dir aus. Es hat seinen Grund, warum ich mich aus diesem Zirkus verabschiedet habe.«

»Weißt du etwas über seine Trainingsmethoden?«

»Nicht konkret. Ein paarmal ist er aufgefallen, weil seine Reiter sich nicht an die Zeitbeschränkung beim *Low, deep and round* gehalten haben.«

Ein Grollen steigt mir aus der Kehle. *Low, deep and round*, als würde diese fürchterliche Methode, bei der der

Kopf des Pferdes viel zu nah an die Brust geführt und ihm das Atmen enorm erschwert wird, akzeptabel sein, nur weil man sie nicht mehr Rollkur nennt.

Filippa seufzt. »Ich weiß. Aber ehrlich, Damián, das alles ist doch nicht neu für dich. Du kennst diese Welt. Worum geht es wirklich?«

»Um ein ehemaliges Pferd von mir. Ich …« Ich stocke. Wo anfangen? »Van Dijk hat schon zweimal Pferde von mir gekauft. Übermorgen kommt er her, um sich nach neuen Tieren für seinen Stall umzusehen. Es geht um viel Geld. Sehr viel Geld.«

»Und jetzt hast du Skrupel, weil dir zu Ohren gekommen ist, dass deine Schützlinge bei van Dijk nicht wie die Schätze behandelt werden, die sie für dich sind?« In ihrer Stimme schwingt ein sachtes Necken mit. Ich nehme es ihr nicht übel. Filippa ist nicht weniger pferdevernarrt als ich. Wenn irgendwer verstehen kann, was gerade in mir vorgeht, dann sie.

»Ich hab Gerüchte gehört. Gemunkel, du weißt ja, wie das ist. Vor zwei Jahren habe ich ihm einen perfekt sozialisierten und dem Alter entsprechend ausgebildeten Junghengst verkauft. Und jetzt heißt es plötzlich, der Bursche sei unreitbar. Irgendwas ist faul an der Geschichte. Ich habe ein ganz mieses Gefühl.«

»Verstehe. Und wie heißt der Gute?«

»Revoltoso XLIII. Ich kann dir die Registernummer aus dem Zuchtbuch geben, wenn das irgendwie hilft.«

»Du willst wissen, was mit ihm passiert ist? Verstehe ich das richtig?«

»Ich werde diesem Kerl kein weiteres Pferd verkaufen, wenn er sie schlecht behandelt. Was muss passiert sein, dass ein perfekter junger Hengst zu einer unberechenbaren Furie wird? *Dios mío!* Ich will mir gar nicht ausmalen …«

»Ist gut«, unterbricht sie mich. »Ich verstehe dich. Und

ich mach dir keine Vorwürfe, okay? Du hast eine Zucht. Natürlich musst du Pferde verkaufen.«

»Ich hätte mich darum kümmern müssen, was mit ihm geschieht. Ich hätte besser …«

»Ach bitte!« Diesmal klingt ihre Unterbrechung gereizt. »Lass diese Selbstgeißelungsnummer. Ich bin sicher, du hast alle nötigen Checks in Bezug auf van Dijk gemacht, ehe du an ihn verkauft hast. Was willst du noch tun? Ein psychiatrisches Gutachten des Käufers anfordern, ehe du ein Pferd abgibst? Privatdetektive engagieren, die sich vorab bei den Käufern umsehen? Mach dir nicht so viele Gedanken, Damián. Also, ich hör mich für dich um. Sobald ich mehr über deinen Revoltoso weiß, melde ich mich wieder. Und schick mir auf jeden Fall eine Mail mit der Registernummer und dem Auszug aus dem Zuchtbuch. Vielleicht macht es das leichter für mich.«

»Okay«, sage ich und füge nach einer kurzen Pause hinzu: »Danke für deine Hilfe.«

»Immer wieder. Bis dann.«

»Bis dann.« Ich beende das Gespräch und wende mich dem Computer zu, um Filippa die Mail zu schicken.

Es war eine gute Entscheidung, sie anzurufen. Ihre Verbindungen in den Profisport sind besser als meine. Sie ist hilfsbereit und nett, und wenn irgendwer etwas herausfinden kann, dann sie. Immer wieder sage ich mir das, während ich im Büro auf und ab tigere wie ein eingesperrtes Tier.

Bei Pferden nennt man es Weben, wenn sie unter zu großem Stress den Tick entwickeln, den Kopf hin- und herzuschwingen und dabei die Vorderbeine abwechselnd zu belasten. Ihre innere Unruhe braucht ein Ventil und äußert sich in körperlicher Aktivität, genauso wie gerade bei mir. Bei Wildpferden kommt diese Verhaltensstörung nicht vor. Erst die Unart des Menschen, andere Lebewesen einzusperren und sie zu etwas zu zwingen, das ihrer Natur zuwider ist, macht sie krank. Nur Geduld und die richtige Zuwendung kann ein webendes Pferd heilen. Es liegt am Besitzer, die Haltungsbedingungen zu verbessern. Mehr Kontakt zu Artgenossen und Übungen, die nicht nur den Körper trainieren, sondern auch einen positiven Einfluss auf die Psyche haben, können die Symptome abklingen lassen.

Würde das auch mir helfen? Könnte mehr Zeit mit meiner Familie, mehr Zeit mit Menschen, die mir guttun, das Tosen im Inneren zum Verstummen bringen? Plötzlich sehe ich Linda vor mir. Meine Arme erinnern sich daran, wie gut es sich angefühlt hat, sie zu halten. Sie zu halten und mit ihr zu weinen. Okay, gut, natürlich erinnert sich auch mein Schwanz daran, wie gut es sich angefühlt hat, in ihr zu sein, aber das ist nicht das Wichtigste. Das Wichtigste ist, dass ich mich nicht schwach gefühlt habe, als ich Schwäche gezeigt habe. Unserer beider Verletzlichkeit vereint hat zusammen etwas Gutes ergeben, etwas Richtiges, etwas …

Das Klingeln des Telefons reißt mich aus den Gedanken. »*Hola!*«, melde ich mich. »Filippa? Hast du was rausgefunden?« Ich bin zu aufgeregt, um mich zu setzen, lehne mich nur mit der Hüfte gegen den Schreibtisch.

»Er soll zum Schlachthof.« Filippa ist nicht der Typ, der lange um den heißen Brei herumredet. »Während der Hengstleistungsprüfungen hat sich sein Trainingszustand wohl immer weiter verschlechtert. Er hat jede Hilfe verweigert. Am Schluss konnte man ihn nicht einmal mehr auftrensen. Er … ach, Scheiße, Damián, in diesem Zustand ist er völlig wertlos! Das weißt du so gut wie ich.«

Kurz schließe ich die Augen. An dem Knoten in meiner Kehle vorbei zwinge ich ein paar Worte heraus. »Danke, dass du dich dahintergeklemmt hast, Filippa.«

»Was willst du jetzt tun?«

»Den Termin mit van Dijk absagen.« Eher friert die Hölle zu, als dass ich diesen Bastard auch nur einen Fuß auf meinen Hof setzen lasse. »Und dann …« Ich reibe mir mit dem Handballen die Augen. »Ach, verdammt, keine Ahnung. Revoltoso zurückkaufen, falls das noch möglich ist. Kein Pferd kann sich so verändern. Wenn er sich wirklich nicht mehr reiten lässt, muss er so viel durchgemacht haben, dass er eine geruhsame Rente verdient.« Rente mit sechs Jahren. Auch für Pferde ist der Gedanke lächerlich.

»Dann wünsche ich dir viel Glück. Schätze, dir liegt nicht allzu viel daran, weiterhin als verlässlicher Verkäufer zu gelten.«

Ich stoße ein bitteres Lachen aus. »Ach, komm schon. Nach der abgesagten Tour ist ein abgesagter Verkaufstermin doch quasi nichts. Du weißt ja, ist der Ruf erst ruiniert …«

»… lebt es sich ganz ungeniert?« Sie spricht es aus wie eine Frage.

Ich bleibe ihr die Antwort schuldig.

»Im Grunde stimmt es ja.« Ihr Tonfall klingt tröstend und auch ein wenig mitleidig. »Du bist einer von den Guten, Damián. Lass dir das nicht nehmen, okay?«

»Ich tu mein Bestes.«

»Und viel Glück für den Rückkauf. Ich kann mir nicht vorstellen, dass van Dijk begeistert sein wird, wenn du ihm sagst, was du vorhast. Er hat sich ziemlich Mühe gegeben, die ganze Sache unter den Tisch zu kehren. Ich habe es nur rausfinden können, weil ich ein paar sehr gute Freunde in der Szene habe.«

»Das dachte ich mir schon.« Ich räuspere mich. »Mir wird schon was einfallen. Zur Not behaupte ich, ich sei einer von diesen Pferderettern, die Schlachthofpferde kaufen und wieder aufpäppeln.«

Ich meine das todernst, doch Filippa lacht. »Keine Chance,

mein Lieber. Das nimmt dir niemand ab. Dazu ist dein Name zu bekannt.«

»Wie gesagt, ich werde mir was einfallen lassen. Danke, Filippa.«

»Ich wünschte, ich hätte bessere Nachrichten gehabt.«

»Ja, das wünschte ich auch.«

Wir beenden das Telefonat, und in der Stille, die folgt, denke ich darüber nach, wie ich Revoltoso retten kann. Ja, ich brauche einen Plan. Und ich habe auch schon eine Idee, wie der aussehen könnte.

Kapitel 10

Linda

»Wir müssen reden.«

Kein anderer klischeehafter Satz in der Geschichte klischeehafter Sätze hat die Macht, so viel ungute Vorahnung zu verbreiten wie dieser. Augenblicklich schießen mir diverse Worst-Case-Szenarien durch den Kopf. Damián wird mich vom Hof jagen. Er hat die Nase endgültig voll und will sich nicht länger durch mich an all das Schlimme erinnern lassen, das ihm in letzter Zeit widerfahren ist. Es ist etwas mit Ramón oder Sofía passiert. Oder Luis ... Ich schlucke, zwinge mich zu einem Lächeln.

»Klar. Willst du reinkommen?« Damián ist blass, das fällt mir als Erstes auf. Als Zweites kommt mir der Gedanke, wie unpassend es ist, ihn in mein Schlafzimmer zu bitten. Das letzte Mal, als wir gemeinsam in diesem Zimmer waren, haben wir miteinander geschlafen. Nicht gerade der rühmlichste Moment meines Lebens. Trotzdem braucht es nur einen Blick auf ihn, wie er da im Türrahmen steht, mit verkrampften Schultern und verkniffenen Linien um seinen Mund, und ich würde ihn gerne in den Arm nehmen. Es ist okay, würde ich dann sagen. Was immer der Grund ist, weshalb du mit mir sprechen musst, wir kriegen es hin.

»Vielleicht ist es besser, wir gehen in mein Büro.«

»Jetzt?« Ich blicke zur Uhr über der Kommode. »Es ist fast Zeit zum Abendessen.«

»Je eher, desto besser.«

»In Ordnung. Lass mich nur schnell Schuhe anziehen.«

»Ich warte draußen auf dich.«

»Okay.«

Er dreht sich um. Als er im Dunkel des kleinen Flurs verschwindet, sieht es aus, als würde der Schatten ihn verschlingen. Ich verzichte auf Socken in den Sneakers, um ihm möglichst schnell zu folgen.

Der Weg zum Haupthaus führt leicht bergauf. Nicht steil genug, um zu erklären, warum mein Puls so schnell wummert.

»Also, was gibt's?« Ich halte die Spannung nicht mehr aus. Keine Wahrheit kann so schlimm sein wie die Unwissenheit. »Es geht nicht um Luis, oder?« Oh, bitte, bitte lass es nicht Luis sein. Dank Ramóns täglicher Updates wissen wir, dass sein Heilungsprozess bisher so gut verläuft, wie man es bei der Schwere seiner Verletzungen erwarten durfte. Noch liegt er im Koma, aber die Schwellung in seinem Hirn hat nachgelassen, und die Ärzte konnten die Nerven in seinem Rückenmark wiederherstellen. Er ist auf dem Wege der Besserung.

»Nicht um Luis.«

Ich atme auf.

»Lass uns erst mal reingehen.« Er hält die Tür zum Haupthaus auf, legt mir eine Hand tief in den Rücken und manövriert mich über die Schwelle.

Ein Schauder rieselt mein Rückgrat entlang. Nur die Anspannung wegen des bevorstehenden Gesprächs, sage ich mir. Nichts sonst.

Als ich zum zweiten Mal Damiáns Arbeitszimmer betrete, wirkt es nicht weniger deprimierend auf mich. Ein wenig hilft, dass Damián sämtliche Lichter anknipst. In dem kurzen Moment, den die Glühbirnen zum Erwachen brauchen, taucht das Glimmen des Bildschirms das Zimmer in bläuliches Licht. Damián hat offenbar am Computer gearbeitet.

Statt zum Schreibtisch führt er mich zur Sitzecke. »Setz

dich«, fordert er mich auf und deutet auf einen der beiden Sessel. Er nimmt auf dem anderen Platz, stützt die Ellbogen auf die Knie. Mit den Händen bildet er ein Dreieck, berührt mit den Fingerspitzen die Stirn, schließt kurz die Augen. Dann hebt er den Kopf und spricht, die Stimme klar und deutlich, fest. Kein Zögern mehr, kein Hadern. »Linda, ich brauche deine Hilfe.«

»O… okay.« Habe ich das richtig verstanden? Damián bittet mich um Hilfe? Und das, nachdem wir einander mittlerweile seit Tagen aus dem Weg gehen? »Klar, ähm. Worum geht es?«

»Um ein Pferd von mir. Ein ehemaliges Pferd. Revoltoso.« Und dann erzählt er mir die ganze Geschichte. Von einem jungen Hengst, der wie fast alle Pferde aus Damiáns Zucht in einer Frühlingsnacht auf einer der Weiden der Hacienda auf die Welt gekommen ist. Von einem Tier, dem Damián das Vertrauen zu den Menschen beigebracht hat, das er gerne behalten hätte, so wie er eigentlich fast alle Fohlen gerne behalten würde, die aus einer seiner Stuten stammen. Aber sein Stall ist voll, und für die Showauftritte arbeitet Damián aufgrund der Publikumswirksamkeit nur mit Rappen oder Schimmeln. Revoltoso aber ist ein Blauschimmel.

»Als van Dijk vor zwei Jahren hier war, um nach Jungpferden für seinen Stall zu schauen, ist ihm Revoltoso sofort ins Auge gefallen. Er hatte eine Neigung zur Versammlung und eine Kraft in der Hinterhand, also ideale Voraussetzungen für die Dressur.«

»Ich verstehe ehrlich gesagt nur die Hälfte von dem, was du sagst.«

Damián winkt ab. »Wie auch immer. Van Dijk hat Revoltoso gekauft. Ich war davon ausgegangen, dass er mit ihm zufrieden war, warum sonst sollte er jetzt wieder zu uns kommen wollen?«

»Und jetzt hat er sich beschwert?«

»Nein, zumindest nicht bei mir«, erwidert Damián und macht eine kurze Pause. »Ich weiß nicht genau, was passiert ist. Aber nun habe ich erfahren, dass Revoltoso nach zwei Jahren in van Dijks Kader zum Schlachter soll, weil er angeblich nicht mehr reitbar ist.«

Geräuschvoll ziehe ich Luft ein.

»Ganz genau.« Damiáns Stimme klingt bitter. »Ich muss ihn zurückkaufen. Milo hängt schon am Telefon, um den Termin mit van Dijk und seinem Team zu canceln. Aber diesen Kerl nie wieder auf meinen Hof zu lassen, ist ja nur das eine. Mir geht es vor allem darum, Revoltoso zu retten.«

Instinktiv strecke ich die Hand aus, lege sie auf Damiáns Schenkel. In den Muskeln spüre ich ein Zittern. »Das ist alles ganz fürchterlich, Damián. Natürlich will ich helfen, wenn ich kann, aber wie stellst du dir das vor? Ich verstehe absolut nichts von Pferden.« Warum ich? Warum wählst du ausgerechnet mich aus, um dich zu zeigen, wie du wirklich bist. Mitfühlend und verletzlich, ein starker Mann, der seine sensible Seele in ein Korsett aus Stahl gepackt hat. Wie soll ich Abstand halten und mich selbst schützen, wenn du mir zeigst, wer du wirklich bist?

Damiáns Blick zuckt zu meiner Hand auf seinem Bein. Er schenkt mir ein Lächeln. »Du musst dich als Käuferin ausgeben. Sag, dir gehört ein Bauernhof irgendwo in Bayern oder was weiß ich, und dass du von Herzen Tierschützerin bist, die Pferde vor dem Schlachter rettet.«

»So was gibt es?« So sehr ich mich bemühe, ich kann meine Zweifel nicht verstecken.

»Tausendfach.« Damián schnaubt. »Schau dich mal in den sozialen Netzwerken um. Mit dem Mitleid von Tierfreunden zu spielen, kann ein einträgliches Geschäft sein. Oft genug sind Tierschützer bereit, für ein Schlachtpferd ein Vielfaches von dem zu zahlen, was der Fleischmarkt hergeben würde. So ist für viele Schlachter und Händler in den letzten Jahren der Verkauf von Todeskandidaten an Tierfreude ein richtiggehendes Geschäftsmodell geworden. Alles, was du brauchst, sind ein paar mitleiderregende Bilder in den sozialen Medien, und die Tierfreunde öffnen ihre Geldbörsen. Alles, was wir jetzt brauchen, ist eine glaubwürdige Geschichte, damit van Dijk nicht wittert, dass ich hinter der ganzen Aktion stecke, und Revoltoso kann schon in ein paar Tagen auf dem Weg zu uns sein.«

»Okay«, sage ich, auch wenn ich mich als Schauspielerin eigentlich nie gesehen habe. »Damit das Ganze glaubhaft wirkt, brauche ich aber ein Briefing von dir. Ich habe keine Ahnung von Pferden. Ich wüsste gar nicht, was ich dem erzählen soll.«

»Wunderbar.« Damián reibt sich die Hände. Etwas tun zu können bringt ihn zurück in den Sattel.

Die kommenden Stunden verbringen wir damit, die Aktion Pferderettung bis ins kleinste Detail zu planen. Vor der ersten Kontaktaufnahme mit dem Schlachter legen wir für mich ein Facebook-Profil an. Wir füttern es mit Daten und Bildern aus dem Internet und Pferdeanekdoten, die Damián sich ausdenkt. Wir recherchieren Pferdetransportunternehmen, und Damián klingelt alle möglichen Bekannten aus dem Bett, um sie um Gefallen zu bitten. Irgendwer kennt immer irgendwen, der bereit ist zu helfen, und so steht kurz vor Mitternacht die Fluchtroute. Wenn alles gut läuft, soll ein Bauer aus Stuttgart mit einem wackligen Hänger Revoltoso schnellstmöglich vom Schlachthof abholen und zu sich bringen. Dort wird der Hengst in einen Profitransporter umsteigen. Dieser soll ihn nach Spanien bringen, eine Reise von etwa fünf Tagen.

Um kurz vor Mitternacht rufe ich bei dem Pferdeschlachter an, bei dem sich Revoltoso einer Bekannten von Damián zufolge momentan befindet. Wir hoffen, die späte Uhrzeit trägt zur Glaubwürdigkeit unserer Geschichte bei. Mein Job ist es, eine verzweifelte Tierschützerin zu mimen.

Es fällt mir nicht schwer, meine Stimme zittern zu lassen. In den vergangenen Stunden ist mir Revoltoso regelrecht ans Herz gewachsen. Und dann ist da natürlich Damián. Gemeinsam mit ihm ein Ziel zu verfolgen ist etwas, das uns verbindet. Ich will das so gerne für ihn machen und ihn auf keinen Fall enttäuschen.

Der Schlachter scheint nicht überrascht, dass jemand mitten in der Nacht etwas von ihm will. Tierliebe schläft nicht, offenbar hat sein Beruf ihm ausreichend Gelegenheit gegeben, das zu erfahren.

»Linda Winterberg hier«, melde ich mich. »Stimmt es, dass bei Ihnen ein Pferd namens Revoltoso auf die Schlachtung wartet?«

»Wenn Sie das sagen, wird das schon stimmen.« Er stößt ein gackerndes Lachen aus, und es wundert mich, wie nett dieser Mann klingt. Jung und freundlich, ganz anders, als ich mir einen Pferdeschlachter vorgestellt hätte.

»Bei uns haben die Pferde Nummern, keine Namen, wissen Sie.«

Ich schlucke. »Ähm, ja. Das klingt einleuchtend.« Ich sehe Damián an. Er nickt mir aufmunternd zu. *Lo haces bien*, formt er lautlos mit den Lippen. Du machst das gut.

»Es ist so, die Tochter einer Freundin ist immer in Holland in den Reitferien. Dort hat sie Revoltoso kennengelernt, und nun ist sie ganz fertig mit den Nerven, weil das arme Tier sterben soll. Sie wissen schon, am liebsten würde sie ihren eigenen Ostwind-Film erleben.«

»Das ist ja alles sehr rührend, gute Frau, aber ich muss hier einem Geschäft nachgehen. Sie glauben gar nicht, wie viele solcher Geschichten …«

»Ich kann bezahlen«, schiebe ich schnell ein. »Ich will ihn kaufen. Revoltoso. Wirklich, ich lebe auf einem alten Bauernhof. Ich hab schon Katzen und Schweine gerettet. Und Mara, also die Tochter meiner Freundin, sie hat versprochen, sich um den Hengst zu kümmern.«

»Um den Teufelsbraten?« Der Mann schnaubt. »Na dann viel Glück.«

»Meinen Sie, es könnte Probleme geben?« Ich lege eine Portion Zweifel in meine Stimme. Wenn ich zu dick auftrage, geht womöglich unser ganzer schöner Plan den Bach hinunter. »Sollte ich vielleicht nach einem anderen Pferd für die Tochter meiner Freundin …«

»Ach was. Das Mädel ist Reiterin, haben Sie gesagt? Dann ist so ein ehemaliges Sportpferd für sie sicherlich das Richtige. Und hübsch anzusehen ist der Kerl ja. Was den Preis angeht …«

»Das ist kein Problem.« Innerlich atme ich auf. Es geht doch nichts über die Geldgier mancher Menschen. »Tierliebe kostet eben, das ist mir schon klar.«

»Also, wenn Sie mir fünftausend über PayPal schicken, kann er gerne abgeholt werden.«

Fünftausend Euro? Dank unserer Recherche weiß ich, dass das weit, weit über dem üblichen Preis für Schlachtpferde liegt. Ich werfe Damián einen fragenden Blick zu, und er nickt. Das kurze Stocken im Gespräch scheint den Schlachter nicht zu irritieren. Im Gegenteil, es untermauert offenbar meine Glaubwürdigkeit.

Der Schlachter seufzt. »Auf vier acht kann ich runtergehen. Aber wissen Sie, der Bursche steht schon ein paar Tage bei mir. Und er hat einen ordentlichen Appetit, kann ich Ihnen sagen. Irgendwie muss ich auch meine Kosten decken.«

»Das verstehe ich.« Ich atme hörbar aus. »Also gut. Viertausendachthundert Euro via PayPal. Wenn Sie mir Ihre E-Mail-Adresse geben, weise ich das Geld sofort an.«

Danach geht alles ganz schnell. Der Verkäufer schickt mir eine E-Mail mit einem QR-Code, der mich zu einem bereits ausgefüllten Online-Formular führt. Außerdem hat die Mail einen Anhang mit der Kopie von Revoltosos Pferdepass.

Ich drehe den Bildschirm so, dass Damián besser darauf gucken kann. Er hat inzwischen einen Stuhl geholt und sich neben mich an den Schreibtisch gesetzt.

Als er das Foto des Pferdes und die Registernummer im Pass sieht, wird er ganz ernst. »Ja«, sagt er, »das ist er.«

»Bald ist er wieder bei dir. Wir haben es fast geschafft.« Ich lächle ihm zu. Er erwidert mein Lächeln.

Ich bestätige den Kauf und weise die Zahlung an. Gleichzeitig erteilt Damián vom Handy aus die Aufträge an die Transportunternehmen.

Adressen werden ausgetauscht, ein paar Telefonate geführt, und dann ist es vollbracht.

Mission *Rettet Revoltoso* ist geglückt. Alles, was wir jetzt noch machen können, ist warten.

Der Computer gibt ein leises Pling von sich. Die Bestätigung für den Zahlungseingang seitens des Verkäufers, begleitet von einer Mail, die seine Adresse und die Uhrzeit für den Abtransport enthält.

»Yes!« Ich überfliege die Mail, springe auf und halte Damián die Hand zu einem High Five hin.

Auch ihn hält nichts mehr auf dem Stuhl. »Danke!« Seine Hand gleitet von meiner, den Arm hinab, legt sich um meine Taille. In einer einzigen fließenden Bewegung schubst er die beiden Stühle aus dem Weg, reißt mich in seine Arme, wirbelt mich im Kreis. »Du warst großartig! Ohne dich hätte ich das niemals geschafft!« Er tupft einen Kuss auf meine Nasenspitze. »Ich bin sicher, van Dijk hat strenge Anweisungen gegeben, dass niemand, der weiß, was für ein Pferd Revoltoso wirklich ist, von der ganzen Schweinerei erfährt.«

»Ich habe es gerne gemacht.«

Langsam lässt er mich an seinem Körper hinabgleiten. Meine Füße berühren den Boden. Das wäre der Moment, in dem ich einen Schritt zurücktreten und Abstand nehmen sollte. Aber ich tue es nicht. Nach allem, was wir in dieser Nacht zusammen erreicht haben, ist es okay, sich gemeinsam zu freuen. Komplizen freuen sich zusammen. Freunde freuen sich zusammen. Partner freuen sich zusammen, und mehr als alles andere fühle ich mich in diesem Moment wie Damiáns Partner. Wir haben gemeinsam etwas Gutes vollbracht.

Während wir einander in die Augen sehen, verändert sich etwas zwischen uns. Aus dem Stolz über unseren Erfolg wird Begehren. Aus purer Freude Lust.

»Wir sollten nicht …«

»Wahrscheinlich nicht.« Damián nimmt genauso wenig Abstand von mir wie ich von ihm. »Aber ich will.« Er senkt den Kopf, langsam, gibt mir alle Zeit zurückzuweichen. »Ich will nicht oft etwas für mich, Linda. Lass mich das wollen.« Ein erster Kuss. Ein zartes Streifen von Lippen auf Lippen. »Lass mich dich wollen. Mein Gott, ich will dich so sehr.«

Damiáns Haut schmeckt nach Sonne, auch wenn vor den Fenstern tiefste Nacht herrscht. Das Licht Andalusiens ist so tief in seinen Poren gespeichert, dass es niemals verlöscht. Wärme strahlt von ihm ab, dringt mit jedem Kuss weiter in mich hinein. Mit der Zunge stupst er in meinen Mundwinkel, bittet um Einlass. Dieser Kuss ist anders als das wilde Geknutsche vor unserem letzten Zusammensein. Dieser Kuss ist Frage und Antwort zugleich, und ich öffne meine Lippen für ihn, lasse Damián ein.

Irgendwann müssen wir Atem holen. Genauso sacht, wie

er den Kuss begonnen hat, beendet Damián ihn wieder. Sein Lächeln kann ich nicht sehen, aber ich schmecke es.

Ohne sich von mir abzuwenden, sieht er sich um. Sein Blick fällt auf das klapprige Sofa, den Schreibtisch, die Sessel. Er nimmt meine Hand in seine, unsere Finger verweben sich.

»Komm«, sagt er. »Nicht hier.«

Leise lachend folge ich ihm aus dem Zimmer. Wir huschen durch dunkle Flure, schleichen auf leisen Sohlen durch das schlafende Haus. Durch Verbindungstüren und über Treppen führt er mich in den privaten Flügel der Álvarez-Söhne.

»Wir haben den Hausflügel ganz für uns alleine.«

Weil Ramón und Sofía noch immer bei Luis in Deutschland sind und Nuria ihr eigenes Reich hat. Erst da wird mir wirklich klar, dass wir das hier tun. Wenn wir jetzt miteinander schlafen, ist das kein emotionaler Kurzschluss mehr. Dann ist es eine Entscheidung, ein Ja zu uns. Für diese Nacht.

Ich will, klingt das Echo seiner Worte noch immer in meinem Kopf. Und ich will auch. Dieses eine Mal will ich *Ja* sagen. Nicht *vielleicht*, nicht *das müssen wir uns gut überlegen*. Nicht *das kommt darauf an* oder *es wäre klüger, wenn*.

Ich habe keine Worte um auszudrücken, was mit mir passiert. Der Rausch des Jas. Ich lasse meinen Körper sprechen.

Die Tür zu Damiáns Zimmer ist die vorletzte im Flur. Er öffnet sie, ich löse die Finger aus seinen und trete ein. Ein Reich aus Schatten und Schwarz empfängt mich. Hier der Umriss eines großen Bettes, dort ein Schrank, eine Kommode. Dazwischen Platz. Platz für Träume und Fantasien. Platz für eine Nacht voller Jas.

Ich beginne meine Hüften zu wiegen, erinnere mich an unseren Tanz in der Strandbar. Ich bin keine große Tänzerin, aber das hier will ich für Damián tun. Für mich. Einmal will ich die Verführerin sein.

Mich dem hier mit ganzem Herzen und ohne Zweifel verschrieben zu haben, macht es ganz leicht. Ich muss nur tun, was mein Körper will, schon tanze ich auf einer Welle erotischer Versprechen.

Wie von selbst streicheln meine Hände über meine Seiten, erkunden die Rundung meiner Schultern, ertasten das Schlüsselbein und die Kuhle am Ende meiner Kehle.

»Mach die Tür zu«, raune ich und erschrecke über den rauchigen Klang meiner Stimme.

Mit einem Klicken fällt die Tür ins Schloss. Damián lehnt mit dem Rücken an der Wand neben dem Rahmen, die Daumen in die Taschen der Jeans gegraben.

Auf den Nachttischen neben dem Bett stehen kleine Lampen. Ich tänzle zu einem der Tischchen, finde den Schalter und knipse das Licht an. Im Aufrichten streife ich mir das T-Shirt über den Kopf und lasse es auf den Lampenschirm fallen. Nun ist der Raum von einem sachten goldfarbenen Schimmer erfüllt.

Damián sagt kein Wort. Ich schlendere zu ihm hinüber, die Hände am Bund meiner Hose. Bei jedem Schritt rutscht mir der Stoff ein wenig tiefer von den Hüften, bis er zu Boden gleitet. Ein letzter Schritt trägt mich aus der Stoffwolke um meine Fesseln in Damiáns Arme.

»Du bist unglaublich«, flüstert er in mein Ohr und stößt sich von der Wand ab. Seine Arme um meine Mitte sind stark, die Härchen an seinen Unterarmen kitzeln die überhitzte Haut an meinen Rippen, und ich muss kichern.

»Was ist so lustig?« Seine Hände packen meinen Hintern, heben mich hoch. Ich schlinge die Beine um seine Hüften.

»Nichts.« Ich stöhne in seinen Mund. Wie ein Verdurstender trinkt er den Laut von meinen Lippen. »Ich bin nur kitzlig.«

Er trägt mich zum Bett, geht in die Knie, um mich auf die Matratze sinken zu lassen. Das Laken ist kühl. Der leichte

Duft von Lavendel steigt mir in die Nase, und noch ein anderes Aroma. Herber und dunkler, nach Moschus und warmem Land.

Auf den Ellbogen schiebe ich mich rückwärts nach oben. Er streift sich alle Klamotten vom Leib, dann folgt er mir, auf Knien und Händen, die Muskeln gespannt, ein Raubtier auf der Jagd, und lässt sich auf mich sinken. Von den Füßen bis zur Brust sind unsere Körper eine einzige Berührung, so nah, dass es sich anfühlt, als würde sein Herz in meiner Brust schlagen und meines in seiner.

Wir lieben uns, langsam diesmal. Hände, die erkunden, Münder, die schmecken, Küsse, die wispern. Jede Berührung eine kleine Feier, wert, sie zu genießen. Als er in mich eindringt, schließe ich die Augen und vergesse alles um mich herum.

Erst sind seine Stöße bedächtig, fast träge, dann drängender, kraftvoll. Ich beuge mich ihm entgegen, wir taumeln dem Höhepunkt entgegen. Eine ganze Galaxie von Sternen wirbelt vor meinen Augen, als ich komme. Tief in mir fühle ich ihn zucken, sein Stöhnen vermischt sich mit meinem, und dann ist alles ruhig.

Ganz still.

Vor den Fenstern bricht der Tag an. Unsere Nacht voller Jas geht zu Ende.

Damián

Zufriedenheit.

Die Glieder schwer, der Körper satt, die Muskeln müde und im Kopf nur Leere. Es kommt mir vor, als wäre ich an einem Ort, an dem die Welt abrückt, Zukunft und Vergangenheit im Nichts verschwinden und nur noch der Moment zählt. Dieses Gefühl kannte ich bislang nur von meiner Arbeit mit den Pferden.

Jetzt, während sich mein Herzschlag langsam beruhigt und Lindas Kurven das perfekte Ruhekissen für meinen erschöpften Körper bieten, wird mir bewusst, wie viel schöner es ist, nicht allein an diesem Ort zu sein.

Ihre Haut ist weich. Sie riecht nach satter, befriedigter Frau. Ein feiner Schweißfilm klebt meinen Bauch auf ihren. So nah ist sie, dass ich die winzigen Lichtpunkte sehe, die in ihren Wimpern spielen.

Ihre Lider flattern, sie öffnet die Augen. Das Lächeln, das sie mir schenkt, hätte die Macht, sogar einen stärkeren Mann als mich in die Knie zu zwingen.

»Hey«, sagt sie, und die Welle von Zärtlichkeit, die sie mit diesem einen Wort in meinem Inneren entfesselt, erschreckt mich.

»Selber hey.« Ich streiche mit Fingerknöcheln über ihre Wange. Meine Hand zittert. »Warte kurz … ich muss das entsorgen.« Ich halte das Kondom fest, gleite aus ihrem Körper und rolle mich zur Seite.

Die durchwachte Nacht, die Aufregung und Anspannung wegen Revoltoso, der Rausch der körperlichen Liebe, das alles fordert seinen Tribut. Ich bin wacklig auf den Beinen, während ich die wenigen Schritte zum Abfalleimer gehe.

Dann kehre ich zum Bett zurück und setze mich auf die Kante. Den Rücken Linda zugewandt, die Ellbogen auf die Knie gestützt, fahre mir mit beiden Händen durch die Haare.

»Hey.« Diesmal klingt ihre Stimme nicht zärtlich, sondern vorsichtig. »Damián. Rede mit mir.«

Ein Ächzen entfährt mir. Nicht jetzt. Nicht, wenn ich noch für eine Weile dieses weltentrückte, schwebende Gefühl in mir bewahren möchte. Ich bin nicht bereit für große Aussprachen. Nicht bereit für die Realität, die mit scharfen

Krallen an der Tür kratzt. Alles, was ich möchte, ist, die Zeit festzuhalten und mit Linda im Arm der Erschöpfung nachzugeben.

Daraus wird nichts. Hinter mir schaukelt die Matratze. Laken rascheln. Linda schiebt sich vom Bett, offenbar ist sie drauf und dran, unsere warme Höhle zu verlassen.

»Musst du auch ins Bad?«

»Nein. Ich dachte nur ... Ich glaube, ich gehe jetzt besser.«

Ich wünschte, ich könnte sie festhalten. Die sinnliche Verführerin, die keine Zweifel hatte und sich ihrer selbst so sicher war. Doch meine Energie reicht nur dazu, den Kopf von den Händen zu nehmen. Ich wünschte, sie würde sich nicht so geschlagen anhören. Zu wissen, dass das meine Schuld ist, verträgt sich nicht mit der seligen Selbstvergessenheit, die ich kurz zuvor genossen habe.

»Warum?«

»Weil ... Ist es nicht das, was du willst?« Sie lässt sich zurück aufs Bett sinken. Jetzt sitzt jeder von uns auf der Bettkante, die Rücken einander zugewendet. Zwei Menschen, die sich nicht einmal mehr in die Augen blicken können.

So kann es nicht weitergehen. Ich gebe mir einen Ruck und wälze mich zu Linda hinüber. Mit der Rechten greife ich nach ihrem Arm. Nicht fest, nur ganz leicht, um eine Verbindung herzustellen.

»Ich will nicht, dass du gehst.«

Sie fährt herum. »Nicht?«

»Nein, *mi querida* Linda. Ich will nicht, dass du gehst.«

»Aber letztes Mal ...«

Ich lasse sie los, bedecke meine Augen mit dem Oberarm.

»Ich weiß, du willst jetzt nicht darüber reden.« Sie spricht leise, es ist fast nur ein Flüstern. »Aber ich kann das nicht, Damián. Ich kann nicht wieder tagelang wie auf rohen Eiern um dich herumschleichen, weil ich Angst habe, dir zu nahe gekommen zu sein und du mich bei nächster Gelegenheit vom Hof wirfst, weil dir alles zu viel wird.«

»Das wird nicht geschehen.« Zum Glück ist sie noch hier. Wenn man bedenkt, was für ein Arschloch ich die ganze Zeit über war, ist das wirklich ein Wunder.

»Versprochen?«

»Versprochen.« Diesmal lege ich meine Hand an ihre Schulter und ziehe sie zu mir auf die Matratze. »Aber jetzt schlafen wir erst mal, okay? Das haben wir uns verdient. Und was das andere angeht, lass es uns für eine Weile vergessen, ja? Ich will nicht daran denken, warum du nach Spanien gekommen bist. Lass uns einfach für eine Weile nur du und ich sein.«

Ich atme erst aus, als sie den Kopf an meine Schulter legt.

»Okay.« Ihr Atem flüstert über meine Brust.

Ich vergrabe die Nase in ihren Haaren, umarme sie und bringe sie sanft in eine bequemere Position. »Mmmh«, murmle ich, »so ist es besser.«

Sie schiebt mir ihre Füße zwischen die Waden und gibt einen süßen, kleinen Laut von sich. Halb Brummen, halb Schnurren.

Mit geschlossenen Augen streichle ich sie, bis ich einschlafe.

Kapitel 11

Linda

Der Duft von geröstetem Brot und frischem Kaffee durchflutet den Korridor im Erdgeschoss wie ein unsichtbarer Wegweiser. Hier entlang, flüstert er uns zu. Kommt und lasst euch verwöhnen. Mein Bauch ist mit diesem Plan zu hundert Prozent einverstanden und reagiert auf die Aufforderung prompt mit einem vernehmlichen Knurren.

Damiáns Hand drückt meine. Von der Seite her zwinkert er mir zu. »Hungrig?«, fragt er.

»Ein bisschen.« In Wahrheit bin ich halb verhungert. Gestern haben wir vor lauter Aufregung um Revoltoso das Abendessen ausfallen lassen. Zwar hat Montserrat uns eine Platte mit Tapas in Damiáns Büro gebracht, aber die haben wir kaum angerührt. Ich habe also nicht nur seit gestern Mittag so gut wie nichts gegessen, auch die Aktivitäten der Nacht haben Energie gekostet.

Mit Damián aufwachen. Luftige Küsse auf die Wange, ein gewispertes »Guten Morgen«. Eine gemeinsame Dusche. Blicke, glühend von der Erinnerung an die vergangene Nacht, während wir uns anziehen und fürs Frühstück fertig machen. Das alles ist zu gut, um wahr zu sein. Je näher wir der Küche kommen, desto mehr verkrampft sich mein Magen, und das hat nichts mit Hunger zu tun. Noch ein bisschen länger, wünsche ich mir. Lass es nicht vorbei sein. Noch nicht jetzt. Mit Damián an meiner Seite ist das Leben ein wenig leichter. Die Farben sind satter, jedes Wort der Text zu einem Lied, das es nur in meinem Herzen gibt. Ich will das nicht aufgeben. Noch nicht. Ich will noch ein wenig länger so tun, als gäbe es nichts Wichtigeres auf der Welt, als gemeinsam zu frühstücken und den Tag mit einem Lächeln zu begrüßen.

Montserrat ist nicht allein in der Küche. Gemeinsam mit den herrlichen Düften dringt Nurias Stimme in den Flur. Bemerkenswert fit für die frühe Stunde, plappert sie munter vor sich hin. Es geht um den abgesagten Termin mit van Dijk. Sie gibt eine Version des Gesprächs zwischen Milo und dem Holländer wieder, das einer Theaterbühne würdig wäre. Verstellte Stimmen, holländischer Akzent und entrüstetes Aufstampfen inklusive. Der Holländer muss sich enorm aufgeregt haben. Von unseriösem Geschäftsgebaren hat er geredet und dass er dafür sorgen würde, dass Damiáns Ruf für immer ruiniert sei. Schließlich gebe es noch andere Gestüte in Spanien. Jeder Züchter könnte sich alle zehn Finger danach lecken, ein Pferd an van Dijks Stall zu verkaufen.

Was Montserrat antwortet, verstehe ich nicht. Aber es klingt wie das warnende Grollen einer Löwin, die ihre Jungen verteidigt.

Ganz bewusst atme ich in den Bauch. Warum bin ich so nervös? Selbst wenn in der Küche die gesamte Mannschaft der Hacienda versammelt wäre, gäbe es keinen Grund dafür. Damián und ich sind schließlich niemandem Rechenschaft schuldig.

»Was ist?« Damián scheint das Stocken meiner Schritte zu bemerken. Auch er wird langsamer.

»Nichts.« Nurias Predigt klingt mir noch immer in den Ohren. Sie sollen nicht denken, dass ich Damián ausnutze oder nur hinter seinem Ruhm her bin. Ich will, dass sie mich mögen. Der Gedanke ist so lächerlich, dass ich ihn nicht aussprechen kann. Hier bin ich also. Einunddreißig Jahre alt, promovierte Medizinerin mit abgeschlossener Facharztausbildung und mach mir Gedanken darüber, was zwei Frauen, die ich nach meinem Spanien-Abenteuer wahrscheinlich nie wiedersehen werde, über mich denken, weil ich die Nacht mit einem Mann verbracht habe.

Damián lässt sich nicht täuschen. Er zwinkert mir zu. »Du siehst aus, als hättest du etwas angestellt und müsstest ins Büro des Rektors, um dir eine Standpauke abzuholen.«

»Ein bisschen fühlt es sich auch so an, um ehrlich zu sein. Wenn wir gemeinsam zum Frühstück auftauchen, wissen Nuria und Montserrat ganz genau, wie wir die Nacht verbracht haben.« Meine Hemmungen zuzugeben scheint die einzig vernünftige Lösung. Von innen beiße ich mir auf die Wange. Eine Unart, von der ich gehofft hatte, sie vor Jahren hinter mir gelassen zu haben. Gemeinsam mit der Unsicherheit gegenüber Menschen, die mich als irgendetwas anderes als perfekt wahrnehmen könnten.

Damiáns Lachen ist kurz, tief und ebenso warm wie der verlockende Duft aus der Küche. Er lässt meine Hand los und legt mir den Arm um die Schultern. »Das ist süß.« Er haucht mir einen Kuss auf die Schläfe. »Aber unnötig. Und weißt du auch, warum?«

»Nein.«

»Wenn das hier eine Schule wäre, wäre ich der Direktor, und meine Bewertung für letzte Nacht hast du schon bekommen. Du siehst, kein Grund, nervös zu sein.«

»So? Welche denn?«

»Volle Punktzahl, Eins plus mit Sternchen.«

»Ich höre euch da draußen.« Nurias Stimme lässt mich aus Damiáns Umarmung stolpern. »Schluss mit dem Geturtel. Wir wollen endlich wissen, wie die Sache mit Revoltoso ausgegangen ist.«

Damián lacht, lauter diesmal, nimmt mich wieder an der Hand und zieht mich mit sich in die Küche.

Ein leises Keuchen entschlüpft mir. Die Läden vor den

Fenstern sind aufgeklappt, alles wirkt hell, freundlich und heimelig.

Montserrat hat Position am Ofen bezogen und röstet direkt auf der Platte große Scheiben Weißbrot. Ein ganzer Teller von den goldgelben Schnitten steht bereits auf dem Tisch. Außerdem eine flache Schüssel voller sonnenreifer Tomaten, ein Tiegel mit körnigem Salz und eine große Pfeffermühle sowie eine Phiole mit Olivenöl. Die Quelle des himmlischen Kaffeearomas ist zweifelsfrei die bauchige Alukanne, neben der eine kleinere mit warmer Milch steht.

Nuria, wie meistens in tiefsitzenden Jeans, einem bunten Spaghetti-Top und staubigen Chaps, ist dabei, Teller zu verteilen. Vier sind es, das heißt, die Pferdepfleger und Bereiter haben bereits gefrühstückt.

Nurias Grinsen, als sie sich aufrichtet und zu uns umdreht, ist so breit, dass ich jeden einzelnen Zahn sehe.

»Also …«, beginnt sie. »Was ist jetzt? Kommt das Pferdchen nach Hause? Ich meine ja nur. Wenn euch das gelungen ist, seid ihr echte Helden!«

Ich nicke und grinse ebenfalls.

»Selbstverständlich.« Damián tönt, als wäre Scheitern sowieso keine Option gewesen. »In fünf Tagen kommt Revoltoso hier an. Dann soll er sich erst mal erholen, bis Ramón wieder da ist und ihn genau unter die Lupe nehmen kann.« Er reibt sich den Nacken. »Bin gespannt, in welchem Zustand er ist. Wenn der arme Kerl permanent Schmerzen hat, weil dieser Schinder van Dijk ihn verletzt hat, wäre es kein Wunder, dass er sich aufführt wie ein Verrückter.«

Damián setzt sich an den Esstisch. Er greift sich eine Tomate aus der Schüssel und schneidet sie auf dem Teller vor seinem Platz in zwei Hälften. Über die Schulter hinweg blickt er mich an. »Was ist? Setz dich zu mir. Ich dachte, du hast Hunger.« Vielsagend hebt er eine Augenbraue.

Nuria presst schmunzelnd die Lippen zusammen. Meine Wangen glühen. Um meine Verlegenheit zu überspielen, folge ich Damiáns Aufforderung. Als Erstes gieße ich mir einen Becher Kaffee ein. Prioritäten und all das.

Die braune Köstlichkeit dampft und duftet so verführerisch, dass ich mir vor lauter Gier beim ersten Schluck die Zunge verbrenne.

»Autsch!« Wenig damenhaft spucke ich den Kaffee zurück in den Becher und sauge mit weit geöffnetem Mund Luft ein.

Damián ist unterdessen damit beschäftigt, eine geschälte Knoblauchzehe über das geröstete Brot zu reiben. Als das zu seiner Zufriedenheit erledigt ist, greift er nach einem Löffel und höhlt damit das Innere einer Tomatenhälfte aus. Glibberig tropft das Fruchtfleisch auf die Brotscheibe.

»Was machst du da?« Skeptisch beäuge ich sein Kunstwerk. Ich bin mir nicht mehr sicher, ob ich das alles wirklich appetitlich finde. Zur Krönung träufelt er Olivenöl über die Tomatenmasse und bestreut das Ganze mit Salz und Pfeffer.

»Das frage ich mich auch.« Nuria nimmt uns gegenüber Platz und macht sich ihrerseits an die Zubereitung eines Frühstückbrotes. Dabei verzichtet sie auf den Knoblauch. Das Olivenöl kommt direkt aufs Brot und der Tomatenglibber obendrauf. Fasziniert gucke ich ihr zu. »Schließlich weiß jeder, dass das Öl in den Teig einziehen muss, damit ein *pan con tomate* wirklich schmeckt.« Herzhaft beißt sie von ihrer Scheibe ab.

Damiáns Brotkunstwerk landet auf meinem Teller. »Hier«, sagt er fast flüsternd. »Lass dir nichts einreden. Niemand weiß so gut wie ich, wie ein *pan con tomate* zubereitet wird. Ich bin der Tomatenbrotexperte hier.«

»Phh.« Nuria schnaubt. »Du denkst, du seist der Alles-Experte hier. Warum lässt du nicht Linda selbst entscheiden, ob sie der Untendrunter- oder der Obendrauf-Typ ist?«

Nur gut, dass ich mittlerweile eingesehen habe, dass mein Kaffee erst ein wenig abkühlen muss, ehe ich ihn trinken kann. Nurias zweideutige Frage hätte dafür gesorgt, dass der nächste Schluck als Sprühnebel auf die Tischdecke niedergeht.

Damián grinst Nuria zu und wackelt mit den Augenbrauen. »Linda ist der Für-alles-zu-Haben-Typ. Stimmt's, *doctora*?« Er zwinkert mir zu. »Und jetzt iss. Diese Spezialität darfst du dir nicht entgehen lassen.«

Zwar bin ich immer noch etwas skeptisch, was das Glibberzeug auf dem Brot angeht, aber Probieren geht über Studieren. Vorsichtig beiße ich ab. Die Kruste ist wunderbar knusprig und kross, dann entfaltet sich das Aroma der Tomaten, gepaart mit der Würze von Salz, Pfeffer und Olivenöl.

Ich kann mir ein Stöhnen nicht verkneifen, so köstlich schmeckt die Mischung. Die verschiedenen Konsistenzen, die weiche Fruchtigkeit der Tomatenkerne, die schmeichelnde Samtigkeit des Öls, das Knuspern der Salzkörner zwischen den Zähnen und das Aroma von frisch geröstetem Brot verwandeln das simple Frühstücksbrot in einen kulinarischen Hochgenuss. Ich meine, natürlich habe ich schon mal ein Tomatenbrot gegessen, so ist das nicht. Aber das hier ist kein schnödes Tomatenbrot. Es ist ein *pan con tomate*, und noch dazu hat es Damián für mich gemacht.

»Himmel«, stöhne ich. »Ist das wirklich nur ein Tomatenbrot? Das ist so gut!«

»Hab ich's nicht gesagt?« Damián wirft Nuria einen triumphierenden Blick zu. »Ich bin der Meister des *pan con tomate*. Das habe ich schon gefrühstückt, da warst du noch nicht mal Quark im Schaufenster.«

»Dann ist das ein traditionelles Frühstück?« Und ich habe bisher geglaubt, feste Nahrung zum Frühstück verderbe nur die Wirkung des Kaffees.

Montserrat gesellt sich zu uns. Sie bereitet ihr Brot auch mit Knoblauch zu, träufelt das Öl aber wie Nuria direkt darauf.

»In früheren Zeiten war es das typische Frühstück der *vaqueros,* wenn sie die Rinderherden gehütet und getrieben haben«, erzählt Montserrat. »Das Brot haben sie über der Glut vom Vortag geröstet, so hat es auch noch am zweiten oder dritten Tag geschmeckt. Tomaten vom Strauch gibt es fast überall, und das Öl lässt sich gut transportieren.« Sie zuckt mit den Schultern. »Das war noch anders damals. Da hatte man keine verrückten Namen fürs Essen, und gegessen wurde eben das, was da war.«

»Die gute, alte Zeit.« Damiáns Ton trieft vor Sarkasmus. »Was wäre die Welt doch besser, wenn sie sich nicht ändern würde.«

»Du weißt, so habe ich das nicht gemeint«, schilt Montserrat. »Linda hat gefragt, ich habe geantwortet. Mehr nicht.« Sie wischt sich die Finger an einer Serviette ab. »Aber jetzt, wo ihr beide hier seid, erzählt mal, was ihr so vorhabt. Wenn dieser van Dijk mit seinem Hofstaat nicht kommt, hast du die nächsten Tage ja quasi frei. Und Linda bleibt uns doch auch noch eine Weile erhalten. Das hat sie Ramón versprochen.«

Ich kaue und schlucke den letzten Bissen des Tomatenbrotes herunter, dann schiele ich sehnsüchtig auf die zweite Scheibe, die Damián gerade zubereitet.

Er deutet meinen Blick richtig und lässt das Brot auf meinen Teller gleiten. »Hier. Lass es dir schmecken.«

»Danke.«

Unterm Tisch legt er die Hand auf meinen Oberschenkel. Ich kann nicht genug bekommen von dieser herrlichen Speise. Nicht von diesem Frühstück mit diesen wunderbaren Menschen. Und auch nicht von dem Mann an meiner Seite.

Ich fahre mir mit der Zunge über die Lippen und schaue

Damián an. »Weißt du was? Eigentlich hat Montserrat recht. Du arbeitest die ganze Zeit, statt dir mal eine Auszeit zu gönnen. Und ich bin seit fast zwei Wochen hier und habe noch so gut wie nichts von Andalusien gesehen.«

»Hörst du?« Über ihr Brot hinweg fixiert Montserrat Damián mit einem festen Blick. »Ich sage schon seit Jahren, du solltest dir mal ein paar Tage frei nehmen. Luis wird nicht schneller gesund, wenn du dir jede Freude versagst. Er wird gut versorgt in Deutschland. Niemand kann immer nur arbeiten, arbeiten, arbeiten. Das ist nicht gut für die Manneskraft.«

Diesmal ist es Nuria, die ihren Kaffee beinahe über den Tisch spuckt. »Mamá!«, quiekt sie empört.

»Was denn?« Montserrat zuckt mit den Schultern. »Natürlich braucht es Manneskraft! Denkst du, ich habe dich im Blumentopf gefunden?« Sie schnaubt. »Und wenn Damián sich hier um unsere Linda kümmern will, soll er es richtig tun. Sie hat uns so viel geholfen, da hat sie schon verdient, dass ein Mann ihr seine beste Seite zeigt. Und das kann Damián nicht, solange er ganz überarbeitet ist.«

»Na, danke für dein Vertrauen in mich«, grummelt Damián in seinen nicht vorhandenen Bart. »Bis gerade eben habe ich mir eigentlich was auf mein Händchen mit den Frauen eingebildet.«

Ich meinerseits bin zu geschockt, um irgendwas sagen zu können. Auch Nuria scheint für den Augenblick sprachlos. Mit offenen Mündern starren wir Montserrat an.

Sie blickt von ihrer Tochter zu mir und wieder zurück. Der Schalk in ihren Augen verjüngt sie um Jahrzehnte. Es ist nicht schwer, sich vorzustellen, wie Montserrat früher war. Als junges Mädchen hatte sie es sicher faustdick hinter den Ohren. Zu Montserrats Belustigung gesellt sich ein keckes Lächeln, und ich kann nicht mehr.

Gleichzeitig mit der Haushälterin pruste ich los. »Ehrlich«, presse ich zwischen zwei Lachern hinaus. »Danke für deine Sorge. Aber ich hab keine Beschwerden, so weit.«

»Lalala«, johlt Nuria über mich hinweg. »Katzenbabys, Katzenbabys, Katzenbabys.«

Sogar Damián stimmt in unser Gelächter ein. Er zupft ein Stück Brotkruste ab und wirft es in Nurias Richtung. Sie fängt es auf, streckt ihm die Zunge heraus und wirft es zurück.

»Schluss jetzt.« Montserrat klopft mit der Hand auf den Tisch. »Ihr benehmt euch wie Kinder. Was ist jetzt, Damián, zeigst du Linda die Gegend? Sei ein Gentleman und lass dich nicht lange bitten.«

»Wenn du willst?« Er sieht mich an.

»Ja«, sage ich aus vollem Herzen.

Damián

Palmen säumen den breiten Boulevard. Wie Wächter stehen sie dort, winken im Wind mit ihren Blattfächern und heißen uns willkommen. Das ist Optimismus auf Spanisch, denn wir sind auf dem Weg in ein Geisterdorf. Irgendwann, in vielen Jahren, wird das alte Sancti Petri vielleicht wieder zum Leben erwachen und mit Hotels, Bars und Souvenirshops ein Magnet für Touristen sein. Aber noch liegt diese Zeit in weiter Ferne. Heute ist mein Cupra das einzige Auto weit und breit, und die sauber gefegte Straße mit den gleißend weißen Bordsteinkanten und dem ordentlich angelegten Fahrradweg wirkt geradezu lächerlich zukunftsgläubig. Selbiges gilt für die Informationstafeln, auf denen in vier Sprachen die Geschichte der Region wiedergegeben wird. Niemand ist hier, um das zu lesen.

Von seiner Insel im Meer, nur ein paar Hundert Meter vom Strand entfernt, blickt das *castillo* zu uns herüber. Ob es sich über die Absonderlichkeiten wundert, die es Jahr für Jahr zu sehen bekommt? Menschen, die busweise für ein paar Stunden angekarrt werden, um Fotos von einem verlassenen Dorf zu machen. Urlauber, die am Strand in der Sonne braten, die Haut schon ledrig, bis sie abends zurück in die Hotels verschwinden. Drüben im neuen Sancti Petri, wo sich Bettenburg an Bettenburg reiht, darum bemüht, den Gästen das perfekte Andalusienfeeling zu bieten.

Heute ist von alldem nichts zu sehen. Keine Busse. Keine Urlauber. Nur Linda und ich und ein paar Tage Zeit ganz allein für uns. Mein Herz macht einen Hüpfer bei dem Gedanken. Wann habe ich zum letzten Mal etwas nur für mich getan? Ich kann mich nicht erinnern. Es fühlt sich so ungewohnt, so neu an, dass ich aufgeregt bin wie ein kleiner Junge.

»Oh, schau mal, da ist eine Burg.« Mit dem Zeigefinger deutet Linda auf das *castillo*. »Wollen wir dorthin?«

»Vielleicht später. Bei Ebbe kann man zu Fuß zur Insel laufen.«

»Wow. Stammt die Burg aus dem Mittelalter? Die sieht ziemlich alt aus.«

Ich lächle versonnen. »Alt ist sie tatsächlich. Die Fundamente stammen aus der Antike. Angeblich stand auf der Insel ein Herkulestempel. Die Festung, wie du sie jetzt siehst, wurde im achtzehnten Jahrhundert auf den Ruinen des Tempels erbaut.«

Die Begeisterung zaubert Glanz in Lindas Augen. »Wenn wir nicht zu der Insel wollen, wohin dann? Du hast gesagt, du zeigst mir deine Lieblingsorte in der Gegend.«

»Das werde ich auch tun.« Ich lege eine Hand auf ihren Oberschenkel. »Wir sind gleich da. Siehst du die Häuser da vorne?«

Sie kneift die Augen zusammen. »Ist das ein Dorf?«

»War es mal. Lass dich überraschen.«

Direkt gegenüber dem Ortseingang lenke ich den Wagen an den Bordstein und stelle den Motor ab. Ein Stück weiter gibt es einen Parkplatz, aber den brauchen wir nicht. Ohne Touristen ist Sancti Petri ausgestorben – im wahrsten Sinne des Wortes.

»Wow«, ruft Linda erneut, kaum dass sie ausgestiegen ist. »Ist das ein Fischerhafen?« Sie blickt auf die wenigen kleinen Boote in der Lagune.

»Eher nicht. Wenn du willst, können wir nachher an der Lagune spazieren gehen. Aber zuerst will ich dir etwas anderes zeigen.«

»In dem Dorf?« Ihre Hand greift nach meiner.

»Ja. Die Insel und auch das alte Dorf sind vor etwa vierzig Jahren vom Militär zur Sperrzone erklärt worden.« Durch ein schief in den Angeln hängendes Gittertor führe ich Linda auf die schmale Palmenallee. Sie war einst die Hauptschlagader des Dorfes. Die Dächer der einstöckigen Häuser rechts und links sind zum Teil eingestürzt. Dort, wo früher Menschen ihr Zuhause hatten, pfeift nun der Wind durch die zerbrochenen Fensterscheiben. »Damals mussten dann auch die letzten Einwohner das Dorf verlassen. Die meisten sind aber schon früher gegangen.«

»Warum?« Neugierig schaut Linda sich um. Eine schwarze Katze huscht aus einer der Ruinen und kreuzt unseren Weg. Sie hat eine Maus im Maul, und Linda wendet sich schaudernd ab. »Es muss so schön hier gewesen sein. Man sieht es jetzt noch.«

»Die Leute hier lebten vom Thunfischfang. Siehst du das große Gebäude da?« Wie hungrige Schlünde öffnen sich die fensterlosen Öffnungen im Mauerwerk der alten Fabrik am Hauptplatz. »Das ist die Fabrik, dort wurde der Fang direkt verarbeitet. Aber die großen kommerziellen Fangflotten haben irgendwann die Oberhand gewonnen. Das bedeutete das Aus für die kleinen Fischer, und so ist Sancti Petri nach und nach ausgestorben, bis die Regierung endgültig einen Schlussstrich gezogen hat. In den leeren Straßen hat die Armee den Häuserkampf geprobt.«

»Aber wenn das eine militärische Sperrzone ist, dürfen wir dann überhaupt hier sein?«

»Vor ein paar Jahren wurde das Militär abgezogen. Wir sind also ganz legal …«

»Schau mal! Was ist das?« Linda entwindet sich meiner Hand. Fasziniert geht sie auf das ehemalige Gemeindehaus zu. Von seinen Mauern blättert der Putz ab, rohe Ziegel sind sichtbar, wo Zeit und Witterung ihre Spuren hinterlassen haben. Was Lindas Aufmerksamkeit erregt hat, sind die Überreste einer kleinen Wandmalerei neben einem verrosteten Fenstergitter. Wenn man genau hinsieht, erkennt man eine Kammmuschel.

Ich trete neben sie. »Nachdem das Dorf verlassen war, haben Künstler begonnen, sich hier zu verewigen. Diese Muschel ist, soweit ich weiß, die älteste Wandmalerei.«

»Das ist … wow … das ist …« Ihr fehlen die Worte. »Es gibt also noch mehr davon?«

»Ja. Im Laufe der Jahrzehnte sind viele Künstler hergekommen und haben ihre Werke hinterlassen.« Ich lächle sie an. »Sie sind der Hauptgrund, warum ich mit dir hierher wollte. Es ist keine große Kunst oder so.« Ich stocke. Wie soll ich erklären, was die Wandmalereien von Sancti Petri mir bedeuten? »Aber ich finde, sie sind was Besonderes.«

Linda strahlt. »Dann zeig sie mir. Alle.«

Und so wird unser Ausflug zur Schnitzeljagd. Von Wandmalerei zu Wandmalerei stromern wir durchs Dorf. Manche sind etwas versteckt, doch Linda findet sie alle. Die großen, die kleinen, die alten und die neuen. Einige erstrecken sich über ganze Häuserfronten, andere sind unscheinbar und halb verwittert. Alle stellen das Leben im und am Meer dar. Fische und Quallen, Muscheln, Flamingos und Wellen. Und noch eines haben sie gemeinsam: Sie bringen Schönheit an einen Ort des Verfalls.

Schließlich kehren wir zum Hauptplatz zurück. Im Schatten einer Palme steht vor der Kirche eine Bank. Auf die lässt Linda sich fallen.

»Uff. Haben wir Wasser dabei?«

Aus dem Rucksack angle ich eine Flasche und reiche sie ihr. Über unseren Köpfen kreischt eine Möwe, durchpflügt das Himmelsblau mit ihren Flügeln. Die perfekte Idylle, und ich spüre die Ruhe in meinem Inneren. Montserrat und Linda hatten recht. Dieser Ausflug tut mir gut.

Mit gierigen Schlucken leert Linda die halbe Flasche. Sie kneift die Augen zusammen, um besser sehen zu können. »Wie kommt es, dass die Kirche in so gutem Zustand ist? Sie sieht aus, als wäre sie perfekt in Schuss.«

»Ist sie auch.« Ich nehme ihr die Flasche aus der Hand und trinke selbst ein paar Schlucke. Das Wasser ist lauwarm, trotzdem bringt es Erleichterung. »Seit die Sperrzone aufgehoben wurde, kommen immer mehr Menschen zurück. Kinder und Enkel der früheren Bewohner. Sie pflanzen Blumen, sehen nach dem Rechten. Die Männer haben sogar ein paar der alten Boote wieder flottgemacht und fahren mit ihren Söhnen zum Fischen raus. Auf uralten Gasöfen bereiten die Frauen den frischen Fang zu, und für ein paar Stunden herrscht Trubel auf dem Platz, als wäre alles beim Alten.«

»Sie bringen Leben zurück ins Dorf.«

Ich nicke. »Trotzdem wird es nie mehr sein wie früher. Egal, wie viel Kunst sie an die Wände klatschen, egal, wie viele kleine Bars und Surfshops sie für die Touristen aufmachen, was vorbei ist, ist vorbei. Irgendwie deprimierend, oder?« Ich lache verlegen. »Oder beruhigend. Ich kann mich nicht so wirklich entscheiden.«

»Beides, schätze ich. Dass die Dinge sich ändern, macht sie ja nicht automatisch schlechter.«

Sie sieht mich nicht an, als sie das sagt. Lässt mir Raum. Trotzdem bin ich sicher, dass sie längst begriffen hat, worum es hier geht. Linda Grünfelder ist eine kluge Frau, und zum ersten Mal gibt mir ihre Fähigkeit, mich zu durchschauen, nicht das Gefühl, auf dem Seziertisch zu liegen. Alles, was ich ihr anvertraue, sage ich, weil ich es sagen will. Nicht, weil sie gefragt hat.

Nach einer Weile fährt sie fort. »Deshalb liebst du diesen Ort, stimmt's? Du liebst ihn und du hasst ihn, weil er dir immer wieder vor Augen führt, dass die Zeit sich nicht zurückdrehen lässt. Hier siehst du das Schöne und das Hässliche an der Veränderung, alles wunderbar gruppiert um einen ehemaligen Kirchplatz, und du kannst dich herrlich damit quälen, dass es dir genauso geht. Egal, wie viel Erfolge du einheimst, egal, wie viel Kunst du erschaffst und wie viele Herzen du mit dem, was du machst, berührst, du siehst immer nur, was du nicht schaffst. Die eingestürzten Fenster und rostigen Gitter in deinem Leben statt die Streifen aus Licht.«

»Ist das denn ein Wunder? Guck mich an!« Die Wut in mir hebt den Kopf. Ich will sie zurückdrängen, doch es fällt mir nicht leicht. Linda hat den Finger in eine Wunde gelegt, die schon viel zu lange schwärt, um einfach ignoriert zu werden. »Eine Sache wollte ich nie sein, und das ist wie mein Vater. Jeden Tag in meiner Jugend habe ich mir geschworen, anders zu sein, wenn ich einmal selbst Kinder haben würde. Hinzusehen. Sie wahrzunehmen. Für sie da zu sein und sie in dem, was sie sein wollen, unterstützen, gleichgültig, ob das mit meinen Plänen für sie übereinstimmt. Was meinst du, warum ich mit der Freiheitsdressur angefangen habe? Kannst du dir vorstellen, was Papá gesagt hat, als ich das erste Mal auf *serreta* und Kandare verzichtet habe?«

»Ich habe keine Ahnung, was eine *serreta* ist, aber ich schätze, nichts Gutes?«

»Ein Naseneisen mit kleinen, ins Metall geschliffenen Zähnchen an der Innenseite, damit der Zaum nicht verrutscht. In unerfahrenen Händen können die Dinger einem Pferd das Nasenbein brechen.«

»Dann ist es wohl gut, dass du ohne sie reitest.«

Ich schnaube. »Ja. Die Pferde packe ich in Watte und schütze sie. Meinen Sohn lass ich vor die Hunde gehen. Großartige Leistung, wirklich.«

Ein paar Atemzüge lang gibt sie meinen Worten Zeit zu verhallen. Erst dann, als die Luft wieder ruhig ist und rein, wie eine unberührte Leinwand, spricht sie wieder. Jedes Wort eine astreine Linie, damit das Bild nicht abstrakt ist, sondern klar und deutlich.

»Jannis' Tod ist nicht deine Schuld.«

»Sicher.« Wieder entfährt mir ein Schnauben. Wenn sie noch ein tröstendes Wort sagt, raste ich aus. Sie muss meine Rolle in dieser ganzen Tragödie nicht schönmalen. Ich weiß, was ich getan oder, besser gesagt, nicht getan habe, und wenn ich eines nicht will, dann ist es, mich selbst zu belügen.

Doch in ihrer Stimme schwingt weder Mitleid noch Trost, als sie weiterspricht. »Du brauchst gar nicht so sarkastisch zu klingen. Jannis' Tod ist nicht deine Schuld. Ebenso wenig, wie es meine Schuld ist oder die von Martina Römer. Der Einzige, der für Jannis' Tod verantwortlich ist, ist er selbst. *Er* hat sich von dieser Brücke gestürzt. Niemand hat ihn geschubst, niemand hat ihn dazu gedrängt. Es war seine Entscheidung.« Sie schöpft Atem, und das Flattern des Luftzugs über ihren Lippen verrät mehr als alles andere, wie schwer auch für sie dieses Eingeständnis ist. Kurz schließt sie die Augen. Als sie danach fortfährt, scheint sie sich gefasst zu haben. Sie klingt, als zitierte sie aus einem Lehrbuch. »Depressionen sind eine Krankheit. Patienten zeigen Veränderungen in der Hirnchemie. Das kann temporär sein oder chronisch. Als Angehörige oder Ärzte können wir helfen. Wir können Verständnis haben, Medikamente verschreiben oder Weichen stellen. Aber die Arbeit, der echte Kampf, liegt bei dem Patienten. Jannis hat länger und härter gekämpft als irgendjemand sonst, den ich kenne.« Sie schluckt, befeuchtet sich die Lippen. »Aber irgendwann war er des Kampfes müde, Damián. Wir müssen seine Entscheidung akzeptieren. Was geschehen ist, ist fürchterlich und traurig und ungerecht. Aber es ist niemandes Schuld.«

»Und weil das für dich alles so klar ist und du dir selber glaubst, hast du deinen Job gekündigt und bist nach Spanien gekommen.«

»Das ist nicht fair.«

»Mag sein. Das macht es aber noch lange nicht falsch.« Ich hole Luft, suche ihren Blick, Herausforderung tönt in meiner Stimme. »Sag mir, dass es nicht stimmt. Sag mir, dass du mir nicht nachgereist bist, weil dich deine Schuldgefühle halb wahnsinnig gemacht haben.«

Damit habe ich sie. Doch der Triumph, recht zu haben, bleibt aus. Sie senkt den Blick, die Finger in ihrem Schoß ringen miteinander, als würden sie einen Kampf austragen.

»Ich bin auch nur ein Mensch, Damián.« Sie schluckt. In ihren Augenwinkeln glitzern Tränen. »Du bist nicht der Einzige mit Geschichte. Ich bin nicht nur Ärztin. Ich habe auch eine Vergangenheit. Und manchmal ist es verdammt schwer, die private Linda daran zu erinnern, was die Profi-Linda weiß. Sorry, wenn ich nicht perfekt bin. Ich gebe mein Bestes, weißt du? Das darfst du mir glauben.«

Das tue ich. Ich glaube ihr. Und mehr. Ihre Worte treffen mich wie ein Huftritt. Ja, das sieht mir ähnlich. Wochenlang wälze ich mich von allen Seiten im Unglück, nehme an Aufmunterung und Hilfe von Linda an, was ich bekommen kann und frage nicht einmal danach, wie es ihr geht. Dabei hätte ich es besser wissen müssen. Ich hätte es aus ihren Tränen lesen müssen, aus ihren schlaflosen Nächten und all den Dingen, die sie nicht sagt. Stattdessen habe ich die Augen verschlossen und nur an mich gedacht. Schon seltsam, wie sie für mich nur losgelöst vom Rest der Welt existiert. Als hätte ihr Leben erst begonnen, als sie zum ersten Mal einen Fuß auf mein Land gesetzt hat. Dabei weiß ich, wie blödsinnig das ist. Niemand lebt nur im Jetzt.

Sie schlingt sich die Arme um die Mitte, umarmt sich selbst, und ich würde es so gerne für sie übernehmen. Sie halten und trösten. Was sie in Wahrheit von mir braucht, ist etwas anderes.

»Es tut mir leid.« Mein Nuscheln ist eine Beleidigung für die Ohren. »Willst du mir davon erzählen? Ich bin nicht gerade als guter Zuhörer bekannt. Aber mit Perfektionismus kenne ich mich aus.«

Sie stößt ein freudloses Lachen aus. »Ja, das dachte ich mir. In der Beziehung verstehen wir uns wunderbar.«

»Nicht nur in der Beziehung.« Ich zwinkere ihr zu. Vertrau mir, will ich ihr damit sagen.

Die erhoffte Reaktion bleibt aus. Linda geht nicht darauf ein. Stattdessen scheint sie mit sich zu ringen. Mehrmals zucken ihre Mundwinkel, als wäre sie im Begriff, etwas zu sagen, würde es sich dann aber doch anders überlegen. Die Frau Doctora hat mehr Übung im Zuhören als im Sprechen. Umso größer ist mein Respekt für sie, als sie sich einen Ruck gibt.

»Ich habe eine Schwester«, sagt sie leise, und es klingt, als sei es ein Geständnis. »Sie … sie heißt Wiebke, und sie ist fast acht Jahre jünger als ich.«

»Also bist du eine große Schwester.«

Sie nickt. »Ich … sie … Wiebke hat immer zu mir aufgesehen. Ich schätze, du weißt, wie das ist. Mit kleinen Geschwistern, meine ich.«

»Nur allzu gut.« Ich halte es nicht mehr aus und lege eine Hand auf ihre Schulter. Ihre Hände sind unter den Achseln vergraben, als würde sie frieren, dabei ist es alles andere als kalt in dem Geisterdorf. Es sind die Gespenster der Vergangenheit, die sie frösteln lassen, das erkenne sogar ich.

»Ich sollte auf sie aufpassen. Immer wollte sie da sein, wo ich auch war, und wenn man dreizehn ist, dann kann das ziemlich nervig sein.«

»Ist etwas passiert, während du auf sie achtgeben solltest?«

Wieder nickt Linda, kaum merklich diesmal. »Wir waren zusammen auf dem Spielplatz. So einer mit Klettergerüst, Rutsche und einem Spielhäuschen. In dem habe ich mich öfter mit meinen Freundinnen getroffen. Manchmal sind auch die Jungs aus der Parallelklasse dazugekommen und haben heimlich geraucht und so.«

»Und du warst in dem Häuschen, statt auf deine Schwester aufzupassen?«

Linda nickt erneut. »Ich saß mit Birgit und Christian und Andi in dem Spielhäuschen, und wir haben gequatscht. Wiebke war auf dem Klettergerüst. Und auf einmal … auf einmal war sie nicht mehr da.« Zitternd holt sie Atem. Ihr Blick ist in die Ferne gerichtet. »Sie lag auf dem Boden. Sie hatte einen roten Pulli an. Deshalb habe ich das Blut zuerst nicht gesehen. Aber dann, als ich es gesehen habe, konnte ich gar nichts mehr anderes sehen.« Sie schließt die Augen, legt den Kopf an meine Schulter. »Ich habe sie im Arm gehalten und immer wieder ihren Namen gerufen, aber sie hat nicht reagiert. Birgit und Andi sind losgelaufen und haben Hilfe geholt. Ich kann mich nicht mehr genau daran erinnern, was dann passiert ist. Wiebke ist gestürzt, während ich auf sie aufpassen sollte. Das ist das Einzige, was zählt. Alles andere liegt ziemlich im Nebel.«

Wie Jannis, denke ich. Auch er ist gestürzt, gefallen, während er als Patient in Lindas Obhut war. Kein Wunder, wie nah sein Schicksal ihr geht.

»Ist ... ist deine Schwester ...« Ich stolpere über die Frage, weil ich Angst vor der Antwort habe.

Doch Linda versteht mich auch so. Sie schüttelt den Kopf. »Wiebke ist nicht gestorben. Aber sie war schwer verletzt. Schädel-Hirn-Trauma. Sie hat lange im Koma gelegen. Seit dem Unfall ist sie schwerbehindert. Sie kann nicht gehen, nicht richtig sprechen. Ihr Entwicklungsstand ist der eines Kleinkindes.«

»Das ist ...« Mir fehlen die Worte.

»Ja.« Sie hebt den Kopf von meiner Schulter. »Es ist scheiße. Aber es ist, wie es ist. Sie lebt mittlerweile in einer guten Pflegeeinrichtung. Meine Mutter und ich besuchen sie fast jeden Tag. Dank meines Berufs kenne ich mich mit medizinischen Dingen ganz gut aus. Ich habe Medizin studiert, um ihr nach allem, was geschehen ist, die bestmögliche große Schwester sein zu können. Und ich kümmere mich um den ganzen bürokratischen Kram für meine Eltern, Krankenkasse und so was.« Ihr Schulterzucken straft den sachlichen Ton Lügen. Die Frau neben mir leidet. Und das wahrscheinlich schon viele, viele Jahre lang. Kein Wunder, dass sie nach Jannis' Tod ausbrechen musste. Auch der stärkste Mensch kommt an einen Punkt, an dem es zu viel wird.

»Wiebke würde es auf der Hacienda lieben. Pferde sind ihre Lieblingstiere. Sicher freut sie sich, wenn ich ihr Fotos zeige, sobald ich wieder zu Hause bin. Meine Mutter schreibt mir fast täglich, wie sehr Wiebke mich vermisst. Ich wünschte, ich könnte mit ihr herkommen, aber das geht nicht. Eine Reise mit Wiebke wäre viel zu teuer.«

Zum ersten Mal, seit sie in Spanien ist, zum ersten Mal, seit wir uns so viel nähergekommen sind, spricht Linda aus, was die ganze Zeit unausgesprochen zwischen uns stand. Das mit ihr und mir ist nur ein Zwischenspiel. Eine Tragödie hat uns zusammengeführt. Für eine kleine Weile können wir einander festhalten, uns stützen und in unserer Trauer trösten. Doch irgendwann wird sie nach Deutschland zurückkehren. Dort ist ihr Zuhause, und ich habe meines hier, auf der Hacienda, bei meinen Pferden.

Kapitel 12

Linda

»Und was ist, wenn uns jemand sieht? Das Auto steht doch direkt dort drüben. Lass mich wenigstens ...«

»Uns sieht niemand. Und wenn. Ich hab nichts zu verstecken. Und du schon gar nicht. Komm schon, ich dachte, du seist mutig.« Hemmungen sind Damián fremd. Ohne sich umzuschauen, streift er sich das T-Shirt über den Kopf, dann löst er den Gürtel, öffnet die Knöpfe der Jeans und schiebt sich die Hose zusammen mit den Boxerbriefs von den Beinen.

Ich kann nur starren. Nicht, weil er sich mir so ungeniert zeigt. Damián ganz ungeschminkt. Ohne Bühne, ohne Plan. Noch vor ein paar Tagen hätte ich nicht zu hoffen gewagt, dass er sich mir gegenüber derart öffnet. Die wunderbarsten Dinge passieren immer dann, wenn man sie am wenigsten erwartet.

Damián im schummrigen Licht eines Schlafzimmers war schon großartig. Damián in Szene gesetzt von einer hell strahlenden Sonne ist unbeschreiblich. Die Beine hüftbreit gespreizt, die Schultern gerade, steht er da. Sein ganzer Körper gleicht einer Aufforderung. Kräftig und männlich und geradezu obszön lebendig. Nicht einmal zu blinzeln wage ich, aus Angst, das Bild vor meinen Augen könnte sich in Luft auflösen.

Er streckt mir die Hand entgegen, legt den Kopf ein wenig schräg. »Was ist jetzt?«, fragt er. »Du glaubst doch nicht, ich locke dich in eine Falle?«

Nein, das glaube ich nicht. Manchmal mag Damián verschlossen sein, unnahbar und aufbrausend. Hinterhältig ist er nicht. Was immer er tut, er ist ehrlich dabei. In seiner Trauer, in seiner Wut, in seinem verzweifelten Drang nach Perfektionismus ebenso wie jetzt, in seinem Glück.

Lachend schüttle ich den Kopf, ein bisschen schwindelig von seinem Übermut. »Wir haben keine Handtücher dabei.«

»Die Sonne wird uns trocknen.«

»Und wenn du dir bestimmte Stellen verbrennst, weil du dich nicht überall eingecremt hast?« Vielsagend lasse ich den Blick über seinen Körper wandern, hin zu der Stelle, die normalerweise wenig Sonne abbekommt.

»Dann musst du eben drauf achtgeben, dass ich dieses Körperteil irgendwo verstecke, wo ihm nichts passieren kann. Ich hätte da auch schon eine Idee.«

»Oh, du!« Spielerisch schlage ich nach ihm.

»Was denn? Das Meer meine ich! Unter Wasser kriegt man keinen Sonnenbrand. Los jetzt! Du willst doch nicht riskieren, dass ich deinetwegen außer Gefecht gesetzt werde.«

»Natürlich nicht. Das wäre wirklich eine Schande.« Lachend und herumalbernd ist es ganz leicht zu vergessen, dass wir uns mitten auf einem öffentlichen Strand befinden. Ich werfe meine Vorbehalte über Bord und meine Klamotten in den Sand.

Wind küsst meine nackten Brüste, als Damián und ich Hand in Hand aufs Meer zuschlendern. Heute wühlen keine Wellen den Atlantik auf. Wie eine silbern durchwirkte Decke perfekten Blaus empfängt uns das Wasser. Kalt und salzig nimmt es mich auf, umfließt meine Kurven, leckt zwischen meine Schenkel. Ich schnappe nach Luft. Niemals hätte ich geglaubt, wie viel das kleine bisschen Stoff eines Bikinis ausmacht. Ohne ist es ganz anders zu schwimmen. Alles fühlt sich unmittelbarer an, intensiver. Den letzten Rest von Niedergeschlagenheit nach unserem Gespräch im Geisterdorf spült das Meer von mir ab. Übrig bleibe nur ich. Linda ohne Angst. Linda ohne Pflichten oder schlechtes Gewissen.

Damián durchpflügt das Wasser in kräftigen Zügen. Er taucht auf und unter. Immer wieder. Fast sieht er aus wie ein mythisches Wesen, das nasse Haar glänzend und onyxschwarz wie Rabenfedern. Ich schwimme nicht so schnell wie er. Aber das macht nichts. Als er ein ganzes Stück weit draußen ist, dreht er sich auf den Rücken und lässt sich treiben.

Ich hole ihn ein, spritze ihm Wasser ins Gesicht. Hier trennt uns nur noch der Himmel von der Unendlichkeit. Ich bin glücklich.

»He!!« Prustend dreht er sich zu mir. »Ich hätte mich beinah verschluckt!«

»Ich glaub dir kein Wort. Wie machst du das nur? Das ist nicht fair. Egal, ob du auf einem Pferd sitzt, schwimmst oder einfach nur über den Sandplatz gehst, du siehst immer aus, als wärst du genau dafür geboren.« Ich für meinen Teil habe schon Mühe, mich gleichzeitig über Wasser zu halten und zu sprechen. Immer wieder schwappt mir eine kleine Welle ins Gesicht, bringt mich zum Prusten.

»Halt dich an mir fest.« Er schwimmt zu mir, ich lege ihm die Hände auf die Schultern, lasse mich halb auf seinen Rücken gleiten. Im Wasser ist alles ganz leicht und schwerelos. Ich schwebe auf seinem Körper, während seine Muskeln arbeiten, als er mich zurück in Richtung Strand trägt.

»Hmm … So macht Schwimmen noch mehr Spaß.« Ich schließe die Augen. Genieße.

»Jetzt weißt du, wie es geht.«

»Was geht?«

»Bei der Sache zu sein. In dem Moment aufgehen.«

Ach, meine Frage vorhin. »So? Und wie? Jemand anderen finden, der für dich die schwere Arbeit macht?« Neckend beiße ich ihm ins Ohrläppchen. Er schmeckt nach Salz und Sonne.

»Das geht natürlich auch. Aber das meine ich nicht.«

»Was dann? Komm schon, lieber, großer Meister, verrat mir dein Geheimnis.« Ich schnurre ihm ins Ohr, schmiege meine Brüste, meinen Bauch an seinen Rücken. Ich komme mir vor wie eine der fünfzig Nereiden, eine Nymphe des Meeres, doch statt auf dem Rücken eines Delfins reite ich auf meinem ganz persönlichen Meeresgott.

»Du musst die Welt aussperren. Kümmre dich nicht um den nächsten oder den vorherigen Schritt. Tu, was du tun musst, und tu es bewusst. Nur wenn du selbst weißt, was du willst, können dir andere folgen.« Er spricht im Rhythmus seiner Schwimmbewegungen, die Sätze ein wenig abgehakt, einzeln betont, als wäre jeder eine wichtige Botschaft.

»Hast du das von deinen Pferden gelernt?«

Wir haben den Strand fast erreicht. Er nickt. »Pferde spielen keine Spiele. Sie sind ein wunderbarer Spiegel. Nur wenn du an dich selbst glaubst und klar und deutlich mit ihnen kommunizierst, nehmen sie dich als Leitfigur an. Ich wünschte nur …« Er stockt. Seine Füße erreichen den sandigen Grund. Er richtet sich auf.

Ich gleite von seinem Rücken, nehme die Arme aber nicht von seinen Schultern. Er greift nach hinten um meine Taille und zieht mich nach vorne. Eng umschlungen stehen wir im hüfthohen Wasser.

»Ich wünschte nur, mit Menschen wäre es genauso einfach. Zu wissen, was das Richtige ist, meine ich.«

Ich küsse ihn. »Ich weiß.« Noch ein Kuss, diesmal auf seine Nasenspitze. »Ich schätze nur, bis wir so weit sind, müssen wir beide noch etwas üben.«

Mehr spüre ich sein Lachen an meinen Lippen, als dass ich es höre. »Da hast du wohl recht.«

Aber später dann, als wir im heißen Sand sitzen, die Sonne unsere Haut trocknet und eine Urlauberin an uns vorbeigeht, um sich ein paar Meter weiter niederzulassen und auf ihrem E-Reader zu lesen, denke ich mir, dass der Weg vielleicht gar nicht so weit ist. Denn es stört mich nicht im Geringsten, dass ihr Blick ein paarmal zu uns wandert, ein bisschen verwirrt über das hüllenlose Paar an einem öffentlichen Strand. Mit Damián hier zu sein, die Sonne zu genießen, frei zu sein, nackt und ganz wir, ist jetzt und hier genau das Richtige. Da ist keine Scham. Kein Zweifel. Es ist der perfekte Moment, weil er nur uns gehört, ganz egal, was jemand anders denken mag.

Damián

Zum Abendessen führe ich Linda in den *Club Poseidon*. Etwas angeberisch klingt der Name für das winzige Lokal zwischen Lagune und Geisterdorf schon. Aber ich kenne Manolo, den Wirt, und ich weiß, dass er den besten Fisch der Gegend zubereitet.

Dicker Qualm schwappt uns beim Betreten der Bodega entgegen. Das Rauchen in Bars und Restaurants ist in meiner Heimat seit Jahren verboten. Bei Manolo kümmert sich niemand darum. Wo kein Kläger, da kein Richter, und trotz des blauen Dunstes ist der Gastraum mit der endlos langen Theke rappelvoll. Auf einem Regal hinter dem Tresen stehen Unmengen von Flaschen. Sherry in jeder nur denkbaren Preisklasse, Liköre, Schnäpse, Weine. Auf den wenigen Tischen stehen Platten mit Fisch. Gegrillte Dorade, Seezunge, Goldbarsch. Manolo bietet an, was er und ein paar seiner Freunde aus dem Meer ziehen. Manchmal ist sogar ein Thunfisch dabei.

Ein paar Köpfe drehen sich zu uns um. Ich hebe die Hand zum Gruß, murmle ein *Hola!*.

»Damián!« Fast im selben Moment erkennt mich Manolo. »Was treibt dich in meine bescheidene Hütte?«

»Na, ganz sicher nicht die gute Luft.« Ich grinse schief. Manolos Tochter Belén hat bei mir reiten gelernt. Dafür hat Manolo mir die Geheimnisse von Sancti Petri gezeigt.

Der Wirt kommt hinter dem Tresen hervor und eilt auf uns zu. Sein weißer Schnurrbart ist seitlich gezwirbelt, die Augen blitzen fröhlich, die Schürze, die er sich um den runden Bauch gebunden hat, ist nicht die sauberste, aber sie passt zu diesem Ort, zu diesem Mann. Manolo ist der Vater, den ich nie hatte. Gutmütig und lebensklug auf eine Weise, wie man es nicht aus Schulbüchern lernen kann.

»Seit wann bist du wieder im Lande?« Er sieht von mir zu Linda. »Und wer ist die hübsche Dame?«

»Linda Grünfelder.« Ohne auf eine Vorstellung meinerseits zu warten, streckt Linda Manolo die Hand hin. »Es riecht herrlich hier. Ich habe einen Bärenhunger.«

»Siehst du?« Manolo zwinkert Damián zu. »Von wegen schlechte Luft. Das sind nur die Röstaromen von dem hervorragenden Essen, das ich serviere.«

»Ganz sicher.« Ich lache.

»Aber ehe du weiter darüber meckerst, wie ich mein Lokal führe, kommt mit auf die Terrasse. Ist sowieso geschlossene Gesellschaft heute, und draußen finden wir sicher noch ein lauschiges Plätzchen für euch. Essen und Trinken geht auf mich. Es gibt etwas zu feiern.«

Mit großem Hallo wird Manolo auf der Terrasse empfangen. Gläser werden in die Höhe gereckt, klirren aneinander. Alle packen mit an, als wir Tische verrücken und Stühle verschieben, bis auch Linda und ich einen Platz haben. Wilder Wein rankt an der Mauer empor, die die Terrasse umschließt.

Halb versteckt unter einem Steinbogen stehen metallene Bierfässer, leere Wein- und Sherryflaschen sowie Kisten mit dem Aufdruck eines Gemüsegärtners, von dem Manolo seine frische Ware bezieht. In kleinen Windlichtern flackern Kerzen auf den Tischen und sorgen für eine romantische Stimmung. Rosafarbene Luftballons, auf denen *It's a Girl* steht, schweben rechts und links der Terrassentür, und an der rückwärtigen Wand hängt ein selbst gemaltes Transparent mit der Aufschrift: *Por los orgullosos abuelos de Lola. Felicitaciones por su recién nacida.*

Einen Moment lang kann ich nicht glauben, was ich da lese. Ich reiße die Augen auf, starre Manolo an. »Ist das wahr? Belén hat eine Tochter bekommen? Ihr seid Großeltern geworden?« Ohne auf eine Antwort zu warten, schließe ich Manolo in die Arme, dresche ihm auf die Schultern. »Herzlichen Glückwunsch, alter Freund. Ich freue mich so sehr für euch und Belén! Welch ein Segen.«

Lachend entzieht er sich meiner Umarmung. Mit dem Handrücken wischt sich mein Freund über die Augen. Manolo ist ein Mann, der sich seiner Tränen nicht schämt. »Ach, hör schon auf, du bringst mich noch zum Heulen. Setzt euch, ich bringe euch erst einmal was zum Anstoßen. Sherry? Pur oder lieber mit Limonade – einen *rebujito*?«

Ich werfe Linda einen fragenden Blick zu.

»Ich habe keine Ahnung, was ein *rebujito* ist«, gibt sie lachend zu.

»Oh, das müssen wir ändern, hübsche Señorita.« Zwinkernd macht Manolo eine große Geste. »*Uno momento, per favor*. Ich bin gleich wieder bei euch. Alma? Für dich auch noch einen?«, ruft er einer Frau am Nebentisch zu.

»Aber natürlich! Wenn du so fragst, immer.«

Einen kurzen Augenblick lang sehen Linda und ich dem Wirt nach, wie er wieder im Inneren des Lokals verschwindet. Das Grinsen ist mir wie ins Gesicht gemeißelt, so sehr freue ich mich für meinen alten Freund.

Wir nehmen Platz. Alma schielt zu uns herüber. Ganz offensichtlich hat sie schon mehr als einen *rebujito* getrunken.

»Es ist wohl das erste Enkelkind?« Wie immer kombiniert Linda schnell.

Ich nicke. »Seine Tochter, Belén, und ihr Mann haben sich seit Jahren Kinder gewünscht. Es war …«, ich reibe mir mit der Hand über den Nacken, »sagen wir mal so, es war für alle sehr belastend. Belén hatte mehrere Fehlgeburten. Die ganze Familie hat mit ihr gelitten.«

Linda nickt. »Das kann ich mir vorstellen. Dann ist die Kleine also ein echtes Wunschkind.«

Ich komme nicht mehr dazu, etwas zu sagen, Manolo ist schon zurück. Auf den Händen balanciert er ein Tablett voller Gläser, gefüllt mit einem warmgelben Getränk. Linda und mir reicht er je eines, die anderen verteilt er an die übrigen Gäste. Zuletzt bedient er sich selbst und kommt zurück an unseren Tisch.

»Das ist also der *rebujito*, Señorita Linda«, sagt Manolo. »Der Sherry kommt aus amerikanischen Eichenfässern, extra für euch. Bin gespannt, wie er euch schmeckt. Zum Essen Dorade vom Grill?«

»Was immer du hast.« Ich hebe das Glas, Linda tut es mir nach. Gleichzeitig rufen wir: *»Salud!«*

Manolo lässt es sich nicht nehmen, mit uns gemeinsam zu trinken. In wenigen Zügen leert er sein Glas.

Der *rebujito* ist herrlich kühl und erfrischend. Das leichte Mandelaroma kommt durch die Süße der Limonade hervorragend zur Geltung. Zu gleichen Teilen herb-würzig und lieblich, entfaltet sich das Aroma in meinem Mund, und nach einem ganzen Tag in der Sonne steigt mir bereits der erste Schluck zu Kopf.

»Also, lass hören«, fordere ich den Wirt auf und setze das Glas ab. »Die kleine Lola. Ist sie das schönste Mädchen, das es auf dieser Welt gibt?«

»Na, darauf kannst du Gift nehmen. Bei diesem Großvater.« Er klopft sich auf die Brust und zaubert aus der Gesäßtasche der Jeans ein Smartphone hervor. Ein paarmal wischt er über den Bildschirm, dann reicht er mir das Gerät. »Eine echte Schönheit, oder?«

Das Display zeigt einen zerknautschten Monchichi. Zumindest sieht es auf den ersten Blick so aus. Ein dichter Schopf schwarzer Haare umrahmt das runde Gesicht des Neugeborenen. Die Augen hat die Kleine fest geschlossen, das Näschen gekräuselt.

»Na, was sagst du? Ist sie nicht hübsch? Belén sah ganz genau so aus, als sie ein Baby war.«

»Ja, ähm.« Ich fahre mir mit der Zunge über die Lippen. »Also, sie ist, ähm ... haarig.«

»Was redest du da!« Manolos Faust trifft mich auf der Schulter. Nicht schmerzhaft, aber fest genug, dass ich es ordentlich spüre. »Keine Ahnung von Kindern. Warte nur, bis es bei dir so weit ist, dann können wir noch mal reden!« Er lacht. »Jedenfalls freue ich mich sehr, dass ihr hier seid. Und jetzt *salud*!«

Alle Gäste erheben die Gläser und trinken auf das Wohl der frischgebackenen Großeltern, auf die Gesundheit der Mutter und das Leben des Kindes.

Zur Dorade serviert Manolo scharfe, mit Mandeln gefüllte Oliven und eine Salsa aus Petersilie, Koriander, Knoblauch und Chili. Als Beilage gibt es *mollete,* runde Fladen mit weicher Krume, die die Hebräer auf die Iberische Halbinsel gebracht haben. Es gleicht dem Gebäck, das früher bei Gottesdiensten gereicht wurde, um das Abendmahl zu feiern. Ich bin sicher, María, Manolos Frau, hat die Fladen zur Feier des Tages selbst gebacken. Wie die Oliven, wie der Fisch und die Mandeln sind sie ein Symbol für die Dankbarkeit und Freude, die heute in diesem Haus herrschen.

Beim Kauen schließt Linda genießerisch die Augen. Jeden Bissen des köstlichen Fischs spült sie mit *rebujito* hinunter. Aus einem Glas werden zwei, dann drei. Wir lassen es uns gut gehen, trinken, essen und sehen einander in die Augen. Immer wieder.

»Mhhh«, macht sie. »Das ist wahnsinnig gut. Ich werde Manolo fragen, ob er mir das Rezept verrät.«

Die ältere Frau namens Alma am Tisch neben uns hat gehört, was Linda gesagt hat. Sie hebt den Kopf, fuchtelt mit der Gabel in Lindas Richtung. Ihre Stimme gehört bei jedem Trinkspruch und Segenswunsch zu den lautesten, und auch jetzt hält sie sich nicht zurück. »Eins sag ich Ihnen, Liebes, solche Rezepte wie die von der María, die schreibt man nicht für einen Gast auf. Die bleiben in der Familie und werden von Generation zu Generation weitergegeben. Und jetzt können wir alle froh sein, dass mit der kleinen Lola Marías alte Rezepte noch eine Generation weiterleben werden.«

»Salud!« Zwinkernd proste ich Linda zu. »Wird wohl nichts mit dir und der Dorade. Aber vielleicht hast du bei Montserrat Glück.« Ich hebe eine Augenbraue. »Die hat einen Narren an dir gefressen.«

»Und was ist mit euch beiden?« So schnell lässt sich Alma nicht abwimmeln. »Wann kommt bei euch der erste Nachwuchs? Bei all den glühenden Blicken, die ihr euch zuwerft, kann es ja nicht mehr lange dauern.«

Linda spuckt beinah in ihr Glas. Ihr fragender Blick trifft mich.

Ich zucke mit den Schultern. »So sind die Alten eben hier, nehmen kein Blatt vor den Mund. Halt dich meinetwegen nicht zurück.«

»Na gut«, flüstert sie, tupft sich den Mund mit der Serviette ab und lehnt sich zu mir. »Dann pass mal auf.« Lauter und an unsere Tischnachbarin gerichtet sagt sie: »Ich bin Ärztin, und ich versichere Ihnen, von glutvollen Blicken wird ganz bestimmt niemand schwanger …«

»Natürlich weiß ich das!«, unterbricht die Ältere sie. Aber am Glitzern ihrer Augen erkenne ich, dass sie Linda ihre Belehrung nicht übel nimmt. »Was ich gerade gesagt habe, war nicht böse gemeint.« Sie schnappt sich einen Zahnstocher und beginnt darauf herumzukauen. »Kinder sind ein Geschenk, sag ich Ihnen. Ohne Kinder würde die Welt aufhören, sich zu drehen. Manchmal sieht man es nicht sofort, was sie einem schenken. Aber alle kommen zu uns, um uns etwas zu lehren.« Sie redet mit Händen und Füßen und so viel Inbrunst, als wäre sie ein Prediger, dem nur die Kanzel fehlt. Alma ist laut und präsent. Ihre Persönlichkeit nimmt noch mehr Platz ein als ihr voller Hintern auf dem Stuhl.

»Ihre Geschwisterchen im Himmel werden immer auf Lola aufpassen und Freude in ihr Leben bringen. Das ist auch ein Geschenk. In jedem Dunkel gibt es ein Licht. *Salud*!« Sie hebt ihr Glas, Linda und ich tun es ihr gleich.

Almas Worte bleiben mir im Kopf, auch als das Essen weitergeht, diese Feier, dieser Abend, mit dem ich so nicht gerechnet habe und der der perfekte Ausklang für einen wundervollen Tag ist.

Meine Gedanken sind träge vom Alkohol. Mein Leib ist satt und meine Seele voll von Liebe. Für das Leben, für die kleine Lola, für die Freude, die das kleine Mädchen in das Leben meines alten Freundes bringt. Aber auch für die Frau mir gegenüber. Für ihr wissendes Lächeln, ihren linkischen Humor und das Staunen in ihren Augen über die gewöhnlichsten Dinge.

Nach dem Essen gibt Manolo eine Runde *Veterano* aus.

Dreißigprozentiger Brandy, mahagonibraun, flüssiges Feuer mit der Kraft des andalusischen Stiers. Ich lasse den Drink auf meiner Zunge kreisen, ehe ich schlucke. Selbst der geselligste Abend neigt sich einmal dem Ende zu.

»Ich glaube, du kannst nicht mehr fahren.« Lindas deutscher Akzent ist stärker geworden. Sie lallt ein bisschen, und von mir aus könnte sie einfach immer weitersprechen. Mit ihrer Sprache ist es wie mit der ganzen Frau. All die harten und zischenden chs und ks und rs und schs geben nur den Rahmen für die Schönheit der verborgenen Melodie

»Das glaube ich auch.« Sie stützt mich beim Gehen, ich stütze sie.

»Und was machen wir jetzt?«

»Am Strand schlafen.«

»Brrrr.« Sie schüttelt den Kopf. »Zu kalt.«

»Dann eben im Auto.«

»Okay.«

Und so liegen wir wenig später auf den nach hinten geklappten Vordersitzen des Cupra. Die offenen Fenster laden die Nacht in den Wagen ein. Das gleichmäßige Rauschen des Meeres lullt uns in den Schlaf. Linda schläft als Erste ein. Ihr leises Schnarchen ist wie ein Echo der Brandung. Ihr Haar so weich wie Seide, ihr Gesicht so hell und klar wie das Licht des Mondes, und plötzlich wird mir klar, warum mich Almas Worte so berührt haben. Linda ist der Mond in meiner Nacht. Sie ist der Engel, den Jannis mir geschickt hat, um mich durch die Trauer zu führen. Alles hängt irgendwie zusammen. Ohne sein Schicksal wäre ich Linda niemals begegnet. Jedes Kind ist ein Geschenk. Auch die, die wir niemals kennenlernen, gehören zu uns.

Im Morgengrauen wecke ich Linda. Noch schläft die Welt. Nur die Flamingos in der Lagune sind schon wach und suchen im flachen Wasser nach Krebsen.

»Was ist?« Sie reibt sich die Augen, streckt und räkelt sich. Die Nacht war kurz und unbequem. Trotzdem lächelt sie.

»Ich will etwas tun«, flüstere ich. »Mit dir gemeinsam. Ich habe heute Nacht davon geträumt.« Niemand ist hier, um uns zu belauschen, aber was ich vorhabe, verträgt keine laute Stimme.

»Hier?« Sie sieht sich um. »Gibt es irgendwo Kaffee? Ich weiß nicht …«

»Nicht hier.« Mit einem zarten Kuss auf ihre Lippen unterbreche ich sie. Ich starte den Motor. »Zu Hause. Und einen Kaffee bekommst du vorher auch.«

»Wenn das so ist.« Bis auf einen schmalen Spalt lässt sie das Beifahrerfenster nach oben fahren. »Dann lass uns nicht länger warten.«

Linda

Ich sitze auf einem Pferd! In den letzten achtundvierzig Stunden habe ich einige verrückte Dinge getan. Ich habe ein unschuldiges Tier vor dem Schlachter gerettet, ich bin nackt im Atlantik geschwommen, habe die Schönheit in Verfall und Schutt gefunden, wild in einem schicken SUV gecampt und die Geburt eines Kindes gefeiert, das ich nicht einmal kenne. Doch von all diesen Dingen erscheint mir das jetzt am verrücktesten.

Ich sitze wirklich auf einem Pferd! Wie ich dorthin gekommen bin, ist mir immer noch nicht so ganz klar. Es muss etwas mit Damiáns Lächeln zu tun haben, das mehr ein Schmunzeln, eine Herausforderung im Gewand eines Lächelns war. Vielleicht hat es auch mit Chapolas treuem Blick zu tun. Die großen Augen von Nurias Therapiestute haben mich so geduldig angesehen, dass ich gar nicht anders konnte, als ihr zu vertrauen. Denn eigentlich habe ich Angst vor Pferden, aber die Art, wie Chapola mich mit ihrer samtigen Nase auffordernd beschnüffelt hat, hat mir Mut gemacht. Du bist nicht allein, hat ihr ruhiges Schnauben mir zugeflüstert. Ich passe auf dich auf. Und Damián passt auf dich auf. Meinst du wirklich, er würde dich auf einen Pferderücken setzen, wenn er nicht der Meinung wäre, das sei absolut sicher? Für dich und das Pferd?

Nein. Ich musste Chapola recht geben. So etwas würde Damián niemals tun. Also bin ich auf den Baumstumpf gestiegen, den Damián mir vom Rücken seines schwarzen Hengstes aus gezeigt hat, habe mein rechtes Bein gehoben und mich alles andere als elegant in den Sattel geschwungen.

Um Zügel muss ich mich nicht kümmern. Damián führt Chapola an einem Strick neben sich her. Er reitet ohne Sattel, die Zügel seines Pferdes hält er lässig in einer Hand. Da ist keine Spannung auf den Lederriemen, es wirkt, als erfüllten sie einzig einen symbolischen Zweck. Schau her, mein Lieber, sagen sie zu Ébano. Ich bin da. Ich halte dich. Ich habe alles im Griff.

Wenn ich Damián und Ébano betrachte, scheinen Tier und Reiter in ihren Bewegungen miteinander zu verschmelzen.

Von Verschmelzung sind Chapola und ich meilenweit entfernt. Trotz Sattel spüre ich jeden ihrer Schritte. Jedes Mal wenn sie mit einem Ohr wackelt oder den Kopf in Richtung eines Geräuschs dreht, erschrecke ich mich. Noch keinen halben Kilometer von der Hacienda entfernt, tut mir bereits der Hintern weh, weil ich so verkrampft bin. Meine Fingerknöchel treten weiß hervor, so fest klammere ich mich an den Halteriemen am Sattel. Immer wieder stoße ich sie mir an den Riemen der Steigbügel, die Damián vor dem Sattel über Chapolas Hals gekreuzt hat.

»Anfänger bekommen keine Steigbügel«, hat er gesagt. »Das übt das Gleichgewicht.« Dass ich nicht lache.

»Gleichmäßig atmen. Chapola spürt deine Anspannung.« Noch einer dieser hilfreichen Tipps. Ich würde ja atmen, wenn ich könnte.

»Tu … tu ich doch.« Irgendwie presse ich den Protest an dem Knoten in meiner Kehle vorbei.

»Klar.« Damián glaubt mir kein Wort. »Atme mit mir gemeinsam. Spüre Chapolas Bewegungen. Wir geben dir den Takt vor, es ist ganz einfach.«

»Einfach?« Meine Stimme quiekt. Ich mache den Fehler und sehe an meinem rechten Schenkel vorbei nach unten. Der Boden ist wahnsinnig weit entfernt. Wie hoch ist so ein Pferd? Dreißig Meter?

»Ein und aus. Ganz ruhig. Ist es die Höhe?«

»Die Höhe?« Ich nicke. »Und das … Ausgeliefertsein. Ich … ich komme nicht so gut damit klar. Mit Höhen, meine ich.«

»Ah«, macht Damián. Wenn ich nicht vollauf damit beschäftigt wäre, nicht in Ohnmacht zu fallen, würde ich ihm erklären, dass die Höhenangst mich seit dem Tag begleitet, als Wiebke vom Klettergerüst gestürzt ist. Dass mein Perfektionismus meine Art ist, den Gefahren der Welt zu begegnen. Farblich sortierte Wäschepäckchen, zwei Wochen im Voraus geplante Mahlzeiten, nach Größe geordnete Bleistifte in der Schreibtischschublade, gebügelte Küchenhandtücher, so sehen meine Bewältigungsstrategien für die Unvorhersehbarkeiten des Lebens aus.

»Dabei habe ich dich immer nur als mutig erlebt.«

»Was?« Mein Kopf ruckt zu Damián. Ich war so in Gedanken vertieft, dass ich mich verhört haben muss.

»Sicher. Du bist mutig. Vom ersten Moment an, als du hier aufgetaucht bist.«

»Hast du eine Ahnung, wie viel Schiss ich hatte, als du mich so angefahren hast? Ich war mir sicher, du würdest mir die Polizei auf den Hals hetzen.«

»Trotzdem bist du geblieben.«

Da hat er recht.

»Und du hast mit mir Flamenco getanzt.«

»Stimmt.« Bei der Erinnerung schleicht sich ein Lächeln auf mein Gesicht.

»Du bist mit mir nackt schwimmen gewesen. Und jetzt reitest du. Wir sind noch nicht einmal halb den Hügel hinauf, und schon hast du vergessen, dass du eben dachtest, du würdest sicher runterfallen und dir den Hals brechen.«

»Ich habe überhaupt nicht ver…« Der Protest bleibt mir im Hals stecken. Ich horche in mich herein und stelle fest, dass Damián recht hat. Die Panik hat die Klauen eingefahren. Ich kann wieder normal atmen, und wenn ich ehrlich bin, ist das sachte Schaukeln auf dem Pferderücken ziemlich angenehm. Zum ersten Mal, seit ich mich zu dieser Schnapsidee habe überreden lassen, wage ich, meine Umgebung zu betrachten.

Die Schönheit des frühen Tages umhüllt mich. Noch liegt Nebel in den Senken um die Hacienda. Nur vereinzelt ragen Baumkronen aus dem wattigen Weiß. Alle Farben sind gedämpft und leise, zwischen den alten Stämmen des Olivenhains wabern Dunstschwaden. Die Luft schmeckt nach jungem Wein und Abenteuer. Ein Land, das sich aus dem Schlaf reckt, die Bettdecke aus Nebel fest um die Schultern gehüllt, noch nicht bereit für das Licht des neuen Tages. Das Klackern der Hufe begleitet meine Gedanken. Ich atme tief ein. Und aus. Mehr muss ich nicht tun. Einatmen. Ausatmen. Nach und nach tritt eine tief empfundene Ruhe an die Stelle der Angst.

»Danke, dass du mir das alles zeigst.«

»Gern geschehen.«

Ich werfe Damián einen kurzen Blick zu. Je mehr ich von ihm erfahre, desto mehr verstehe ich, warum er immer so in sich ruhend wirkt, wenn er mit seinen Pferden arbeitet. Sich einem Partner anzuvertrauen und gleichzeitig sein Vertrauen anzunehmen, ist ein wunderbar befreiendes Gefühl. Schade nur, dass es so viel einfacher scheint, diese Art von Einvernehmen mit einem Tier zu finden als mit einem Menschen.

Leise, gerade laut genug, um ihn über die Hufschläge hinweg hören zu können, fügt Damián hinzu: »Ich hatte mir gewünscht, mit dir zu reiten.« So viel Wärme liegt in seinem Blick, dass mir die Brust ganz eng wird.

»Ich bin froh, dass du mich überredet hast. Ich wäre …« Ich stocke, suche nach dem richtigen Wort. »… ärmer, wenn ich das hier nicht erlebt hätte.«

Er lächelt. Ich lächle zurück, und die Stille, die folgt, sagt mehr, als Worte es je könnten.

Erst als wir fast auf der Kuppe angekommen sind, erkenne ich, wohin wir geritten sind. »Das ist der Feenhügel.«

»Ja.« Er grinst schief. »Ich sehe, der hiesige Aberglaube ist dir schon bekannt.«

»Allerdings. Wie geht es dem Baum?«

Damiáns Lachen klingt wie ein leises Grollen tief aus der Brust. »Tja, so ist das wohl mit dem Tausendjährigen. Er ist nicht totzukriegen. Ich bin also zuversichtlich, dass er mir die Düngeaktion verzeihen wird.«

»Montserrat hat mir erzählt, der Baum sei der erste, den deine Vorfahren auf diesem Land gepflanzt haben.«

»Das sagt zumindest die Legende. Hier sind wir.« Er zügelt Ébano. Brav tut es Chapola dem Hengst gleich und bleibt stehen.

»Bleib sitzen, bis ich bei dir bin«, sagt Damián. »Ich helfe dir beim Absteigen.«

Meine Beine fühlen sich ein bisschen wackelig an, als ich wieder festen Boden unter den Füßen habe. Ich stolpere auf Damián zu.

»He, he, aufpassen.« Er fängt mich auf. Erst da bemerke ich, dass er etwas in der Hand hält.

Stirnrunzelnd blicke ich auf den Gegenstand in seiner Hand. »Ein Blumentopf? Wo hast du den denn hergezaubert?«

»Aus Chapolas Satteltasche.«

»Hm.« Ich habe gar nicht mitbekommen, dass er den kleinen Terrakottatopf eingepackt hat. Aber gut, schließlich hatte ich beim Losreiten andere Probleme. »Und was hast du damit vor?«

»Ich …« Plötzlich wirkt er verlegen. »Lass uns einfach anfangen. Dann wirst du schon sehen.«

»Okay.« Neugierig jetzt, verschränke ich meine Finger mit seinen. Erst am Stamm des alten Ölbaums lässt er mich los.

»Ich weiß ehrlich gesagt gar nicht, wie man das richtig macht. Ich habe Montserrat gefragt, und die sagte, es sei ganz leicht.« Aus der Hosentasche angelt er ein kleines Taschenmesser.

Entschlossen beginnt Damián die Zweige zu inspizieren, dann sucht er sich einen Trieb aus und trennt ihn mit einem schrägen Schnitt vom Ast. Anschließend entfernt er die Blätter vom unteren Ende des Triebes.

»Kannst du den Topf mit Erde füllen? Auf der anderen Seite vom Stamm muss der Spaten sein.«

Ich finde ihn und starre das Ding zunächst ein wenig hilflos an, aber so schwer kann es nun auch nicht sein, damit die sonnengebackene Erde aufzubrechen. Selbst ist die Frau.

Mein erster Spatenstoß treibt das Blatt nur ein paar Millimeter weit in den Boden. »Uff«, ächze ich.

»Brauchst du Hilfe?« Damián sieht mich grinsend an.

Ich schüttle den Kopf. Diesmal gehe ich vorgewarnt an die Sache heran. Ich rüste mich für den Widerstand, spanne meine Muskeln an und siehe da, tatsächlich gräbt das Blatt sich weiter in den Boden. Ein paarmal muss ich noch stoßen, aber dann habe ich die Erde weit genug aufgebrochen, um in feuchtere Schichten vorzudringen. Mit den Händen schaufle ich etwas von dem roten Mutterboden in den Blumentopf.

»Reicht das?« Ich halte den Topf hoch, damit Damián hineinsehen kann.

»Ich denke ja.« Er gibt mir den Trieb. Ich stecke ihn mit dem Anschnitt voran in den Blumentopf und drücke um ihn herum die Erde fest.

»Wir müssen ihn angießen, sonst vertrocknet er.«

»Das muss warten, bis wir wieder unten sind.«

»Dann also zurück zur Hacienda?«

Er grinst. »Meinst du, du bist bereit für einen kleinen Galopp?«

Galopp? Ich schlucke, doch diesmal lasse ich mich nicht von der Angst unterkriegen und zwinge ein Grinsen auf meine Lippen. »Klar, warum nicht? Unter einer Bedingung.«

»Und die wäre?« Er legt den Kopf schräg und mustert mich. Seine Augen glänzen.

»Du sagst mir, was du mit dem Trieb vorhast. Habt ihr nicht schon genug Bäume?«

»Dieser Ableger ist nicht für hier gedacht.«

»Sondern?« Mein Herzschlag beschleunigt sich.

»Ich möchte, dass du das Bäumchen mitnimmst, wenn du abreist. Vielleicht kannst du es …« Er schluckt. Mittlerweile kenne ich Damián gut genug, um die Zeichen zu erkennen, wenn es ihm schwerfällt, etwas auszusprechen. Wie er dann an den Worten kaut und würgt. Geduldig warte ich ab.

»Ich würde mich freuen, wenn du es an sein Grab bringst.

Das Grab von Jannis. Ich bin gestern Abend darauf gekommen.« Einmal angefangen, spricht er immer schneller. Als würde er sich antreiben, die Worte ins Freie zu entlassen, solange er den Mut dazu hat. »Als Alma von Beléns Fehlgeburten gesprochen hat und davon, dass auch sie Bedeutung haben …«

»Oh, Damián.« Auch ich muss nun schlucken, weil ich einen dicken Kloß im Hals spüre.

»Jannis soll etwas von mir bei sich haben. Von seiner Familie in Andalusien. Ich wünschte, ich …« Er befeuchtet sich die Lippen mit der Zunge. »Ich wünschte, ich hätte ihn kennengelernt. Aber das Leben geht weiter. Ich hoffe, dass ich mir verzeihen kann. Irgendwann.«

Sehr vorsichtig, als würde ich einen Schatz aus handgeblasenem Glas in den Händen halten, streiche ich über den Topf mit dem Setzling. »Das werde ich sehr gerne für dich tun, Damián.« Ich lache ein wenig, hilflos. Lachen ist immer noch besser als weinen. »Ich habe keine Ahnung, ob ein Olivenbaum in Deutschland überhaupt überlebt. Ich werde mal im Internet …«

»Ja, das Internet, wo sonst findet sich eine Lösung für alles«, unterbricht er mich und lacht selbst. »Lass uns zurückreiten, ja? Das Bäumchen braucht Wasser.«

Ich nicke.

Wir reiten zurück. Angst vor der Höhe habe ich nicht mehr. Anders sieht es mit der Angst vorm Fallen aus. Wir haben es nicht ausgesprochen, wir beide nicht, aber da gibt es eine Sache, der ich nicht länger aus dem Weg gehen kann.

Für Damián und mich gibt es keine Zukunft. Meine Aufgabe hier ist erledigt. Damián hat begonnen, den Verlust von Jannis zu verarbeiten. Der kleine Ölzweig in dem Terrakottatopf und seine Bitte an mich, ihn an Jannis' Grab zu bringen, sind die Beweise. Irgendwann wird er sicherlich auch noch den Brief lesen. Stolz auf das, was er erreicht hat, auf das, was wir gemeinsam erreicht haben, glüht warm in meiner Brust.

Eines jedoch ist klar: In meiner Zukunft darf Damián keinen Platz haben. Wir müssen einen Schlussstrich ziehen, ehe es zu spät ist. Nuria hat mich gewarnt. Martina Römer hat mich gewarnt. Das zwischen Damián und mir ist nicht für die Ewigkeit gedacht.

Wenn ich an ihre Warnungen denke, dann falle ich. Ich stürze in ein schwarzes Loch, an dessen Grund sich endlose Schichtdienste, lieblose Treffen mit meinen Eltern und der Krieg mit tausend Formularen befinden. Ich will das nicht. Noch nicht. Jeden Augenblick, den Damián mich noch festhält, will ich genießen.

Wie nah das echte Leben ist, wird klar, als ein paar Stunden später mein Handy surrend den Eingang einer Textnachricht verkündet.

Eng aneinandergeschmiegt liegen Damián und ich in seinem Bett. Die Laken sind herrlich kühl, in der Dusche haben wir uns gemeinsam den Schweiß und die Aufregung der letzten Tage von der Haut gewaschen. Wir haben viel Schlaf nachzuholen. Die Nacht im Auto sitzt uns in den Knochen, und niemand kümmert sich darum, dass wir uns einen Tag im Bett gönnen. Wenn wir nicht schlafen, reden wir. Über wichtige Dinge und unwichtige. Über Pferde und Menschen, Wiebke und Ramón und Luis. Über die Herstellung von Olivenöl und das Medizinstudium in Deutschland. Über meine Arbeit und die Maschinerie, die hinter den großen Pferdeshows steckt. Vieles von dem, über das wir reden, werde ich nicht behalten. Wichtiger ist es auch, dass wir es überhaupt teilen. Zusammen. In einem Bett. Bruchstücke dieser Gespräche werde ich mit nach Hause nehmen, wenn es so weit ist. Erinnerungen, Gedanken. Den Klang von Damiáns Lachen und sein leises Schnauben, wenn er schläft.

Das Geräusch meines Handys weckt Damián. »Soll ich es dir geben?« Bevor ich antworten kann, streckt er die Hand nach dem Gerät aus.

»Ist bestimmt nichts Wichtiges«, sage ich, schaue aber trotzdem aufs Display. Eine Nachricht von Jenny. Ich lächle. »Das ist eine Freundin. Sicher will sie wissen, wie es mir geht. Wetten, dass es in Deutschland regnet?«

Ich lese, was Jenny geschrieben hat. Danach ist mir nicht mehr nach Lächeln zumute.

»Was ist los?«

»Sie hat mir einen Link geschickt. Es gibt eine freie Stelle in einer privaten Suchtklinik in München. Sie suchen eine Stationsärztin.«

»Ist das etwas, das du machen könntest?«

Ich nicke. »Ja, ich … Deshalb hat Jenny mir die Anzeige geschickt. Die Stelle hört sich an wie für mich gemacht. Und eine gute Freundin von ihr arbeitet dort als Krankenschwester. Sie könnte meine Bewerbungsunterlagen ganz oben auf den Stapel schmuggeln.«

»Das ist doch gut, oder?« Ein wenig Vorsicht höre ich in seiner Stimme. Mehr aber nicht. »Ich meine, du brauchst einen Job, wenn du zurückkommst. Vorhin hast du noch erzählt, wie schwer es sein kann, was zu finden.«

»Ja.« Ich schlucke. »Es ist total lieb von Jenny, dass sie an mich gedacht hat.«

»Dann solltest du dich bewerben, bevor andere dir zuvorkommen.«

»Ja, das sollte ich wohl.«

Damián schlägt die Decke zurück. Ich seufze. Wie es aussieht, ist unser Kuscheltag vorbei.

Kapitel 13

Linda

Immer wieder fahre ich mit dem Kugelschreiber die Worte nach, ordentlich oben auf die Seite gesetzt und unterstrichen, getrennt durch einen senkrechten Strich.

Pro und *Contra.*

Die Stelle *ist* perfekt. Nicht nur habe ich alle nötigen Qualifikationen, es ist auch nur eine Dreiviertelstelle. Seit Jahren trage ich mich mit dem Gedanken, die Arbeitszeit zu reduzieren. Überstunden sind sicher die Norm, doch wenn sie von vornherein auf weniger Stunden ausgelegt ist, komme ich in der Woche vielleicht doch auf nicht mehr als vierzig.

Den Chefarzt der Klinik kenne ich auch. Er hat einmal ein Seminar geleitet, das ich besucht habe. Damals sind wir nach seinem Vortag ins Gespräch gekommen. Mit ein wenig Glück erinnert er sich an mich.

Pro:
unbefristeter Arbeitsvertrag
gute Sozialleistungen
kurzer Weg zur Klinik
akzeptable Arbeitszeiten
nettes Kollegium (sagt Jennys Freundin)

Die Contra-Spalte bleibt leer. Noch einmal fahre ich mit dem Kugelschreiber die Linien nach, setze Bulletpoints vor die gesammelten Argumente.

Eigentlich sollte es ganz einfach sein, als Nächstes meinen

Lebenslauf auf dem Laptop zu öffnen, ihn auf den aktuellen Stand zu bringen und ein Anschreiben zu formulieren. Scans meiner Zeugnisse sind in einer Online-Cloud gespeichert. Ich könnte die Bewerbung noch heute abschicken.

Ich starre auf das Wort *Contra*. Irgendwas muss mir doch einfallen. In der Wissenschaft gibt es keine hundert Prozent, höre ich meinen Physik-Prof aus dem Grundstudium sagen. Ich horche in mich hinein und werde fündig. In meinem Herzen gibt es vieles, was ich gerne auf die Contra-Seite schreiben würde. Doch nichts davon lässt sich in Schlagworte fassen und mit Bulletpoints und ordentlichen Zeilen organisieren. Da ist das Gefühl, auf einem Pferd zu sitzen und darauf zu vertrauen, dass es mich trägt. Da ist die Freiheit, nackt schwimmen zu gehen, mitten am Tag, und in der Nacht Flamenco zu tanzen, obwohl ich keine Ahnung davon habe, wie man Flamenco tanzt. Da sind die vielen Abendessen im Atrium der Hacienda im Licht der bunten Lampions und in Gesellschaft all der Menschen, die mir in den letzten Wochen ans Herz gewachsen sind. Da ist das Rauschen des Windes über dem Olivenhain und das Klappern der Läden, wenn er an ihnen rüttelt. Da sind die Stunden in der Küche, heimelig und warm, wenn in den Töpfen gerührt, Teig geknetet und köstliches Tomatenbrot zubereitet wird. Da ist Damiáns Lachen, so schwer erkämpft, und sein Lächeln, oft fast schüchtern, als würde es sich nicht richtig an die Oberfläche wagen. Da ist das Gefühl seines Körpers auf meinem, voller Leben und Kraft, die Erinnerung an die beinah schon wütende Wucht, mit der er mich erobert, wenn wir uns lieben.

Ich lege den Kugelschreiber beiseite, lasse den Kopf auf die Hände sinken. Himmel noch mal, was mache ich mir vor? Eroberung? Liebe? Nenn es beim Namen, Grünfelder. Es ist Sex. Nicht mehr. Punkt. Kein Wunder, dass ich es nicht fertigbringe, die Contra-Seite zu füllen.

Ein Geräusch schreckt mich auf. Das Klappen einer Tür, dann höre ich Schritte.

»Hier bist du.« Nurias Stimme klingt direkt hinter mir. »Ich hab mich gewundert, wo du geblieben bist. Mamá hat dich auch schon vermisst.«

Ich hebe den Kopf, drücke mir die Handballen in die Augenhöhlen. Ein dumpfer, pochender Schmerz hat sich hinter meine Stirn gepflanzt. Wahrscheinlich habe ich zu wenig getrunken. »Ich versuche, eine Bewerbung zu schreiben.«

»Für einen neuen Job?« An mir vorbei greift sie zu der Schale mit den Pfirsichen auf der Mitte des Tischs. Für mein Vorhaben habe ich mich mit PC und Schreibutensilien an den Esstisch von Nurias Wohnung verzogen.

»Irgendwann muss ich ja damit anfangen.«

Ein Knacken und Schlürfen ertönt, als Nuria in den Pfirsich beißt. Sofort steigt mir der herrlich süße Geruch in die Nase. *Contra: Der Duft von frisch gepflückten Pfirsichen. Der Geschmack von Fruchtsaft, den man sich von den Fingern leckt.* Ich unterdrücke ein Seufzen. Das ist doch lächerlich.

»Und? Bist du schon weit gekommen?« Nuria setzt sich mir gegenüber an den Tisch. Sie zieht einen Fuß auf die Sitzfläche, legt ihr Kinn auf das angewinkelte Knie. »Willst du auch einen?« Sie nickt zu der Obstschale.

»Saft auf der Tastatur wäre nicht so der Bringer.«

»Sehr vernünftig.« Sie kaut, schluckt. »Aber gerade bist du ja nicht am Rechner. Was ist das eigentlich, was du da aufgeschrieben hast?«

»Eine Pro-und-Contra-Liste.« Einen Moment lang zögere ich, dann drehe ich das Blatt so, dass sie es lesen kann.

»Ich kann kein Deutsch.«

»Brauchst du auch nicht.« Ich schüttle den Kopf. »Wie du siehst, gibt es keinen vernünftigen Grund, die Bewerbung auf die lange Bank zu schieben.«

»Soso.«

»Und irgendwann brauche ich einen neuen Job.«

Sie legt den Pfirsichkern auf die Tischplatte, leckt sich die Finger ab. Ein Ausdruck liegt auf ihrem Gesicht, den ich nicht deuten kann. »Natürlich«, erwidert sie, aber der Unterton ihrer Stimme sagt etwas anderes. Was? Das kann ich ebenso wenig deuten wie ihre Miene.

»Ich muss zurück nach Deutschland. Meine Schwester fragt jeden Tag nach mir.«

»Sicher.«

»Meine Eltern brauchen meine Hilfe. Damián wird bald wieder auf Tour gehen. Spätestens wenn Ramón zurück ist und es Luis besser geht.«

»Ich habe doch gar nichts gesagt.« Ihre Worte könnten trotzig klingen, aber das tun sie nicht. Im Gegenteil, wenn überhaupt irgendwas, höre ich jetzt Anteilnahme in ihrer Stimme.

»Ich muss an mich selbst denken. Hast du ja auch getan, als du für deine Ausbildung ins Ausland gegangen bist, obwohl dein Leben hier ist. Das alles hier … das kann doch nicht ewig weitergehen.« Warum brennen meine Augen? Warum kratzt mir jedes Wort im Hals? Verdammt noch mal, ich sage nur die Wahrheit.

»Spannend, dass du das sagst.«

»Was?« Habe ich etwas verpasst? Ich habe so viel gesagt, und das, obwohl ich immer noch das Gefühl habe, die wichtigen Dinge, die wirklich wichtigen, sind nach wie vor unausgesprochen.

»Das mit dem Ausland. Dass ich weggegangen bin für meine Ausbildung.«

»Du hast in Frankreich und Israel sicher jede Menge tolle Erfahrungen gemacht.«

»Ich bin weggelaufen, Linda.«

»Was?« Nurias Aussage trifft mich vollkommen unvorbereitet. »Warum hast du das getan? Du wirkst immer so fröhlich. Du bist doch glücklich hier.«

»Ich bin weggelaufen, weil ich den Mann, den ich haben wollte, nicht kriegen konnte und es nicht mehr ausgehalten habe, ständig sein Glück vor Augen zu haben.«

»Oh.« Einige Puzzleteile fügen sich zusammen. Die Blicke, die sie Ramón manchmal zugeworfen hat. Die Art, wie sie an jenem schrecklichen Tag, als wir von Luis' Unfall erfahren haben, seine Nähe gesucht hat, und auch die ominöse Andeutung von Santiago in der Strandbar. »Du bist in Ramón verliebt? Oder, du warst in ihn verliebt?«

Sie stöhnt. »Das ist eine lange Geschichte. Aber die Quintessenz ist, ich bin erst nach Israel und dann nach Frankreich gegangen, weil ich Kummer hatte und Ramón und Sofía nicht länger beim Glücklichsein zuschauen konnte. Der Auslandsaufenthalt war damals genau das Richtige für mich, auch in beruflicher Hinsicht, aber es war trotz allem auch eine Flucht.«

»Aber bei mir ist es anders, wenn ich mir eine Stelle in München suche. Ich gehe wieder *zurück* dorthin. Das kann man gar nicht vergleichen.«

»Vielleicht nicht.« Sie steht auf, zuckt mit den Schultern, sieht mich lächelnd an. Jetzt weiß ich, was das für ein Ausdruck auf ihrer Miene ist. Mitleid. »Wenn du fertig bist, komm rüber zum Essen. Wir warten auf dich.«

»Mach ich.«

Eine halbe Ewigkeit starre ich weiter abwechselnd auf meine Liste und den Bildschirm des Laptops. Es stimmt doch. Wenn ich nach Hause fahre, diesen Job annehme, mich weiter um Wiebke kümmere und meine Eltern unterstütze, laufe ich vor gar nichts davon. Hierherzukommen, das war meine Flucht. Meine Auszeit.

Ich greife nach dem Kugelschreiber. Ein einziges Zeichen setze ich in die Contra-Spalte. Ein großes, schlankes X.

Es gibt keinen guten Grund, mich nicht auf die Stelle zu bewerben. Und überhaupt, was ist schon eine Bewerbung? Niemand sagt, dass ich auch genommen werde.

Ganz leise, in meinem Hinterkopf, fragt mich eine Stimme, wann ich aufhören werde, mich selbst zu belügen.

Damián

Seit unserem ersten gemeinsamen Ausritt vor vier Tagen hat Linda es sich in den Kopf gesetzt, reiten zu lernen. Den Longenunterricht, den ich ihr seither gebe, gehört jeden Tag zu meinen Highlights. Noch Stunden danach begleitet mich die Erinnerung an Lindas Freude über ihre Fortschritte und das wachsende Vertrauen in die Verbindung zwischen ihr und dem Pferd.

Wahrscheinlich gelingt es Nuria deshalb, sich an mich anzuschleichen, ohne dass ich sie bemerke.

»Hast du nicht genug eigene Pferde, dass du dir seit Neuestem ständig meines unter den Nagel reißen musst?«

Erschrocken blicke ich über die Schulter. Montserrats Tochter ist wie aus dem Nichts aufgetaucht und steht jetzt direkt hinter mir. Mein Herzschlag beruhigt sich wieder, und ich grinse sie an. »Immerhin achte ich darauf, dass es ihr gut geht. Schau, mit wie viel Liebe ich sie abschwämme. Ganz vorsichtig.« Wie zum Beweis hebe ich den Schwamm in Nurias Richtung.

»Ein Wunder, dass du es überhaupt machst. Sonst überlässt du solche Arbeiten doch lieber deinen Angestellten.« Das stimmt nicht, und Nuria weiß das auch. Ich genieße jede Sekunde, die ich mit den Pferden verbringen kann. Aber sie liebt es, mich mit meiner Rolle als Boss auf der Hacienda aufzuziehen. Wenn ich zu Hause bin, bleiben viel zu oft die schönen Seiten meines Jobs auf der Strecke. Ich kann mich aber nun mal nicht vierteilen. Wenn ich jeden Tag zehn Stunden auf dem Platz stehe und mich nebenbei auch noch um den ganzen Papierkram kümmern muss, habe ich kaum Zeit für die Pferdepflege.

Ich schlucke meine Rechtfertigung herunter. »Nur das Beste für deine Chapola.«

Nuria schnaubt.

»Im Ernst, macht es dir was aus, dass ich mir für Lindas Longenstunden deine Stute ausleihe? Die Showpferde sind es nicht gewohnt, wenn jemand wie ein Sack Kartoffeln auf ihrem Rücken hängt. Die reagieren viel zu sensibel.«

Nuria wackelt mit den Augenbrauen. »Ich werde Linda sagen, dass du sie mit einem Sack Kartoffeln vergleichst. Sie wird begeistert sein.«

»Wehe.«

Chapola dreht den Kopf zu uns und schnaubt leise. Ihr passt es gar nicht, dass ich mit dem Verwöhnprogramm aufgehört habe. Also mache ich weiter. In großen Kreisen verreibe ich das lauwarme Wasser über den Pferdehintern, spritze die Fesseln ab, die Flanken. Genießerisch lässt die Stute den Kopf hängen. Ihre Lider sinken auf halbmast.

»Es macht mir nichts aus.« Nuria bestätigt, was ich auch vorher schon wusste. »Solange du darauf achtest, dass eure Reitstunden nicht mit meinen Terminen kollidieren, ist alles in Ordnung. Wie macht Linda sich denn? Ihr seid jetzt schon eine Weile dran.«

Das stimmt, und jede Minute, die wir zusammen auf dem Platz verbringen, bringt uns näher. Es tut gut, etwas mit Linda zu teilen. Mehr als unsere Körper. Ich habe keine Ahnung, woher dieses Bedürfnis stammt. Der Wunsch, Linda etwas mitzugeben, wenn sie wieder zurück nach Deutschland geht. Für uns beide ist es das Beste, wenn ich gar nicht erst darüber nachdenke.

Nurias Frage steht immer noch unbeantwortet zwischen uns. Ein Lächeln zupft an meinen Mundwinkeln. »Linda macht sich gut. Heute habe ich sie zum ersten Mal traben lassen. Jetzt redet sie schon davon, irgendwann einmal mit ihrer Schwester einen Ausritt machen zu können.« Bei der Erinnerung an Lindas Begeisterung wird mein Lächeln breiter. Nichts ist so großartig, wie der *doctora* beim Überwinden ihrer Ängste zuzusehen. Normalerweise hasse ich es, Anfängern beim Reiten zuzuschauen. Dieses linkische Gehoppel finde ich unerträglich. Bei Linda ist es anders. Sie sehe ich gerne an.

Um meinem Ruf als Griesgram gerecht zu werden, schiebe ich schnell hinterher: »Ihre Verrenkungen im Sattel sehen zwar aus, als müssten ihr am Ende des Tages alle Knochen wehtun. Aber ihr macht es Spaß, das ist alles, was zählt. Eine Profireiterin mache ich nicht mehr aus ihr. Schon gar nicht in der Zeit, die uns bleibt.« Mir wird das Herz schwer, als ich das sage. *Die Zeit, die uns bleibt.* Ich habe keine Ahnung, wie lange das sein wird. Tage, Wochen?

Mit Linda umgehe ich das Thema. Es ist leichter, ihr das Reiten beizubringen, als mit ihr über eine Zukunft voller Ungewissheiten zu reden. Darin, im Moment zu leben, habe ich achtunddreißig Jahre Erfahrung. Trotzdem hat sich ein Ticken in meinem Hinterkopf eingeschlichen. Es begleitet mich immer und überallhin. Ticktack, ticktack. Jede Sekunde ein Schritt näher aufs Ende zu.

Ich balle die Hände zu Fäusten, rolle mit den Schultern. Das mahnende Ticken verklingt, ich höre nur noch die Geräusche des Lebens auf der Hacienda.

»Apropos Zeit.« Das *Apropos* zieht Nuria in die Länge.

Vielsagend hebt sie eine Augenbraue. »Hast du gewusst, dass sie sich vor ein paar Tagen in dieser Klinik in Deutschland beworben hat?«

Ich brumme etwas Unverständliches. Soll Nuria sich selbst aussuchen, ob sie Zustimmung oder Ablehnung hineininterpretiert.

»Kannst du mir mal antworten, oder hat es dir auf einmal die Sprache verschlagen?«

Ich lege den Schlauch weg. Das Ticken ist wieder da. Nuria muss das tun, oder? Sie muss ausgerechnet das Thema ansprechen, das ich seit Tagen krampfhaft ignoriere.

»Was willst du von mir hören, Nuria?« Herausfordernd blicke ich sie an.

»Hm, lass mich überlegen.« Sie stemmt die Hände in die Hüften, legt den Kopf schief. Die pinkfarbenen Strähnen in ihren Haaren leuchten in der Sonne. Ein bisschen kommt sie mir vor wie eine rebellische kleine Fee. Nur dass sie nicht gekommen ist, um mir einen Wunsch zu erfüllen, sondern um mir auf die Nerven zu gehen. »Wie wär's mit: Mach dir keine Sorgen, Nuria, ich werde schon dafür sorgen, dass ich die erste Frau, die mir unter die Haut geht, nicht genauso schnell wieder verliere, wie ich sie gefunden habe.«

»Das ist doch lächerlich.«

»Was ist lächerlich?« In ihrem Blick funkelt pure Provokation. »Willst du bestreiten, dass sie dir etwas bedeutet?« Sie schnaubt. Die kleine Fee wechselt von rebellisch zu stinksauer. »Ich bitte dich! Ich kenn dich mein Leben lang, und ich habe Augen im Kopf. Du bist verrückt nach ihr. Warum sonst würdest du eine Anfängerin auf ein Pferd setzen? Es ist nur deine verdammte Sturheit, die dich davon abhält, ehrlich zu dir zu sein.«

»Kannst du vielleicht noch etwas lauter reden? Ich glaube, es hat dich noch nicht jeder gehört.«

»Gerne!« Jetzt schreit sie.

Ich knirsche mit den Zähnen. Beschweren kann ich mich nicht, schließlich habe ich genau das von ihr verlangt.

»Du bist ein Idiot, Damián Álvarez García! Wenn du das Beste, was dir je passiert ist, mir nichts, dir nichts aufgibst, halte ich nie wieder zu dir.«

Es ist gut, dass Chapola ein ausgebildetes Therapiepferd ist und sich von so gut wie gar nichts aus der Ruhe bringen lässt. Sie zuckt nicht einmal mit einer einzigen Wimper, während Nuria und ich uns gegenüberstehen wie zwei kampfbereite Hähne im Ring.

»Dann verschwinde doch einfach!«, zische ich zurück. »Geh irgendwohin, wo du anderen auf die Nerven gehen kannst. Ich habe genug zu tun und keine Lust mehr, mit dir zu diskutieren.«

»Was hast du zu tun, das sich nicht mit einem eigenen Leben vereinbaren ließe? Nur weil du meinst, du müsstest den Kopf der Familie spielen, heißt das nicht, dass du nicht auch dein eigenes Leben hast. Wie lange willst du noch den Märtyrer spielen, Damián? Du machst eine Tour nach der anderen, hältst alle Zügel auf dem Gut in der Hand. Für Gott und die Welt willst du da sein, nur nicht für dich selbst! Wie lange soll das so weitergehen? Willst du unbedingt enden wie dein Vater?«

Der letzte Schlag sitzt. Ich wollte *nie* sein wie mein Vater. Aber der Apfel fällt nicht weit vom Stamm, und ich habe keine Ahnung, was ich Nuria antworten soll.

Ein weißer Kleintransporter rollt auf den Hof und erlöst mich aus der qualvollen Situation. An der Seite des Wagens prangt ein stilisierter Pferdekopf, darunter steht der Name des Unternehmens, das Linda und ich für Revoltosos Rücktransport nach Spanien beauftragt haben.

»Ich habe jetzt keine Zeit«, brumme ich.

»Damián …«

»Du siehst es doch selbst!« Mit dem Zeigefinger deute ich auf den Transporter. »Ich werde gebraucht. Das muss Revoltoso sein. Nach der langen Fahrt soll er so schnell wie möglich raus aus dem Ding.«

»Wenn du meinst.« Seufzend schüttelt Nuria den Kopf. »Ich bringe Chapola in den Stall. Die Box ganz hinten ist für Revoltoso hergerichtet. Pilar, Álvaro und Manuel haben auch schon eine Verladegasse aufgebaut.«

»Danke«, presse ich zwischen zusammengebissenen Lippen hervor.

Auf der Fahrerseite des Transporters steigt ein junger Mann aus. Er trägt eine Baseballkappe mit dem Schirm nach hinten und tief sitzende Jeans. Vor der schmalen Brust hält er ein Klemmbrett.

»Ich suche Herrn Álvarez García.«

Die Hand erhoben, trete ich auf ihn zu. »Das bin ich. Sie bringen mir ein Pferd aus Deutschland, nehme ich an.«

Der Mann nickt. »Mein Name ist Dennis Sonnenglück. Ich würde gerne unseren Freund hier entladen und dann die Papiere mit Ihnen durchgehen.« Er wedelt mit dem Klemmbrett. Sein Englisch klingt holprig, aber wir werden schon zurechtkommen.

»Uns ist es wichtig, dass das Wohl der Pferde an oberster Stelle steht. Und unser Kumpel hier gibt sich ziemlich Mühe, um zu zeigen, wie satt er das Reisen hat.«

Wie aufs Stichwort knallt ein Schlag gegen die Transporterwand, gefolgt von einem Wiehern.

Ich deute zu dem Weg zwischen zwei der Stallgebäude. »Fahren Sie dort rüber. Hinter dem Stall sehen Sie schon die Verladegasse. Ich hoffe, so bekommen wir das Freundchen sicher in die Box.«

»Ihr Wort in Gottes Ohr, Mann. Ihr Wort in Gottes Ohr.«

Ich warte, bis der Motor des Transporters aufröhrt, dann laufe ich dem Wagen voran in Richtung Verladegasse und rufe nach Manuel und Álvaro. Wenn das Entladen so abläuft, wie ich befürchte, werden wir jede zusätzliche Hand gebrauchen können.

Die beiden Pferdepfleger haben uns offenbar schon erwartet. Álvaro gibt dem Fahrer Anweisungen beim Rangieren. Die Heckklappe muss genau richtig platziert sein, damit uns Revoltoso nicht ausbüxen kann. Was der Hengst von dem Ganzen hält, lässt er uns lautstark wissen. Nach Kooperationsbereitschaft klingt das jedenfalls nicht.

Ein paarmal muss Dennis rangieren, dann passt alles. Gemeinsam überprüfen wir ein letztes Mal die Metallgitter der Gasse. Wenn die Verladeklappe einmal heruntergefahren ist, darf nichts wackeln. Ein sich lösendes Gitter könnte Revoltoso im schlimmsten Fall sogar verletzen.

Der Motor wird abgestellt, Dennis steigt aus und nickt anerkennend. »Sieht gut aus. Ich wünschte, alle Käufer wären so vorausschauend. Wie machen wir das jetzt? Will einer von Ihnen versuchen, den Hengst zu führen, oder löse ich seinen Strick, und wir überlassen ihm selbst den Weg?«

»Option zwei«, bestimme ich. Das Wiehern aus dem Inneren des Transporters wird immer nachdrücklicher. Wut und Rebellion, könnte man meinen. Doch was ich höre, ist Angst. Das Pferd ist halb verrückt vor Panik und wehrt sich auf die einzige Weise, die es kennt.

»Gut.« Dennis nickt. »Ich lass mir nämlich nur ungern in die Hand beißen. Füttern und Tränken konnte ich den Burschen auf der Reise nur durch die Sicherheitskammer vorne im Transporter. Einen richtigen Teufel haben Sie sich da angelacht.«

»Wir werden sehen«, beende ich brüsk das Gespräch.

Durch eine schmale Tür hinter der Fahrerkabine verschwindet Dennis in der Sicherheitskammer des Transporters. Álvaro und Manuel schicke ich auf ihre Plätze am Rand der Gasse. Mittlerweile haben sich auch Pilar und Nuria zu uns gesellt, um zu helfen. Sie beziehen am Eingang der Box Position. Sobald Revoltoso sicher in seinem neuen Reich ist, müssen sie die Tür verschließen. Und das am besten so schnell, aber auch so leise wie möglich, damit mein altes, neues Pferd sich nicht zu sehr erschreckt.

»Auf Ihr Wort«, kommt es aus dem Inneren des Transporters.

»Und los!« Mein Kommando übertönt nur mit Mühe Revoltosos Getöse. In immer kürzeren Abständen krachen Hufschläge gegen die Fahrzeugwand. Es ist wirklich höchste Zeit, dass wir Revoltoso aus seinem Gefängnis befreien.

Langsam senkt sich die Rampe. Das Wageninnere liegt im Schatten. Nur Schemen sind sichtbar. Das nervös tänzelnde Hinterteil eines Pferdes. Weiter hinten der kräftige Hals, der sich immer wieder hebt und zuckt. Revoltoso steigt, er bockt und schlägt aus, so weit es der Sicherheitsstrick an seinem Halfter zulässt. Dann merkt er, dass sich ein Weg in die Freiheit aufzutun scheint.

»Hooo«, versuche ich ihn zu besänftigen. »Ruhig, ganz ruhig.« So sehr ich mir wünsche, dass der Hengst möglichst schnell gut in seine Box kommt, so sicher weiß ich, dass die kommenden Sekunden und Minuten über sein Schicksal befinden werden. Wenn Revoltoso in seiner Panik aus dem Wagen stürmt, kann er auf der Rampe ausrutschen und sich verletzen. Er wäre nicht das erste Pferd, das sich bei einem unglücklichen Entladeversuch ein Bein bricht.

Plötzlich geht alles ganz schnell. Mit einem Ruck verankert sich die Rampe auf dem Boden.

»Mach ihn frei!«, rufe ich Dennis zu. Ich kann nur hoffen, dass er mich hört.

Das tut er. Ich sehe den sich bewegenden Schemen vorne im Wagen, dann ist Revoltoso frei. Er knickt mit der Hinterhand ein, steigt. Der Hengst muss seine Kraft falsch eingeschätzt haben nach der langen Reise, denn er steigt zu hoch, kracht mit dem Kopf gegen die Transporterdecke. Wiehern und panisches Schnauben begleiten den Albtraum. Kaum berühren seine Vorderhufe wieder den Boden, stürmt er rückwärts aus dem Hänger. Zu hektisch, zu schnell. Er vertritt sich, taumelt. Funken von den Hufeisen auf Asphalt stieben in alle Richtungen. Der Lärm ist unbeschreiblich.

Gerade noch rechtzeitig werfe ich mein gesamtes Gewicht gegen das Absperrgitter, als der schwere Pferdehintern darauf landet.

Hooo, hooo, ruhig, beruhig dich. Ich schicke Revoltoso beschwichtigende Gedanken. Es klappt nicht mit der Telepathie. Der Hengst richtet sich wieder auf, vollzieht eine halbe Drehung, sodass wir nun Auge in Auge stehen. Ich erkenne das Weiße in seinen schreckgeweiteten Augen, das Beben der geblähten Nüstern, und weiß im selben Moment, als er zum Sprung ansetzt, was er vorhat. Er will den Ausweg über das Gitter nehmen. Ich reiße die Arme hoch, werfe mich mit dem Oberkörper nach vorne, soweit es das Gatter zulässt. Meine Fäuste krachen gegen seine Brust, nehmen ihm den Drang nach vorne. Stattdessen weicht er seitlich aus. Álvaro, Andrés, Milo und Javier eilen mir zu Hilfe.

Zu fünft bilden wir eine menschliche Wand entlang der Verladerampe, machen uns so groß wie möglich. Jedes Mal, wenn Revoltoso nach einem Ausweg sucht, steht dort jemand.

Sekunden ziehen sich wie Melasse. Ich sehe alles überdeutlich und gleichzeitig wie durch einen Tunnel. Meine ganze Konzentration ist auf das Pferd gerichtet. Beruhig dich. Du musst einfach die Gasse entlang in die Box, dann lassen wir dich in Frieden. Beruhig dich.

In bockigen Sprüngen sucht Revoltoso einen Ausweg. Er ist zu panisch, um den naheliegenden Weg zu finden. Nichts an seinen Bewegungen wirkt majestätisch oder elegant, die Attribute, die man den Vertretern seiner Rasse zuschreibt. Eine halbe Drehung, dann noch eine, dann bleibt er stehen. Die Augen aufgerissen, die Nüstern riesige schwarze Löcher im angstverzerrten Pferdegesicht. Er gibt auf.

Starr steht er jetzt mitten in der Verladegasse, zittert, kämpft nicht mehr. Stattdessen hat eine verzweifelte Anspannung ihn im Griff.

Er senkt den Kopf, schließt die Augen, blinzelt, langsam wie in Zeitlupe. Er resigniert. Es gibt keinen Weg in die Freiheit, nur die Verladegasse in den düsteren Stall hinein. Für ihn muss es wirken wie der Weg in die Hölle.

Steifgliedrig macht er sich auf den Weg. Ihn so zu sehen tut mir im Herzen weh.

Was ist mit dir passiert, junger Freund? Was haben sie dir angetan? Ich sehe Wunden an seinen Flanken, sein Fell wirkt struppig und ungepflegt, der Schweif ist fast bis zur Wurzel abgeschabt.

Im Stall schließt sich die Boxentür. »Wir haben ihn«, verkündet Pilar. Ein Riegel wird ins Schloss geschoben.

Dennis tritt erneut auf mich zu, wieder mit dem Klemmbrett in der Hand. »Das hätten wir geschafft.« Er nimmt die Baseballkappe vom Kopf, wischt sich mit dem Unterarm Schweiß von der Stirn. »War ja ein ganz schöner Akt. Normalerweise bin ich nicht dafür, Pferde für den Transport zu sedieren, aber in dem Fall …« Er beendet den Satz nicht.

Besser so. Mein Rückgrat fühlt sich an wie eine Metallstange. »Nein.« Energisch schüttle ich den Kopf. »Er ist nur seinen Instinkten gefolgt. Wie würden Sie sich fühlen? Eingesperrt und verängstigt, an einem dunklen, fremden Ort und dann auch noch mit benebelten Sinnen? Pferde sind Fluchttiere. Sie sind auf ihre Sinne angewiesen. Sie ihnen zu nehmen ist Folter!« Ich rede mich in Rage, zwinge mich zu einem tiefen Atemzug. Im Kopf zähle ich bis drei, ehe ich fortfahre. »Sedierungen machen es für die Menschen leichter. Nicht für die Tiere. Wo brauchen Sie meine Unterschrift?«

»Hier.« Dennis deutet mit dem Zeigefinger auf eine Linie am unteren Rand des Formulars auf dem Klemmbrett. Ich meine, ein genuscheltes »Ich hab ja gar nichts gesagt« zu hören, gehe aber nicht darauf ein. Ich will zu Revoltoso. Je schneller, desto besser.

Zum Glück können wir das Geschäftliche zügig erledigen. Revoltoso reist mit leichtem Gepäck. Weder Zaumzeug noch sein gewohntes Futter hat man ihm mit auf die Reise gegeben. Unterschriften werden geleistet, Papiere wechseln den Besitzer, ein Reiseprotokoll wird übergeben, dann gehört Revoltoso offiziell wieder mir.

»Gute Rückreise«, wünsche ich Dennis, als er in seinen Wagen steigt.

»Danke.« Er nickt mir zu. Ich glaube, ich habe es mir bei ihm versaut. Dabei scheint er kein schlechter Junge zu sein. Das ganze Drama hat nicht nur mich mitgenommen. Doch jetzt ist es vorbei. Endlich.

Ich sehe dem abfahrenden Transporter eine Weile hinterher. Erst dann traue ich mich in Richtung Stall, bleibe aber noch kurz stehen. Ein Teil von mir hat Angst vor dem, was mich dort drinnen erwartet. Am meisten fürchte ich nicht Revoltosos Wut, auch nicht seine panikgeschwängerte Gefährlichkeit. Die größte Angst habe ich vor der Resignation, die ich am Ende des Albtraums in seiner Körperhaltung erkannt habe. Als ich endlich so weit bin, kommen mir Pilar und Nuria entgegen.

»Ich denke, wir lassen ihn besser allein.« Pilar schafft es nicht, mir in die Augen zu sehen. Auch Nuria wirkt bedrückt.

»Wenn wir ihn in Ruhe lassen, ist er einigermaßen still. Dann zeigt er uns nur sein Hinterteil. Sobald jemand was zu ihm sagt, regt er sich wieder auf.«

»Ich wünschte, er würde spüren, dass wir es nur gut mit ihm meinen«, ergänzt Nuria. »Niemand hier will ihm was Böses. Hier ist er in Sicherheit. Er kann ein neues Leben beginnen.«

»Es wird Zeit brauchen, bis er das versteht.« An meinen Seiten balle ich die Hände zu Fäusten. »Ein paar gut gemeinte Worte und Streicheleinheiten reichen nicht, um seine Welt wieder ins Lot zu bringen.«

»Na, wenn das irgendwer schafft, dann du.« Sie hebt den Kopf, schenkt mir ein trauriges Lächeln.

Mein Magen zieht sich zusammen. Ich würde so gerne zu ihm in den Stall gehen und ihm gut zureden. Ihm zeigen, dass er hier ein Zuhause hat, dass alles besser wird, mit der Zeit. Doch ich weiß, dass er noch nicht bereit für mich ist.

Er ist so weit gekommen. Tausende Kilometer weit. Den letzten Schritt muss er ganz allein tun.

Später, in der Nacht, nach einem herzhaften Abendessen zur Begleitmusik der Grillen, halte ich Linda im Arm. Ihr Kopf ruht auf meiner Brust. Ihr Haar duftet nach dem Shampoo, das seit einigen Tagen neben meinem im Bad steht. Ihre Füße hat sie zwischen meine Waden geschoben. Ich lausche auf ihren Atem, der immer ruhiger wird.

Gemeinsam haben wir vorhin Revoltoso besucht. Ein paar Boxen von seiner entfernt sind wir stehen geblieben. Linda wollte zu ihm gehen, ihn für seinen Mut loben und ihn mit sirupsüßen Worten aus der Reserve locken. Ich habe sie zurückgehalten, und sie hat mich verstanden.

Jetzt, in unserem Kokon aus Zweisamkeit, gehen mir Nurias Vorwürfe nicht aus dem Kopf. Will ich wirklich sein wie

Revoltoso? Will ich auf ewig der Welt nur meine Kehrseite zeigen, damit ich nicht Gefahr laufe, den süßen Worten und noch süßeren Verlockungen von Linda zu erliegen?

Ich bin kein Pferd, zum Teufel noch mal. Ich bin ein Mann, und ich liebe das Gefühl, Linda in meinen Armen zu halten, ihre Nähe, ihren Mut und ihre Zuversicht. Wäre es wirklich so falsch, einen Schritt weiter zu gehen und sie zu bitten, bei mir zu bleiben?

Ihr Leben ist in Deutschland, erinnert mich die Vernunft. Was hast du ihr hier zu bieten? Du hast ja nicht einmal Zeit für sie. Wenn du wieder auf Tour bist ...

Spielt das überhaupt eine Rolle? Ich stoppe das Gedankenkarussell. Oder sind die Gründe, die ich mir zurechtlege, um nicht von einer Zukunft mit ihr zu träumen, nicht eher Ausflüchte? Es ist einfacher, über das nachzudenken, was nicht sein kann, als zuzugeben, was mit mir geschieht, seit Linda in mein Leben gestürmt ist.

Ich muss es ihr sagen. So einfach ist das. Ich muss ihr sagen, dass ich sie liebe. Was sie dann macht, ist ihre Entscheidung.

Liebe. Allein das Wort zu denken macht mir Angst. Ist es dafür nicht noch viel zu früh? Mein Herz überschlägt sich, trommelt gegen die Rippen, als wollte es mir aus der Brust springen. Liebe macht verletzlich. Vertrauen ebnet den Weg der Enttäuschung.

Trotzdem, ob zu früh oder nicht, ich muss es riskieren. Ich muss mutig sein und es ihr sagen.

»Linda?« Ich schiebe sie ein wenig aus meinen Armen, neige den Kopf, um ihr ins Gesicht sehen zu können. Mondlicht fällt ins Zimmer, und ich sehe, dass ihre Augen weit offen stehen, glänzend und wach.

»Ja?«

»Ich muss dir etwas sagen.«

»Ich dir auch. Ich überlege nur die ganze Zeit, wie.«

»Okay.« Mein Herzschlag beruhigt sich. Wenn wir beide in einem Boot sitzen, rudert es sich leichter. »Du zuerst.«

»Sicher?«

Ich nicke.

»In Ordnung.« Sie holt tief Luft. Muss auch sie Mut sammeln, um mir zu sagen, dass sie mich liebt? Was ist, wenn wir in diesem Boot gar nicht gemeinsam sitzen, sondern sie im Begriff ist, ein Leck in die Planken zu schlagen? »Ich habe eine Mail von dem Chefarzt der Klinik bekommen. Du weißt schon, wo ich mich beworben habe.«

»Ja.« Der Hammer wird ausgeholt, trifft auf das Holz der Planken. Ich spüre die Erschütterung, zucke zusammen.

Linda muss den Schlag auch spüren. Sie tastet nach meiner Hand.

»Er hat mich zu einem Bewerbungsgespräch eingeladen. Nächste Woche. Ich soll nach München kommen, und wenn alles gut läuft, kann ich zum nächsten Ersten anfangen.« Sie holt wieder Luft. Ganz kurz diesmal, als wäre sie außer Atem. Kein Wunder, es ist anstrengend, einen Hammer zu schwingen.

»Ich wollte es dir schon heute Mittag sagen. Aber dann kam Revoltoso und alles war … Na ja, wie auch immer. Auf jeden Fall habe ich schon einen günstigen Flug gefunden.«

Wasser dringt durch das Loch in den Planken, steigt, reicht mir bis zum Hals. Ich ertrinke. Eine Welle rollt heran, droht mich endgültig zu ersticken. Alles, was ich jetzt noch tun kann, ist, mich mittragen zu lassen. Hinaus aus dem kleinen, beschissenen Boot, das nie mehr war als eine Illusion.

Nur gut, dass ich meinen Mund gehalten und mich nicht zum Affen gemacht habe. Ich hätte wie ein Idiot dagestanden, wenn ich ihr meine Liebe gestanden hätte, während sie in Gedanken schon längst weitergezogen ist. Sie mag noch in meinem Bett liegen, in Wahrheit ist sie weit weg, zurück in Deutschland.

»Wann fliegst du?«

»Übermorgen …« Wie ein sanfter Hauch weht ihr Atem über mein Gesicht. Ich werde sie vermissen, doch was vorbei ist, ist vorbei.

»Ich muss das mit diesem Job wirklich versuchen.«

»Sicher.«

»Wir bleiben aber in Kontakt, oder?«

»Natürlich.« Ich versuche Linda zurück in meine Arme zu ziehen. So muss ich ihr wenigstens nicht mehr ins Gesicht sehen, wenn ich sie belüge.

Linda versteift sich. Ob sie merkt, dass ich nicht die Wahrheit sage? Dass ich mir im Leben nicht vorstellen kann, mit ihr Kontakt zu halten, als wären wir nie mehr gewesen als flüchtige Bekannte, wenn sie mich einmal verlassen hat?

»Gut.« Sie atmet aus.

»Wir sollten jetzt schlafen. Sicher hast du vor deiner Abreise noch einiges zu erledigen.«

»Ja.« Sie gähnt, reibt sich die Augen. »Und ich will noch mal reiten«, sagt sie und fügt schnell hinzu: »Natürlich nur, wenn du Zeit dafür hast.«

»Ich werde sie mir nehmen.«

»Nuria hat versprochen, Fotos von mir auf Chapola zu machen. Wiebke wird sich so freuen, das zu sehen. Ich muss meine Mutter unbedingt davon überzeugen, dass sie doch eine Reittherapie machen darf. Jetzt, wo ich weiß, wie heilsam es ist, mit Pferden zu arbeiten.« Ich kann ihr Lächeln nicht sehen, aber ich spüre es an meiner Brust und höre es in ihrer Stimme. »Ich werde dir das nie vergessen, Damián. Dank dir habe ich jetzt einen neuen Traum.«

»So?« Mir ist nicht nach Lächeln, trotzdem zucken meine Mundwinkel. »Und der wäre?«

Sie rammt mir ihren Ellbogen in die Rippen. Nicht fest, kaum spürbar im Gegensatz zu dem Brennen in meiner Brust. »Mit Wiebke gemeinsam auszureiten natürlich. Das habe ich dir doch schon letztens gesagt.«

»Stimmt.« Ich küsse ihren Scheitel. »Und ich hab dir gesagt, dass dieser Traum in Erfüllung gehen kann.«

»Aber meine Mutter …«

Bevor sie weitersprechen kann, verschließe ich ihre Lippen mit meinen. Sie soll keine Gründe finden, um ihre Wünsche aufzugeben. Linda verdient, dass alle ihre Träume erfüllt werden. Auch wenn ich darin keine Rolle mehr spiele.

Kapitel 14

Linda

Ich lege den Pullover in den Koffer und stopfe die Ränder fest.

»Miaaaau!« Ein aufgebrachtes Fauchen folgt dem Maunzen, dann gibt es jede Menge Gewusel, ein paar meiner ordentlich zusammengelegten Kleidungsstücke fliegen aus dem Koffer, und ein rot getigerter Blitz huscht durchs Zimmer, ehe er auf dem Bett landet.

Vorwurfsvoll sieht Mini mich an. Sie leckt sich die Pfoten. Mit dem feuchten Ballen streicht sie über den Kopf, als würde zu viel Menschengeruch sie ekeln.

Seufzend lasse ich mich neben das Kätzchen auf die Bettkante fallen. »Wenn du dich nicht ständig in meinem Koffer verstecken würdest, würde ich dich auch nicht versehentlich unter Stoffmassen vergraben.«

»Miau.« Sie legt ihr Köpfchen schief. Von hinten drängelt sich ihre Nase in die schmale Lücke zwischen meinem Arm und Körper. Ihrer Majestät steht der Sinn nach Kuscheleinheiten, also gebe ich nach und hebe sie mir auf den Schoß.

»Na gut, du hast gewonnen.«

Ein paar Sekunden lang treten tapsige Pfoten auf meinen Oberschenkeln herum. Um nicht abzurutschen, hat Mini die Krallen ein wenig ausgefahren, und die winzigen Spitzen dringen durch den Jeansstoff in meine Haut. Ich beiße die Zähne zusammen und lasse sie gewähren. Im Grunde bin ich froh, eine kurze Pause vom Packen zu haben. Dank Mini dauert das Ganze deutlich länger, als ich gedacht hatte.

»Jetzt zufrieden?«

Wieder stößt das Kätzchen ein Maunzen aus. Dummer Mensch, heißt das, was ist mit Kraulen?

Bereitwillig streichle ich sie hinter den Ohren, und endlich macht sie es sich auf meinen Schenkeln gemütlich. Der ganze Katzenkörper vibriert vom Schnurren.

»Wenn das so weitergeht, werde ich nie fertig.«

Mini nickt. Gut, wahrscheinlich zuckt sie nur mit dem Kopf, für mich sieht es aber aus wie ein Nicken.

Ich seufze. »Aber ich *muss* packen. Bald reise ich ab.«

»Miau.« Diesmal klingt ihr Maunzen traurig. Das bin ich auch. Hinter meinen Augen brennt es, meine Nase ist geschwollen, als hätte ich einen Schnupfen. Ich habe keinen verdammten Schnupfen. Das alles, das Packen und Abschiednehmen, ist einfach … scheiße. Zumindest Mini ist hier, um mich zu trösten.

Seit ich sie zum ersten Mal gesehen habe, ist aus dem Katzenbaby ein richtiger Flegel geworden. Aufgeweckt, frech und immer auf Achse. Vorgestern hat sie mir eine tote Maus vors Bett gelegt. Als Geschenk, schätze ich. Weil ich nach Tagen bei Damián endlich wieder eine Nacht in meinem Bett verbracht habe.

Kurz schließe ich die Augen. Mein Bett? Das hier ist nicht mein Bett. Nicht mein Zimmer. Es sollte sich nicht anfühlen, wie eine Niederlage, wieder hier zu sein.

Doch so ist es. Seit unserem gestrigen Gespräch herrscht zwischen Damián und mir wieder Funkstille. Wo ein paar wundervolle Tage lang Nähe war, steht jetzt eine Mauer aus unverrückbaren Tatsachen. Wo wir zuvor gemeinsam geschwiegen haben, ist jetzt die Stille zwischen uns laut und kreischend. Wenn alles gesagt ist, bekommt selbst das Unausgesprochene Gewicht. Er geht mir aus dem Weg, und ich habe nicht den Mut, noch einmal den ersten Schritt zu machen. Bisher hat Damián mich jedes Mal zum Teufel gejagt, wenn ich das versucht habe.

Mini beschließt, die Kuschelstunde zu beenden, und klettert von meinem Schoß. Sie räkelt sich, macht einen Katzenbuckel und springt mit einem Satz vom Bett direkt zurück in den Koffer.

Ich stöhne. »Hatten wir das nicht gerade erst?«

Noch demonstrativer als diese Katze könnte man nicht in die andere Richtung sehen.

Ich gebe auf. Das meiste habe ich ohnehin gepackt. Die paar Sachen, die jetzt noch im Zimmer liegen – mein Pyjama, der Kulturbeutel, Ladekabel und Laptop –, kann ich auch morgen früh einpacken.

Als ich mich umschaue, fällt mein Blick auf das kleine Töpfchen mit dem Olivenzweig am Fenster. Jeden Tag, seit Damián ihn abgeschnitten hat, habe ich ihn vorsichtig gegossen und darauf geachtet, dass er genug Sonne bekommt. Zum Dank kräuseln sich die ersten neuen Triebe an den dünnen Ästchen. Kaum sichtbar, zusammengerollt und unendlich verletzbar. Genauso ist es mit den Wurzeln, stelle ich mir vor. Ich male mir die hauchdünnen Fäden aus, die der Trieb in die Erde schlägt. Wie Geisterarme einer neuen Zukunft, und ich kann nur hoffen, dass es mit Damiáns Leben genauso sein wird. Dass das, was wir gemeinsam begonnen haben, Wurzeln schlagen und austreiben wird. Dass aus seiner Trauer um eine verpasste Zukunft mit seinem Sohn der Wunsch nach einem Leben ohne Reue wird. Am Ende dann ist es vielleicht doch nicht nur eine Katze, die mich vermissen wird.

»Weißt du was?« Ich reibe mir die Oberschenkel. »Ich mache jetzt meine Abschiedsrunde. Morgen früh sind sicher alle viel zu beschäftigt.«

Mein Flieger geht um kurz vor zwölf am Mittag. Wenn ich um sieben die Hacienda verlasse, sollte ich genug Zeit haben, um den Mietwagen zurückzugeben und in aller Ruhe mein Gepäck aufzugeben. Das alles habe ich genau überlegt. Trotzdem bleibt das Gefühl, etwas Wichtiges vergessen zu haben.

Ich reibe mir über die brennenden Augen. Hilft ja nichts.

Montserrat finde ich wie üblich in der Küche, wo sie dabei ist, das Geschirr vom Abendessen abzuspülen.

»Hey«, sage ich, leise und ein wenig befangen. Drei Wochen lang war ich Teil dieser Familie, plötzlich komme ich mir wieder vor wie ein Gast. »Ich wollte mich verabschieden. Morgen um sieben geht es los.«

Montserrat lässt das Schwammtuch fallen und schließt mich in eine mütterliche Umarmung. »Liebes Mädchen«, flüstert sie mir ins Ohr. »Schön, dass du hier warst. Nuria hat deine E-Mail-Adresse, oder? Ihr bleibt doch sicher in Kontakt?«

Ich blinzle und schlucke und spüre Montserrats Hand auf meinem Rücken, wie sie in gleichmäßigen Strichen auf und ab fährt. Ich ringe um meine Fassung. Und ich habe Angst, dass ich, wenn ich nur ein Wort sage, in Tränen ausbrechen werde.

Montserrat versteht mich auch so. Sacht schiebt sie mich aus ihrer Umarmung. »Hast du mit ihm gesprochen?«

Die Lippen zusammengepresst, schüttle ich den Kopf. »Er arbeitet viel.« Die Worte kommen mir nur stockend über die Lippen, meine Stimme klingt belegt. »Ich meine, Revoltoso braucht viel Aufmerksamkeit. Er muss erst wieder lernen zu vertrauen, und Damián …« Ich halte inne. Seinen Namen auszusprechen macht alles schlimmer.

»Verkriecht sich im Stall«, beendet Montserrat meinen Satz. Sie sieht auf den Boden und schüttelt den Kopf. »Dabei habt ihr beiden so glücklich ausgesehen, die paar Tage nach eurem Ausflug.«

Ja, bis ich mich auf diese Stelle beworben habe und wir

nicht mehr ignorieren konnten, dass unsere gemeinsame Zeit dem Ende zugeht.

»Ihr solltet miteinander reden.« Unbeirrt von meinem Ringen, spricht Montserrat weiter. »So ist das doch nichts. Gerade du solltest es besser wissen. Reden gehört zu deinem Beruf.«

»Ja.« Ich beiße mir auf die Unterlippe.

»Dann los.« Sie zwinkert mir zu. »Groß verabschieden tu ich mich nicht von dir. Ich bin mir sicher, wir werden uns wiedersehen.«

»Okay.« Mein Lächeln fühlt sich schief an, aber es kommt von Herzen. »Dann gehe ich mal.«

»Tu das«, sagt sie, und als ich mich immer noch nicht in Richtung Tür bewege, schnappt sie sich ein Küchentuch und schlägt mir damit auf den Hintern. »Los jetzt! Auf was wartest du?«

Wo Damián zu finden ist, kann ich mir denken. Auf dem Weg zu ihm verabschiede ich mich von Pilar, Manuel und den anderen Pferdepflegern und Bereitern. Alle sind freundlich und herzlich, trotzdem ist klar, dass ihre Abschiedsworte nicht viel mehr als die üblichen Floskeln sind. Ich bin nicht die Erste, die auf die Hacienda kommt und wieder geht. Auch für Milo und Tessa wird die Saison bald zu Ende sein.

Meine Schritte verlangsamen sich, als ich mich den Ställen nähere. Gemeinsam mit den Pflegern hat Damián einen Auslauf an Revoltosos Box gebaut. So kann der Hengst vormittags die Stuten auf der Weide beobachten und selbst entscheiden, wann er bereit ist, seine Einsamkeit zu verlassen. Bisher hat ihn das Angebot kaltgelassen. Wann immer ich am Stall vorbeigekommen bin, hat er sich im Halbdunkel der Box versteckt. Auch jetzt ist er nicht im Auslauf.

Stattdessen steht dort, ans Gitter gelehnt, Damián. Er muss mich kommen hören, doch sein Blick bleibt unverändert auf die Doppeltür gerichtet, hinter der sich Revoltoso vor der Welt und allem, was diese ihm angetan hat, versteckt.

»Immer noch kein Glück?« Als er nichts sagt, fahre ich mir mit der Zunge über die Lippen. »Ich bin fast fertig mit Packen und wollte mich verabschieden.«

Immer noch schweigt er. Meine Kehle fühlt sich rau an. Warum tue ich mir das an? Aber es ist wie ein Zwang. Ich muss einfach weitersprechen. »Meinst du nicht, dass wir reden sollten?« Die Frage klingt mehr wie ein Betteln. Rede mit mir. Zeig mir, dass ich mir das zwischen uns nicht eingebildet habe.

Endlich dreht er sich zu mir um. Ich will schon erleichtert aufatmen, da erkenne ich die Härte seiner Miene. Wie eine Maske verhüllt sie sein Gesicht. Kein Lächeln für mich. Nicht einmal ein schiefes.

»Was genau gibt es denn deiner Meinung nach zu bereden, Linda?« Er holt Luft, und kurz glaube ich etwas anderes als Abweisung in seiner Miene zu erkennen, doch der Ausdruck ist verschwunden, ehe ich ihn deuten kann.

»Du hast gepackt. Morgen wirst du abreisen. Dein Flieger geht gegen Mittag. Das habe ich gehört.« Er stößt sich von dem Gitter ab. »Ich bin kein Mann für rührselige Abschiede. Also: Mach's gut.«

Das ist alles? Mehr hast du mir nicht zu sagen, nach allem, was wir gemeinsam erlebt haben? Vielleicht war es nicht viel Zeit, die wir miteinander verbracht haben, aber mir haben diese Tage etwas bedeutet. Zusammen mit dir habe ich sie mit mehr Leben gefüllt, als sonst in ein ganzes Jahr passt. Vielleicht sogar in zwei oder drei.

Die Linda, die nackt schwimmen gewesen ist und sich mit *rebujito* betrunken hat, könnte diese Dinge womöglich laut aussprechen. Doch der Damián, mit dem sie das erlebt hat, war ein anderer als der Mann, der mir jetzt gegenübersteht, und so mache ich das, was ich immer mache, wenn ich mich auf unsicherem Terrain bewege. Ich erinnere mich an das, was ich kann. Ich habe nicht umsonst eine jahrelange Ausbildung hinter mir.

»Es ging nie darum, was ich von dir hören will. Überleg noch einmal, was du wirklich sagen wolltest.«

Er schnaubt. »Nein, es geht um meine Gefühle, richtig?« Gefühle sagt er in einem Tonfall, wie andere Menschen Darmspiegelung sagen würden. Wie etwas, das unter gewissen Umständen nötig, aber niemals angenehm ist.

»Über deine Gefühle zu sprechen wäre ein guter Anfang. Ja.«

»Ein Anfang wofür? Meine nächste Therapiesitzung bei Dr. Linda Grünfelder? Ich bitte dich! Ich brauche keine Therapeutin in meinem Leben, Linda.«

Ich höre: Ich brauche dich nicht. Ich öffne den Mund, um etwas zu sagen, aber meine Zunge versagt mir ihren Dienst.

»Dann sollte ich jetzt wohl besser gehen.«

Wie durch einen Nebel sehe ich das Zucken in seinem Kiefer. Kurz wirkt es, als würde er einen Kampf mit sich ausfechten, doch schließlich nickt er.

»Leb wohl, Linda.«

Ohne etwas zu erwidern, drehe ich mich um. Ich stelle mir vor, wie er mir nachschaut. Seine Blicke fühlen sich an wie Messerstiche in meinem Rücken.

Damián

Das Auto auf dem Weg wird immer kleiner. Ein winziger Punkt, begleitet von aufgewirbeltem Staub. Der Staub wird sich setzen. Irgendwann. Und dann wird es sein, als wäre sie niemals hier gewesen.

Wie Feuer strömt der Atem in meine Lungen. Durch den Stoff der Reithose spüre ich die Feuchtigkeit von Ébanos Schweiß. Sein malziger Geruch umhüllt mich wie eine schwere Decke.

Als wären die Heerscharen der Hölle hinter uns her, habe ich den Hengst auf den Hügel getrieben. Hier oben, nur ein paar Schritte entfernt, habe ich mit Linda gestanden, berauscht von dem Gefühl, endlich einmal das Richtige zu tun. Zweifel und Trauer hinter mir zu lassen und sie in etwas Gutes zu verwandeln. Doch Glück ist immer nur eine Momentaufnahme. Ich hätte es wissen müssen. Womöglich wäre dann jetzt vieles einfacher.

Auch mich hat der rasante Ritt ausgelaugt. Vornüber kippe ich auf den Hals meines Pferdes und grabe die Hände in seine Mähne. Einen weiteren Abschied von Linda heute Morgen wollte ich weder ihr noch mir zumuten. Also habe ich getan, was ich immer tue, wenn alles zu viel wird. Ich bin aufs Pferd gestiegen und habe versucht, der Welt davonzulaufen. Allein mit Ébano auf der Kuppe des Feenhügels kann ich mich dem Schmerz in meiner Brust hingeben, ohne Zeugen zu haben. Den Tausendjährigen interessieren meine Sorgen sicher nicht.

Ächzend richte ich mich wieder auf. Arbeit wartet auf mich. Noch länger hier oben herumzustehen und in die Ferne zu starren, wo ein Auto im Nichts verschwunden ist, bringt mich nicht weiter.

Langsamer jetzt, mache ich mich auf den Rückweg. Linda ist weg. Sonst hat sich nichts geändert. Menschen gehen ihrer Arbeit nach, rufen mir einen Gruß zu, freundlich und gut gelaunt, als wäre es ein Tag wie jeder andere.

Ich reiche Ébano an Manuel weiter, damit er ihn abschwämmt und ihm eine extra Portion Futter gibt. Dann gehe ich in mein Arbeitszimmer.

In meinem E-Mail-Fach warten Anfragen bezüglich neuer

Shows. Ein Fernsehsender will wissen, ob ich mir vorstellen könnte, ein Filmteam auf die *Hacienda de los Caballos Blancos* einzuladen. In einer TV-Reihe über ungewöhnliche Berufe würden sie gerne mich porträtieren. Meine erste Reaktion beim Lesen der Mail ist ein wütendes *Im Leben nicht*, doch dann sehe ich das Honorarangebot und gerate ins Wanken. Die Versorgung von mehr als hundert Pferden muss finanziert werden, und ohne die Einkünfte aus meinen Touren geben wir mehr Geld aus, als wir einnehmen. Wenn ich plane, wenigstens so lange in Spanien zu bleiben, bis Luis wieder zu Hause ist, werde ich noch über ganz andere Dinge nachdenken müssen. Reitstunden, zum Beispiel, oder Bereitpferde in Pflege zu nehmen. Allein der Gedanke verursacht mir Magenschmerzen.

Ich reibe mir den Nacken und beantworte die dringendsten Mails. Andere markiere ich, um sie später zu bearbeiten. Ich hasse das Büro, solange ich zurückdenken kann. Noch nie habe ich es so sehr gehasst wie heute. Alles in diesem Raum erinnert mich an Linda und die Nacht, in der wir Revoltoso gerettet haben. Eine Nacht lang war ihre Anwesenheit und das, was wir getan haben, wichtiger als das, wofür dieses Zimmer steht. Wie soll ich jemals wieder hier arbeiten können?

Ich muss raus hier. So schnell wie möglich. Ich will nach Revoltoso sehen. Meine Beine haben andere Pläne.

Stur tragen sie mich am Haupthaus vorbei, direkt zu Nurias Wohnung. Die Tür ist nur angelehnt. Wie ein Einbrecher schleiche ich mich durchs Wohnzimmer zu dem kleinen Raum, in dem Linda die letzten Wochen gewohnt hat.

Noch immer hängt eine Ahnung von ihrem Duft in dem Zimmer. Ich lasse mich aufs Bett fallen, vergrabe das Gesicht in dem Kissen, auf dem vor ein paar Stunden noch Lindas Kopf gelegen hat. Ich ziehe die Knie an den Körper, krümme mich um die Leere in meiner Brust.

Idiot, sagt eine Stimme in mir. Idiot, Idiot, Idiot.

Das Töpfchen mit dem Olivenzweig ist aus dem Zimmer verschwunden. Auf dem Nachttisch liegt Jannis' Brief an mich. Der Grund, weshalb Linda überhaupt in mein Leben geschlittert ist.

Mit zitternden Fingern greife ich danach, lege ihn neben mich auf die Matratze und starre ins Nichts. Es sollte nicht mehr so wehtun, oder? Ich habe doch alles richtig gemacht. Ich habe mit Linda geredet, ich habe ihr den Ölzweig mitgegeben, Abschied genommen und mich mit dem Schicksal versöhnt. Zumindest habe ich das geglaubt. In Wahrheit habe ich nichts geschafft.

Trauer drückt mich nieder wie eine düstere Gestalt, nimmt mir die Kraft, mich zu bewegen, wieder aufzustehen, weiterzumachen. Zukunft, Gegenwart und Vergangenheit fließen zusammen in einem einzigen schwarzen Loch.

Wie lange ich so liege, weiß ich nicht. Das Knirschen von Autoreifen auf Kies lässt mich auffahren. Mein Kopf fühlt sich wattig an, als hätte ich geschlafen. Vielleicht habe ich das auch. Einen traumlosen Schlaf, der weder Erholung noch Erleichterung bringt. Mein Herz rast, als ich mich aufrichte. Einen kurzen Augenblick lang gebe ich mich der Hoffnung hin, dass Linda zurückkommen könnte.

Ein Blick aus dem Fenster macht die Hoffnung zunichte.

Nicht Lindas kleiner Mietwagen rollt die Auffahrt zum Hof entlang, sondern Ramóns Pick-up.

Ich stöhne, kneife mir mit Daumen und Zeigefinger die Nasenwurzel, aber auch das vertreibt nicht den Nebel aus meinem Kopf. Ein schöner Bruder bin ich, der vergessen hat, dass Ramón und Sofía heute aus Deutschland zurückkommen sollten. Sollten sie? Haben sie uns ihre Rückkehr angekündigt? Nicht einmal darüber bin ich mir noch sicher.

Reiß dich zusammen, Álvarez! Ich stecke Jannis' Brief ein und stehe auf.

Ramón ist bereits dabei, seinen Koffer vom Rücksitz der Fahrerkabine zu hieven, als ich den Parkplatz erreiche. Ich blinzle. Die Sonne brennt mir in den Augen. Sofía ist nirgends zu sehen.

Mein Bruder stellt den Koffer auf den Boden, legt den Kopf schief, um seine Hals- und Schultermuskulatur zu dehnen. Dann sieht er mich. »Damián«, ruft er. Er klingt nicht weniger erschöpft, als ich mich fühle.

»Ich war mir nicht sicher, ob du heute kommst.« Sollte er es mir gesagt haben, kann er direkt sein Urteil fällen. Meinem heiligen Bruder würde so was nie passieren.

Doch Ramón zuckt nur mit den Schultern. »Ich hatte nicht Bescheid gesagt.«

»Ah.« Mein Blick fällt auf den Koffer. »Wo ist Sofía? Ist sie in Deutschland geblieben?«

Er schüttelt den Kopf. »Sie ist in Jédula. Bei ihren Eltern.« Sofías Eltern gehören zu einer der ältesten Familien Andalusiens. Wie früher die Álvarez betreiben sie eine Kampfbullenzucht. So haben Ramón und Sofía sich kennengelernt. Es ist nicht ungewöhnlich, dass Sofía ihre Eltern besucht. Dass Ramón sie dabei nicht begleitet, dagegen sehr. Im Kopf lege ich mir schon eine Frage zurecht, doch dann besinne ich mich anders. Was Sofía und Ramón tun, geht mich schließlich nichts an.

»Okay. Also dann. Ich muss weiter. Bis …«

»Sofía wird nicht mehr zurückkommen.« Ramóns Stimme hält mich auf. »Wir haben uns getrennt.«

Ich fahre herum. Kurz glaube ich, mich verhört zu haben.

»Es ist ja kein Geheimnis, dass es zwischen uns in letzter Zeit nicht zum Besten stand. In Deutschland hatten wir viel Zeit zum Reden. Wir konnten nicht die ganze Zeit bei

Luis sein. Abgesehen davon hätte er das auch gar nicht gewollt.«

Mein Bruder redet schnell. Das allein ist ein Zeichen, wie neben der Spur er ist.

»Wie auch immer.« Schweiß rinnt an seiner Schläfe hinab. Mit einer fahrigen Geste wischt er ihn sich von der Haut. »Wir sind zu dem Schluss gekommen, dass ich ihr nicht geben kann, was sie braucht. Wenn wir zusammengeblieben wären … wir hätten uns nur immer weiter unglücklich gemacht.«

»Madre mía!« Mehr fällt mir dazu im Moment nicht ein. Scheiß Unfähigkeit, die richtigen Worte zu finden. Als großer Bruder sollte ich zu mehr fähig sein, als nur einen Fluch auszustoßen. Trost oder Aufmunterung. Aber das Arschloch, das ich bin, ist zu beschäftigt mit seinem eigenen Müll.

Ramón hilft mir aus der Klemme und wechselt das Thema. »Wo ist Linda?«

»Auch weg.« Ein bitteres Lachen entfährt mir. »Schätze, ich konnte ihr auch nicht geben, was sie braucht.«

Hier stehen wir also, zwei jämmerliche Versager. Vielleicht liegt es uns Álvarez-Männern im Blut, nicht lieben zu können. Erstaunen würde es mich nicht.

Ramón steckt die Hände in seine Hosentaschen. Er sieht genauso hilflos aus, wie ich mich fühle. »Das tut mir leid. Nuria hatte mir am Telefon erzählt, wie glücklich ihr zusammen …«

»Ich muss los. Wir haben ein neues Pferd …«

»Damián?« Wieder hält mich Ramón zurück. Sein Blick ist voller Mitgefühl. Er zögert kurz. »Wenn ich mir das neue Pferd anschauen soll …«

»Ja, das wäre gut.« Ich nicke. Der Teufel soll mich holen, wenn es wirklich seine Hilfe als Tierarzt ist, die er mir anbieten wollte. Gut, dass er es sich anders überlegt hat. Über Pferde kann ich immer reden.

»Ich glaube, er hat Schmerzen.«

»Sobald ich mich umgezogen habe, sehe ich nach ihm. Wie heißt er?«

»Revoltoso.« Ich nicke in Richtung Stall. »Ich geh schon mal vor. Sag Bescheid, wenn du so weit bist. Ich bin immer bereit.«

Bereit für den verdammten Rest meines Lebens. Was für eine beschissene Lüge.

Linda

Jenny hüpft auf und ab, als sie mich erspäht hat. Sie winkt mit beiden Händen und sieht aus, als würde sie sich wirklich freuen, mich nach drei Wochen wiederzusehen.

»Linda! Hey, wie schön, dass du wieder da bist. Mann, ich habe dich vermisst.«

Ich lasse den Griff des Trolleys los und verziehe die Mundwinkel nach oben. Das muss als Lächeln genügen

Natürlich lässt sich Jenny nicht täuschen. »Du schaust echt scheiße aus.«

»Ich mag dich auch. Soll ich lieber ein Taxi nehmen?«

»Nicht nötig.« Sie schnappt sich den Trolley und navigiert mich durch die Traube der Wartenden in Richtung der Parkplätze. »Aber Ehrlichkeit hat noch keinem Menschen geschadet. Wie kommt es, dass du nicht aussiehst wie das blühende Leben? Ich dachte, du warst drei Wochen in der Sonne.«

»Ich bin ja auch braun geworden.« Zum Beweis zeige ich ihr meine Unterarme. Statt käseweiß ist die Haut dort nun goldbraun.

»Beeindruckend«, bestätigt Jenny und deutet auf die nächstgelegene Glastür. »Wir müssen hier lang. Ich stehe im Kurzzeitparken. Gut, dass dein Flieger keine Verspätung hatte.«

»Ich kann dir das Geld fürs Ticket zurückgeben.« Die überteuerten Parkpreise am Franz-Josef-Strauß-Flughafen sind stadtweit bekannt.

»Du kannst dich auch auf andere Weise revanchieren.« Über die Schulter wirft sie mir ein freches Grinsen zu.

»Was meinst du?« Mein Hirn ist noch nicht bereit, um Jennys Gedankengängen zu folgen.

Der Ticketautomat surrt und klickt, während Jenny ihn mit Münzen füttert. »Na, du kannst mir alles erzählen, bis in die Details. Komm schon, ich will wetten, hinter den lila Schatten unter den Augen und den hängenden Schultern steckt eine Wahnsinnsgeschichte.«

»Du weißt, dass ich keine therapeutischen Details …«

»Pfff.« Jenny verdreht die Augen. »Kein Mensch spricht von therapeutischen Details. Ehrlich, Linda, du müsstest mich gut genug kennen, um zu wissen, dass das das Letzte wäre, worüber ich mit dir reden will. Außerhalb der Praxis hab ich keinen Bedarf für eine Psychiaterin. Vielen Dank auch.«

Wir sind an Jennys Wagen angekommen. Sie öffnet den Kofferraum und macht sich daran, mein Gepäck einzuladen.

Als ich keine Anstalten mache, ihr zu helfen, dreht sie sich zu mir um. »Das Ding wiegt mindestens zehn Tonnen. Ich bin keine Gewichtheberin.«

»Was hast du gesagt?« Ich denke an Jennys Worte. In all dem Geplapper gab es einen Satz, der mich aufhorchen ließ.

»Kannst du mir mal mit deinem Mordstrumm von Koffer helfen? Wir haben hundert Grad heute. Körperliche Anstrengung bei dieser Affenhitze ist ungesund.«

»Nicht das.« Ich schüttle den Kopf.

Endlich lässt Jenny von dem Trolley ab und sieht mich an. »Geht es dir gut?«

»Sag das noch mal«, fordere ich sie auf. »Was du gerade gesagt hast.«

»Himmel, Linda, ich rede viel, wenn der Tag lang ist. Kein Mensch kann verlangen, dass ich mich an jedes Wort erinnere.«

»Du hast gesagt, dass du keinen Bedarf für eine Therapeutin hast.« Hier geschieht etwas Großes. In einem Film gäbe es jetzt dramatische Hintergrundmusik. Zoom auf das Gesicht der Heldin, die gerade eine Erleuchtung hat, eine plötzliche Erkenntnis. Und das auf dem Parkplatz vor Terminal 1 des Münchner Flughafens.

Jenny, vollkommen ahnungslos, schüttelt den Kopf. »Ja, und? Ich meine, ich weiß ja, dass du toll in deinem Job bist und deine Aufgaben sehr ernst nimmst und alles. Trotzdem bin ich lieber deine Freundin. Ist das ein Problem?«

Ein Lächeln erblüht auf meinem Gesicht. So breit, dass mir die Wangen schmerzen. »Ganz und gar nicht.«

»Super. Können wir dann jetzt den Koffer …«

»Klar.«

»Bist du dir sicher, dass es dir gut geht? Du wirkst irgendwie …« Sie stockt, sucht nach dem richtigen Wort.

»Durcheinander?«

Sie nickt.

»Ja, das bin ich wohl. Und traurig. Und ziemlich durch den Wind.«

Jenny starrt mich nur an.

»Was ist?«, frage ich.

»Nichts.« Sie zuckt mit den Schultern. »Ich bin nur erstaunt.«

»Dass es mir nicht gut geht? Du hast doch selber gesagt …«

»Nein, dass du es zugibst«, erwidert sie. »Ehrlich, es muss noch schlimmer um dich stehen, als ich geglaubt habe.

Dr. Linda Grünfelder, die eingesteht, dass sie einmal nicht alles im Griff hat? Unmöglich.«

»Gott, bin ich wirklich so schlimm?« Ich reibe mir die Augen. Erleuchtung hin oder her, ich brauche jetzt erst mal eine Pause.

»Nein«, meint Jenny, und diesmal ist ihr Lächeln kein bisschen neckend oder provozierend, sondern warm und freundschaftlich. »Du bist einfach du. Niemand kann immer alles im Griff haben, und das ist okay so.«

Keine Ahnung, ob ich ihr in diesem Punkt zustimme. Würde es hier um irgendjemand anderen gehen, klar. Aber was mich betrifft? Da bin ich zwiegespalten. »Sollten wir nicht endlich den Koffer einladen? Nicht dass du nachzahlen musst.«

Jenny ist wirklich eine tolle Freundin. Sie bombardiert mich nicht mit Fragen, während wir nach Hause fahren, sondern lässt mich schweigend neben ihr sitzen. In meinem Kopf rattern die Gedanken weiter.

Kapitel 15

Damián

Die Zeilen sind auf Englisch geschrieben. Die Worte verschwimmen vor meinen Augen, und kurz wünsche ich mir, ich hätte diese Sprache nie gelernt. Dann hätte ich einen Grund, mich dem hier nicht stellen zu müssen. Dann hätte das Schicksal für mich entschieden.

Aber je länger ich auf den Brief starre, desto klarer wird das Schriftbild. Buchstaben formen Worte. Worte bilden Sätze, und ehe ich mich bewusst dazu entschieden habe, lese ich:

An meinen Vater
Ich wünschte, ich hätte dir das persönlich sagen können, aber du sollst wissen, für das, was ich getan habe, gibt es keine Schuld. Versuche nicht, dir etwas anzuhängen, was du niemals hättest ändern können, auch dann nicht, wenn du sofort nach München gekommen wärst, um mich zu treffen. Ein Treffen hätte nichts geändert. Ich will nicht sterben, aber ich kann nicht mehr leben. Dies ist ein Kampf, der niemals gewonnen werden konnte. Nicht von mir. Nicht von dir. Nicht von Mama oder Dr. Grünfelder.

Du hast nicht gefehlt in meinem Leben, auch wenn ich dich gerne kennengelernt hätte. Ich hätte gerne gewusst, wer mir die Form meiner Nase vererbt hat und die Farbe meiner Haare und Augen. Aber eigentlich ist das alles nicht wichtig, denn ich hatte genug. Wunderbare Freunde, eine tolle Mutter und Menschen, die sich nichts mehr für mich wünschen, als dass ich glücklich bin.

Die Sache ist nur die: Ich kann nicht glücklich sein. Egal, wie sehr ich mich bemühe, das, was sich alle für mich wünschen, kann ich niemals sein.

Denke nicht, ich hätte eine Wahl getroffen, weil du nach Mamas Anruf nicht nach München gekommen bist oder weil irgendwer etwas falsch gemacht hat. Hätte ich eine Wahl gehabt, hätte ich mich anders entschieden, aber für mich gibt es nur einen Weg. Niemand kann verstehen, wie es mir geht oder wie düster es in meinem Kopf aussieht. Wahrscheinlich ist das gut so.

Ich hoffe, du wirst mir verzeihen, wenn du beginnst zu begreifen, dass es mir jetzt gut geht. Ich muss die Dämonen in meinem Kopf nicht mehr bekämpfen, ich muss nicht mehr versuchen, ein Leben zu führen, das nie meines war. Ich war so müde. So, so, so müde – und endlich bin ich frei.

Jannis

Dieser Brief. Dieser fürchterliche Brief. Ich hätte ihn nicht lesen sollen. Im Leben nicht. Wie soll ein Mann es ertragen, einen solchen Brief zu lesen?

Wann immer ich meinen Blick schweifen lasse, fällt er auf das verdammte Blatt Papier, fallen gelassen auf dem Tisch vor dem Sofa im Büro, und ich wünsche mir, ich hätte ihn niemals geöffnet.

Der *Oloroso* brennt sich mir die Kehle hinab. Es ist nicht der erste Schluck Sherry, den ich heute Abend trinke. Bei Weitem nicht.

Ich rülpse. Bittere Flüssigkeit nimmt den falschen Weg die Speiseröhre entlang und sammelt sich sauer in meinem Mund.

Jannis ist tot, und Linda hatte recht. Der Junge war ein verdammter Superheld. Seine Zeilen beweisen es. Wie stark muss man sein, jahrelang den Schmerz auszuhalten, leben und lachen zu wollen, es aber einfach nicht zu können? Und warum? Wegen irgendeines scheiß Kurzschlusses im Gehirn. Eine Störung in der Hirnchemie, oder so ähnlich, hat es Linda genannt. Weiß der Teufel, was genau das heißt, ich weiß es nicht. Alles, was ich weiß, ist, wie tapfer dieser Junge gewesen sein muss, mir diese Zeilen zu schreiben. Eben ein Superheld.

Und was bin ich?

Ein widerwärtiger, selbstmitleidiger Wurm, der sich nicht anders zu helfen weiß, als seinen Kummer auf dem Grund einer Flasche hochpreisigen Sherrys zu versenken.

Prost.

Ein Schluck noch, dann fällt mir die Flasche aus der Hand. Der letzte mickrige Rest Alkohol verteilt sich auf dem Fußboden. Was macht ein Fleck mehr oder weniger auf den zerschrammten Dielenbrettern schon aus?

Ich mache mir nicht die Mühe, die Flasche wieder aufzustellen. Die Hand lasse ich, wo sie ist. Herabbaumelnd über der Kante des Sofas. Der alte Cordstoff stinkt nach Staub und Versagen. Aber zurück in mein Schlafzimmer zu gehen bringe ich nicht fertig. Nicht einmal eine ganze Schnapsfabrik würde genügen, um mir dort die Erinnerung an Linda aus dem Kopf zu saufen.

Tja, mein Junge, sieht aus, als wäre ich genauso wenig in der Lage, glücklich zu sein, wie du. Wer weiß, vielleicht ist doch alles meine Schuld, und es waren meine beschissenen Gene, die meinen Sohn in ein Leben endloser Dunkelheit verbannt haben. Ist Unglücklichsein vererbbar? Könnte sein, wenn ich mir meinen Vater anschaue.

Noch einmal rülpse ich. Flatternd fallen mir die Augenlider zu. Dunkelheit kriecht auf mich zu. Wabernd und unstet. Dann, irgendwann, nichts.

Das Erste, was ich am nächsten Morgen wahrnehme, ist der säuerliche Geschmack im Mund. Ich öffne blinzelnd die Augen. *Wo zur Hölle bin ich?* Mein Blick fällt auf die umgekippte Sherryflasche am Boden, den hässlichen Fleck eingetrockneten Weinbrands auf den Dielenbrettern und schließlich den Brief.

Jannis' Brief.

Mierda! Meine Erbärmlichkeit hat einen neuen Höchstpunkt erreicht. Welcher Kerl schafft es nach einem Besäufnis nicht einmal mehr ins eigene Bett? Was für ein Loser tut so etwas?

Irgendwie schleppe ich mich bis ins Badezimmer. Der Geruch, der von mir ausgeht, verursacht mir Übelkeit. Achselschweiß, Alkohol und schlechter Atem. Toll, Álvarez. Du bist ein waschechter Held.

Zumindest setzt der Gestank Prioritäten. Als Erstes muss ich duschen. Alles andere kann warten.

Den Temperaturregler stelle ich auf kalt. Heißes Wasser wäre definitiv zu viel für meinen gebeutelten Kreislauf.

Ich pruste und keuche unter dem eisigen Wasserstrahl, aber es lohnt sich. Die Kälte sagt den Nebeln in meinem Hirn den Kampf an. Langsam klärt sich mein Kopf. Zurück bleiben ein hämmernder Schmerz hinter der Stirn und das flaue Gefühl im Magen. Und die Gedanken an einen jungen Mann, der in seinen schwersten Stunden an mich gedacht hat.

Ich putze mir die Zähne, bis der Schaum rosa von Blut ist. Erst dann wage ich einen Blick in den Spiegel.

Die Kreatur, die mir entgegensieht, ist ein Wrack. Strähnige Haare hängen ihr in die Stirn, die Augen sind verquollen, der Bartschatten auf Wangen und Kinn ist unregelmäßig und fleckig. Ihr Blick ist leer, die Miene ausdruckslos. Die seelenlose Hülle eines Mannes, der zu viel verloren hat, um das Gute zu erkennen, das ihm geblieben ist.

Aus dem Spiegel blickt mir mein Vater entgegen. Nicht der sabbernde, verwirrte Greis, der im oberen Stock des Hauses lebt, sondern der Vater meiner Kindheit. Der Mann, der sich aus Trauer um seine Frau in einen Kokon aus Arbeit und Unnahbarkeit gehüllt hat. Ich wollte nie sein wie er, und doch bin ich sein Abbild geworden. Die Haare etwas länger, die Schultern ein wenig schmaler, die Lippen ein wenig voller, dennoch nicht mehr als eine traurige Kopie.

Aus der Leere in meinem Bauch steigt Wut.

Ich packe den nächstbesten Gegenstand und schleudere ihn gegen den Spiegel. Zum Glück ist es nur ein Päckchen Taschentücher. Es prallt vom Glas ab, landet im Waschbecken. Das Spiegelbild bleibt.

»*No!*« Ich schreie die Kreatur im Spiegel an, brülle mir den Frust aus dem Leib. »Ich bin nicht du! Du hättest dich anders entscheiden können! Du hättest uns sehen können! Du hättest für uns da sein können! Du wolltest nur nicht. Du wolltest nicht. Du … wolltest … nicht.«

Die Schreie verwandeln sich in Schluchzer.

Ich lasse den Tränen freien Lauf, heule wie ein verwundeter Kojote. Trauer hat Papá zu einem Monster gemacht. Warum lasse ich zu, dass mit mir dasselbe geschieht?

Ich kann entscheiden, was für ein Mann ich sein will. *Ich* kann bestimmen, was ich tue und wen ich liebe. *Ich* habe die Wahl. *Ich* kann entscheiden. Ich bin gesund und ich bin frei.

Ich! Ich! Ich!

Egoist, schreit Papás Stimme in meinem Kopf mich an. Tust nur, was dir selbst gefällt. Kein Geld der Welt kann aufwiegen, was du den Bach runtergehen lässt.

Ich presse mir die Hände auf die Ohren, schüttle den Kopf. *Hör nicht hin. Sei du selbst.* Ich kann entscheiden. Es ist meine Wahl. Jeden Tag aufs Neue. Linda darf nicht umsonst in meinem Leben gewesen sein. Nur dank ihr habe ich den Mut aufgebracht, Jannis' Brief zu lesen. Traurig zu sein ist kein Makel. Ich darf traurig sein und wütend, ich habe meinen Sohn verloren, verdammt noch mal! An anderen Tagen darf ich lachen und glücklich sein und stolz auf das, was ich erreiche. Die Sache ist nämlich die: Egal, wie oft ich strauchle, egal wie oft ich falle, ich kann immer wieder aufstehen.

Es ist meine Wahl!

Mit neuer Energie rasiere ich mir geradezu lächerlich entschlossen die Stoppeln vom Gesicht. Ich trage sogar Feuchtigkeitscreme auf und fische mir ein knitterfreies Polohemd aus dem Schrank

Für ein Frühstück ist mein Magen nicht bereit. Wie ein Sonnenstrahl blitzt die Erinnerung an das Katerfrühstück auf, das ich Linda ans Bett gebracht habe. Ein Wunder, dass sie mich mit dem Tablett nicht aus dem Zimmer gejagt hat. *Boquerones* würde ich heute Morgen auf keinen Fall vertragen. Selbst die Aussicht auf Kaffee hat nichts Verlockendes, also mache ich mich direkt auf den Weg in den Stall.

Der Kopfschmerz lässt nach, als ich den vertrauten Geruch von Hafer und Heu einatme. Ébano wiehert zur Begrüßung, Trajano schnaubt mir ins Gesicht.

Ich streichle ihnen über die Nase und rede mit ihnen, sehe nach dem Rechten und arbeite mich langsam bis zur letzten Box im Stall vor. In der offenen Tür steht Ramón. Er hält ein Klemmbrett vor dem Bauch und notiert etwas darauf.

»Wie sieht's aus?« Ich halte mich nicht mit Begrüßungsfloskeln auf. Aller guten Vorsätze zum Trotz bin ich immer noch ich. »Hast du irgendetwas rausgefunden?«

Mein Bruder hebt den Kopf und sieht mich an. Wenn ich eine Wette abgeben müsste, würde ich darauf setzen, dass seine Nacht nicht viel besser war als meine. Auch unter seinen Augen liegen violette Schatten, und seine Haut hat diesen blassen Unterton, der für Erschöpfung und Schlaflosigkeit spricht.

»Er ist zweifellos traumatisiert. Unterernährt, in schlechtem Pflegezustand. Am meisten Sorge macht mir sein Kiefer. Ich würde ihn gerne röntgen lassen. Dazu müssten wir ihn aber noch mal verladen. Meinst du, wir schaffen das?«

»Was ist mit dem Kiefer?«

»Ist dir die Schwellung am Maul aufgefallen? Ich fürchte, das ist ein schlecht verheilter Bruch. Das würde auch erklären, warum er die Trense verweigert und so berührungsempfindlich ist.«

»Und wenn es so wäre? Könntest du dann etwas für ihn tun?«

»Ich könnte ihn operieren. Den Kiefer neu ausrichten, drahten. Danach Antibiotika, tägliche Spülungen und wenn alles verheilt ist, eine zweite OP, anschließende Chiropraktik, du weißt, wie so etwas läuft. Das ist viel Stress, selbst für ein psychisch gesundes Pferd. Bei unserem Freund hier …«

Ich knirsche mit den Zähnen. »Du meinst, es wäre besser, ihn zu erlösen?« Ich will vom Tod nicht als Erlösung denken, ganz besonders heute.

Ramón schüttelt energisch den Kopf.

Augenblicklich atme ich auf.

»Nein. Aber es wird ein langer Weg. Und auch wenn wir alles Menschenmögliche tun, könnte es sein, dass du aus ihm nie wieder ein umgängliches Reitpferd machen wirst. Ich kann nur seinen Körper heilen, was die seelischen Narben angeht, bin ich machtlos.«

»Das macht ihn nicht weniger wertvoll.«

Ramón hebt eine Augenbraue. Eine winzige Geste, hinter der jede Menge Fragen stecken. Wertvoll für wen? Anhand welcher Maßstäbe?

Nüchtern betrachtet ist ein traumatisiertes Pferd gemessen an seiner Wirtschaftlichkeit toter Ballast.

»Ich brauch kein perfektes Pferd, aber er verdient eine Chance.«

»Ich bin froh, dass du das so siehst.« Ramóns Lächeln ist traurig und müde. Auf einmal verspüre ich den Drang, meinen Bruder in die Arme zu nehmen.

Einmal, ein einziges Mal, hinterfrage ich meine Gefühle nicht, sondern mache einfach, wonach mir ist, und ziehe ihn an mich.

Ramón gibt ein erstauntes Ächzen von sich.

»Gut, dass du wieder zu Hause bist, kleiner Bruder«, brumme ich ihm ins Ohr. Gleichzeitig dresche ich ihm auf die Schulter. Schließlich sind wir Männer und keine Schulmädchen. »Wir brauchen dich hier, weißt du? Jetzt fehlt nur noch Luis. Alles andere wird sich fügen.«

»Hoffentlich.« Ramóns Blick verliert sich im Nichts. Sind das Tränen in seinen Augen? Scheiße.

»Komm.« Ich nehme ihm das Klemmbrett ab und schiebe es in das Fach vorne an der Boxentür. »Lass uns reden. Ich will wissen, wie es dir geht.«

Mein Bruder sieht mich an, als würde ein Geist vor ihm stehen.

Jaja, ich weiß. Ich und über Gefühle sprechen ist ein Widerspruch, aber ich arbeite dran, okay? Zumindest versuchen kann ich es. »Frag nicht. Und schraub deine Erwartungen herunter, was brüderlichen Rat angeht. Ich sag nämlich nicht, dass ich gut darin bin, zu helfen. Aber ich glaube, wir beide können gerade ein offenes Ohr gebrauchen.«

»Hat der Sherry dir nichts mehr zu sagen? Deine Fahne riecht man zehn Kilometer gegen den Wind.«

Ich verziehe das Gesicht. »Reden wir lieber nicht darüber. Nur so viel: Der Alkohol und ich haben beschlossen, unsere

Hassliebe fürs Erste zu beenden. Mir gefällt nicht, was ich im Spiegel sehe, wenn ich zu viel getrunken habe.«

»Das ist ein Wort.«

Wir müssen nicht absprechen, wohin wir gehen. Die Sattelkammer zwischen zwei der Stallgebäude war schon immer unser geheimer Rückzugsort. Früher stand hier alles voller kaputter Arbeitsgeräte, dazu rostige Trensen und zerschlissene Sättel. Heutzutage präsentiert sich die Kammer aufgeräumt und wohl organisiert. In Reih und Glied hängen Trensen und Geschirre an der Wand. Ein Namenschild an den Halterungen zeigt, zu welchem Pferd sie jeweils gehören. Jeder Sattel liegt auf einem ebenfalls beschrifteten Bock. Gelenkgels, Sattelfette und Putztücher haben ihren Platz in Regalen, ebenso die verschiedenen Bürsten, Kardätschen, Striegel und Hufkratzer.

Doch noch immer steht an der rückwärtigen Wand eine Seemannskiste mit rostigen Verschlägen und einer dicken Staubschicht auf dem Deckel. Niemand darf sie anrühren, ein ehernes Gesetz, das alle Pfleger und Bereiter kennen. Diverse Gerüchte kursieren, was ich in der Kiste verstecke. Die Knochen meiner ärgsten Konkurrenten, Drogen, exzentrische Frauenklamotten, in die ich mich heimlich in Vollmondnächten werfe. Die Gerüchteköche wären enttäuscht, würden sie erfahren, dass sie in Wahrheit leer ist. Gefüllt mit nichts als Erinnerungen an eine Zeit, als Ramón und ich einander die einzige Stütze waren.

Wir setzen uns auf die Kiste. Wir sind größer, als wir es als Jugendliche waren. Wenn wir uns einander zuwenden, berühren sich unsere Knie. Ob wir auch erwachsener geworden sind, muss sich noch zeigen.

Ich wünschte, Linda wäre hier. Sie wüsste, wie sie dieses Gespräch beginnen soll. Aber sie ist nicht da. Ich habe sie verloren, also muss ich selbst den Anfang finden.

»Dann ist es mit dir und Sofía wirklich aus? Meinst du nicht, sie überlegt es sich noch einmal anders, wenn sie ein wenig Abstand hatte? Ihr seid seit über zehn Jahren ein Paar.«

Ramón schüttelt den Kopf. »Ich bin unfruchtbar, Damián. Erinnerst du dich an diese schlimme Grippe, die ich hatte, in dem Winter nach Mamás Tod?«

Ich schüttle den Kopf. Ramón war damals ständig krank gewesen.

»Das war keine normale Grippe, sondern Mumps. Scharf schießen ist bei mir nicht mehr drin.«

Ramóns Worte sind ein Schock für mich. Und was tue ich? Ich sitze hier und heule, weil ich meine Chance auf die Liebe verpasst habe. Weil ich nicht den Mumm hatte, das Maul aufzukriegen. Ich fühle mich wie ein verdammtes Arschloch.

»Aber weißt du, es ist okay«, fährt Ramón fort und schluckt schwer. »Ich meine, sicher, ich bin traurig. Ich dachte, Sofía und ich«, er stockt kurz, »ich dachte, wir hätten etwas Gutes miteinander. Doch die Wahrheit ist: Sie wollte nicht *mich*, sie wollte nur die Idee des Lebens, das sie sich mit mir vorgestellt hat.«

»Das ist ziemlich harter Tobak.« Ich weiß nicht, was ich sonst sagen soll.

»Es ist, wie es ist. Sie will einen Mann *und* Kinder, eine richtige Familie, und das kann ich ihr nicht bieten.« Er seufzt. »Ich habe ihr gesagt, wir können auch ohne Kinder glücklich werden. Sie wollte nach Holland oder Tschechien oder Kanada, was weiß ich, wo man sich mit anonymem Samen befruchten lassen kann.«

»Du solltest das Kind von einem fremden Mann großziehen?« Allein die Idee finde ich absurd.

»Für viele Menschen ist das eine gute Option.«

»Aber nicht für dich.«

Er schüttelt den Kopf. »Nicht, wenn es Sofía zur Bedingung für unsere Beziehung macht.« Noch einmal seufzt er, und in dem Ton höre ich das Echo zahlreicher Streits und zehrender Gespräche. »Ich werde darüber wegkommen.«

»Sicher?« Ich kann nicht anders, als ihn skeptisch anzuschauen. Ramón ohne Sofía? Mein Kopf weigert sich, das zu begreifen.

»Sicher.« Er klingt entschlossen. »Und ich kann dir auch sagen, warum. Ich habe alles getan, was ich tun konnte. Ich habe wirklich um meine Frau gekämpft. Wenn ich etwas bereuen müsste, grübeln müsste, ob ich irgendetwas falsch gemacht habe, wäre das anders. Aber so ist es nicht. Das, was Sofía sich wünscht, kann ich ihr nicht geben. So einfach ist das.«

Es ist nicht das erste Mal, dass er das heute sagt. Vielleicht tut er es, um sich selbst zu bekräftigen. Mein kleiner Bruder hat mir einiges voraus. Er hat nicht weniger verloren als ich. Himmel, wahrscheinlich hat er sogar mehr verloren. Aber er hat gekämpft.

»Weißt du was?« Wieder schließe ich ihn in meine Arme. Diesmal fällt die Umarmung weniger schroff aus und dauert ein bisschen länger. »Ich bin verdammt stolz auf dich.«

»Danke, Damián.«

Etwas abrupt stehe ich auf. Ramón bleibt sitzen, runzelt die Stirn. »Zu viel Brüderlichkeit?«

Grinsend schüttle ich den Kopf. »Das nicht. Aber ich muss etwas erledigen. Wird Zeit, dass ich endlich mit dem anfange, was ich längst hätte tun sollen.«

»Und das wäre?«

»Kämpfen.«

Das *Haus Andreas*, wie die Suchtklinik unter der Leitung von Prof. Dr. Dr. Meyerbrink heißt, befindet sich in der Nähe des Arabellaparks, sehr verkehrsgünstig gelegen zwischen Mittlerem Ring und Engelschalkinger Straße.

Statt auf das unwahrscheinliche Glück eines Parkplatzes zu hoffen, nehme ich die U-Bahn zu dem Bewerbungsgespräch mit Prof. Meyerbrink. Kaum trägt mich die Rolltreppe aus der Unterwelt des Münchner Verkehrssystems an die Oberfläche, erschlagen mich der Lärm und die Hektik der Stadt. Am Busbahnhof warten vier Busse mit zischender Hydraulik auf Fahrgäste, Mütter mit Kinderwagen eilen an mir vorbei, beinahe remple ich eine Rollstuhlfahrerin an, als ich einem hektisch gestikulierenden Geschäftsmann ausweiche, der lautstark auf Arabisch telefoniert. Mit dröhnendem Motor rast ein gelber Porsche gerade noch rechtzeitig über eine auf Rot springende Ampel. Autos bremsen, andere fahren an, um die kurze Grünphase auszunutzen. Aus den offenen Fenstern eines tiefergelegten BMW dröhnt türkischer Pop, und an der Fußgängerampel brüllt ein Mädchen mit löchriger Jeans und bauchfreiem Oberteil ihren Freund an, was für ein Arschloch er sei, dass er hinter ihrem Rücken mit einer anderen getextet hat. Ein Mann mit einem Labrador an der Leine kann sich nur schwer das Lachen verkneifen.

Ich schiebe meine Handtasche vor den Bauch und umklammere das glatte Leder. Das alles ist … zu viel. Die Menschen. Der Lärm, die Abgase, das Wummern und Dröhnen der Stadt, in der ich von Geburt an lebe.

Meine Vorbereitung auf das Bewerbungsgespräch war geradezu vorbildlich. Ich habe im Internet alles über das *Haus Andreas* recherchiert, aktuelle Fachbeiträge zum Thema Suchterkrankungen gelesen, um mein Wissen aufzufrischen, mit ehemaligen Kommilitonen telefoniert und mir mögliche Antworten zu gängigen Bewerbungsfragen notiert. Trotzdem bin ich nicht bereit. Egal mit wie vielen Fakten ich mein Hirn gefüttert habe, jetzt herrscht in meinem Kopf Leere. Ein Vakuum, das dichter wird, je verzweifelter ich versuche, es zu füllen.

Am Empfang der Klinik nenne ich meinen Namen. Doktor Grünfelder. Selbst der vertraute Titel kommt mir kaum über die Lippen. Linda, will ich sagen. Ich bin einfach nur Linda.

Zum Glück scheint die Empfangsdame meine Unsicherheit nicht zu bemerken. Mit einem gnädigen Lächeln erklärt sie mir den Weg zum Büro des Chefarztes.

»Prof. Meyerbrink erwartet Sie.«

»Danke.«

Alles, was ich von der Klinik sehe, wirkt ultramodern und wie geleckt. Glänzender Marmorboden, Möbel aus Stahl und Leder, geschickte Lichtakzente und Grünpflanzen in anthrazitfarbenen Übertöpfen. Ich frage mich, wie all die Makellosigkeit wohl auf einen Suchtkranken wirken mag, der gerade auf H-Entzug ist und sich deshalb in der Nacht zuvor eingekotet und -genässt hat.

Prof. Meyerbrink ist nett. Er beginnt unser Gespräch mit freundlichem Small Talk und kommt dann auf meine beruflichen Qualifikationen zu sprechen, fragt mich nach meinem Werdegang, meinen Erfahrungen und nach meiner Meinung zu bestimmten Therapie- und Diagnoseansätzen.

Meine knappen Antworten kommen mir wie abgespult vor.

Preise, Forschungsstipendien, Veröffentlichungen – ich rassle alles herunter, und Prof. Meyerbrink hört mir aufmerksam zu. Immer wieder schreibt er etwas in sein ledergebundenes Notizbuch.

Nach etwa einer halben Stunde klappt er das Buch geräuschvoll zu und lehnt sich in seinem Stuhl zurück. Mit den Fingerspitzen formt er ein Dach vor der Brust. »Sehr beeindruckend«, sagt er und lächelt mich an. »Wenn es Ihnen nichts ausmacht, würde ich mich gerne noch ein wenig mit Ihnen unterhalten. Nicht über Berufliches, einfach von Mensch zu Mensch. Wir sind ein kleines Team. Da ist es wichtig, dass man sich kennt und vertraut.«

»O…kay.« Einfach so unterhalten? Bei einem Bewerbungsgespräch? Ich greife nach dem Wasserglas auf dem Tisch. Mein Mund fühlt sich plötzlich sehr trocken an.

»Erzählen Sie mir doch einfach etwas über sich.«

»Sie meinen …«

Er muss meine Irritation bemerken, denn er kommt mir zu Hilfe. »Ja, mich würde zum Beispiel interessieren, welche Hobbys Sie haben?«

Hobbys? Meine Ratlosigkeit muss mir ins Gesicht geschrieben sein, denn Meyerbrink lacht ein wenig.

»Keine Angst. Es gibt hier keine falsche Antwort. Wir lernen uns nur ein wenig kennen.«

Ich lecke mir mit der Zunge über die Lippen. Hobbys also. Ich habe keine Ahnung, was ich antworten soll. »Ich … ähm, ich lese gerne.« Lesen ist immer gut, oder?

»So?« Meyerbrinks Miene erstrahlt. »Was war das letzte Buch, das Sie gelesen haben? Erzählen Sie: Was hat Ihnen daran gefallen?«

In meinem Hirn ist nur Leere, und ums Verrecken nicht fällt mir der Titel des Romans ein, den ich vor ziemlich langer Zeit gelesen habe. In meiner Not sage ich schließlich: »*Praktische Psychopharmakotherapie* von Laux und Dietmaier in der Ausgabe von 2019.«

Meyerbrink schmunzelt. »Verstehe. Wie sieht es mit Kino aus? Welchen Film haben Sie zuletzt gesehen?«

»Ich … ähm, ich glaube, *Black Swan*. Mich hat die Darstellung der gespaltenen Persönlichkeit interessiert und die visuelle Verschmelzung von Wahn und Realität und …« Ich breche ab. Was rede ich hier eigentlich?

»In welchem Jahr ist *Black Swan* in die Kinos gekommen, Dr. Grünfelder?«

Das Wasserglas ist leer. »2010, glaube ich. Oder 2011. Ich kann mich nicht mehr genau erinnern.« Jedenfalls ist es Jahre her. Gehört es neuerdings zu den vorauszusetzenden Kenntnissen einer Psychiaterin, sich mit Erscheinungsdaten von Kinofilmen auszukennen? Ich glaube nicht. Dennoch fühlt sich das hier an wie eine Niederlage.

Auch Meyerbrink scheint das so zu sehen, denn er sagt nichts. Betretenes Schweigen erfüllt den Raum.

Ich halte das nicht mehr aus. Ich bin mehr, will ich ihm ins Gesicht schleudern. Mehr als ein wandelndes Fachbuch, mehr als die nüchternen Daten meines Lebenslaufs. Nur was? Was bin ich, wenn ich nicht Dr. Linda Grünfelder, Fachärztin für Neurologie und Psychiatrie, sein kann? Und noch viel wichtiger: Wer?

Und plötzlich sprudeln die Worte nur so aus mir heraus. »Ich reite gerne!«, rufe ich aus, und auf einmal kann ich nicht mehr aufhören. »Ich kann es nicht besonders gut, aber frühmorgens durch einen Olivenhain zu reiten, ist unbeschreiblich. Sie wollen etwas über mich erfahren? Meine Lieblingsspeise ist Brot mit Tomatenglibber und Olivenöl. Aber nur, wenn die Tomaten frisch vom Strauch kommen und wochenlang von der Sonne verwöhnt wurden. Und ich schwimme gerne. Nackt! Im Atlantik! Sind Sie schon mal nackt geschwommen? Das ist ganz anders als mit Badekleidung.« Höre ich mir selbst überhaupt zu? Ich rede mich um Kopf und Kragen. Diesen Job kann ich vergessen, doch das Entsetzen, das ich eigentlich spüren müsste, bleibt aus.

Meyerbrink legt die Hände auf den Tisch und sieht mich unendlich verständnisvoll an. »Da gibt es nur ein Problem, Dr. Grünfelder. In München gibt es weder Olivenhaine noch den Atlantik.«

In der Stille, die auf Meyerbrinks Feststellung folgt, wird mir plötzlich klar, warum sich mein Kopf so leer angefühlt hat. Denn das, was mich erfüllt, ist Sehnsucht. Kummer. Herzschmerz.

Mit Tränen in den Augen schüttle ich den Kopf.

»Sind Sie ganz sicher, dass die Stelle in unserer Klinik das ist, was Sie wollen?

Ich kann nicht antworten. Nicht, wenn ich Meyerbrink nicht belügen möchte.

Er lässt mir Zeit, dann erhebt er sich sehr langsam von seinem Stuhl. »Überlegen Sie es sich, Linda«, rät er mir und streckt mir die Hand entgegen. »Wir werden erst in ein paar Wochen eine Entscheidung treffen. Rufen Sie mich an, wenn Sie nachgedacht haben. Sie sind sicherlich eine äußerst fähige Ärztin. Ich freue mich auf Ihren Anruf.«

»Danke.« Ich drücke seine Hand. Meine Stimme klingt belegt, und ich schäme mich fürchterlich für meinen alles andere als professionellen Auftritt. Doch da ist noch etwas, vergraben unter Traurigkeit und Scham. Zufriedenheit. Ich bin froh darüber, dass ich ehrlich war und nicht verborgen habe, dass ich Zweifel habe. Ehrlich zu sein ist gar nicht so schlimm. Wenn ich es mir genau überlege, könnte ich mich sogar daran gewöhnen. Scham und Traurigkeit und Liebeskummer inklusive.

Kapitel 16

Linda

Wiebke ist im Garten, als ich im Pflegeheim ankomme. Um von der Hektik der Großstadt abzuschalten, ist ein Besuch bei meiner Schwester genau das Richtige.

Auf dem Weg hierher habe ich sage und schreibe vier Textnachrichten von meiner Mutter erhalten, die unbedingt wissen will, wie das Bewerbungsgespräch gelaufen ist. Dass ich nicht reagiere, genügt ihr nicht als Zeichen, dass ich meine Ruhe haben will. Schließlich hat sie auch noch auf die Mailbox gesprochen.

»Linda! Um Himmels willen, Kind, melde dich! Wenn du es in den Sand gesetzt hast, sag es wenigstens! Du kannst nicht vor der Wahrheit davonlaufen. Du musst doch selber wissen, wie kindisch dein Verhalten ist. Melde dich! Auch dein Vater möchte wissen, wie du dich geschlagen hast. Du weißt ja, er spielt mit Prof. Dr. Dr. Meyerbrink Golf!«

Dieses letzte Detail war mir tatsächlich entfallen. Ich stöhne. Wenn mir nach einem nicht der Sinn steht, dann, meine Mutter anzurufen. Wie gut, dass ich jetzt erst einmal hier bin.

Wiebke hebt den Blick von ihrem Malbuch und strahlt, als sie mich auf sich zukommen sieht. Sie winkt mit beiden Händen.

»Li…da!«

»Da ist ja meine Lieblingsschwester.« Ich begrüße sie mit einem Kuss und nehme sie in die Arme. »Geht es dir gut? Was malst du? Darf ich mir das anschauen?«

Sie klatscht in die Hände und schiebt mir das Malbuch zu. Beinah rutscht es über die Tischkante. Im letzten Moment rette ich es vorm Absturz.

Ich stelle die Handtasche auf den Boden und setze mich neben Wiebke. »Also? Was haben wir da?«

»Fer…de.«

»Ja, das sehe ich. Und du hast sie in so vielen Farben ausgemalt.« Ich lache. »Da gibt es ja auch ein grünes Pferd!« Mit dem Finger zeige ich auf das entsprechende Bild. Wiebke ist gut geworden im Ausmalen. Noch vor zwei Jahren wäre es ihr niemals gelungen, innerhalb der Linien zu bleiben. Mittlerweile ragen nur noch wenige Striche über die Begrenzungen hinaus.

»Und wer reitet da auf dem braunen Pferd?« Ich deute auf das Bild einer Reiterin im Galopp. Wiebke hat ihr hellbraune Haare gemalt, ein hellblaues T-Shirt und eine dunkelblaue Hose. »Bin das ich?«

Heftig schüttelt Wiebke den Kopf. »Ich. Wie…ke ka… rei…ten.«

»Und ich darf nicht mit?« Gespielt beleidigt ziehe ich einen Flunsch.

Wiebke lehnt sich aus ihrem Rollstuhl und umarmt mich. »Bei…de«, lautiert sie in mein Ohr.

»Ja, das wäre schön.« Ich erwidere die Umarmung. Sehnsucht packt mich, treibt mir Tränen in die Augen. Mit Wiebke gemeinsam auszureiten wird hier genauso wenig Wirklichkeit werden wie ein Bad im Atlantik.

Ich blinzle die Tränen weg, räuspere mich. Für Wiebke muss ich stark sein. Sie würde nicht begreifen, warum ich traurig bin.

»Dabei fällt mir ein …« Der Frosch in meinem Hals ist hartnäckig. Diesmal probiere ich, ihn mit einem Husten zu vertreiben. »Ich habe dir was mitgebracht.« Sanft schiebe ich sie von mir und hebe meine Tasche auf den Schoß. »Bereit für eine Überraschung?«

»Ohkolade?«

Lachend greife ich nach dem Umschlag mit den Abzügen einiger Fotos, die ich gestern im Drogeriemarkt abgeholt habe. »Keine Schokolade. Viel besser.« Ich öffne den Umschlag und angle nach dem ersten Bild. »Ich habe dir doch erzählt, dass ich in Spanien war.«

»A…beit.«

»Genau. Für die Arbeit.« Ich spüre einen schmerzhaften Stich in der Brust, weil ich plötzlich Damián vor mir sehe. »Ich war dort auf einem Gestüt, siehst du?«

Eins nach dem anderen zeige ich ihr die Bilder. Von der Hacienda. Von Damián bei der Arbeit, von den Showpferden in all ihrer Eleganz und Anmut. Ein paar Patienten von Nuria haben mir erlaubt, sie bei den Reitstunden zu fotografieren, und Nuria hat Fotos von mir bei einer meiner Longenstunden gemacht.

Wiebke streichelt Ébanos Kopf auf dem Foto. Immer wieder sagt sie »schön« und »lieb«, dann deutet sie auf die roten Blüten eines Hibiskusstrauchs und sagt: »Blumensonnelicht.«

»Ja.« Auch ich lege den Finger auf das Foto. »Es ist ein ganz besonderes Licht dort. Soll ich dir sagen, wie man diese Gegend in Spanien nennt?«

Sie nickt. Ich bin mir nicht sicher, ob sie meine Frage überhaupt verstanden hat.

»Costa de la Luz«, sage ich. »Das heißt *Küste des Lichts*. Alles dort ist heller und fröhlicher als bei uns. Da küsst dich das Licht nämlich so.« Ich lehne mich zu ihr und puste einen Kuss auf ihre Wange. Erst kichert sie, dann wird ihr Kichern zu einem Lachen, und ich lache mit. Wiebke versucht, auch einen Luftkuss zu machen. Sie streckt die Zunge raus, prus-

tet, spuckt und lacht, und für einen kleinen Moment ist alles genau so, wie es sein soll. Sie ist meine Schwester, und wir haben Spaß zusammen.

Bei all der Rumalberei bemerke ich gar nicht, dass jemand unseren Tisch ansteuert.

»Hier versteckst du dich also.« Die Stimme meiner Mutter reißt uns auseinander. »Hast du nicht meine Nachrichten bekommen?«

»Mama! Guck!« Wiebke pustet ihr einen besonders feuchten Luftkuss zu. Manchmal beneide ich meine Schwester. Sie nimmt das Leben, wie es ist. In ihrer Welt spielen Erwartungen und Schuldgefühle keine Rolle.

Sie macht Grimassen, glucksend, kichernd. Wieder regnet ein Nebel aus Speicheltröpfchen auf uns nieder, und je feuchter ihre Laute werden, desto mehr amüsiert sie sich. Ich kann nicht anders als mitzulachen.

»Pass doch auf.« Meine Mutter fischt ein zerknittertes Papiertaschentuch aus der Hosentasche und wischt Wiebke damit den Mund ab. »Du machst ja alles ganz nass. Wie sieht das denn aus?«

Wiebke hasst es, wie ein Baby behandelt zu werden. Ihre Ausgelassenheit weicht einem empörten Kreischen. Mit aller Kraft versucht sie Mamas Bemühungen zu entkommen. Erst als sie aufgibt, beruhigt auch Wiebke sich wieder.

Mama seufzt. Ihr Blick fällt auf den Gartentisch. »Was ist das?«

»Fotos.«

»Das sehe ich auch, Linda.«

»Ferde. Linda. A…beit.«

Wiebkes Erklärungsversuche sind rührend, doch Mama schließt kurz die Augen und schüttelt den Kopf, als hätte sie gerade eine Tragödie erfahren. Schnaufend lässt sie sich auf den freien Stuhl am Gartentisch fallen. In einer fahrigen

Geste wischt sie die Fotos beiseite. Zwei landen auf dem Boden.

»Hab ich's mir doch gedacht.« Mit spitzen Fingern zieht sie einen großen Umschlag aus ihrer Handtasche. »Dann ist das hier wohl auch dein Werk.«

»Ich habe keine Ahnung, wovon du sprichst.« Dass es nichts Gutes sein kann, sagt mir mein Bauchgefühl. Ich pflücke die abgestürzten Fotos aus dem Gras und stecke sie mit den anderen zurück in meine Tasche. »Geht es um die Krankenkasse?« Dann erkenne ich den Poststempel auf der Briefmarke des Umschlags, und mein Herz setzt ein paar Schläge aus. *Correos* steht darauf, der Name der spanischen Post. Das kann nicht sein. Ist das ein Brief von Damián? Aber woher sollte er die Adresse meiner Eltern haben? Doch dann sehe ich, dass er an Wiebke adressiert ist. Ich habe ihm viel von ihr erzählt und sicher auch den Namen ihrer Wohneinrichtung erwähnt. Und Wiebkes Post wird immer an meine Eltern weitergeleitet.

»Zuerst dachte ich, die Sozialarbeiterin hier im Pflegeheim würde dahinterstecken. Deshalb bin ich direkt gekommen, um sie zur Rede zu stellen. Ich hätte mir denken sollen, dass du dir diesen Blödsinn ausgedacht hast.«

Wiebke blickt verwirrt zwischen Mama und mir hin und her. Ihre Unterlippe fällt ein wenig herunter. Ich kenne den Ausdruck. Nicht mehr lange, und sie wird wütend werden, weil sie nicht versteht, was vor sich geht.

»Ich habe mir überhaupt nichts ausgedacht.«

»Dann zeigen diese Fotos zufällig den Therapiestall, der Wiebke zu einem Kuraufenthalt einlädt? Ich bitte dich!«

»Das ist kein Therapiestall, es ist …« Ich breche ab und greife mit zitternden Fingern nach dem Umschlag. Mama sagt irgendetwas zu Wiebke. Meine ganze Aufmerksamkeit ist auf Wiebkes Post gerichtet.

Wie Mama sagte – es handelt sich um die Einladung zu einem Therapieaufenthalt auf der *Hacienda de los Caballos Blancos*. Unterschrieben von Nuria und Damián. Ich schaue mir die beigelegten Unterlagen an. Damián und Nuria haben an alles gedacht. Es sind Infobroschüren von Pflegediensten dabei, die Wiebkes Betreuung vor Ort organisieren können, Kontaktlisten mit Ärzten sowie ein Faltblatt von einem Reisebüro, das sich auf Reisen von Menschen mit Handicap spezialisiert hat. Die beiden haben alles bis ins kleinste Detail geplant.

»Das ist doch alles kompletter Quatsch.« Mutter klingt genervt.

Mir ist ihre Missstimmung egal. Zum ersten Mal seit Tagen, seit meiner Rückkehr nach Deutschland, lichtet sich der Nebel. Die Leere in meiner Brust füllt sich mit Licht und Hoffnung. Es ist noch nicht zu spät.

»Wir machen zusammen Ferien, Wiebke!« Ich lege meine Hand auf die meiner Schwester. Meine Stimme zittert, meine Augen füllen sich mit Tränen. Damián hat mir meinen Traum geschenkt! Er mag mich ohne ein Wort des Abschieds auf den Weg geschickt haben, aber alles, was er für mich fühlt, ist in diesem Umschlag versteckt.

»Ihr macht was?« Mutters Stimme reißt mich aus meinen Gedanken. Auf ihrem Hals erscheinen rote Flecken. Das passiert immer, wenn sie kurz davor ist, die Beherrschung zu verlieren. »Du glaubst doch wohl nicht, dass ich das erlaube! Wie stellst du dir eine solche Reise vor? Ich kann nicht wochenlang verschwinden! Euer Vater braucht mich, ich habe Verpflichtungen und überhaupt, das wäre doch viel zu gefährlich.«

»Damián und Nuria haben an alles gedacht. Alles, was wir wissen müssen, um den Aufenthalt zu organisieren, ist in diesem Umschlag.«

Mutter schüttelt den Kopf. »Ich vertrage keine Hitze. Sieh mich an …« Sie deutet auf ihren Hals. Ich sehe, wie sie den Drang niederkämpft, sich zu kratzen. Ich verkneife mir, sie darauf hinzuweisen, dass das Stressflecken sind, keine Hitzepusteln, und atme tief durch.

»Du musst ja auch nicht mitkommen. Ich werde Wiebke begleiten.«

»Kommt überhaupt nicht infrage.« Sie will mir den Umschlag aus der Hand reißen. Ich halte ihn fest. Niemand darf ihn mir wegnehmen, er enthält so viel mehr als ein paar Unterlagen.

Wiebke spürt die angespannte Stimmung am Tisch und beginnt zu brüllen. Eine Pflegerin eilt aus dem Haus auf uns zu, um zu sehen, ob wir Hilfe brauchen.

»Da siehst du, was du angerichtet hast«, zischt Mutter mir zu. »Bist du jetzt zufrieden?«

Nein. Ich bin nicht zufrieden. Der Tadel in ihrer Stimme genügt, und ich fühle mich klein und hilflos und schrecklich schuldig. Aber da gibt es diesen Umschlag. Ich presse ihn mir an die Brust, halte mich daran fest. Zum ersten Mal in meinem Leben gibt es etwas, wofür ich wirklich, wirklich kämpfen will. Nicht, um irgendwelche Erwartungen zu erfüllen. Nicht, um etwas gut zu machen. Einfach nur für mich.

»Ich werde diese Reise mit Wiebke unternehmen.« Meine Stimme klingt ruhiger und gefasster, als ich mich fühle.

»Du schaffst es nicht einmal, Bescheid zu geben, wie dein Bewerbungsgespräch gelaufen ist, und da erwartest du allen Ernstes, dass wir deine Schwester über Wochen deiner Obhut anvertrauen?«

»Ich bin Ärztin, Mama. Ich bin durchaus in der Lage, ein paar Wochen lang für Wiebke zu sorgen.« Ich werfe einen entschuldigenden Blick zu der Pflegerin, die Wiebke eiligst über den Pfad zum Haus schiebt. Meine Schwester ist mittlerweile außer sich. Sie schlägt um sich und schreit so laut, dass selbst die Spatzen in den Bäumen entsetzt aufflattern. Angebracht oder nicht, ich kann nicht verhindern, dass sich auch meine Stimme in ein Crescendo schraubt.

»Ja«, meint Mama knapp, »und wie das dann endet, wissen wir ja.«

Aller Wind weicht mir aus den Segeln. »Darum geht es?« All die Jahre. All die vielen, vielen Jahre, in denen ich geglaubt habe, meine Mutter hätte mir verziehen. All die Zeit, in der ich mich ihren Anweisungen gebeugt und alles getan habe, damit sie stolz auf mich sein kann. Ihre ständigen Einmischungen und Bevormundungen habe ich als überbordende Sorge um das eine Kind abgetan, das die elterlichen Wünsche noch erfüllen kann. Ich kann nicht glauben, was ich höre.

»Ich war selbst noch ein Kind! Es war ein Unfall, und es ist achtzehn Jahre her.«

»Willst du mir erzählen, du hättest dich geändert?« Sie schnaubt. »Du lässt hier alles stehen und liegen und verschwindest wochenlang nach Spanien. Wirfst deinen Job hin, bemühst dich nicht um eine neue Stelle. Setzt Wiebke Flausen in den Kopf, die zu nichts als Enttäuschung führen können. Das klingt nicht nach einer Frau, die sich über die Bedeutung des Wortes Verantwortung bewusst ist.«

Lieb mich, lieb mich, lieb mich. Ich bin einunddreißig Jahre alt, und in meinem Herzen fleht ein Kind um die Liebe seiner Mutter.

Mit einem Blick, als würde sie durch mich hindurchsehen, setzt Mama erneut zum Sprechen an. Sanfter diesmal, aber immer noch mit einem stählernen Unterton in der Stimme. »Ich liebe dich, Linda. Es wäre schlimm, wenn du daran Zweifel hast.«

»Aber du hast mir niemals verziehen.«

Sie hat den Anstand mir nicht zu widersprechen. Wir beide wissen, dass es eine Lüge wäre. Das Schlimme ist: Ich glaube ihr. Liebe ist keine exakte Wissenschaft. Dass die Liebe meiner Mutter mir nie die Gewissheit gibt, richtig zu sein, wie ich bin, ist nicht ihr Fehler. Ich bin mir sicher, sie gibt ihr Bestes. Doch ihr Bestes ist nicht das, was ich brauche.

Ich verlagere das Gewicht auf dem Stuhl, dabei raschelt der Umschlag. Ein leises Geräusch, kaum hörbar über das Gefiepe der Spatzen im Garten und dem Rauschen meines Pulses in den Ohren. Aber es genügt. Es erinnert mich daran, dass es Menschen gibt, deren Liebe mich glücklich macht, statt sich anzufühlen wie eine Bürde.

Damián kennt mich nur ein paar Wochen lang, doch er hat mir verziehen, was anfangs nicht einmal ich selbst mir verzeihen konnte: Ich konnte Jannis nicht retten. Ich bin nicht perfekt. Und wenn ich ehrlich bin, will ich es auch gar nicht sein. Ich kann wachsen und lernen und ich selbst sein. Das eine schließt das andere nicht aus.

»Ich werde mit Wiebke diese Reise machen.« Ich schmecke Salz in den Mundwinkeln und merke erst jetzt, dass ich weine. Trotzdem ist meine Stimme fest. Ich habe ein Recht auf meine eigenen Träume.

Ich schöpfe Atem, wische mir die Tränen von der Wange. »Achtzehn Jahre lang wollte ich immer nur euch eine gute Tochter sein. Ich hatte gehofft, dann könnt ihr mir verzeihen, dass ich als Teenager einen Fehler gemacht habe. Es ist an der Zeit, dass ich endlich damit aufhöre und stattdessen anfange, eine gute Linda zu sein.« Ich schlucke, lass den Gedanken nachhallen, dann fahre ich fort. »Wenn du mich wirklich liebst, wirst du mich unterstützen. Wiebke und ich wünschen es uns beide.«

Noch nie habe ich an etwas weniger gezweifelt wie an dem Wunsch, zurück nach Spanien zu reisen. Zu Damián, an den Ort, wo mein Herz zu Hause ist. Noch nicht einmal eine Pro-und-Contra-Liste brauche ich, um eine Entscheidung zu treffen. Ich werde mit Wiebke nach Spanien fliegen. Ich werde mit ihr gemeinsam in den Morgen reiten und zusehen, wie sich der Nebel im Hain des Tausendjährigen lichtet, und dann, dann werde auch ich frei sein.

Wir müssen warten, bis alle Passagiere ausgestiegen sind, ehe die Flugbegleiter uns aus der Maschine bitten. Bisher hat alles wunderbar geklappt. Wiebke ist aufgeregt und überdreht, aber Amelie, die Krankenpflegerin, die uns auf der Reise begleitet, gelingt es spielend, sie immer wieder zu beruhigen. Wenn es nach mir ginge, bräuchten wir diese zusätzliche Hilfe nicht, aber das war mein Zugeständnis an Mama, und womöglich ist es auch besser so. Wir nehmen eine ganze Dreierreihe im Flugzeug ein. Amelie sitzt in der Mitte, Wiebke am Fenster und ich am Gang. Meine Schwester beobachtet das Gewimmel auf dem Flughafengelände.

In meinem Bauch flattern hunderttausend Schmetterlinge.

»Ich weiß nicht, wer aufgeregter ist, du oder Wiebke. Bist du sicher, dass das nur Freunde sind, die uns erwarten?« Amelie sieht mich von der Seite an. Ihre blauen Augen funkeln.

»Freunde, eine Frau vom spanischen Pflegedienst, ein Fahrer mit Transportwagen. Die Leute werden glauben, da kommt irgendein Promi an, bei dem Empfangskomitee.« Meine aufgesetzte Munterkeit täuscht Amelie nicht.

»Soso«, sagt sie und zwinkert mir zu. »Niemand dabei, der Grund für die Herzchen in deinen Augen ist?«

»Ich … weiß nicht.«

Die Euphorie, weil ich meiner Mutter die Stirn geboten hatte, hielt nicht lange an. Kaum war ich zurück in meiner Wohnung, kamen die Zweifel. Was, wenn die Einladung gar nicht auf Damiáns Mist gewachsen war? Was, wenn Nuria hinter der ganzen Aktion steckte und er nur widerwillig sein Okay gegeben hatte? Was, wenn ich mir ganz umsonst Hoffnungen machte und er mir wieder nur aus dem Weg gehen würde?

Du machst das für dich, sagte ich mir immer und immer wieder, wenn ich Telefonate führte und Reisedetails plante. Jenny redete mir gut zu. Im Kampf gegen Ungewissheit und Skrupel warf ich To-Do-Listen und Reiserücktrittsversicherungen in den Ring, bis ich mir endlich wieder ruhige Nächte erkämpft hatte. Jetzt bin ich fast am Ziel angekommen.

»Wie auch immer.« Amelie lacht. »Ein bisschen traurig bin ich schon, dass ich direkt wieder zurückfliegen muss. Die Fotos, die du Wiebke gezeigt hast, sind traumhaft.«

»Dann musst du eben ein anderes Mal nach Andalusien kommen«, sage ich, froh darüber, ein Thema zu haben, mit dem ich mich ablenken kann. »Das Wetter ist bis in den Dezember hinein meist mild. Und im Herbst hast du die Strände und die wundervolle Natur so gut wie für dich allein, habe ich gelesen.«

Amelies Gesichtsausdruck bekommt etwas Sehnsuchtsvolles. Für den Bruchteil einer Sekunde sehe ich Schmerz aufblitzen, dann verlöscht er wieder. »Vielleicht«, sagt sie. »Irgendwann einmal. Wenn ich im Lotto gewonnen habe, worauf ich schon Jahre hoffe.«

Ihre Offenheit bringt mich in Verlegenheit. Wer bin ich, von Spanien zu schwärmen, ohne zu wissen, was für ein Leben die Frau auf dem Nachbarsitz führt?

»So, wenn Sie so weit sind, können wir.« Neben uns erscheint eine der Flugbegleiterinnen und bewahrt mich vor der Suche nach einer passenden Antwort. »Kann sich Wiebke allein in den Rollstuhl setzen oder braucht sie Hilfe?«

»Sie braucht Hilfe.« Wieder ganz die professionelle Krankenpflegerin, übernimmt Amelie das Ruder. Es dauert eine Weile, bis wir meine Schwester aus dem Flugzeug gebracht haben. Besonders der Abstieg die Gangway hinab ist mühsam, doch meine Schwester macht alles klaglos mit. Sie reckt den Kopf, strahlt in den blauen Himmel, ihre Nase kräuselt sich wie bei einem Welpen, der Witterung aufnimmt.

»Waaam«, sagt sie, und ich nehme ihre Hand.

»Ja, ganz warm. Herrlich, nicht wahr?«

Eine Passkontrolle gibt es nicht, dafür müssen wir lange auf das Gepäck warten. Als wir endlich die Zollkontrolle hinter uns haben, trommelt mein Herz mit einer Heftigkeit, als wollte es mir den Brustkorb sprengen.

Gleich.

Gleich werde ich ihn sehen.

Oder nicht.

Gleich werde ich wissen, ob nur für mich unsere gemeinsame Zeit etwas Besonderes war.

Oder nicht.

Egal, wie es weitergeht, gleich beginnt ein neues Kapitel in meinem Leben.

Der Gedanke verleiht mir den Mut weiterzugehen. Einen Schritt nach dem anderen.

An mir vorbei rauscht das Leben. Menschen mit Rollkoffern eilen auf die Stände der Autovermietungen zu, Reiseleiter recken Schilder mit dem Namen der Veranstalter in die Luft. Nuria winkt.

»Da ist sie!« Ich zeige Amelie, wen ich meine, und dann sehe ich ihn.

Er ist da. Er ist gekommen, um uns abzuholen. Er trägt die Jeans, die ich so an ihm liebe, und das Lächeln, das meine Knie weich werden lässt. Er steht etwas abseits der anderen, und er wartet auf mich. Ich erkenne es an dem Glanz seiner Augen, an dem Blick, mit dem er mich ansieht.

Ich schlage die Hand vor den Mund, will auf ihn zurennen, trau mich aber nicht. Es gibt so viel, über das wir reden sollten, doch nur einen Satz, den ich aussprechen will.

Ich liebe dich.

Ich weiß, wir kennen uns erst seit ein paar Wochen. Aber was soll es denn sonst sein wenn nicht Liebe? Dieses Gefühl, nur dann glücklich sein zu können, wenn Damián ein Teil dieses Glücks ist. Es ist nicht so, dass ich glaube, ohne ihn nicht leben zu können. Ich weiß, ich kann auch ohne ihn sein. Aber – ich will es nicht. Jeder Tag, seit ich die Hacienda verlassen habe, war verschwendet, weil ich ihn nicht mit Damián teilen konnte. Wenn das nicht Liebe ist, dann weiß ich es nicht.

»Ich kann mich um Wiebke kümmern«, raunt Amelie mir zu. Meine Körpersprache muss mich verraten haben. Ich nicke ihr dankbar zu, mein Mund ist zu trocken, um Worte zu formen.

Aus den Augenwinkeln sehe ich, wie Amelie mit Wiebke Kurs auf Nuria nimmt.

Das Beben in meinem Inneren kehrt sich nach außen. Ich muss die Hände zu Fäusten ballen, so sehr zittern meine Finger. Ich überwinde die letzten Meter Distanz, trete auf Damián zu.

»Hey«, sagt er. Sein Lächeln verrät dieselbe Nervosität, die ich empfinde.

»Du bist hier.«

»Ja.«

»Ich wusste nicht, ob du kommen würdest. Du hattest nichts Persönliches in den Brief an Wiebke geschrieben.«

»Ich hatte gehofft, dass du dich meldest, wenn du die Einladung liest. Nicht nur bei Nuria. Auch bei mir.«

»Ich war nicht sicher, ob du das willst. Ich dachte …«

Eine kurze Pause entsteht, in der ich nichts höre als meinen eigenen Herzschlag. Ich wende den Blick ab, sehe zu Boden.

Damiáns tiefes Lachen holt mich zurück. »Wir zwei sind ziemliche Idioten, was?«

Ich lächle. »Ja.«

»Sollten wir in Zukunft nicht besser einfach sagen, was uns Sorge macht, statt den anderen raten zu lassen?«

Entschlossen nicke ich. »Das wäre auf jeden Fall vernünftig.« Nun denn, der Moment der Wahrheit ist gekommen. Ich hole tief Luft, um die drei Worte auszusprechen, die mir in den letzten Wochen so viel Kummer und zugleich so viel Freude bereitet haben.

Ehe ich zum Zug komme, legt Damián mir den Zeigefinger auf die Lippen. »Psst«, bittet er. »Ich zuerst.«

»Okay.« Ich schlucke.

»Ich liebe dich, Linda. Ich war so nah dran, es dir zu sagen. Dann hast du von deiner Bewerbung für diesen neuen Job erzählt, und mein Stolz hat nicht zugelassen, dass ich um dich kämpfe.« Er streicht mir über die Wange, fächert die Finger auf, birgt mein Gesicht in seiner Hand. »Jetzt weiß ich es besser. Mein Stolz bringt mir gar nichts. Ohne dich habe ich nichts.«

Ich schmiege mich an seine Hand. Mein Herz ist ganz ruhig. Von nun an können wir beginnen zu heilen.

»Ich liebe dich auch. Ich wollte dich nie verlassen, ich dachte nur, ich muss es tun. Ich dachte, ich hätte keine andere Wahl, als immer so weiterzumachen wie bisher. Ich musste weggehen, damit ich zurückkommen konnte.«

»Aber das ist jetzt vorbei, ja?«

Ich nicke, lasse den Kopf an seine Brust sinken, lausche dem Schlagen seines Herzens. Das ist der Takt, mit dem unsere Zukunft beginnt. Mitten in der Ankunftshalle des Flughafens gibt es nur ihn und mich. »Wir werden einen Weg finden. Ob Seite an Seite oder getrennt. Hauptsache gemeinsam.«

»Hauptsache gemeinsam«, bestätigt er, und wir besiegeln unser Versprechen mit einem Kuss.

Epilog

Linda

Damiáns Arm liegt um meine Taille, als wir dem Transporter nachsehen. Wiebke schaut durch die Heckscheibe, sie hat ein weißes Taschentuch in der Hand und winkt uns.

Verstohlen wische ich mir eine Träne von der Wange.

»Es ist kein Abschied für immer«, tröstet mich Damián.

»Nein, da hast du recht.«

Die letzten drei Wochen waren ein einziger Traum. Wiebke ist aufgeblüht unter der Obhut von Nuria und dem spanischen Pflegeteam. Sie ist selbstbewusster geworden, spricht besser, ihre Bewegungen sind fließender und das Wichtigste: Meine Schwester war glücklich. Ihr strahlendes Gesicht auf dem Computerbildschirm bei unseren täglichen Videoanrufen zu unseren Eltern konnte nicht einmal meine Mutter übersehen. Tag für Tag ist sie mehr aufgetaut, und gestern dann, als wir ihr ein Video von unserem gemeinsamen Ritt im Olivenhain gezeigt haben, hat selbst unsere sonst so kühle Mutter ein paar Freudentränchen vergossen.

»Ich bin froh, dass du dich durchgesetzt hast«, hat sie tatsächlich zu mir gesagt. »Ihr beide seht sehr glücklich aus, du und Wiebke.« Sie schniefte ein wenig, dezent und damenhaft. Die perfekte Anwaltsgattin, der das Leben zwei alles andere als perfekte Töchter beschert hat. »Euer Glück ist doch alles, was ich mir immer gewünscht habe.« Ein bisschen hat es wehgetan, ihre Worte zu hören. Sie hat es gut gemeint all die Jahre, daran zweifle ich nicht. Aber gut gemeint und gut gemacht sind eben nicht dasselbe.

Jetzt sehe ich auf in das Gesicht des Mannes, den ich liebe, und das Echo des Schmerzes verhallt. Wir alle haben Fehler gemacht in unserem Leben. Auch Mama ist nur ein Mensch, den das Schicksal auf eine harte Probe gestellt hat. Ich hoffe, sie wird glücklicher sein, wenn sie begreift, dass es Wiebke und mir gut geht.

Damián muss meinen Blick spüren. Er senkt den Kopf und sieht mir in die Augen. »Bereit, weiterzugehen?«

»Ja«, sage ich aus vollem Herzen. »Bereit für den Rest unseres Lebens.«

Wir haben viel geredet in den letzten Wochen und eine Lösung für unsere Situation gefunden. Keine Garantie für eine glückliche Zukunft, das nicht. Ich bin nicht so naiv zu glauben, dass keine weiteren Stolpersteine auf uns warten. Dass es Momente geben wird, in denen uns die Vergangenheit einholt und wir straucheln werden. Aber unsere ersten Schritte sind geplant. Wir werden für die kommenden Monate in Andalusien bleiben. Damián wird alle Touranfragen mit der Begründung, er brauche Zeit für seine Familie, bis auf Weiteres absagen. Luis wird bald seine stationäre Reha beenden und zurück auf die Hacienda kommen. Wir alle, Nuria, Montserrat, Ramón, Damián und ich, sind uns einig, dass er dann den vollen Rückhalt seiner Familie brauchen wird.

Und ich? Ich werde die Zeit nutzen, um herauszufinden, was das Richtige für mich ist. Auch in Spanien werden Psychiater gebraucht. Es gibt Krankenhäuser und Praxen, und sogar die Idee, gemeinsam mit Nuria interdisziplinäre Rehabilitation anzubieten, steht im Raum. Viele der Patienten, die Nurias Hilfe als Physiotherapeutin in Anspruch nehmen, haben traumatische Erfahrungen gemacht. Sie stehen täglich vor besonderen Herausforderungen, es scheint nicht weit hergeholt, dass sie von einer gesprächstherapeutischen Behandlung profitieren könnten.

Vielleicht mache ich aber auch etwas ganz anderes. Es gibt Fortbildungen, die mich interessieren. An der Fernuni oder auch bei unabhängigen Instituten. Ich könnte mich der Vermarktung von Bio-Olivenöl widmen, Kunst studieren oder Klavierspielen lernen. Ein bisschen fühlt es sich an wie nackt schwimmen, dahinzugleiten in einem Meer voller Möglichkeiten, ohne konkretes Ziel vor Augen, ohne Sicherungsleine und doppelten Boden. Aufregend und Furcht einflößend zugleich. Noch vor einem halben Jahr hätte mir das Angst gemacht. Dass ich so viel gleichzeitig fühlen kann. Aufregung und Liebe und Schmerz und Zweifel und Glück und Wehmut und Optimismus.

Heute weiß ich es besser. Es braucht keinen Plan fürs Glück. Keine Pro-und-Contra-Liste, farblich sortierten Wäschepäckchen und Lehrbücher. Ich selbst zu sein reicht vollkommen. Denn ich bin ich und alles, was ich fühle.

Danksagung

Als Kind träumte ich von Pferden und davon, Bücher zu schreiben. Kein Wunder, dass die Geschichte von Damián und Linda für mich von Sekunde eins an ein absolutes Herzensprojekt war. Dafür, dass es dieses Buch heute in dieser Form gibt, bin ich einer ganzen Reihe von Menschen dankbar.

An erster Stelle gilt mein Dank meiner Familie. Als die Nachricht kam, dass die »Everything for you«-Reihe bei Lübbe erscheinen wird, war euer Jubel mindestens genauso laut wie meiner. Ohne euch wäre mein Leben ärmer und mein Schreiben deutlich schwieriger. Euer Alltag dagegen wäre von weniger Take-out, angebranntem Essen und Gesprächen mit fiktiven Personen bestimmt. Dafür, dass ihr mich trotzdem immer unterstützt und für mich da seid, liebe ich euch mehr, als ich mit Worten ausdrücken kann.

Dr. Kunigunde Pausch danke ich für die Beantwortung meiner medizinischen Fragen, aber viel mehr noch für ihre unerschütterliche Freundschaft.

Ich danke Ulrich Trauffer vom Cortijo Que Cosita in Conil, der mir geduldig alle Fragen zur Pferdehaltung in Andalusien beantwortet hat, sowie den Teams der Yeguada de la Cartuja, dem staatlichen Kartäuser-Gestüt in Jerez sowie von A Campo Abierto, der Stierzucht Torrestrella und der Pferdezucht von Álvaro Domecq.

Dafür, dass ich mich nie allein fühlen muss, obwohl Schreiben mitunter eine recht einsame Tätigkeit sein kann, danke ich meinen wunderbaren Kolleginnen Viola Plötz, Karin Seemayer und Ute Bareiss, um stellvertretend für viele weitere zumindest drei namentlich zu nennen. Der Austausch mit euch ist unglaublich wertvoll für mich.

Ein riesiges Dankeschön gilt meiner fabelhaften Agentin Anna Mechler, die vom ersten Gedankenblitz an an die Reihe glaubte und jeden Schritt der Entstehung der Geschichte begleitete. Stefanie Zeller von Bastei Lübbe danke ich für die Begeisterung und das Vertrauen in meine Ideen, und Susanne George für das sorgsame Lektorat.

Mein letzter, wenngleich womöglich wichtigster Dank gilt jedoch dir, lieber Leser. Danke, dass du mir und meiner Geschichte deine Zeit geschenkt hast. Ich hoffe, Damián, Linda und ich konnten dir ein paar schöne Lesestunden bescheren.